St PETERS
Peters Valley
Nonpareil
Oak Walk
Mont Fallu
Quetivel M
Common
St Peter's Farm
Indep. Chapel
Ronde Cheminée
Civil Airport
St Peter's Barracks
Mont des Grupeaux
Tesson Mill
Monte Bello
Le Saut Falu
Beaconsfield
New Road
Ville Quenvais
Le Pont du Val
Candahar
West-land
La Craque au Varrou
Mont de Vignes
Blanc Pignon
Schools
Beaumont
Don Bridge Sta.
Pont Marquet
Beau Coin
Mont au Roux
Mon Plaisir
Blanc Pignon
229
La Haule
Mont de la Rocque
Bellevue
RELADES
Rouges Maisons
237
Tabor Chapel
St AUBIN
Schools
Mt Nicolle
St Aubin Harbour
Finger Rock
La Vallure
St Brelade's Villa
La Pigeonnerie
Hotel
La Sarçonnerie
Mont Arthur
Mt Sohier
Le Boulevard
Pier
La Rocquaise
St Brelade's Ch.
Martello Tower
211
St Aubin's
89
Pier
Pt Le Grouin
Le Val
Becquet
Bouilly Port
Martello Tower
252
Plat Houmet
ST BRELADE'S
Belcroute Bay
Fournier du Havre
Le Ouaine
La Conerie
BAY
La Cotte Pt
Prehistoric Cave Dwelling
Noirmont Manor Ho.
Pt de Bût
Fourche
La Fosse
248
Bergerie Chimney
Quarry
Portelet House
Frouquie
Rousse Rk
60
216
Janvrin Tower
Le Cracheux
Pt le Fret
57
PORTELET BAY
Ile Percée
Noirmont Pt
Portelet Ledge
Tower (Tour de Vinde)
10
Pignonet Beacon
Pierre au Poisson

Diese Gezeiten

Die Autorin dankt der
Schweizer Kulturstiftung Pro Helvetia
für die Unterstützung der Arbeit an diesem Buch.

Druck: CPI Moravia Books, Pohorelice
ISBN 978-3-902497-89-5

KATHARINA GEISER

Diese Gezeiten

Roman

JUNG
UND
JUNG

Und wäre es nicht denkbar, dass wir auch in der Vergangenheit,
in dem, was schon gewesen und größtenteils ausgelöscht ist,
Verabredungen haben und dort Orte und Personen aufsuchen müssen,
die, quasi jenseits der Zeit, in einem Zusammenhang stehen mit uns?

W. G. Sebald

1

Das schwarze Ölzeug mit dem breiten Kragen und den Ärmeln bis zu den Fingerspitzen glänzte. Bob sah wie ein persischer Magier aus, als er in die Bar des Hotels kam. Sein Auftreten schien etwas zu verbergen. Er hatte viel zu blaue Augen, Locken umrahmten die weichen Gesichtszüge.

Lucy hatte ihn am Ufer und auf den Feldern oft genug betrachtet. Sie erkannte seine Gesten, seine Körperhaltung von Weitem, wenn er mit den Netzen beschäftigt war. Anders als die anderen Fischer krempelte er bei großer Hitze die Hemdsärmel bis unter die Achseln hoch.

Bob ließ Lucy sogar an Rimbaud denken. Weil Rimbaud auf junge Mädchen aus der Provinz anziehend gewirkt hatte. Doch weder galt Lucy als Zweiundzwanzigjährige für besonders jung, noch kam sie aus unschuldigem Hinterland. Denn Nantes war Stadt, Festland an der Loire, hatte einen bedeutenden Hafen und elektrifizierte Straßenbahnen.

Es gab zwischen Bob und Lucy einen eigenartig gehemmten Flirt. Sie tauschten Fakten und Meinungen, sie redeten – und gingen auseinander.

Im darauf folgenden Sommer trafen sie sich wieder, erkundeten sich nochmals beim Gespräch. Nichts weiter.

Zurück in Frankreich schickte Lucy ihm Bücher. Neuerdings studierte sie Philosophie und Literatur an der Sorbonne, während Suzanne sich der Grafik widmete und auch Plakate und Illustrationen machte, nachdem sie in Nantes ihre Kunstausbildung abgeschlossen hatte. Die Stiefschwestern lebten miteinander, sie liebten sich nun in Paris.

Für Bob besorgte Lucy das vollständige Werk von Arthur Rimbaud und einen Band von Oscar Wilde, jenen besonderen Band mit dem Sphinx-Gedicht. Suzanne ging Lucy beim Einpacken zur Hand, sie griff zu Jute und Packnadel. Lucy schrieb Bobs Adresse schnörkellos auf feste Pappe: Rosecottage, St. Brelade's Bay. Ein Fischer und Bauer wohnte im Rosenhaus.

Bob ließ sich Zeit, und als er endlich antwortete, beschrieb er seine abenteuerlichen Wünsche. Keine festen Pläne habe er, nur Hirngespinste, viele Ideen, auswandern nach Kanada möchte er oder in den Norden von Amerika ziehen, das fände er reizvoll, an den Mississippi beispielsweise, um sich in die Huckleberry-Finn-Welt einzuschleusen. Er würde sesshaft werden, vielleicht in der Nähe einer Flussmündung, dort beispielsweise, wo der Mississippi und der Wisconsin sich vereinen, breiter als Jersey lang nehme sich jene Stelle aus, habe ein Bekannter nach Hause geschrieben, der seit Monaten auf dem anderen Kontinent lebe, und er selber, Bob, hoffe, in der Endlosigkeit von unbebautem Land, lichten Wäldern, abenteuerlichen Sümpfen und fischreichen Flüssen einen neuen Eindruck vom Dasein zu gewinnen. Bob schrieb einfache, kurze Sätze. Lucy in Paris war enttäuscht. Sie aß nicht mehr.

Du willst ihn eine Nacht lang besitzen, um dich hinterher umso konsequenter mit dir selber zu beschäftigen –

Meine Stärke ist nun mal der Narzissmus. Aber Bob reizt mich. Möglich, dass mein Wunsch nichts weiter als das Lied einer Verrückten ist.

Da Suzanne ausweichend antwortete, besprach Lucy sich mit ihrem Vater. Der Realist Maurice Schwob fand ihre Zuneigung nichts weiter als lächerlich. Er schlug vor, schleunigst von diesen Gefühlen zu lassen. Also vertiefte Lucy sich in Fachbücher, um über die Kultivierung von Tomaten Bescheid zu wissen. Man müsse, so lernte sie, Seitentriebe aus den Achsen brechen und rechtzeitig die obersten Blütentriebe kappen. Aus diesen Trieben lasse sich ein Pflanzenauszug herstellen, der über Kohl gegossen die Kohlweißlinge fernhalte. Tomaten würden gesünder und kräftiger, wenn man sie mit Wassermilchbrühe übersprühe, und weder dürften sie neben Kartoffeln gepflanzt noch sollte ihr Standort gewechselt werden.

Im nächsten Sommer schloss Lucy sich ganz selbstverständlich Bobs großer Familie an. In einem knielangen Rock verließ sie das St. Brelade's Bay Hotel, wo sie mit Suzanne jeweils wohnte, und lief in derben Schuhen leichtfüßig bis zu Bobs Haus – dem einzigen zwischen Friedhof und Mole. Von dort ging es tagtäglich zu den Feldern.

Obwohl sie viel über den Gemüseanbau gelesen hatte, verstand Lucy von der Arbeit nichts, sie machte einfach mit, pflückte Tomaten, häufte Kartoffellaub, band Stauden auf, erntete Bohnen, zettete Tang. Bobs Familie hielt die Städterin natürlich für seltsam, ließ sie aber gewähren. Nach getaner Arbeit trank Lucy im Kreis der Bauern und Fischer Apfelwein, sie aß mit den Inselleuten Brot und Käse.

Abends befahl Suzanne Lucy aufs Bett, massierte ihr die schmerzenden Schultern und Waden.

Gelegentlich setzten Lucy und Bob sich auf die Treppenstufen zum Meer hin. Sie unterhielten sich und rauchten. Die Treppe führt vom Friedhof bei der Fishermen's Chapel hinunter zum Wasser und bei Ebbe zum Strand.

Hier stoßen Anfang und Ende aufeinander, sagte Bob einmal. Wissen Sie, wozu diese Treppe gut war?

Da Lucy den Kopf schüttelte, fuhr er fort: Im Mittelalter war jeder Gesetzesbrecher nur im Wasser vor Pranger oder Kerker und dergleichen sicher. Wer sich im Wasser befand, durfte nicht weiter verfolgt werden. Das war jedem Schuft bekannt. Über die Treppe konnte man sich also ins Meer retten. Natürlich waren die weiteren Umstände selten günstig. Idealerweise musste bald Ebbe einsetzen. Und ein Boot sollte zur Verfügung stehen. Nicht zu vergessen die Riffe in der Bucht. Draußen die Gunst oder das Verderben des offenen Meers.

Jetzt sieht die Treppe einfach so aus, als wäre sie immer schon ein Zugang zur Mole gewesen, entgegnete Lucy, sie hat etwas Harmloses. Ich spüre die Angst der Verfolgten nicht.

Bob lachte tief: Warum sollten Sie! Stein redet nicht.

Doch, ich sollte die Angst spüren. – Im Wasser gab es also Sicherheit. Und was, wenn der Verbrecher in einem Bottich badete? War er dann auch frei?

Möglich. Kuriose Idee jedenfalls. Bob starrte einen Augenblick lang auf Lucys Arm.

Der Haarflaum stach golden von ihrer sonnenbraunen Haut ab. Sie gefiel sich.

Einmal redeten sie neben einem blühenden Kartoffelacker über Gott. Bob betonte, dass er keinen brauche, weil er nicht wüsste, was er mit ihm anfangen solle.

Man hat immer den Gott, den man verdient, meinte Lucy. Sehr offensichtlich ist es seit einiger Zeit ein Gott, der gerne quält – Pech für uns! Doch die Rezeptur der Torturen ist streng geheim. Gott lässt die Menschen darum nicht zu nahe an sich herankommen, ganz nach dem Motto *I am in training, don't kiss me.*

Bob lachte ein weiteres Mal: Ein solcher Gott soll mich in Ruhe lassen!

Könnten Sie nicht ein wenig Mitleid für ihn aufbringen? Denn Gott braucht wohl eher Mitleid als Tadel. Ich allerdings möchte nicht in seiner Haut stecken.

Ich bin auch lieber der, der ich bin. Soll die Erde sich einfach weiter drehen.

Zwischen Lucy und Bob blieb alles beim Alten. Monate gingen und kamen, mit erstem Frost und Knochenkälte, zu gegebener Zeit mit Tauwetter und Wetterwechseln. Jersey klickte auf Empfang und Hitze, Paris erwachte. Suzanne und Lucy wohnten nun am Montparnasse. Ihren Job in der Leihbücherei von Sylvia Beach hatten sie an den Nagel gehängt. Lucy ließ sich den Kopf kahl scheren und ging in Männerkleidern, sie schockierte. Das genoss sie. Suzanne fotografierte die Freundin, benutzte optische Tricks und verzog damit Lucys rasierten Schädel zu einem hohen Oval.

Als die Frauen wieder nach St. Brelade fuhren, blieben sie wie gewohnt bis in den Frühherbst hinein. Lucy begehrte Bob, doch verhielt sie sich ihm gegenüber distanzierter. Stellte er sich an der Theke in ihre Nähe, ließ sie nebelhafte Sätze fallen und merkte, dass gerade diese ihn reizten. Wasser hat kein Alter, sagte sie etwa. Oder: Dieser Augenblick und die Ewigkeit sind ein und dasselbe.

Sie sind mir schon mal begegnet, *vor* unserem gegenwärtigen Leben, entgegnete Bob eines Abends.

Ach ja? Also haben Sie auch schon verschiedene Daseinsformen in unserer Welt hinter sich, als Fisch, als Vogel, ein andermal womöglich als junge Frau? Lucys Ironie war nicht zu überhören.

Vermutlich schon, antwortete Bob voller Ernst.

Einmal bei Ebbe stießen sie unterhalb des Slipways erneut aufeinander, Bob ließ die Netze liegen. Er forderte Lucy auf, mit ihm über den Strand zu gehen und die Stufen der Fluchttreppe hochzusteigen, um oben eine Zigarette zu rauchen.

Sehen Sie dort drüben die zwei Boote auf dem Trockenen?, fragte Lucy, als er zunächst nur über Zigaretten redete. Ihre verformten Rümpfe werden sich immer ähnlicher, bereits jetzt kann ich sie nur mit Mühe voneinander unterscheiden.

Sie bräuchten wirklich einen neuen Anstrich. Boote darf man nicht vernachlässigen. Seit langem kümmert sich niemand um diese beiden. Eigentlich seltsam. Ich weiß nicht mal, wem sie gehören.

Das wundert mich.

Wie geht es Ihnen?

Danke, gut. Mir geht es gut, Bob.

Die Insel macht es möglich, nicht? Aber in Paris lässt sich wohl besser leben?

Wie man's nimmt. Trotzdem, Sie haben schon recht, Paris wird uns wohl nie loslassen. Und Sie,

Bob? Haben Sie Ihren Plan, die Segel zu hissen und über den Atlantik zu setzen, definitiv aufgegeben?

Sieht so aus. Ich fürchte, das Unternehmen ist eine Nummer zu groß für mich. Die allgemeine Wirtschaftslage ist auch ungünstig.

Sie sind feige, geben Sie es zu.

Nicht mutig genug vielleicht.

Sie sind feige, Sie wagen nichts.

Wenn es um alles ginge, würde ich alles wagen.

Also doch feige –

Hören Sie, es ist unwahrscheinlich, dass ich in Amerika Arbeit finden würde, in diesen Zeiten. Ich bin gerne Fischer und Bauer, es ist genug zu tun hier. Und lese ich, so reise ich auch.

Na gut, einverstanden. Ich habe mir gedacht, dass Schreiben nicht sehr weit vom Fischen entfernt ist. Wenn ich schreibe, dann stelle ich mir die Leser wie einen Fischschwarm vor. Das Geschriebene soll sich in diesem Schwarm ausbreiten und jeden Einzelnen erreichen. Ich schreibe, um damit Geld zu verdienen. Aber will ich mich mit meinen Texten nur an diejenigen wenden, die Honorare zahlen? Nein, ich will auch gegen diese Leute anschreiben.

Sie erwarten einen Fortschritt, indem Sie sich ans Volk wenden, stimmt's?

Genau. Sie haben es erfasst. Lucy streckte den Zeigefinger mahnend in die Luft: Aber eins noch – schon vor dem Abliefern der Artikel muss man unbedingt im Besitz eines gedeckten Schecks sein.

Bob berührte Lucy wie zufällig am Handgelenk, strich sich durch die Locken und betörte erneut durch sein Lachen: Das wäre auch mein Wunsch, die

Fische verkauft zu haben, noch bevor sie ins Netz gegangen sind.

Die Dinge arrangierten sich jahrelang nicht. Irgendwann in Paris erfuhr Lucy von Bobs Heirat. Er schickte ihr ein Stück Kuchen. So war es Tradition.

Auch er, sagte Lucy zu Suzanne, auch er ist einer der nebensächlichen Realitäten auf den Leim gegangen.

Sie revanchierte sich, schob ein neues Selbstporträt in einen Briefumschlag: Lucy in einem eng anliegenden Shirt. Zwischen ihren Brüsten der Aufdruck: I AM IN TRAINING DON'T KISS ME. Naturweiße Strümpfe, Lackgamaschen. Lucy sitzt in Boxershorts zwischen Erdkugel und Sonnenball. Die Komikfiguren und Freunde Totor und Popol sind auf der Erde zu Hause, die unzertrennlichen Castor und Pollux auf der Sonne. Suzanne hat Lucy für das Foto purpurne Herzen ins weißgepuderte Gesicht gemalt, zwei auf die Wangen und eins über den Mund, und ihr zwei Haarlocken in die Stirn gedreht, zu Hörnchen frisiert. Unmöglich können Taschentücher über die theatralisch geschminkten Augen wischen, Weinen verdirbt die Pose. Applizierte Brustwarzen sind Anziehungspunkte. Sind zwei Schlusspunkte.

Lucy schickte das Foto zu Bobs Hochzeit und hoffte, dass er ihr Geschenk als ein melancholisches Souvenir betrachten würde. Danach sah sie ihn nicht mehr, über dreizehn Jahre bis zum Abend der weißen Lappen ist sie ihm nicht mehr begegnet.

2

Als Lucy und Suzanne von Paris nach Jersey übersiedelten, hatten sie die Vorstellung von unendlichen Ferien, alles wuchs und entfaltete sich, die Natur hielt sich mit Aufwand und Prunk nicht zurück, Narzissenteppiche lagen in den Wäldern, die Fuchsienbüsche vom Vorjahr blühten noch oder blühten schon wieder, Jasmin und Clematis überboten sich, Schmetterlinge, Hummeln und Bienen jeglicher Art bewegten Luft und Blumen, da und dort blitzte die grüne Jersey-Eidechse auf. Lästige Fliegen und Mücken gab es keine. Es sah so aus, als könnten Suzanne und Lucy sich nach Lust und Laune auf der Insel vertraut machen mit den Pflanzen und Bäumen, mit den Vögeln, den Goldhähnchen, Grünfinken und Schwarzkehlchen, mit den Gerüchen, mit den Türen und Fenstern, die hier anders zu schließen und zu öffnen sind, und als ginge es eigentlich bloß darum, aus dem großen Koffer ein passendes Kleid zu ziehen, das kürzeste und leichteste. In Sonne und Meer eintauchen. Brise und Wind, der Sturm als fächelndes Lüftchen. Das wäre reichlich und genug gewesen.

Entgegen den Einreisevorschriften hatten sie Kid heimlich von Paris nach Jersey gebracht, in einer extra angefertigten Tasche von Hermès. Lucy hatte entschieden, ihren Kater nicht den Strapazen der britischen Quarantäne auszuliefern, nachdem sie vergeblich einen Pass für ihn beantragt hatten.

Bereits in Paris gewöhnte sie Kid an sein Versteck. Sie erklärte ihm, dass das Spiel darin bestünde, sich in keiner Weise zu rühren oder bemerkbar zu machen, ähnlich demjenigen, auf dem Balkon zu sitzen, die Vögel zu beobachten, aber sie nicht fangen zu wollen.

Vor dem Zoll in Saint-Malo verabreichte Lucy Kid ein Beruhigungsmittel. Sie tat bloß, wozu ihr ein Tierarzt geraten hatte.

Große Freude empfand sie über die Reise. Es gab nur wenige andere Schiffspassagiere. Cellophan schien übers Wasser gespannt zu sein. Suzanne stand an der Reling, ihre Augen tränten vom Fahrtwind, sie hatte den Kragen hochgestellt und eine gestrickte Mütze ins Gesicht gezogen. Um Lucy zu unterhalten und um ihre eigene Aufgeregtheit zu überspielen, posierte sie einen dummen Augenblick lang als erfolgreiche Jägerin, stellte den Fuß auf einen unsichtbaren Löwen – sein Schädel war der Rettungsring. Möwen drehten ab, als Suzanne die leeren Hände hochwarf. Die Küste Frankreichs zog sich zurück, jetzt sprangen Delphine und blieben minutenlang Gefährten. Später, während die Heimat sich in einen beerenblauen Streifen verwandelte, wuchs Jersey aus dem Dunst.

Kid hielt sich still.

Lucy saß auf der Seite des Schiffes im Windschatten, die Tasche auf den Knien locker umarmend. Sie war glücklich.

Am Hafen von St. Helier erwartete sie Vera mit ihrem Austin 7 Swallow. Seit Anfang der Zwanzigerjahre kannten sich die drei Frauen. Vera fuhr die Küste entlang bis zum westlichen Ende der Bucht von St. Brelade, wo La Rocquaise lag, ein Haus direkt am Meer, zwischen Kirche und dem St. Brelade's Bay

Hotel gelegen, und erworben unter Suzannes Namen.

Als Kid auf der Fahrt unruhig wurde und Lucy ihn aus der Tasche hob und zärtlich auf ihn einsprach, wandte Vera sich kurz um und warf ihr vor, wichtige Regeln vorsätzlich missachtet zu haben.

Lucy lachte: Unser Mut ärgert Sie, nicht wahr?

Auf Jersey werden Gesetze nicht leichtfertig gebrochen. Die Bußen für derartige Vergehen sind hoch.

Gerade darum sind wir dankbar, dass man uns nicht erwischte. Wir hätten uns momentan keine Extrakosten leisten können. Sie können darauf zählen, sagte Suzanne, dass wir mit unserer Ungezogenheit nicht weiter auffallen werden. Sagen Sie uns bitte noch, wie wir uns hier auf der Insel vor aufsässigen Nachbarn schützen können. Sie kennen uns lange genug und wissen, dass wir etwas menschenscheu sind und unter uns bleiben möchten.

Es ist einfach. Werden Sie zum Tee eingeladen, so gehen Sie hin. Danach müssen Sie jedoch jede Art von Gegeneinladung unterlassen, wenn Sie nicht mit den Leuten in näheren Kontakt treten wollen. Das ist alles.

Wegen Kid fürchtete Lucy in der ersten Zeit die Autos, die unmittelbar an ihrem Haus vorüberfuhren. Deshalb führte sie den Kater öfters an einer Leine übers Terrain und an den Grenzen des Grundstücks entlang, Kid nahm rasch Besitz von seinem Revier. Und manchmal folgte er den Frauen an den Strand.

Die alte Granitmauer zwischen Garten und Meer war zusammen mit La Rocquaise vor vier oder fünf

Jahrhunderten errichtet worden. Lila leuchtende Mittagsblumen und Büschel mexikanischer Gänseblümchen überwuchsen sie, struppige Moose polsterten die schattigen Nischen. Strand und Meer waren vom Garten aus bequem über eine in den Granit gehauene Treppe zu erreichen. Die Mauer diente Kid als Beobachtungsposten.

In Tagen der häufigen Stürme oder der selteneren Springfluten rauschte die See gegen die massive Mauer, die Wellen langten mächtig darüber und warfen den Tang auf den Rasen des Gartens. Suzanne, Lucy und ihre Haushaltshilfe Edna sammelten ihn ein, auch unten am Strand. Die Tangwälle lagen dunkelgrün, fast schwarz auf dem hellen Sand. Man verwendet den Tang hier als Dünger, und in Zeiten des Hungers lässt er sich als Gemüse zubereiten. Edna kennt sich mit Meersalat und Knotentang bestens aus.

Aus der Küche direkt in den Garten tretend, wurde man oft Zeuge, wie der Atlantik sich mit geschliffenen Klingen zurückzog. Bei Ebbe gibt es zuweilen nur eine Ahnung vom Meer. Die Gezeitenkräfte rund um Jersey sind unglaublich. Vom Garten oder vom offenen Wohnzimmerfenster aus erschien der Horizont zwischen Wasser und Luft wie eine Schranke aus Stahl oder Messing. Schaute man lange hin, so verschwand sie.

So war es einmal gewesen. Bevor unter scharfen Androhungen eine gewaltige Befestigungsmauer in die Höhe getrieben wurde, da war das Meer in der St. Brelade's Bay ein Aquamarin gewesen, der in der Sonne aufblitzte.

Seit sie auf der Insel lebten, verzichteten Lucy und Suzanne auf die Veröffentlichung von Texten, Fotografien und Grafiken. Alle Ausbreitungen erübrigten sich. Mehr noch als in Paris führten die Frauen auf Jersey das gleiche Leben. Suzanne schrieb nun auch, gab das Zeichnen aber nicht auf. Mit Bleistift und Tusche hielt sie die kleinsten Veränderungen an Gesicht und Körper der Gefährtin fest. Sie malten. Rot einen kleinen Apfelholztisch für den Gästetrakt, rot die obere Treppe in ihrer geräumigeren Haushälfte. Blau malten sie Lucys Schlafzimmertür. Den Wohnraum strichen sie schwefelgelb, hellgrau und schwarz.

Um das lange schmale Haus und die drei zum Grundstück gehörenden Schuppen gab es einen Garten, in dem Lucy und Suzanne jede Rose in den Beeten gegen die Straße hin pflegten, und die Erdbeeren, die Feuerbohnen oder den Mangold im südlichen Gemüsegarten. Die Palmen gediehen von selbst.

Bücher und Papiere wurden geordnet. Sie übersetzten aus dem Werk des britischen Sexualforschers und Mediziners Havelock Ellis, dessen Bücher immer noch als skandalös galten.

Da die Zeiten dunkler wurden, kloakenbraun, taten die beiden Frauen so, als könnte es hier auf Jersey nie Krieg geben. Lucy zog sich öfters in einen verborgenen Winkel des Gartens zurück, lag beobachtend oder lesend oder schlummernd in der Sonne. Nackt. Nichts schien überfällig, nichts dringlich.

Gelegentlich gingen sie nach Beauport. Bis heute ist die abgeschiedene Bucht nur zu Fuß zu erreichen. Sie ist ein ebenso paradiesischer wie gefährlicher Ort. Die Flut steigt in rasantem Tempo. Plötzlich gibt es kein Entrinnen mehr, denn da sind bröckelnde Felswände und eine teils überhängende Steilküste, auf einen Schlag ist man blind für die paar Stufen, die einen in Sicherheit bringen könnten. Aber um die leisesten Veränderungen spannt sich eine Membran. Lucy hielt ihr Ohr daran. Sie fasste nach faustgroßen rötlichen Steinen mit kreisrunden hellblauen Einschlüssen, und auch Strandgut entzückte sie. Weiter draußen steht ein Fels in Form eines riesigen Wolfskopfs mal im Wasser, mal im Trockenen. Bei Ebbe sind die Steinwannen am Fuße dieses Felsens schwarz vor lauter Wandermuscheln. Lucy sah den in den Lachen zuckenden Seespinnen zu und den hübschen blauen Krabben, die um Wasserbohnen und Blasentang torkelten, während winzige Fische zitternd dabei standen. Oft arrangierte sie die ihr von den Wellen zu Füßen gelegten Dinge, sie benutzte Seilreste, Scherben oder Knochen. Einen Pferdekiefer bettete sie auf Tang, sie versuchte, variierte und zerstörte. Sie zog sich aus. Ließ sich von der Sonne bräunen. Suzanne war ihr nah. Augen auf. Die Helligkeit schlug nicht zu. Später erhob Lucy sich wieder, schlüpfte in ihr leichtes Kleid, setzte sich die Sonnenbrille auf, betrachtete ihre Arbeit, blies Zigarettenrauch zum Himmel und ging erneut ans Werk. Manchmal ergänzte sie ihre Stillleben, ihre Skulpturen mit Dingen aus ihrer Sammlung – das Porzellanhändchen, das Malteserkreuz, aufgehoben für den geeigneten Augenblick.

Im Sand entstand ein liegendes Männchen, Holzstücke als Rumpf und Arme, ein flacher tieftürkisfarbener Stein wurde zum Kopf. Dazu Sägetanghaar, Tintenfischschulpe für Ober- und Unterschenkel, Muschelfüße. Ein Blechlöffel war die hohle Hand.

Lucy steckte ein abgeschältes dünnes Aststück in den Unterleib, voilà, der Vater. Schatten streiften ihn. Sie sah hoch, Raubvögel, elastische Flügelschläge im Gegenlicht.

Auch der Magie wegen war Lucy mit Suzanne von ihrem Pariser Atelier an der Rue Notre-Dame-des-Champs nach St. Brelade gezogen. Auf Lucys Initiative hin hatten sie Frankreich den Rücken gekehrt. Die Insel habe mit einer Realität zu tun, die ihr längstens vertraut sei. Sie fand sich auf den Stufen der Fluchttreppe zwischen dem Friedhof und Bobs Familienhaus, in den Fensterchen der Mohnkapsel, im Bug der Grashalme oder in den Augen der Katzen. Und immer wieder am Strand von Beauport.

3

Da landen die Deutschen. In Scharen, wie eine Käferplage. Vom Meer her setzen sie auf die Insel über, einige besonders fette Exemplare fallen aus der Luft. Im letzten Kriegssommer – das vorweg – werden die Machthaber selbst vor den Kartoffelkäfern als höchst bedrohliche Invasoren warnen und deshalb an das Verantwortungsbewusstsein aller Einheitsführer appellieren, die den hintersten und letzten Mann trotz aller dienstlichen Inanspruchnahme dringendst zur Bekämpfung des Kartoffelkäfers einsetzen sollen. Dem akkurat gestreiften und mit klitzekleinen Orden geschmückten Feind sei bewaffnet entgegenzutreten, Auge in Auge, Mann um Käfer. Mit Kalk-Arsen wird er zu besprengen sein.

Jetzt aber, vier Jahre davor, wäre die vom Nordwind geschützte St. Brelade's Bay noch zu rühmen, Ednas Eintöpfe mit reichlich Kartoffeln und ihre selbstgemachte *Black Butter* auf Weißbrot. Oder Jerseys Honig, Milch für Gesundheit und Genesung, ja, und vielleicht sogar der ungemein warme Frühsommer, der den kräftigen, würzigen Wind oben auf den Klippen ausdünnt. In diesem Frühjahr fällt Ednas Unbeschwertheit noch mehr auf. Abends vergnügt sie sich in der Bar des Hotels oder im Pub oben an der Kreuzung und lässt sich von ihren Tänzern eins ums andere Gläschen Sherry spendieren. Suzanne kniet an den Beeten, flucht danach über die schmerzenden Gelenke, und beiläufig scherzt sie übers Nichtjüngerwerden. Lucy jedoch sieht das Gift in ihren wachen Nächten und lauscht. Wieder und wieder kommt sie auf riesige Umwälzungen zu sprechen. Ihr graut vor der schreienden Sturmflut, dem deutschen Wahn. Vor dem Brusttrommeln der Mitbrüller.

Aber dann, Ende Juni 1940, bekommt Lucy Gewissheit. Die Insel steht kurz vor der Okkupation. Englische Soldaten haben den Hafen von Saint-Malo gesprengt, um den Deutschen doch noch ein Hindernis in den Weg zu legen, und Jersey schickte Schiffe, um die Engländer in Sicherheit zu bringen.

Diese Schiffe aus Saint-Malo, erzählt Lucy später Suzanne, sind vorhin in St. Helier gelandet. Als ich nach den Einkäufen mit Edna zur Bushaltestelle wollte, gerieten wir in den Sog der Menge, und unversehens standen wir zuvorderst am Hafen und sahen die Soldaten, die eben an Land gingen. Einer fiel mir besonders auf, als er sich über die Landungsbrücke schleppte. Er hatte die Augen von Robert Desnos. Die Köpfe der übrigen englischen Soldaten hingen vornüber. Jener Soldat aber blickte geradeaus und schaute, in einer sonderbaren Mischung aus Stolz und Verlorenheit, genau in unsere Richtung. Er trug keine Schuhe, kaum einer der Soldaten hatte Schuhe an, er jedoch trug nur ein lose flatterndes Hemd. Mir verschlägt es die Sprache. Aber Edna sagt, dass der junge Soldat auch *mit* Hose kaum Chancen bei den Frauen gehabt hätte. Ich hätte sie, na, du weißt schon!

Nichts hättest du –

Wenigstens bahnt sie uns einen Weg durch die Menschenmenge, und ich bin froh, als wir im Bus sitzen. Meine Strafe ist Schweigen. Sie lässt sich nicht beeindrucken, bleibt gesprächig. Sagt, dass sie gestern Abend im Pub die Wetten der Einheimischen belauscht habe. Ob die Deutschen sich mit oder ohne Gewalt der Insel bemächtigen würden. Stell dir das vor.

Ich stell's mir lieber nicht vor. Suzanne hat Lucy fortwährend beobachtet. Wie sie durch die drei Sonnentrapeze hindurchgegangen ist, die durch die offenen Fenster ins Zimmer fallen. Und wie sie nun da steht. Mit leicht gewinkeltem Nacken. Das Meer ist weit draußen, der Wind lässt die Palmenblätter rascheln. Einmal schreien Kinder. Oder Möwen.

Lucy fixiert sekundenlang einen über den Boden gleitenden Flausch, eine Wollmaus aus Staub und Haar. Was werden wir tun, wenn sie sich in unsere Nähe drängen? Oder gar unser Haus einfordern? Sollten wir losheulen wie die Kinder? Nein, wir werden nicht öfter und nicht seltener weinen. Wie also werden wir uns benehmen? Man kann die Flut überleben. Bloß, wie stellt man das an? Reicht es, sich den Gezeitenstand im Voraus einzuprägen? Will man Sandburgen bauen und sich darin verschanzen?

Mit der Zigarette im Mundwinkel lässt Lucy bei den meerseitigen Fenstern die Bambusläden herunter. Dann nähert sie sich Suzanne. Oder sind gefährliche Orte wie Beauport oder Plémont zu meiden, wenn das Wasser steigt?

Unbedingt, würde ich sagen. Und wir werden rechtzeitig an den Revolver denken müssen.

4

Da ist das Dröhnen der Aufklärungsflugzeuge, Regen bleibt immer noch aus, der Wind vertreibt die seltenen Wolken. In St. Helier stehen die Ausreisewilligen Schlange vor der Town Hall und die Hitze setzt den Wartenden zu. Wenn möglich, rücken sie in den Schatten der Häuserreihe, Kinder spielen Verstecken, ein Eismann macht das Geschäft seines Lebens, Ratschläge und Rezepte werden ausgetauscht, dort ein gewagter Witz, hier kollabiert ein alter Mann. Die Aufschriften auf den Flugzeugen sind nicht zu entziffern. Trotzdem erklärt die Logik alles. Die Insel wird Stück für Stück von den Deutschen fotografiert, Kreise aus verbranntem Treibstoff markieren die Flugpiste bei St. Peter im Westen der Insel und auch den Hafen von St. Helier.

Im westlichen Süden, in St. Brelade, betätigt Suzanne den Ziehbrunnen in ihrem Garten und läuft mit der Gießkanne hin und her. Lucy besprengt die Beete mit der Gartenspritze und hat trockene, schmerzende Augen. Und wir gehören zu denen, die sich nicht rühren, sagt sie. Kein Mensch kann innerhalb von vierundzwanzig Stunden eine vernünftige Entscheidung treffen. Soll man sitzen bleiben oder auf Staatskosten nach England auswandern? Die britische Obrigkeit hat sich von den Kanalinseln losgesagt. Es sei keinerlei militärische Hilfe zu erwarten. Selbstverständlich werden die Deutschen auf keinen bewaffneten Widerstand stoßen, denn die Jerseymiliz ist schon auf dem Sprung nach England, um dort Dienst zu leisten. Wie muss ein Bauer mit Hof und

Vieh sich verhalten? Frau und Kinder fortschicken? Was sollen die alten Leute tun, die hier seit Jahr und Tag leben? Der Bailiff hat sein Amt als Inselgouverneur und will sein Bestes tun, eine prima Planung! Ich kann nicht einmal Kopfweh oder Koliken in meinen Tageslauf einplanen.

Als Lucy vorschlägt, sie könnten sich aus rein emotionalen Gründen vielleicht doch auch nach England absetzen, wird Suzanne laut: Was willst du noch? Ich spüre dich, es gibt uns. Wir arbeiten im Haus, am Schreibtisch, am Strand. Das ist verdammt viel.

Lucy steckt den Kopf unter die Gartenspritze und taucht wieder auf. Stimmt, ich bin einverstanden.

Nahezu die Hälfte der etwa fünfzigtausend Einwohner registriert sich für die Emigration. Viele der Ausreisewilligen lassen jedoch wenig später von ihrem Vorhaben ab, als zu hören und zu lesen ist, dass die Insel auch weiterhin sicher sei, und als die zum Gehen Entschlossenen mit Ratten verglichen werden, die das sinkende Schiff verlassen.

Weil Edna nickt, schimpft Lucy los: Ich ertrage Ihre Fröhlichkeit nicht! Der Vergleich in der Zeitung ist empörend, begreifen Sie das nicht?

Noch bevor Edna etwas sagen kann, tritt Lucy von der Küche in den Garten. Suzanne folgt ihr kurz darauf. Es habe Edna eingeleuchtet, dass sie sie verärgert habe. Im Übrigen kenne Lucy ja Ednas Schwäche für Sprichwörter, und dasjenige mit den Ratten habe ihr wohl gefallen, und damit sei doch wohl alles erledigt.

Edna schluckt einfach alles, was uns vorgesetzt wird. Und mich ärgert außerdem, dass die Emigranten Hunderte, wenn nicht Tausende von Katzen und

Hunden ausgesetzt, eingeschläfert, ertränkt oder über die Klippen geworfen haben sollen!

Daher weht der Wind also –

Er weht überall, sagt Lucy.

Auf den Quais in St. Helier bleibt nach dem Auslaufen aller Passagierschiffe viel Gepäck zurück. Fahrräder, sogar Autos haben die Abreisenden stehengelassen, und sofort sind interessierte Spekulanten zur Stelle.

Militärflugzeuge fliegen in geringer Höhe über die Bucht von St. Brelade und beschießen das leere Meer mit Maschinengewehren. Von La Rocquaise aus erkennt man diesmal die Köpfe der Piloten und die Hakenkreuze auf den kleinen Flugzeugen, die eine große Schlaufe drehen, an Höhe gewinnen, über Le Point le Frêt ziehen und dahinter verschwinden. Starker Rauch steigt empor, zu hören sind die Bomben auf St. Helier sowieso.

Um Himmels willen, Mademoiselle Lucy, sagt Edna, es muss Tote gegeben haben, was sage ich, ganz bestimmt sind da Menschen ums Leben gekommen! Lassen Sie mich meine Freunde in der Stadt anrufen, um zu hören, wie es ihnen geht, Mademoiselle!

Wenn in St. Helier keiner an den Apparat geht, dann ziehen Sie falsche Schlüsse, Edna. Überstürzen Sie nichts, tun Sie etwas Nützliches, schließen Sie vor allem den Gashahn. Es wird sich früh genug zeigen, wer zu Schaden gekommen ist. Seien Sie geduldig, wir sind es auch.

Die Deutschen, so wird später behauptet, seien nicht darüber im Bilde gewesen, dass Jersey unbewaffnet sei, sie hätten angenommen, die mit Kartoffeln beladenen Lastwagen seien getarnte Militärfahrzeuge.

Der Reverend von St. Brelade fordert die Bewohner seiner Gemeinde dazu auf, weiße Flaggen herzustellen. Von Kirschblütenweiß über Elfenbein bis zu pastell Gestreiftem, in die Fenster gehängte Stücke von fleckigen Tischtüchern oder zerschlissenen Leintüchern würden genügen. Hochwürden selbst pflockt ein großes Laken in die Mitte des Friedhofs. Spitzbogige Grabsteine aus bleichem Kalkstein oder rosafarbenem Inselgranit ragen aus hohem Gras.

Dieses Laken! Genügen die Verstorbenen, all die hellen Steine nicht?, empört sich Lucy.

Auf Jersey sind immer irgendwelche Hemden oder Tücher zum Trocknen in die Fenster gehängt worden, erwidert Suzanne. Nun sind es einfach weiße Tücher. Wie Hochwürden es eben wünscht.

An diesem Abend der weißen Lappen sieht Lucy Bob wieder, als sie von einer kurzen Erkundungstour in der Bucht zurückkehren. Einige Jèrriais treten eben aus der Bar des St. Brelade's Bay-Hotels und verschwinden in die eine oder andere Richtung. Bob ist unter ihnen. Seit seiner Heirat wohnt er mit Frau und Kindern in einem anderen Dorf, doch heute besuchte er seine Mutter, die mit einem seiner Brüder immer noch das Haus oberhalb der Mole bewohnt.

Dass die Männer sich an diesem Abend betrinken, hat nichts mit den neuesten Ereignissen zu tun, es gehört zu ihrem Alltag und macht die meisten von ihnen weder aggressiv noch ausfällig.

Bob hat sich verändert. Lucy sieht etwas Leidendes in seinem Gesicht, nein, eher eine leichte innere

Beschädigung. Er steuert direkt auf sie zu, drückt ihnen überschwänglich die Hand.

Schön, Sie zu sehen, Bob. Begleiten Sie uns ein paar Schritte?

Er tut es. Redet nur von Zigaretten, so, als ob sie sich erst gerade gestern gesehen hätten. Irritiert lenkt Lucy das Gespräch auf die gegenwärtige politische Situation. Bob spricht von den Deutschen als einem mächtigen Baum, der mit vereinten Kräften und mit Hieben ohne Unterlass gefällt werden müsse. Sein Temperament ist normannisch, immer noch. Lucy würde sich gerne mit ihm absprechen und mit ihm, wer weiß, ein Komplott schmieden, das wäre etwas!

Als Nächstes finden sich die Vertreter der zivilen Behörden an der Flugpiste bei St. Peter ein, um die künftigen Befehlshaber zu empfangen. Auf dem Flugfeld und auf dem größten Platz der Stadt in Hafennähe sind riesige weiße Kreuze hingemalt worden.

Der Empfang der Herrschaften muss ohne mich stattfinden, sagt Suzanne.

Also laufen Lucy und Edna Richtung Flugfeld los, erst hoch nach Rouges Maisons und von dort die Dünen entlang.

Die Flugzeuge landen. Zivile holen eintreffende Offiziere mit ihren Automobilen ab, worauf die Deutschen diese Wagen sofort requirieren.

Bereits am ersten Abend wird Edna im kleinen Laden von Bobs Schwester Molly Zeugin, wie die Besatzer mit den Einheimischen erfolgreich anbändeln. Und umgekehrt. Ein Soldat will mit deutschem Geld Zigaretten kaufen, was Molly ausschlägt, weil sie den Wechselkurs nicht kennt. Daraufhin drängt sich ein Jèrriais vor und offeriert dem Soldaten eine Packung Zigaretten.

Die Deutschen verhalten sich wie klebrige Touristen, spazieren in Gruppen durch die Straßen. Am Strand gehen sie in Badehose und barfuß.

Die meisten Boches sind weder blond noch schön, findest du nicht auch?

Einige der Einheimischen kreuzen den Weg der Deutschen, ohne sie wahrzunehmen, andere blicken spöttisch, Mädchen kichern und kokettieren. Und zwei Tage später spazieren sie schon Arm in Arm, Deutsche und junge Jèrriaises, die nun spitz und hell auflachen und sich Klapse auf den Hintern gefallen lassen.

Es *muss* ein Motiv für diesen Opportunismus geben, sagt Lucy zu Suzanne.

Als das St. Brelade's Bay Hotel requiriert wird, ist die Bar weiterhin für jedermann zugänglich. An den Eingängen der offiziellen Gebäude stehen Wachposten. Die meisten jungen Soldaten sind berauscht von ihrem Sieg, rechnen damit, spätestens in drei Wochen nach England überzusetzen, wetten mit den Inselbewohnern um Champagnerflaschen. Unter den älteren Deutschen gibt es solche, die vorsichtig vom letzten Krieg sprechen, andere zeigen Fotografien ihrer Familie herum und wiederholen ferne Versprechen. Dies erzählt Edna, die immer offene Ohren hat und zu später Stunde hin und wieder auch die Bar des Hotels aufsucht. Sie ist ein Typus, der den Männern gefällt, von in jeder Hinsicht feurigem Temperament ist Edna.

Seien Sie vorsichtig, mit wem Sie sich einlassen, trinken Sie weniger, sagt Lucy zu ihr. Gehen Sie nie alleine unter die Deutschen, denn die könnten verschiedenste Gründe haben, mit Ihnen in engeren Kontakt zu treten. Vielleicht begleitet Sie Ihr Freund, dieser Tänzer, von dem Sie neulich erzählten, das könnte mehr nützen als schaden.

Er kann dieser Tage nicht kommen, Mademoiselle, er muss bei seiner Familie bleiben, ehrlich gesagt, er ist verheiratet – nun ist's heraus. Doch ein anderer, der Fischer ist und George heißt, kommt meist mit, und er weicht nicht von meiner Seite, weil er mich mag. Ich finde ihn auch nett. Aber er braucht mich nicht zu beschützen, ich kann mich selber wehren, ich verachte die deutschen Nazis! Und mit einem Drink schlafe ich tiefer, mit zwei Gläschen Sherry, vielleicht drei, wenn mir noch eines offeriert wird. Gesundheit beginnt mit einem guten Schlaf, sagen wir Iren.

Ich wünschte, Sie würden dennoch achtgeben, Edna.

Schon sind die Besetzungen auch der anderen Kanalinseln – Guernsey, Alderney, Herm und Sark – und die Bombardements von Jersey und Guernsey mit ihren Toten und Verletzten in der Öffentlichkeit kaum noch Thema. Und die allermeisten Einheimischen bleiben kritiklos.

Friedliche Übergabe wird der Beginn der Okkupation genannt. Groß angeschlagen überall auf Jersey, dekoriert mit Bedingungen. Der Kommandant der Deutschen Luftwaffe in der Normandie, unter dessen Oberbefehl die Inseln ab sofort stehen, garantiert den Bewohnern Jerseys Eigentum und Freiheit ebenso wie weitere Bombardierungen: *Heavy bombardment will take place* bei eventuellen feindlichen

Aktionen, wozu ausdrücklich das Abhören ausländischer Radiosender gehört.

Suzanne und Lucy zerreißen während ihrer Spaziergänge einzelne dieser Anschläge, und es gibt, den Spuren nach zu urteilen, noch andere, die das tun.

Eines der Plakate behalten sie.

5

Suzanne liest Lucy regelmäßig aus den Zeitungen vor und übersetzt, in der Küche, im Wohnzimmer, im Studio oder im Garten. Immer die *Evening Post*, gelegentlich auch die *Deutsche Inselzeitung*. George, der seit neuestem mit Edna verheiratet ist und nun auch unter dem Dach von La Rocquaise wohnt, treibt Ausgaben der *Inselzeitung* auf, ohne sie allerdings je zu kaufen. Von einem Tag auf den andern treten neue Gesetze in Kraft. Was eben noch legal war, kann einem innerhalb von Stunden zum Verhängnis werden. Gefährlich ist es, weder Zeitungen noch Plakate zu lesen.

Hör zu, sagt Suzanne, nun publizieren sie auf der ersten Seite der *Inselzeitung* kleine Englischlektionen: *ssenks, werrie well* oder *sen ei will weht for him* oder *tu-morroh ei hew boersdeh*, köstlich, nicht? Aber die anderen Zeitungsbeiträge sind eine Zumutung. Jedes Mittel ist ihnen recht, uns zu schikanieren. Die Arschlöcher fordern ihre Leute auf, Artikel zu liefern. Jeder Soldat und Offizier soll auch Dichter und Journalist sein. Folglich schreibt ein Bewaffneter in einer Kampfpause, dass Handgranaten und Maschinengewehre in den Händen von Zivilisten ein furchtbares Verbrechen seien, dessen sich die Plutokraten schuldig machen würden. Eine verdammte Schweinerei ist das.

Suzanne hat in früher Kindheit bei einer elsässischen Gouvernante Deutsch gelernt und bis in ihre Jugend immer wieder deutsche Literatur vorgelesen bekommen, und sie hörte von Franz und der frommen Helene bis zum Fräulein, das am Meere stand und lang und bange seufzte. Doch sie hat die deutsche Sprache viele Jahre lang nicht mehr benutzt. Keiner der Besatzer soll von ihren Kenntnissen erfahren. Öfter zieht sie ein Wörterbuch bei. Verstehe ich die Wendungen richtig? Die aus der Luft gegriffenen Vorschriften und die abstrusen Behauptungen?

Im ersten Monat der selbstverständlichen Besetzung sei mancherlei Organisatorisches getätigt worden, was gleichermaßen der Sicherung der deutschen Kriegsführung gegen England wie der Sicherung der Inseln selbst diene, da die britischen Soldaten geflüchtet seien. Als die Deutschen die Inseln besetzten, hätten die Bauern auf ihren Kartoffeln und den zu erwartenden Tomaten festgesessen, die sonst nach England ausgeführt worden seien. Sofort habe man die Vorbedingungen für eine gründliche Neuorientierung geschaffen, und laufend würden jetzt Kartoffelflotten den Hafen verlassen. Allerdings nicht mehr nach England, sondern mit Kurswechsel um hundertachtzig Grad genau nach Osten, um die Versorgungsgrundlagen der deutschen Wehrmacht zu festigen. Es heißt, die Vergeltungsangriffe auf London hätten das alte England zusammenbrechen lassen und der Bericht der bombardierten öffentlichen Gebäude läse sich wie der Baedeker: Buckingham Palast, Kensington Palast, Lambets Palast, das Oberhaus, das Schatzamt. London brennt, und irgendein Klugscheißer nennt die Reaktion der Betroffenen das erbärmliche, mitleidwinselnde Gejammer der Londoner Heuchler. – Was soll man darauf entgegnen?

Gute Frage. Und welche anderen Neuigkeiten?

Kernige deutsche Marschmusik am feierlichsten Tag der deutschen Wehrmacht auf der Insel, dem Vorbeimarsch der deutschen Befehlshaber. Die Bevölkerung von St. Helier machte sofort mit. So steht das in der heutigen Ausgabe. Ich bin nahe daran, es zu glauben.

Die Vorlesestunden sind kein Vergnügen. Suzanne und Lucy bringen sie immer möglichst schnell hinter sich.

Eine neue Vorschrift besagt, dass es fortan an Donnerstagen und Freitagen untersagt ist, Fleisch zu essen, wobei Pferde, Vögel und Hasen nicht unter den Begriff *meat* fallen. Eine weitere Order verbietet offene Feuer in Gärten oder auf Feldern, Kartoffelkraut muss künftig auf andere Art beseitigt werden. Dann wieder ist zu lesen, dass Frankreich es in der Hand gehabt habe, den Krieg zu verhindern, denn ohne die Franzosen hätten auch die Engländer nicht angefangen. Geburten auf der Insel werden wie bisher klein aufgelistet, Hinrichtungen ausführlich besprochen; ein Franzose hat in der Bretagne ein elektrisches Kabel lahmgelegt, ein anderer eine Brieftaube fliegen lassen. Und die Schweiz, die bisher die Rolle der Taubstummen gespielt habe, beginne sich nun doch endlich zu wundern, obgleich die englischen Lügen, Völkerrechtsbrüche und Terrorakte längstens offenkundig seien.

Suzanne sieht Lucy über die Lesebrille hinweg an: Dringen solche Verdrehungen bis in die Schweiz? Was glaubst du? Wir müssten uns wohl an Ort und Stelle umhören.

Ich könnte bestimmt nicht in die Schweiz einreisen, denn ich wäre zweifellos ein unerwünschtes flüchtendes jüdisches Element. Tatsachen hin oder her. Keinem Schweizer Zöllner könnte ich glaubhaft machen, eine politisch Verfolgte zu sein. Aber hätte ich die Wahl, so möchte ich lieber auf unserer richtigen Insel mitten im Schlamassel am Rande von Europa leben als, na, irgendwie umgekehrt.

Sich distanzieren kann Rettung bedeuten.

Auf Kosten anderer? Ich bitte dich, Suzanne!

Im Grunde wissen wir zu vieles nicht. Nicht, wie es unseren Freunden in Paris geht, und nicht, ob die Résistance Fortschritte erzielt. Anstelle von Briefen aus Frankreich dieser Zeitungskram! Warum muss ich lesen, dass der Tee rationiert ist? Will ich eine Anweisung, wie ich aus alten Rasierklingen neue Messer basteln kann? Für die Pulsadern reichen alte Klingen. Vergilbte, verstaubte Tapeten sollen Biskuit-Büchsen dekorativ machen, englisches Dekor gegen deutsche Norm, das ist Klasse! Es soll auch gesund sein, Wasser in sich hineinzuleeren, das behaupten sie in der heutigen Ausgabe. Trinke zwei Liter Flüssigkeit, damit Leber und Niere funktionieren und du nicht von innen her vergiftet wirst. Schlucke außerdem Carters Brand Little Liver Pills, eine Tablette nach der andern. Und wenn du dann noch die Rangabzeichen der Luftwaffe auswendig lernst –

Oh, das kann sehr wohl nützlich sein –

Kann sein. So schließen wir uns halt denen an, die über das richtige Verhalten im Kino Bescheid wissen. Das heißt, bei englischen Filmvorführungen darfst du dich auf einen beliebigen Platz setzen, bei deutschen müssen wir uns an die Sitzordnung halten: Die rechte Saalhälfte und der Balkon sind für Angehörige der Wehrmacht reserviert.

Als würden wir uns je das Vergnügen bereiten, einen deutschen Film anzuschauen, meint Lucy völlig unaufgeregt. Sag mal, welche englischen Filme werden denn überhaupt noch gezeigt?

Warte. Hier, Kino heute Abend. Du errätst es nicht. *Mata Hari* im Forum und *The Crime Nobody Saw* im Opera House.

Wunderbar passend! Mata Hari. Das gefundene Fressen für die damaligen und die gegenwärtigen Idioten. Die tanzende Spionin lässt die Schleier nicht fallen. Mit Sperma befleckte Machtträume. Entblößt und hemmungslos sittenlos. Also schuldig. Eine undurchschaubare Schöne. Mit verdächtiger Vergangenheit und obendrein geschieden. Tausendmal attraktiver natürlich als die Garbo, mit blühender Phantasie. Schlau war Mata Hari. Oder unbedarft. Süchtig nach Ruhm und Mittelpunkt. Das allerdings ist unverzeihlich. Ihr unglückliches Ende. Erschossen –

Und sie verbat sich die Augenbinde –

Ja, Hut ab. Irgendwo muss ich übrigens die Zigarettenschachtel mit ihrem Bild aufbewahrt haben. Hat mir mal jemand geschenkt –

Lucy raucht und raucht, lauscht Suzannes Worten und nimmt immer auch das Dazwischenticken der Wanduhr wahr.

Vera besucht sie öfter. Von ihr haben sie die Pflanzen- und Vogelnamen gelernt. Sie hat sie auch nach und nach über die Eigenheiten der Inselbewohner aufgeklärt, obgleich das nicht nötig gewesen wäre, weil Suzanne und Lucy ohnehin mit kaum jemandem näher verkehren. Hin und wieder hat Vera sie mit ihrem Austin zum Norden der Insel chauffiert, ihnen Devil's Hole gezeigt und bei Ebbe die Höhlen von Plémont. Und das Monument La Hougue Bie haben sie sich zu dritt angeschaut, ebenso wie andere fünf-, sechstausend Jahre alte Grabstätten und Ritualorte, jedenfalls rätselhafte Bauten, wie es sie zahlreich auch in der Bretagne gibt.

Suzanne mag Veras Verlässlichkeit und ihren Pflaumenkuchen. Lucy dagegen mag Vera nicht. Spanielaugen habe sie. Und überhaupt etwas von einem Hund. Und für Hunde hat sie nun mal wenig übrig. Doch unterhält sie sich hin und wieder mit einem, in Momenten eben, wo ihr danach ist. Sie springt dann gerne am Strand herum und wirft Bälle. Aber ein Hund nimmt diese Zuwendung viel zu schnell zu ernst. Er folgt einem überallhin, man kann ihn praktisch nicht mehr loswerden. Allerhöchstens zieht er den Schwanz ein und verknurrt sich. Es stört Lucy auch, dass Vera zum Katholizismus übergetreten ist.

Gerade das kann dir nun wirklich egal sein!

Ist es aber nicht!

Madonna? Suzanne hat Lucy von hinten an den Schultern gefasst. So macht sie das: flüstert ein einziges Wort im richtigen Moment, damit es wie Medizin wirkt.

Als Vera aber beim nächsten gemeinsamen Tee die Besetzung von Jersey verharmlost, indem sie Chamberlain zitiert, ist Lucys ganzer Groll wieder da. Auf den Kanalinseln, belehrt sie Vera, herrscht alles andere als eine friedliche Lösung! Was sich hier ereignet, das ist ein bewaffneter Konflikt. Und dieser Konflikt ist insofern besonders brisant, als nur eine

Seite über Waffen verfügt, die obendrein fortgesetzt Drohgebärden macht, bellend und das Rückenhaar sträubend. Und lassen die Boches ihren Arm nicht ständig so nach oben schnellen, als müssten sie sich gegenseitig stets daran erinnern, dass man die Welt mittels einer nicht endenden Erektion zu penetrieren hat?

Vera schweigt und schaut.

Schöne Kombination von rotbraunem Haar und kobaltblauem Kleid, aber sie hat tatsächlich Spanielaugen. Nein, sagt Suzanne zu Lucy gewendet, dein Vergleich hinkt. Weil sich mit keinem Tier vergleichen lässt, wozu Menschen fähig sind.

Also, dann denken Sie, dass wir den Krieg verlieren?, meint Vera schließlich einlenkend.

Lucy nimmt sich Zeit zum Wörtersuchen: Nein, das werden wir nicht. Ich denke nur, dass alles viel, viel komplizierter ist. Dieser Krieg auf den Inseln und der Krieg in Europa werden wesentlich länger dauern, als wir uns das wünschen.

Als George an einem der nächsten Tage in die Küche tritt und wieder eine *Inselzeitung* hervorzieht, gibt er seiner Verwunderung Ausdruck: Sehen Sie mal das Bild auf der ersten Seite.

Unser Slipway und unsere Gartenmauer als idyllische Ansicht –

Was halten Sie davon, Miss Suzanne?

Jersey – die schoene Insel zum Ausschneiden. Das ist nichts weiter als Exotik. Auf der Insel gibt es nach dem Urteil der Besatzer weder Baudenkmäler noch bedeutende Namen, nur wahnsinnig viele Vögel, schillernde Echsen und Schlangen, das Meer in großer, ungewohnter Bewegung, fruchtbares Land mit Palmen, Feigen und Kartoffeln, dazu wir Bewohner als bunt zusammengewürfeltes Völklein. Statt eines organisch gewachsenen Volkstums funktioniert hier ein kleines rassisches Paneuropa. Neben den Eingeborenen gibt es Engländer und Franzosen, Italiener als Köche, Holländer als Gärtner, Iren als Landarbeiter und Hausangestellte, Schweizer als Hoteldirektoren, Ungarinnen und Polinnen als Kindermädchen, Menschen aus Limerick, Wien, Siena und so weiter, die alle brüderlich zusammenleben. Tun wir auch, nicht wahr, George? Die Deutschen sind von dieser einmaligen Gemeinschaft so sehr angezogen worden, dass sie die Inseln besetzt haben. Und die Schönheit Jerseys ist dermaßen bezaubernd, dass die Boches die Bilder ausschneiden und zusammen mit einer Wurst nach Hause schicken.

Glauben Sie meiner Schwester nicht alles, George, sagt Lucy, während sie mit leicht schiefem Kopf das Glutkräuseln der Zigarette betrachtet. Dass die Deutschen aus rein taktischen Gründen gekommen sind, muss man ja niemandem erklären.

Zwei Stockwerke höher, im Studio unter dem Dach, sind die zwei Frauen ungestört. Hier schlägt Suzanne einmal mit der flachen Hand auf eine Doppelseite der *Evening Post*: Halt dich schnell und kräftig fest und hör dir deutsche Gegenwartslyrik an: *Denn als neu'sten Modetrumpf – tragen unsre Damen gern – einen Stumpf aus Fleisch und Blut –*

Les voilà, das ist ja widerlich!

Und pass auf, wie sie die Sache mit de Gaulle kommentieren. Er werde vom Militärgericht der Desertion, des Landesverrates und des Anschlags auf die Sicherheit des Staates schuldig gesprochen. Darum

Todesstrafe, Degradierung und Verlust des Vermögens.

In dieser Reihenfolge?

Ja. Erst die Hinrichtung, danach Degradierung und zum Schluss Vermögensentzug.

Lucys Auflachen verrennt sich.

Wenigstens ist de Gaulle einigermaßen in Sicherheit. Im Gegensatz zu uns. Das Neueste ist, dass bestimmte Gebiete von Jersey zu Militärzonen deklariert worden sind.

Wir sind bereits Militärzone, oder was denn sonst?

Wir sind von kriegerischen Truppen vereinnahmt, zu unserem eigenen Schutz, wie es so schön heißt. Über unsere Köpfe hinweg fliegen die Bomber. Und nun befindet sich unser Grundstück zusätzlich auf der Grenze zur militärischen Zone, zu der jetzt alle Strände samt öffentlichen Promenaden und Slipways gehören. Zum Kotzen ist das.

Und das heißt für uns?

Betreten verboten zwischen acht Uhr abends und halb acht morgens. Es sei denn, man kann sich ausweisen, in den betreffenden Gebieten tätig sein zu müssen.

Wir dürfen uns nicht erwischen lassen, so sehe ich das.

Zum Glück hilft uns, dass wir längst auf Alkohol verzichten. Nur das Rauchen werden wir niemals aufgeben. Die Tabakrationierung geht mich nämlich einen Fliegenschiss an.

Moment mal, Suzanne, das auch noch?

Offenbar. Kleine Zugabe zur Militärzone. Nur männliche Personen über achtzehn Jahre erhalten künftig Bezugsscheine für Zigaretten und Tabak. Bei

Warenknappheit sollen die Wehrmachtsangehörigen unbedingt den Vorrang vor der Zivilbevölkerung haben.

Wenn schon. Wir pflanzen Tabak an, wir rauchen weiter und werden uns zu helfen wissen.

Es gibt in der ersten Zeit der Okkupation Menschen, die auf Lucy einwirken, ohne dass sie sie kennt.

Einmal bemerkt sie ein Paar, das spät am Abend bei Ebbe die leere Bucht durchquert. Sie sieht ihm von ihrem Zimmer aus zu. Ein sanftes, unbewegliches Dämmerlicht. Umrisse und Details lassen sich noch gut erkennen. Jener Mann und jene Frau sind Fremde, sie tragen Hut und festes Schuhwerk, sie tragen trotz der Hitze Mäntel über den Schultern, sogar Handschuhe. Sie schleppen zwei schlecht verschlossene Koffer, die sich über dem feuchten Sand auszuleeren drohen. Nur dies bitte nicht, denkt Lucy. Und dass ein Boot kommen möge. Bei der Mole ist keines. Trotz der Sperrstunde will sie zur Tür rennen, durch den Garten, die Mauertreppe zum Strand hinunter eilen, will die Fischer suchen: Wo ist ein Boot? Die zwei müssen abreisen können!

Aber Suzanne fängt Lucy bei der Küchentür ab, nimmt sie beim Arm, führt sie durch den Garten Richtung Meer: Schau, das Boot ist schon da. Es ist nur von der Mole verdeckt gewesen.

Wirklich, ein kleines Segelschiff mit Motor. Ein Mann, den sie nicht kennen, der also unmöglich aus der Region sein kann, sitzt am Steuer und nimmt das Paar auf. Wetter und Wasser sind günstig.

Bob geht wieder auf Fischfang. In den letzten Jahren hat er sich zwar vom Fischer zu einem Vorarbeiter zu einem Maurer emporgearbeitet. Aber nach den ersten paar Okkupationswochen wollte er sein Können den Deutschen nicht mehr zur Verfügung stellen. So radelt er fast täglich zur St. Brelade's Bay und ist wieder Fischer.

Ich bin nicht ehrgeizig genug, erklärt er Lucy eines Tages, als sie ihn auf dem Slipway antrifft, ich drücke mich, wo ich kann.

Wenn man Frau und Kinder hat, ist es nicht falsch, in erster Linie auf die eigene Familie achtzugeben, entgegnet Lucy.

Sein gut riechender frischer Schweiß.

Ich glaube, ich bin feige. Sie sehen das doch auch so, nicht wahr?, sagt Bob.

Was soll ich dazu sagen? Jeder tut, was er kann. Und jeder glaubt, woran er glauben will.

Er ist doch der Falsche, sagt sie später zu Suzanne. Und als sie deren fragenden Blick spürt: Der Falsche, um mit ihm ein Komplott zu schmieden.

Bald wird das Fischen in der Bucht verboten. Boote dürfen nur noch von den Häfen St. Helier, St. Aubin, Rozel Bay und Gorey auslaufen, Zuwiderhandlungen gegen die neue Verordnung werden mit Zuchthaus oder Gefängnis bis zu fünfzehn Jahren bestraft. Suzanne und Lucy sind einverstanden, als Bob und zwei seiner Freunde die kleine Defender samt Ruder vorübergehend in den Garten von La Rocquaise stellen. Nach einigen Tagen würden sie sie an einem noch sichereren Ort verstecken, sagen die Männer. Den Außenbordmotor bekommen die Frauen gar nie zu Gesicht.

Auch das Fotografieren, ob draußen oder aus geschlossenen Räumen heraus, wird untersagt. Suzanne und Lucy haben noch wenige Filmrollen vorrätig, doch Sparsamkeit ist angesagt. Eventuell können sie aber weitere Filmrollen über Vera auftreiben.

Dann wird die erste Verordnung über Maßnahmen gegen Juden publiziert. Auf Deutsch, Französisch und Englisch. Und der ersten folgen sehr bald weitere.

Mehr als zwei Großeltern kann oder will ich nicht bieten, sagt Lucy, was sollen wir tun?

Gar nichts. Suzanne stellt die leere Kaffeetasse auf die grüne Truhe. Grün, sagt sie, Grün bedeutet Verlogenheit, und auf der anderen Seite des Prismas steht Grün für die Kunst. Lichteinfall und aufscheinende Umgebung, die alte Geschichte der Farben und ihrer Interpretation. Wir können die Verordnungen für Juden nur ignorieren, so ungeheuerlich sie auch sind. Wir glauben, was wir wollen. Wir fühlen, was wir wollen. Wir sehen, was wir sehen.

In dem Moment springt Kid auf den Stuhl am offenen Fenster. Lucy drückt die Zigarette aus und schwingt sich aus dem Sessel. Mit verschränkten Armen blickt sie über die St. Brelade's Bay. Grüne Schimmer. Die schweren Wolken. Kaum Bewegung. Ein weißes vages Licht am Horizont. Seerosen müssten jetzt auf der Stelle über das Meer wuchern, einen dichten Teppich bilden, damit man mit bloßen Füßen darüber gehen könnte, unendlich weit, wohin auch immer.

Stattdessen nehmen am Strand Uniformierte Aufstellung. Da wendet Lucy sich um und greift zur Kamera.

6

Die Frauen leben weiterhin so, dass sie von vielem für sie Kostbarem umgeben sind, das den Nazis subversiv erscheint, vor allem besitzen sie jede Menge Bücher. Sie sind nicht gewillt, den Machthabern Dinge zu überlassen, die diese einfordern, das Fernglas von Lucys Vater etwa. Einiges verstecken sie, die Kupfertöpfe landen im Brunnenschacht.

Und es gibt noch die beiden Revolver, die auch aus der Familie Schwob stammen. Einer ist ohne Munition und seit dem Umzug auf die Insel nicht wieder aufgetaucht, den anderen holt Lucy hervor und dreht und wiegt ihn in den Händen: Es ist soweit. Wir müssen uns versichern, dass er funktioniert, und ich kann weder laden noch abdrücken.

Aber ich.

Eben. Zeig es mir.

Wann?

Jetzt, auf der Stelle. Wir müssen üben, Suzanne. Drüben bei La Cotte. Wo die windgeschützten Ecken und Nischen zwischen den hoch aufragenden Felsen sind. Der Ort wird menschenleer sein, kein Ton ist von dort zu hören. Da man nur bei Ebbe dahin gelangen kann, dürfte es in einer knappen Stunde soweit sein.

Suzanne gefällt der ansteigende, kaum angedeutete Weg, Schritt um Schritt steil durch kräftiges Gras und Blumen hinauf. Oben auf dem von schroffen Felswänden umgebenen Plateau haben sich wilde Rosen ausgebreitet. Es gibt massenhaft Heidekraut und Schwarzdorn, dessen Früchte teilweise schon reif sind. Und Lucy kennt den Standort eines Rotdorns; es ist der einzige auf der Insel, behauptet sie.

Glückliche Ferieninsel! Suzanne breitet die Arme aus: Alles hier ist als Hort des Friedens gepriesen worden. Damit hat es nun offensichtlich ein Ende. Gott hat das Paradies wirklich als Menschenfalle geschaffen, das hast du mit Recht vor Zeiten behauptet.

Die Rettung, das sind wir selber. Lucy stellt eine Zielscheibe aus Pappe gegen einen Felsen. Wollen wir?

Ich bin bereit.

Suzanne demonstriert das Zielen und Schießen, Lucy lernt schnell. Alle Geschosse treffen die Pappe.

Einmal vor Jahren, beginnt Lucy danach, schließt kurz die Augen und stockt.

Was denn?

Einmal vor sehr vielen Jahren erschrak ich von ein paar schnell aufeinanderfolgenden Schüssen. Der Himmel tiefblau. Keine einzige Wolke. Hoher Sommer. Ich allein. Glühender Sand. Am Strand von Le Croisic. Plötzliche Schüsse also. Ehrensalven zu einer Geburt oder einem Begräbnis. Möwen erschraken mit mir, zerstoben. Als die Vögel sich wieder beruhigt hatten, sah ich weit vorn ein im Sand kauerndes Kind. Ein Mädchen. Ich ging zu ihm hin. Rote Striemen liefen über seinen Rücken. Granatrot. Das Gesicht in den Armen verborgen, schluchzte es. Ich streichelte den sonnenblonden Kopf.

Erlebt oder geträumt?

Du weißt, ich bin mir nicht immer so sicher. Jedenfalls sagte das Mädchen, nachdem es zu weinen aufgehört hatte: Das Meer macht keine zwei Ufer, weil es so breit ist. Nur die Flüsse können das. Es hatte den Kopf gehoben, blieb kauern und blickte fortdauernd in den Wellengang.

Zu Hause legte Suzanne den Revolver wieder an seinen Platz hinter Büchern und Büchern, zuunterst in einem Regal.

Später, etwa wenn in der Zeitung wieder ein Scharfschießen angekündigt wird – *von 22.30–23.30 Uhr zur Portelet und St. Brelade's Bay, Gefahrenzone etwa 17 km* – oder wenn die Maschinengewehre knattern, näher und ferner, nicht nur gegen das offene Meer hin, nachts und oft auch tagsüber, fragen Suzanne und Lucy sich, wie es sich wohl anfühle, wild drauflos ins Leere zu schießen, und wie es sich demgegenüber anfühle, Menschen zu treffen.

7

Das Wort Schönheit fällt an einem sehr frühen Morgen.

Lucy hält kurz inne und wiederholt fragend, leicht verächtlich: Haben sie sich die abgedroschenen Wörter nicht ausgetrieben, und dokumentierten sie nicht außerdem fotografisch, wie man sie sich vom Leib hält? Mit Ruten aus Gräsern. Lucy bleibt im Morgenmantel am Fenster stehen.

Komm, komm.

Beauté nicht im amerikanischen Verständnis von *Beauty*. Ja, wir haben das Wort lange gemieden, aus Scheu vor Abklatsch. Du hast mir oft genug gesagt, wie delikat die Sprache ist, wie gefährlich und verharmlosend. Inzwischen meine ich aber mit Schönheit etwas anderes als du.

Und das ist?

Die Amerikaner haben einen Frauentypus geschaffen, der nach außen hin eine aufreizende, im Kern aber prüde Sexualmoral vertritt. Beauty meint diesen Frauentyp, sogar eine äußerst ausgeprägte Form davon. Und das goutierst du nicht. Hast du nie –

Werde ich nie –

Ich meine *Beauté* im Sinn von Stendhal, wiedergelesen gestern Abend, Schönheit ist das Versprechen des Glücks. Noch größeres Glück garantiert nur die Geliebte, einschließlich all ihrer Makel. Sagt Stendhal. Geliebt- und Gebrauchtwerden, etwas Verlässlicheres hat es auch für uns nie gegeben. Wir begleiten einander seit über dreißig Jahren. Und weitere dreißig Jahre. Als Romantiker bist du doch nicht abgeneigt, derartige Sentimentalitäten noch schnell zu hören, nicht?

Durchaus. Jetzt zum Beispiel. Es reicht mir nämlich, dass ich mich tagsüber wieder viel mehr kontrollieren muss. Schon Eva widerstrebte dies auf die Dauer, es war ihr zu kompliziert, sie hatte einfach Lust auf einen Apfel. Weißt du, gerade in letzter Zeit kommt es öfter vor, dass ich mich frage, warum wir uns immer noch so sehr aneinander freuen können und auch, warum du mich lebenslang aushältst.

Bilde dir nichts darauf ein. Und außerdem kann ich nicht von dir lassen, weil ich dir mit viel Alltagskram zur Hand gehen muss.

Genau. Sag mal, Suzanne, wie sentimental bin ich eigentlich?

Schau mich an. – Doch, es ist auch dein harmloser Blick.

Du übertreibst –

Und dein linker Mundwinkel zuckt –

8

Krankenschwester in Frankreich könnte ich werden. Lucy schaut erwartungsvoll.

Suzanne lässt die Hacke fallen. Sie richtet sich auf und schirmt die Augen ab, weil Lucy sich exakt unter die sinkende Sonne gestellt hat.

Ich muss was tun! Man kann sich nicht gleichzeitig die Sendung von Colonel Britton auf BBC anhören und die hiesigen Informationen schlucken. Ich könnte mich wenigstens als Krankenschwester nützlich machen.

Selbstverständlich braucht es Frauen, die sich herumkommandieren lassen und die zupacken können. Sie fangen zerfetzte Körper auf, halten beim Amputieren Händchen, assistieren beim Verrecken. Sie ziehen meterweise blutiges, eitriges Verbandszeug aus Körperwunden und stopfen sie neu. Ja, das wäre etwas für dich: die bis zur Unkenntlichkeit grausigen Verbrennungen und das Wimmern der Krepierenden. Als ich 1915 Nachtwache in der Aufnahmestelle der Verwundeten hielt, habe ich einiges gesehen, absolut genug gesehen habe ich. Und du? Dir tun ja schon die unschuldigen Hühnchen und Schweinchen leid, die zur Schlachtbank geführt werden –

Dann eben Lastwagenchauffeur.

Ausgezeichnet! Bist ja auch eine blutjunge Frau wie Nada, mit Körpergröße einsachtzig und Bärenkräften. Vergiss nicht, wir haben uns für die Insel entschieden. Ja, ich bin definitiv gegen derart einfältige Pläne. Natürlich sehe ich, wie unzufrieden du bist. Was wir aushalten müssen, ist allerhand, stimmt schon. Hast du dir vor ein paar Wochen zugehört? Erdrutsche auslösen mit der eigenen Spucke, sagtest du. Im Grunde hast du längst schon beschlossen, aktiv zu werden. Wenn der Zeitpunkt dafür nun gekommen ist, soll's mir recht sein, aber nütze *deine* Talente.

In der folgenden schlaflosen Nacht blättert Lucy in älteren französischen Zeitschriften. Die Ausgabe eines satirischen Blattes aus dem Jahr 1933 gerät ihr zwischen die Finger.

Lucy bleibt zunächst an den Zeichnungen und Fotografien hängen. Der Scheiterhaufen aus Büchern. Auf Jersey haben sie jetzt, mehr als sieben Jahre später, ebenfalls Bücher verbrannt. Die Deutschen entfernten die für sie inakzeptablen Werke aus den Leihbüchereien und zündeten einen Teil davon an.

Die auf Französisch übersetzten Slogans der Nazis erschließen Lucy eine genauere Vorstellung der deutschen Sprache. Schrecken ohne Ende. Wie aktuell ist diese Aussage? Die Deutschen auf der Insel müssten den Satz aber so lesen, wie ich ihn lese. Wie könnte ich Einfluss nehmen?

Lucy schreibt: Sieg? Nein: Krieg! Ohne Ende!

Es ist tiefe Nacht. Lucy liegt hellwach. Kid schläft zusammengerollt neben ihrer Hüfte. Eine Maus knabbert. Hält inne, knabbert weiter. Mäusetrab. Im Übrigen große Stille. Es muss Ebbe sein. Kein Wind, kein Regen. Stille bis an die Dämmerung heran. Erst dann schreien die Möwen.

9

Die Underwood arbeitet ausgezeichnet, zehn bis zwölf Kohledurchschläge auf Seidenpapieren in einem Durchgang. In gewissen Texten fügt Lucy Anführungsstriche oder das Trema zum e hinzu. Sie benutzt abwechselnd ein rotes, ein schwarzes und ein grünes Farbband. Die Gestapo soll denken, dass sich mehrere Schreiber betätigen. Die Seidenpapiere, verschiedenfarbige und weiße, kann man im Fachgeschäft in St. Helier auf Rollen kaufen.

Ihre ersten Flugblätter unterschreibt sie mit *Der Soldat ohne Namen.*

Im Deutschen sei *namenlos* korrekter als *ohne Namen*, hat Suzanne gesagt.

Doch Lucy beharrt auf ihrer Version: Ohne Ende und ohne Namen, genau diese Analogie will ich.

Sie macht Entwürfe, die Formulierungen werden länger, Manifeste entstehen und kurze Dialoge. Suzanne übersetzt und Lucy schreibt die deutschen Sätze und Wendungen in die Maschine. All ihre Gedanken kreisen um Inhalt und Aufmachung der Flugblätter und um den Verteilungsplan. Suzanne korrigiert das Getippte und duldet keine Fehler, fehlerhafte Papiere werden im Kamin in Lucys Zimmer verbrannt. Lucy schreibt die Texte wenn nötig mehrmals ab, macht dann Stapel, die unterschiedliche Texte enthalten, faltet die Papiere, steckt sie in Umschläge. Oder in leere Zigarettenpapierkartons.

Regelmäßig ziehen die beiden Frauen gemeinsam los, immer zu zweit, weil Suzanne Lucy nicht alleine gehen lassen will. Manchmal finden sie frühmorgens

Flugblätter der Royal Air Force in englischer oder gar in französischer Sprache, die bei nächtlichen Überflügen abgeworfen werden. Ihre eigenen Papiere, neuerdings mit *die Waffen OO ohne Namen* signiert, legen sie mit einem Stein beschwert an einen Feldrand, sie lassen die Umschläge und kleinen Kartons auf einer Kirchenbank liegen oder schieben sie in Mauernischen vor beschlagnahmten Hotels und evakuierten Häusern.

Nach Wochen und Monaten warnt Suzanne davor, dass ihr Aktionsradius die Aufmerksamkeit auf einen Punkt der Insel ziehen könnte.

Stimmt, sagt Lucy, doch die Nähe der Flugpiste muss für die Gestapo eher plausibel sein, sofern sie sich überhaupt mit den Zetteln beschäftigt.

Es kann für uns gefährlich werden, finde ich. Längere Spaziergänge sind nötig.

Trotzdem will Lucy ihre Flugblätter immer wieder an dieselben Orte legen. Es sieht einfach so aus, erklärt sie, als wären wir zu den benachbarten Höfen unterwegs, um uns Nahrung zu beschaffen, so wie die übrigen Inselbewohner auch. Außerdem sammeln wir Beeren, Pilze und Kräuter. Und die Papiere müssen möglichst in die Nähe der deutschen Truppen kommen.

Bei Gelegenheit stehlen sie den Deutschen auch Champagnerflaschen – ohne Champagner –, stecken Zettel hinein und versiegeln sie. Die Botschaften behaupten den Erfolg der Résistance in Frankreich und die Unterstützung des allgemeinen Widerstands durch die Engländer. Lucy setzt Satzfragmente aus älteren surrealistischen Zeitschriften wie Puzzleteilchen nebeneinander. Das Unzusammenhängende ergänzt sie mit Punkten oder verbindet es mit Zeichen und Zahlen, die einen Code vermuten lassen.

Die Frauen setzen die Flaschen an den Küstenstrichen der Insel aus. Es soll den Anschein haben, als wären die Nachrichten in der Normandie oder in Cornwall dem Meer übergeben worden, von den Wellen tagelang geschaukelt, getragen bis an die idyllische Portelet Bay oder bis an die großartige St. Ouen's Bay im Westen von Jersey.

10

Sie sind nicht überrascht, als im Herbst 1941 ein Teil ihres Hauses requiriert wird. Sie haben längst damit gerechnet, nicht erst seit im frühen Sommer die Besatzungstruppen ausgetauscht und verstärkt worden sind und die neu stationierten Truppenführer überall Unterkünfte für sich, ihre Pferde und die Pferdeknechte beanspruchen.

Das Gesicht des Offiziers, der bei La Rocquaise anklopft, hat etwas Missratenes. Lächerlich sieht der Mann mit seiner Feldmütze aus, aber tadellos höflich ist er. Er fällt nur kurz aus der Rolle, als er sich an der Wange kratzt. Im selben Ton, in dem er alle freien Räume des Hauses zu sehen verlangt, würde er auch vom einzigen Nachbarn ein Pfund Mehl borgen wollen.

Suzanne stemmt den Handballen ihrer Rechten auf Schulterhöhe gegen den Türrahmen. Die andere Hand umschließt den Knauf der bis auf einen dunklen Spalt zugezogenen Tür. Können Sie sich nicht an die evakuierten Häuser halten?, sagt sie forsch, wenn auch nicht unfreundlich. Davon muss es doch jede Menge geben, oder nicht?

Das ist ein guter Rat, thank you. Wir haben die leeren Gebäude aber schon ausnahmslos in Beschlag genommen, restlos, we turned our attention to those buildings first. Die Insel ist gar klein, das brauche ich Ihnen nicht zu sagen, Jersey is a tiny island, den leerstehenden Häusern hat unser Augenmerk zuerst gegolten, this is true.

Er wiederholt sich. Wahr ist vieles. Sogenannt wahr noch mehr. Auch dieser Deutsche spricht das r tief im Rachen und das th als s. Die Stelle im Gesicht, wo er sich gekratzt hat, läuft rot an.

Es ist sinnlos abzustreiten, dass es in La Rocquaise unbewohnte Zimmer gibt. Also fasst Suzanne widerwillig nach Schlüsseln, tritt ins Freie, zieht die Tür hinter sich zu und führt den Offizier über den Vorplatz zum Gästetrakt hinüber, während Lucy leise aufgeregt hinter Fenster und Vorhang steht. Geht man im anderen, wesentlich kleineren Teil des Hauses durch die geräumige Diele und steigt die Treppe hoch, so gelangt man zu einer Kammer mit anschließendem Badezimmer. In dieser Kammer befinden sich sämtliche aus Paris mitgebrachten Bücher. Der Offizier betrachtet kurzsichtig sowohl die Buchrücken als auch die paar Möbel. Anschließend kontrolliert er unruhig die Verriegelung von innen und außen. Immerzu nickend gibt er sich bald zufrieden: This is all right, very convenient, völlig passend, in Ordnung. Ein Schuppen und diese zwei Zimmer als Unterkunft für drei Männer und zwei Pferde, hier ich, unten im Eingangsraum meine Ordonnanz und der Pferdeknecht. Wir kommen vorläufig zu dritt, übermorgen.

Suzanne und Lucy ziehen noch am selben Abend Buch um Buch aus dem Regal, lassen nur die Klassiker oder banale englische beziehungsweise französische Romane stehen. Sie tragen die Bücher in Suzannes Zimmer. Einige verstauen sie auch auf dem Dachboden, zusammen mit gewissen Fotos und Briefen. Vorsichtshalber bringt Suzanne ein Schloss an der Dachbodentür an.

Und ungemütlich sollen die Boches ihr Quartier finden, damit sie nicht lange bleiben!, befiehlt Lucy.

Sehr richtig. Also willst du die Möbel auch noch weghaben?

Natürlich!

Sie räumen die Zimmer selbst aus. Weil auf Ednas George momentan kein Verlass ist. Er hat, wie viele Fischer, seinen Beruf aufgeben müssen, da die Boote beschlagnahmt worden sind. Immerhin fand er eine Stelle in der Küche der Offizierskantine im St. Brelade's Bay Hotel. Lucy war gar nicht begeistert. Edna und Suzanne hingegen witterten sofort die Möglichkeit, durch George ab sofort zu guten Nahrungsmitteln zu kommen. Auch Kid würde davon profitieren.

George kommt also nach langen Arbeitstagen meist nur zum Schlafen nach Hause und kann darum bei der Räumung des Gästetrakts nicht mithelfen. Und Edna verbringt das Wochenende bei ihren Freunden in der Stadt.

Suzanne und Lucy entfernen aus der Kammer Decken und Kissen, die Vorhänge und den elektrischen Ofen. Auch den rot angemalten Apfelholztisch zirkeln sie über Stufen und um Ecken herum in Lucys Zimmer hinüber. Doch einzelne Möbel erweisen sich als zu sperrig und schwer, etwa die Louis-XV-Vitrine und ein großer kupferroter Teppich mit langen Fransen.

Dann zieht der Offizier wie angesagt mit Sack und Pack und Untergebenen ein und zeigt sich deutlich gekränkt, weil sein Zimmer weniger schön ist als der Raum für die Soldaten. Er beklagt sich auch über das Fehlen eines Heizkörpers.

Oh, für diese Kammer haben wir keinen, sagt Suzanne.

Habe ich nicht einen Ofen gesehen? A stove, a heater, something like that?

Augenscheinlich trügt Sie leider ihre Erinnerung. Ich bin untröstlich, ich kann Ihnen nicht helfen.

Der Deutsche händigt Suzanne mit gefasster Miene und der üblichen bürokratischen Akribie ein Schreiben aus. Sobald sie mit Lucy alleine ist, deutet Suzanne auf den Schreibfehler; unter *Eigentümer des Hauses* steht *Mellemalherbe.* Dass die Boches an gestohlenen Schreibtischen nicht nur Dokumente stempeln und lässige Unterschriften hinwerfen, sondern auch noch Französisch, überhaupt Sprachen können, wollen wir von ihnen nicht verlangen. Aber ausnutzen sollten wir das!

Der Offizier organisiert andere Vorhänge und Decken, kann aber keinen Ofen auftreiben. Wieder klopft er bei den Frauen an.

Hören Sie, Sie lassen einfach genügend Kohle kommen, schlägt Suzanne vor, dann stellen wir die Zentralheizung an, und im Verlauf von zwei Tagen werden Sie es gemütlich warm haben.

Doch als Leutnant erhält er keine Kohle. Nach wenigen Nächten zieht er ein paar Häuser weiter in eine feudalere Unterkunft, seine Leute und die Pferde jedoch bleiben zurück, zusammen mit neu einquartierten Soldaten. Nur Edna behält einigermaßen den Überblick über all die Untermieter.

Unterdessen hat Lucy von den Soldaten geradeaus verlangt, dass sie die Finger von sämtlichem Werkzeug und allem Brennbaren in den Schuppen lassen sollen. An die Pferde hat niemand gedacht. Sie beknabbern die Gartentür und beschädigen die Fensterbretter und Fensterrahmen der Schuppen, sie fressen Büsche und Stauden ebenerdig weg und verunstalten das Rosenbeet. Im Jahr darauf werden die Kletterrosen ihre rosa und karminroten Blüten wieder die Hausmauer hochtreiben, und kräftig wird Lavendel aufschießen, die Malven werden sich wieder entfalten, die Spornblumen, der Wildapfel. Jersey liegt im Golfstrom.

Vorerst aber bittet Lucy die öfter wechselnden Soldaten, die Pferde anzubinden. Jederzeit, ausnahmslos. Die einen tun es, die anderen nicht. Insgesamt benehmen die Soldaten sich. Bringen die ausgeliehene Schuhwichse zurück und machen kaum Lärm. Sie streifen den gröbsten Schmutz von den Stiefeln, bevor sie das Haus betreten.

Herbert, die Offiziersordonnanz, verhält sich besonders anständig und zurückhaltend. Sein Verhalten entspricht exakt jenem von Lucy und Suzanne. Er hat sogar vorgeschlagen, den schweren Teppich und die Vitrine aus der Diele in einen der Schuppen auszulagern, um sie zu schonen. Natürlich haben die Frauen den Vorschlag akzeptiert. Dabei ist Lucy an der offenen Tür des Gästetrakts vorübergegangen. Erstmals hat sie da übereinander aufgebaute Holzbetten gesehen.

Im Großen und Ganzen haben Suzanne und Lucy wenig mit den Fremden zu tun, nicht zuletzt deshalb, weil diese sich in einem dem Hotel einverleibten Soldatenheim verpflegen. Trotzdem. Es hat sich unter den Soldaten und auch unter den Zivilisten schnell herumgesprochen, dass das einzige noch funktionierende Telefon der ganzen Bucht in La Rocquaise zu finden ist.

Man klopft. Edna öffnet, sofern sie zugegen ist. In

der Küche gibt es fließendes Wasser, meist steht eine Kanne mit Kräutertee auf dem Tisch, oft ist eingefeuert. Dass Leute kommen und sich gemeinsam in der Küche aufhalten und dass einige der zumeist bäuerlichen Typen – Nachbarn, Soldaten – sich mit Edna und George gut verstehen, ist ganz natürlich. Menschlich ist das. Aber jeder, der zum Telefon im Flur oder in die Küche will, muss am Wohnzimmer vorübergehen, wo Lucy und Suzanne sich während der kalten Jahreszeit oft aufhalten und besprechen. Zwar haben sie Vorhänge, zwar verriegeln sie die Tür.

Lucy schimpft, wenn Fremde sich zu oft in ihrem Haus aufhalten.

Aber Suzanne redet auf sie ein: Halt den Ärger zurück, gib dir keine Blöße. Welche Wörter wann, nur das zählt. Schreib angriffige Sätze. Das hilft uns mehr.

Wieder setzt Lucy sich in ihrem Zimmer an den roten Apfelholztisch, der früher unbenutzt drüben in der Diele gestanden hat und jetzt mit Papieren und Schnipseln bedeckt ist. Während Lucy oben arbeitet, bleibt Suzanne im Erdgeschoss, damit immer eine von ihnen über das Kommen und Gehen im Bilde ist. Edna wird eingeschärft, niemals zu jemandem über die Underwood zu sprechen, obgleich es auf der Insel nicht ungewöhnlich ist, noch verbotene Dinge zu besitzen und zu verwenden.

Nur wenn Lucy im ganzen Haus mit Ruhe rechnet, schreibt sie an der Maschine. Die frühen Morgen und die frühen Nachmittage sind günstig. Einmal findet sie auf einer Straße einige Seiten einer deutschen illustrierten Zeitschrift. Sie hebt sie auf, wie sie alle Objekte aufliest, ohne im Voraus zu wissen, ob sie sie je für etwas wird brauchen können. Auf einer Seite ist ein Foto eines marschierenden Regiments abgebildet. Deckt Lucy die Hälfte des Bildes ab, sieht man nur verschmutzte Beine und Schuhe im Gleichschritt. Sie schneidet das Foto in zwei Teile, wirft den oberen Teil in die Kaminglut. Den unteren Teil klebt sie auf ein Papier und schreibt mit schwarzer Tusche *Lieber Dreck und Drill als Glanz und Gloria* dazu. Sie sieht sich in ihrem Zimmer nach einem geeigneten Rahmen um, findet im Schrank, der noch aus Nantes stammt, eine vergessene Fotografie von Oscar Wilde und Alfred Douglas. Sie löst das Männerpaar heraus und legt ihre Arbeit hinein. Danach überredet sie Suzanne, das Bild auf der Stelle in ein von einem Soldatentrupp bewohntes Haus zu schmuggeln. Tatsächlich passt die Stunde, um über ein offenes Fenster einzusteigen und das Bild an einen Nagel zu hängen. Ein Sonnenstrahl zielt darauf.

Die gefundenen Heftseiten haben Lucy inspiriert. In St. Helier besorgen sie sich neue Zeitschriften aus deutschen Städten, die sowohl von den Wehrmachtsangehörigen als auch von den Inselbewohnern konsumiert werden. Lucy montiert lustvoll Bilder und Texte, eine Vorgangsweise, die ihr ja längst vertraut ist. Sie achtet auf eine technisch saubere Arbeit, doch wegen ihrer schlechten Augen – eines kann auch mit Brille nicht lesen – kommt sie nicht schnell voran. Außerdem ist es schwierig, genügend Leim aufzutreiben, und Edna extra für Leim loszuschicken, könnte deren Neugier anregen.

Mit den Collagen gehen sie nach St. Helier zurück. Erst kaufen sie eine *Berliner* oder eine *Kölnische Illu-*

strierte Zeitung, danach setzen sie sich in ein Café. Dort sucht Lucy die Toilette auf und legt ihre Einzelblätter in die erworbenen Zeitschriften. Später betreten sie einen anderen Laden, wo sie so tun, als interessierten sie sich für dieses oder jenes Heft. Sie blättern darin, legen es beiseite, schauen sich ein weiteres an und legen schließlich ihre manipulierten Hefte dazu.

Lucy macht auch Flugblätter in einem völlig falschen Tschechisch. Sie spannt dafür den Stapel Durchschlagpapiere verkehrt noch einmal in die Schreibmaschine, damit die französischen Akzentzeichen wie tschechische aussehen. Für wieder andere Flugblätter benutzt sie Formulare aus einem alten Register, das Suzannes Vater gehört hat. Albert Hippolyte Malherbe galt als bedeutender Professor für Medizin an der Universität in Nantes. Eine Geisterzelle, eine bestimmte Art Hauttumor, ist nach ihm benannt.

Diejenigen Orte, an denen ihre Flugblätter des Öfteren auftauchen, umzäunen die Deutschen nach und nach mit Stacheldraht. Wachen stehen daneben.

Die Frauen sind geduldig.

Wird die Bewachung lockerer, erscheinen die Umschläge und Schachteln erneut, und zwar innerhalb des Stacheldrahtes. Für die Widerstandsarbeit ist es nur von Vorteil, dass laufend neue Wehrmachtseinheiten auf die Insel beordert und andere abgezogen werden.

Ohne es zu ahnen, leistet auch Edna gute Dienste. Sie ist über viele Geschehnisse und Gerüchte auf der Insel informiert und berichtet gerne davon. Von allen möglichen Leuten und auch von den Kirchen-

und Küchenbesuchern erfährt sie Neuigkeiten, die sie Suzanne und Lucy manchmal warnend, dann wieder genüsslich vorsetzt: Auch bei Mrs Blake sind nun Kaninchen gestohlen worden, vier in einem Schwupp, obwohl der Stall abgeschlossen war. Und Gladys ist beim Befestigen der Verdunkelungsvorhänge auf den gedeckten Tisch gestürzt und hat das Geschirr und ihr Bein ruiniert, mit zwölf Stichen, sagt man, habe ein deutscher Arzt sie geflickt, ja, weil es schon dunkel war. Und das italienische Café in der Stadt hat neuerdings einen schlechten Ruf, gehen Sie nicht mehr hin, denn der kleine haarpomadisierte Besitzer pfeift es der Gestapo, wenn jemand den Namen Mussolini abschätzig verwendet. Und im Kino wurde ein Paar aus St. Aubin abgeführt, weil es bei der Deutschen Wochenschau im falschen Moment geklatscht haben soll. Und ein Mädchen, das sich einen Deutschen schnappt oder von einem Deutschen abgeschleppt wird, nennen die Einheimischen nun *Jerrybag*. Eine recht bekannte Jerrybag ist José Lillicrap. Sie ist die Neue eines höheren Offiziers, und sie ist Tanzschulbetreiberin, zwar nicht mehr die Jüngste, viel älter als ich, oh, sehr viel jünger als Sie, Mademoiselles Lucy und Suzanne! Selbst die Leute auf der Straße nennen sie nur Miss José. Bei diesem Familiennamen, wer möchte schon Lillicrap heißen, Schrott und Mist! Ihre Tanzschule, also einfach so ein Studio, befindet sich genau in jenem Gebäude an der Midvale Road, das die Organisation Todt für sich beansprucht hat. Stellen Sie sich vor, Miss José will vor dem Krieg in New York eine Ballerinatruppe aus Russland den Cancan gelehrt haben, obwohl sie ihn nur vom Zuschauen gekannt habe.

Damit brüstet sie sich. Meine Freundin Eliza hat mir das erzählt, und die wiederum hat eine Schwester, die bei Miss José tanzt. Nur muss man jetzt vorsichtig sein, weil sie eben zu einem höheren Offizier gehört. Der ist sogar ein Gestapo, er heißt Bose oder so ähnlich, ist hässlich, so hässlich, dass keine Irin für den auf eine Couch fallen würde, aber er hat eben viele glänzende Auszeichnungen an seiner Uniform. Und aus einem Laden in St. Helier haben Halbwüchsige Süßigkeiten gestohlen und geschluckt. Dummerweise waren es Opiumtabletten, nichts Lebensgefährliches, es ist den Jungs nur ziemlich elend geworden. Wirklich traurig ist aber, dass die Inselbewohner nun streunende Katzen fangen und essen, das ist doch der Gipfel der Geschmacklosigkeit, nicht wahr, Mademoiselle Lucy? Ja, und dann hat Eliza bei der Uferpromenade in Havre des Pas Sonnenstühle der Deutschen mit aufgedrucktem Reichsadler und Hakenkreuz gesehen, die sie mitten im Winter aufgestellt haben, um die Sonnenuntergänge zu kontrollieren oder die Küste in aller Ruhe zu bewachen, so oder so ist das recht närrisch, finden Sie nicht auch?

Sobald Edna ins Reden kommt, lässt Lucy sich nicht anmerken, dass sie sich mehr für die Deutschen als für die Einheimischen interessiert.

Meist entscheidet Edna, welche Besucher sich in der Küche aufwärmen können. Etlichen Zivilen und Uniformierten weist sie gleich wieder die Tür, mit Witz und Schwung. Erst tun sie so, hat sie Lucy einmal erklärt, als wollten sie telefonieren, dann setzen sie sich aber mit Elefantenohren in die Küche, zum Beispiel dieser Schweizer und seine österreichische

Freundin, die drei Häuser weiter wohnen. Die sind faul wie der kleine Finger eines Dudelsackspielers, nein, die passen mir nicht, weil sie nämlich noch größere Nazis sind als unsere Untermieter! Und, apropos Untermieter: einer von ihnen hat sich heute geradezu schamlos beschwert. Was kann *ich* dafür, wenn er unser maritimes Klima und vor allem die Geräusche der Mäuse nicht gewohnt ist! Er fürchtet sich vor Mäusen, das ist ja mal klar. Nur die Möglichkeit, nach Russland geschickt zu werden, würde ihn in noch mehr Angst versetzen.

Warum sollte er nach Russland geschickt werden?

Für kleine Vergehen erhalten die Deutschen Prügel, erklärt Edna, aber für größere werden sie mit einem Einsatz im Osten bestraft. Wir Einheimischen nutzen die Möglichkeit, die Soldaten wegen Diebstählen bei der Kommandantur anzuzeigen. Einmal pusten, und schon sind sie in Russland!

Das ist fies. Natürlich, jeder wünscht die Besatzer ins Pfefferland, aber trotzdem steht es keinem von uns zu, irgendeinen Menschen zu verpfeifen, damit er an die Ostfront geschickt wird!

Herbert, die Ordonnanz, zeigt sich erkenntlich, wenn er in der Küche zufällig die News der BBC mithören kann. Noch sind Radios nicht verboten und konfisziert. Bloß feindliche Sender darf man nicht einstellen. Edna hat diesbezüglich keine Skrupel. Sie weiß eine Antwort, falls sie von einem der Deutschen darauf angesprochen würde. Irin bin ich, würde sie sagen, und also ist es meine Pflicht, über Irland Bescheid zu wissen, und nur über die BBC erfahre ich Neues aus meiner Heimat! Alles Übrige, was die da senden, interessiert mich keinen Penny!

Über die BBC hört Herbert vom Nachtangriff auf Kassel. Da leben seine Frau und seine Eltern. Er sei mucksmäuschenstill gewesen, als über die Bomben auf Kassel berichtet worden sei, erzählt Edna hinterher. Die Knöchel seiner kräftig verschränkten Finger hätten im Dunkel der Küche weiß geleuchtet.

Bald darauf kann Herbert auf Fronturlaub gehen.

Und kehrt zurück mit Geschenken für George und Edna, mit in Frankreich erworbenen Gummistiefeln und Fischereibedarf und auch mit Lebensmitteln, die ihm seine Frau und seine Mutter angeblich mitgegeben haben. Die Bomben, behauptet er, hätten an ihrem Wohnhaus nur wenig Schaden angerichtet.

Lucy trifft ihn bei den Pferden an. Wie gut, wie verständig er mit ihnen umgeht. Er streicht sich mit dem Handrücken über die rissigen Lippen, als Lucy ihn anspricht, und äußert vorsichtige Unentschiedenheit und macht Andeutungen. Er wirkt äußerst bedrückt.

Herbert soll sich jederzeit in der Küche aufwärmen können, sagt Lucy danach zu Edna, geben Sie ihm ein Sonderrecht und drehen Sie das Radio an, sobald er in der Küche ist.

Herbert hat Hitler abgeschrieben, sagt sie zu Suzanne. Seine Augen sprechen Bände. Er muss einiges gesehen haben, unterwegs im fahrenden Zug durch Frankreich und Deutschland, beim Umsteigen in den Bahnhöfen, überland auf Nebengeleisen, den Flüssen lang. Und in Kassel selbst.

Dann kommt der Frühling mit den Mücken. Bisher waren Mücken auf Jersey völlig unbekannt. Herbert wird nach Russland geschickt, nicht zur Strafe, sondern weil er seinem Offizier folgen soll, demjenigen, der seinerzeit die Requirierung vornahm.

Ich habe große Mühe mit diesem Befehl, sagt Herbert zu George. Was würden Sie an meiner Stelle tun?

Schwimmen Sie nach England, oder tauchen Sie sonstwo unter.

Vor seinem Weggang klopft Herbert an die Wohnzimmertür und streckt Suzanne die trockene, schwielige Hand entgegen. Dann winkt er nach hinten zu Lucy, die sich nicht vom Sessel rührt. Und Dank für alles, sagt er laut und deutlich. Ich reise äußerst ungern ab. Zu vieles bleibt vage. Das Leben der Inselbewohner, Ihres, meines. We should turn a lot of things upside down, we call it in German *ungeschehen machen.*

Er weiß nicht, dass er eines unserer Blätter klein und fein in seiner Jackentasche hat, grünes Papier, rotes Farbband, griffiger Text, sagt Lucy zu Suzanne, wobei sie Zeige- und Mittelfinger über die Sessellehne spazieren lässt.

11

Nach einem ausnehmend kalten Winter gehen in St. Helier die ersten Kriegsgefangenen aus der Ukraine an Land. Die Russen und die auf die Inseln übergeführten Zwangsarbeiter haben einen in Berlin ausgeheckten Sandkastentraum zu erfüllen: Alle Kanalinseln sollen einen Teil des Atlantischen Walls bilden. Hierzu hat die dem Reichsminister für Bewaffnung und Munition untergeordnete Bautruppe Organisation Todt – die OT – bereits Vorarbeiten ausführen lassen. Für drei Schmalspurbahnlinien sind Schienen von St. Helier bis nach Gorey im Osten, bis nach Ronez im Norden, bis in den Westzipfel La Corbière und von dort die Meeresküste entlang hinauf nach L'Etacq verlegt worden. Die Lokomotiven und das Rollmaterial hat man in Polen und Frankreich entwendet. Auch die Zwangsarbeiter kommen mehrheitlich aus diesen Ländern, doch stammen auch viele aus Holland, Spanien und Nordafrika.

Die vielen Unterkünfte für die Zwangsarbeiter und die Kriegsgefangenen verteilen sich über die ganze Insel. Das Barackenlager Udet in der Gegend von St. Brelade heißt nach dem von Göring fallen gelassenen Luftakrobaten und Generalluftzeugmeister Ernst Udet. Seinen Selbstmord haben die Nazis als Flugunfall deklariert; bei der Erprobung einer neuen Waffe sei er umgekommen.

Mit weiteren Transporten kommen auch ukrainische Frauen und Knaben vom Festland nach Jersey. Einerseits benötigt man die Frauen für den Barackendienst. Andererseits muss die Organisation

Todt ihre eigenen Bordelle bestücken, da jene der Wehrmacht ausschließlich den bewaffneten Truppenangehörigen vorbehalten sind.

Der Materialbedarf für die Festungsanlagen ist immens. Bis gegen Ende des Kriegs werden auf Jersey, Guernsey, Alderney, Herm und Sark insgesamt sechzehntausend OT-Arbeiter dazu bestimmt, die Wünsche aus der Reichsstadt zu erfüllen. Mit Bunkern und Kanonenstellungen wird die Insel ausgegossen, an vielen Stränden erheben sich bald überdimensionierte, die Szenerie verunstaltende Mauern. Mächtige Türme überragen die wilden Küstengebiete.

Es fehlen Daten darüber, wie viele Männer jeden Alters während der Bauarbeiten oder als Folge der Arbeitsbedingungen gestorben sind. Aber wer sich heutzutage auf Jersey bewegt, kann durch die Türme, Mauern und Bunker noch und überall an die geschundenen Männer erinnert werden. Allerdings bieten die Steinkuben vor den Bunkern praktische Ablageflächen für ein Picknick mit Folienboxsandwiches und Sekt aus hochstieligen Gläsern, Apfel und Tee aus der Feldflasche. Man lehnt sich an und richtet sich für ein Mittagsdösen ein. Fällt kopfüber in die ergreifende Aussicht.

Wenn ich es bedenke, hat Suzanne gesagt, als sie mit Lucy vom Studio aus zuschaut, wie die aufwändige Holzverschalung für den Steinwall zwischen ihrem Haus und dem Meer konstruiert wird, wenn ich diese Männer sehe, höre, wie mit ihnen gesprochen wird, so macht mich allein das Fundament für diesen Wahnsinnsbau irre. Sand. Aus Muscheln, Fischskeletten, Hummerscheren, Schildkrötenpanzern, aus Wirbelsäulen und Knochen von Walen und Menschen, alles kleinstgemörsert –

Tot und oft schön. Gewaltig schrecklich.

In einer hügeligen, bewaldeten Gegend im Landesinneren soll auch ein riesiges Tunnelsystem entstehen. Der Untergrundbau ist als Waffenlager und Artillerieunterkunft geplant, samt einer Sonderabteilung für ältere Offiziere. Eine Kranken- und eine Notfallstation sind vorgesehen, außerdem ein Operationsraum sowie eine Apotheke, zwei Küchen, Telefonzentrale, Treibstofflager, Generator, Fluchtschächte und so fort. Nicht zu vergessen ein Ort für die Mädchen, idealerweise in der Verlängerung der Offiziersabteilung, beispielsweise in der Tiefe des Tunnels 11, von welchem aus kein Weiterkommen ist. Der Untergrundbau ist derart schlau konzipiert, dass er sich durch den ständigen Luftstrom zwischen den rechtwinkelig aufeinanderstoßenden und miteinander verbundenen Stollen und Kammern von selbst trocken hält. Die Temperatur wird konstant vierzehn Grad sein, je nachdem kann frische oder warme Luft zu den verschiedenen Räumen hinter gasdichten Türen geführt werden.

Mancher Kriegsgefangene und Zwangsarbeiter bezahlt die mit Schießpulver, Handgranaten und improvisierten Werkzeugen vorangehetzten Arbeiten durch den Granit mit dem Leben. Als die OT im vierten Besetzungsjahr immer mehr und schließlich alle noch brauchbaren Arbeiter für den verstärkten Festungsbau nach Frankreich verschiebt, wird der unterirdische Bau eingestellt.

Vorerst jedoch bedeutet die Insel Jersey für die Zwangsarbeiter und Kriegsgefangenen eine kaum zu bewältigende Schufterei untertage. Wird nach Meinung der deutschen Aufseher nachlässig gearbeitet, dann steht ein Transport ins Straflager in Alderney an. Oder die Knaben und Männer werden ins Deutsche Reich gebracht.

Auch die Inselbewohner werden hart bestraft. Etwa, wenn sie die OT-Arbeiter begünstigen. Leute werden verhaftet, die den unterernährten Russen auf ihren Wegen zwischen den Baracken und den Einsatzorten eine Karotte oder eine Kante Brot reichen.

Die über siebzigjährige Ethel Strong ist nicht die Einzige, die sich über Verbote hinwegsetzt und den Russen etwas abgibt.

Das Ehepaar Strong wohnt drüben in Les Creux, also ganz in der Nähe von La Rocquaise, und Ethel hat Lucy im ersten Besetzungswinter auf einer Busfahrt von St. Helier nach St. Brelade angesprochen. Es sei ihr ein Bedürfnis, sagte sie damals, Lucy darauf hinzuweisen, wie sehr sie der großen Sarah Bernhardt ähnlich sehe.

Lucy war erfreut. Wegen Onkel Marcel Schwob hatte sie die Bernhardt ja schon als Kind auf der Bühne gesehen. Weil er Shakespeares Hamlet übersetzt hatte und Sarah Bernhardt danach seinen Hamlet gab. Großmutter Mathilde und der Onkel hatten sie in eine dieser Vorstellungen mitgenommen. Es musste nach Mamans Verschwinden gewesen sein. Das Mädchen hatte nicht begriffen, warum die Leute sich in den Pausen darüber aufregten, dass eine Frau den Hamlet spielt. Dem Kind kam es selbstverständlich vor. Es verstand jedoch die Handlung nicht und verlor sich deshalb in den Kostümen, betrachtete von seinem honiggelben Samtsitz aus die Köpfe,

Hälse, Schultern der Leute um sich herum und die Gemälde im Theatersaal, die allesamt Sarah Bernhardt zeigten.

Als Ethel Strong im Bus auf die Ähnlichkeit mit der berühmten Schauspielerin hinwies, wollte Lucy wissen, worin denn ihrer Meinung nach die Ähnlichkeit bestehe.

In Ihrem und Madame Bernhardts Fall ist es – lassen Sie mich überlegen – die Art, wie Sie beide gehen. Mit einer gewissen Lebendigkeit und Leichtigkeit. Madame Bernhardt bewegte sich mit langem katzengleichen Schritt über die Bühne, geschmeidig, das ist das Wort. Aber auch Ihre Gesichter, die Haare sind ähnlich.

Sie haben mich schon früher gesehen?

Aber ja, Sie sind schon viele Male an unserem Haus vorübergegangen. Immer in Begleitung. Es schien mir nie der richtige Moment zu sein, um Sie anzusprechen. Obwohl ich ein sehr direkter Mensch bin. Man muss sich vor meiner Direktheit geradezu in acht nehmen.

Ethel gefiel es, dass Lucy und ihre Schwester aus Paris kamen. Sie selbst sei in Java geboren, danach mit ihren Eltern überall herumgekommen, aber ganz besonders hätten ihr die Jugendjahre in Frankreich und mithin Paris gefallen. Von den Franzosen, sagte sie, wäre hier auf der Insel allerlei zu lernen.

Lucy blickte freundlich.

Ich schwärme für die französische Kultur! Hundertfach strömen mir Bilder entgegen. Die Chausseen, die Monumente, was für Plätze! La Seine, mon dieu! Mit dem Dampfboot vom Louvre die Seine hinunter nach Suresnes und zurück nach Meudon.

Was für eine Landschaft! Oder man fährt mit der Drahtseilbahn zum Montmartre hoch. Die Aussicht von dort oben ist eine lebendige Fassung des Schönheitsideals französischer Landschaftsmalerei von Claude Lorrain bis Maurice Utrillo. Irgendwann geht man zu Fuß gemütlich wieder den Montmartre hinunter, in den Seitenstraßen findet der Markt mit Austern und Gemüsen statt, mit Halsabschneidern und großherzigen Händlern, mit Bürgersfrauen mit und ohne Kind. Zu Mittag ein erstes Glas Veuve Clicquot und eine Quiche, bevor man sich danach in die herrlichen Museen und die grandiosen Theater begibt. Et voilà: So habe ich Madame Bernhardt öfter bewundern können. Und Sie, haben Sie sie auch auf der Bühne gesehen?

Zu Anfang unserer Pariser Zeit –

Ich dachte, Sie kämen aus Paris?

Nein, wir stammen aus Nantes. Doch in Paris haben wir die Bernhardt in einem ihrer letzten Stücke gesehen. Und natürlich gingen wir bei ihrem Begräbnis auf die Straße.

Einmalig, diese Schauspielerin, auf eine Weise einmalig, dass ich ihr ihre beiden Fehler nachsehe.

Fehler?

Madame Bernhardt hatte zu viele Liebhaber. Und sie war jüdischer Abstammung.

Lucy ließ Edouard de Max unerwähnt. Wie die Bernhardt ihn unter ihre Fittiche genommen hatte. Was ihn nicht davon abhielt, sich weiterhin seinem Hofstaat junger Männer zu widmen. Und Lucy verschwieg auch, dass sie mit Max in seinen letzten Lebensjahren gut bekannt gewesen waren und Suzanne ihn verschiedentlich als Modell genommen hatte, um ihn zu zeichnen und sein Porträt in Holz zu schneiden. Durch Edouard de Max hatten sie aus erster Hand einiges von der Bernhardt erfahren. So war das gewesen. Lucy hatte keine Lust, davon anzufangen. Stattdessen sagte sie: Und wenn ich Ihnen sage, dass ich auch zur Hälfte Jüdin bin?

Suzanne war nahezu entsetzt, als Lucy ihr später die Begegnung mit Ethel Strong schilderte: Was hast du dir bloß dabei gedacht? Wir exponieren uns, wir sind mit den Flugblättern unterwegs und legen womöglich Spuren!

Ach, die alte Dame hat sich so offenherzig benommen, dass es einen ansteckt –

Gefährlich ist das! Einer Fremden kannst du doch nicht einfach auf die Nase binden, dass du Halbjüdin bist!

Ich vertraue ihr.

Du bist übergeschnappt!

Ein Gefühl.

Natürlich! Und was hat diese Mrs Strong denn erwidert?

Dass sie zwar Antisemitin sei, aber nicht wie die Preußen. Reich wie Rothschild, heiße es, doch in Wahrheit lebten Abertausende von Juden im östlichen Europa unter armseligsten Umständen. Oft klammere der Jude sich an den Himmel und nicht an die Erde, eine Gottergebenheit, die sie furchtbar fände. Diese Leute müssten sich aufraffen und ihre Begabungen in Palästina unter Beweis stellen.

Starkes Stück. Und was hast du ihr geantwortet?

Dass wir *Gott sei Dank* auf Jersey leben. Und dass sie bei uns jederzeit willkommen sei.

Ethel Strong wartet also am Straßenrand auf die in

kleinen und größeren Trupps und Kolonnen vorüberschlurfenden OT-Arbeiter, um ihnen einzelne Bissen zuzustecken. Viele der hierhergebrachten Russen seien jung und unschuldig in diese Situation geraten, also müsse sie ihnen helfen, aus bloßer Barmherzigkeit, nicht etwa aus Liebe. Denn Liebe sei für sie längst kein Thema mehr.

Eine Thermoskanne unter den Arm geklemmt, hält sie eine Tasse mit Haferflockenplätzchen aus ihrem ewigen Vorrat in der Hand und streckt sie den OT-Männern unweit des Pfarrhauses wortlos hin. Sobald die Tasse leer ist, gießt sie Tee ein, reicht ihn dem Erstbesten, der drei Schritte zurückfällt.

Warum die Deutschen Ethel Strong gewähren lassen, ist nicht zu erklären. Suzanne und Lucy vermuten jedoch, dass ihr aristokratischer Ton Nichtadeligen imponiert oder sie irritiert oder beides zusammen; man schätzt sie gern als Verrückte ein.

Tatsächlich stößt sich Ethel an rauchenden Frauen oder einem Hauch zu viel Puder. Ihre Urteile sind unwiderruflich. Und sie ist erfrischend unbestechlich. Kommt die Rede auf Hitler, so sagt sie: Ein derart vulgärer Unteroffizier und Einfaltspinsel soll Feldmarschall und Führer sein? Der taugt nicht mal zu einem gewöhnlichen Arbeiter.

Dann ist die Befestigungsmauer in der St. Brelade's Bay zu Ende gebaut. Die OT-Arbeiter schütten den stinkenden Graben zwischen Mauer und anliegenden Grundstücken auf. Eine beeindruckende Kranvorrichtung steht zur Verfügung. Gleichwohl schaufeln die Russen wie toll. Suzanne und Lucy sind außer sich, da der Graben mit Sand vom Strand und nicht mit Erde aufgefüllt wird. Beim kleinsten Wind wird ihr Terrain bedeckt sein mit salzigem Sand, der die Fruchtbarkeit des Bodens zunichtemachen und die Büsche verkümmern lassen könnte. Aber größer als dieser Ärger ist das Mitgefühl für die Arbeiter.

Lucy möchte mit einem der Russen reden. Dabei ist reden übertrieben, sie hat von der sprachkundigen Ethel wenige Sätze Russisch auswendig gelernt – das war's aber auch schon. Lucy hat einen bestimmten Mann im Auge.

Als sie sich zum Strand aufmacht, regnet es seit Stunden. Die OT-Aufseher haben sich in den Gemeinschaftsraum des St. Brelade's Bay-Hotels zurückgezogen, sie wollen keine nassen Füße bekommen. In der Tasche ihres Regenmantels hat Lucy ein Stück Schokolade, ihre Ration von sechs Monaten. Noch hat sie Phosphorpillen, die sie besser bei Kräften halten als Schokolade. Sie geht auf den jungen Mann zu, hält ihm die Schokolade hin und grüßt auf Russisch. Der Mann zögert nicht.

Vor Einbruch der Dunkelheit holt die OT jeweils die meisten Arbeiter ab. Ein paar wenige müssen noch die Werkzeuge versorgen und werden darum vorerst in der Bucht zurückgelassen. Der Russe ist auch unter ihnen. Da der Regen nachgelassen hat, macht Lucy dem Mann vom Garten aus Zeichen, bis er sich nähert. Wieder spricht sie einige wenige russische Worte, schon kommt er auf den Rasen herüber.

Edna, die alles mitansieht, hat aus der Offizierskantine noch ein richtiges Kuchenstück aus Eiern, Butter, Mehl und Zucker vorrätig. Das bringt sie, und Lucy gibt es an den Russen weiter. Er ist völlig durchnässt. Verschwommene Augen. Der Mann versteht einiges von Ednas deutsch-englischem Kauderwelsch, er selbst spricht ein vergleichbares Ukrainisch-Deutsch. Aus Sewastopol sei er, geboren auch an einem Meer. Er legt die freie Hand an die Brust, dann greift er nach Lucys Hand und küsst sie.

Unsicherheit hätte ich von mir nicht erwartet, das zuletzt. Lucy schüttelt dem Mann die Hand, benutzt das russische Wort für Genosse und zeigt auf die Küchentür.

Er weist auf seine nassen Kleider.

Ist egal, treten Sie ein.

Edna macht Tee, Suzanne stellt Milch und Honig hin.

Seine Körperhaltung und die Art und Weise, wie er den Kuchen isst.

Er bittet um ein Stück Papier und um einen Stift, übersetzt Edna.

Suzanne holt beides.

Der Mann schreibt die Namen von fünf Staatsmännern in kyrillischen Buchstaben auf und liest sie vor. Dann streicht er einen Namen nach dem andern aus und lässt einen einzigen stehen; der werde schließlich siegen.

Ja, nickt Lucy und will ihm eine Illustration aus einer der alten französischen satirischen Zeitschriften zeigen. Als sie in ihr Zimmer hinaufgeht, folgt der Ukrainer mit leichtem, selbstverständlichem Schritt. Sie beobachtet ihn, wie er sich umsieht. Trifft ihn der Luxus von Möbeln und Bildern? Aber er scheint eher erfreut als bestürzt oder auch nur verlegen zu sein.

Suzanne schenkt dem Mann ein großes Taschentuch. Und ein Paar Socken, die der Dichter und

Maler Henri Michaux bei seinem Inselbesuch vergessen hat. Michaux wäre zweifellos einverstanden gewesen, sagt sie später zu Lucy.

Drei oder vier Abende später steht der Ukrainer völlig unerwartet wieder da. Er hat sich unbemerkt von der Truppe entfernen können, ist vielleicht mit dem Auf- und Abbau des Krans betraut worden und hat dadurch eine Sonderstellung unter den Gefangenen.

Schnell zieht er Seife und Petrol aus seiner Kleidung – das Kaninchen aus dem Zylinder, Zauberer im Frack oder im dürftigen Gewand, einerlei.

Diesmal fasst Lucy nach seinen Händen und hält sie zum Dank kurz fest.

Bald nachdem alle Arbeiten rund um den Mauerbau erledigt sind, werden viele Russen von Jersey weggebracht. Den Ukrainer sehen Suzanne und Lucy nicht wieder.

Man stirbt auch auf der Insel.

Lucy wird Zeugin, als sie sich eines Morgens auf den Weg zu Mollys Laden macht. Auf der Hauptstraße Richtung Rouges Maisons liegen zwei Kriegsgefangene. Höhere Offiziere fahren in einem schwarzlackierten Ford oder MG an ihnen vorbei. Lucy nähert sich den beiden reglosen Männern. Mager bis auf die Knochen sind sie. Abstehende Haarbüschel statt Gesichtern. Bläuliche, schorfige Ohren. Ein Bein steht grotesk von einem Rumpf ab, die Hand des andern Menschen scheint etwas umklammern zu wollen. Was wäre zu tun? Noch während Lucy überlegt, nähern sich im Laufschritt zwei Kameraden mit einer Schubkarre. Die reglosen Männer lassen sich ganz leicht einknicken, falten, aufeinanderlegen.

Lucy laufen die Tränen einfach übers Gesicht. Bis zur eigenen Verhaftung ist es das einzige Mal während der langen Okkupationsjahre, dass sie aus Hoffnungslosigkeit weint.

Am nächsten Tag fragt sie George und Bobs Bruder: Ihr kommt unter die Leute, jeder von euch hat doch Möglichkeiten herauszufinden, warum die beiden Russen auf der Straße gelegen haben!

Geschlagen und misshandelt werden sie in den Lagern, sagt George mit belegter Stimme.

Verhungert sind sie. Man hört, sie hätten Schierling gegessen. Versehentlich Schierling statt Wilder Möhre.

Aber die Ukrainer sind Bauern! Die kennen sich doch aus mit Pflanzen!

Sie haben keine Ahnung, sagt Bobs Bruder auf Jèrriais. You don't have a clue, doppelt er nach, als Lucy ihn fragend anschaut.

Noch bevor der junge Russe die Socken von Henri Michaux entgegengenommen hat und bevor Ethel Strong sich mit ihren Cookies gelegentlich an den Straßenrand stellt, sind die Soldaten und Offiziere samt Pferden und stapelbaren Holzbetten von La Rocquaise abgezogen.

Hin und wieder wollen sich noch Deutsche in den Flur und die Küche verlaufen. Edna schickt sie weg oder lässt sie gewähren. Sofern sie überhaupt zu Hause ist und nicht in der weiteren Umgebung umherzieht, um irgendetwas zu beschaffen, das sie oder Suzanne sich in den Kopf gesetzt haben: Pflaumen, Honig, Löwenzahn. Was sich inzwischen noch erwerben oder eintauschen lässt, ist nicht gerade viel.

Die Zucker-, Mehl- und Fettrationen für die Zivilbevölkerung werden laufend verringert. Schmierseife ist mittlerweile knapp, Kartoffeln und Bohnen sind rar geworden, gewisse Dinge wie Brathähnchen oder Kaffee sind für die meisten Inselbewohner nur noch Erinnerungen. Lucy hat selten Hunger und auch keinen Appetit, Suzanne verliert weiterhin Gewicht, aber Edna nimmt zu, denn George versorgt sie prächtig mit Kantinenkost. Seit einiger Zeit organisiert er allerlei. Fette Kuchenstücke zweigt er ab oder fremd schmeckende Nachspeisen aus süßen Nudeln. Suzanne näht kleine Stoffbeutel, die George sich in seine Hosentaschen steckt und in denen er Makkaroni mit Birnen von dort nach da trägt, von Küche zu Küche, schräg über die Straße Würste und anständiges Brot.

Einmal bringt er bei Nacht und Nebel ein von der Muttersau entwöhntes Ferkel und richtet ihm eine Ecke im südlichsten Schuppen. Er versorgt das Tier, bis er es eigenhändig schlachtet.

Und Suzanne pflegt die Tabakpflanzen im Garten. Die Frauen verwenden auch Tabakersatz aus Blättern des Rosenstrauchs oder des Kirschbaums, aus wildem Fenchel, den Saft von Mohn und Stechginsterblumen. Und wenn ihnen niemand dabei zusieht, lesen sie die weggeworfenen Kippen auf; überall finden sich welche.

Als die ersten Brombeeren reif sind, nehmen sie ihre täglichen Spaziergänge wieder auf. Die Beeren dienen ihnen als Vorwand.

12

Später wird Lucy sagen: Richtige Angst habe ich nur einmal gehabt.

Kaum Angst, eher Zorn verspürt Lucy, als sie auf einem ihrer Ausflüge einen zotteligen weißen Hund kaum mehr los werden. Suzannes Selbstbeherrschung hat immer etwas Beruhigendes, besonders wenn sie mit Körben und Flugblättern unterwegs sind. Nun, da der Hund ihnen folgt, sie sich aber einige Kilometer von zu Hause entfernt befinden, stampft Suzanne mehrmals auf und ruft dem Tier *go home, go home!* zu. Der Hund macht keine Anstalten zu verschwinden. Erst nach etlichen hundert Metern bleibt er stehen, blickt nochmals vorwurfsvoll zu ihnen hin und kehrt um.

Ich war drauf und dran, Steine nach ihm zu werfen, sagt Lucy.

Gerade das hättest du niemals getan.

Kleine Kiesel aber schon.

Keine Angst hat Lucy, als sie jene Postkarte eines vormals guten Bekannten erhält, gestempelt in Vichy. Seit sie Frankreich verlassen haben, stehen die beiden Frauen nur noch mit wenigen ihrer alten Freunde in Kontakt. Nach der Übersiedlung unterzeichnen sie ihre Briefe mit dem Geburtsnamen. Also richten alle Freunde auf dem Festland ihre Schreiben auch an *Lucy Schwob* und *Suzanne Malherbe.* Diese Karte aus Vichy kommt, als Briefe zwischen Jersey und dem unbesetzten Teil Frankreichs verboten, Briefe zwischen Jersey und dem besetzten Teil Frankreichs aber seit neuestem erlaubt sind. Die Karte ist an

Claude Cahun adressiert. Das ist leichtsinnig oder tollkühn. Und was hat ein Pariser Dichter überhaupt in Vichy zu tun?

Weder die Feldpostsammelstelle noch das British General Office in St. Helier haben die Karte zurückgehalten, und der Postbote in St. Brelade verhält sich loyal, er ist gescheit genug anzunehmen, Claude Cahun müsste mit einer der beiden Frauen identisch sein, die vor wenigen Jahren aus Frankreich zugezogen sind. Wie leicht hätte jemand kommen und Nachforschungen anstellen wollen über dieses fünfte, nicht registrierte Individuum im Haushalt La Rocquaise. Dass die Nachricht durchs Netz der Zensur gefallen ist, gefällt Lucy. Doch ihre Antwort besteht nur aus zwei inhaltslosen Sätzen auf einer Rotkreuzpostkarte, und sie kappt damit den Austausch mit ihrem Bekannten in Vichy. Seine Karte aber hat auch darüber informiert, dass Jacqueline und André Breton mit der kleinen Aube von Marseille aus Richtung Amerika hatten abreisen können. Das ist eine wirklich frohe Botschaft.

Als im Mai 1943 zehntausend Mann auf Jersey stationiert sind, muss Lucy sich wieder und wieder übergeben.

Auch keine Spur von Angst, wenn sie nachts ihre schwarzen Kreuze auf dem Friedhof von St. Brelade anbringt, der zu Anfang der Okkupation in *Heldenfriedhof* umbenannt wurde. Die drei deutschen Gräber der Gefangenen aus dem Ersten Krieg haben Suzanne und Lucy nie gestört. Durch die Besatzer aber ist der Friedhof seiner alten Bedeutung beraubt worden. Denn auf Jersey hatten Friedhöfe nie etwas Trauriges oder Tragisches. Diesen hier haben sie vor der Okkupation im Badekleid betreten. Sie sind durchs hüfthohe Gras gestreift, sie haben sich mit einem Buch oder mit einer Zigarette auf die Grabplatten gesetzt. Die Friedhöfe waren Treffpunkte der Verliebten. Waren Oasen der Ruhe.

Nun steht Suzanne Schmiere, wenn Lucy sich mit einem Kreuz auf den kurzen Weg macht. Sie späht durch den Spalt zwischen den Brettern des Gartentors, sobald Lucy über den Slipway schleicht.

Hinter dem türkisfarbenen Gartentor beziehen sie auch Position, wenn hohe Tiere der Wehrmacht sich zu Beerdigungen einfinden. Einmal, beim Begräbnis eines *Unterhaltungsoberleutnants*, steht Knackfuss mit dem Rücken zu ihnen, in wenigen Metern Entfernung. Da würde Lucy gerne den Revolver holen und den barbarischen Feldkommandanten Knackfuss kurzerhand erschießen. Einfach auf seine Uniform wie auf eine Pappfigur zielen und abdrücken, während die Boches drüben in die Luft ballern und salutieren und ballern und mit ihren bellenden Worten die Luft verpesten. Lucy und Suzanne sehen pompöse Fahrzeuge, Ehrenwächter, Blumenpracht, die übliche schmucke Frauenschar und darunter natürlich die Inselgeliebte des Verunglückten; sie heißt tatsächlich Gloria Bebée Love.

Auf Knackfuss zu schießen, lohne nicht, sagt Suzanne, da Lucy ihn ziemlich sicher verfehlen würde. So schauen sie sich am selben Abend bloß die Grabblumen an. Sie entfernen die Visitenkarten aus den Sträußen, Kränzen und Gebinden und haben damit wieder neue Adressaten für ihre Flugblätter. Die Patrouillen und die Ausgangssperre missachtend, legt Lucy nachts einmal mehr eines ihrer schwarzen Kreuze mit der Inschrift *Für sie ist der Krieg zu Ende* auf den frischen Erdhügel, diesmal für den Unterhaltungsoberleutnant, der während seines Fronturlaubs auf der Zugfahrt durch Frankreich von alliierten Geschossen getroffen wurde.

Lucy hat auch keine Angst, als im Winter durchs Küchenfenster eingebrochen wird und ihre Regenmäntel und alle Vorräte verschwinden, sogar der Rest Bohnensuppe, der auf dem Herd gestanden hat. Nein, sie wissen nicht, was sie die nächsten Tage essen sollen, aber sie haben sich an vieles gewöhnt und bleiben erfinderisch.

Die hungrigen Soldaten sind es ebenfalls. Sie graben nachts auf Feldern und in Gemüsegärten in und um St. Brelade nach Kartoffeln und sogar nach Steckrüben; Steckrüben haben zuvor nur die Arbeiter der OT aus dem Boden gebuddelt.

Erschrecken eher als Angst empfindet Lucy beim unerwarteten Besuch des schottischen Quäkers, dieses zwielichtigen reichen Bekannten von Ethel und Cecil Strong. Er klopft eines Abends, als Suzanne im Wohnzimmer Strümpfe stopft und Lucy ausnahmsweise mit der Schreibmaschine unten bei ihr sitzt. Sie rafft sofort alles zusammen und wirft eine Decke darüber.

Bereits bei der ersten Begegnung mit dem Quäker bei den Strongs haben die Frauen ihm misstraut. Nicht seine salbungsvollen Monologe und der angeblich erstklassige Stil seiner Villa in St. Peter lösten bei Lucy und Suzanne ein seltsames Gefühl aus, sondern dass er bestritt, auf dem Schwarzmarkt zu verkaufen, während er über so phantastische Dinge wie Sonnenblumenöl oder Weizenmehl verfügte. Es gelingt ihm im Laufe der Monate auch, etliche Landstücke zu erwerben; definitiv muss da etwas faul sein. Die Frauen hätten den Dandy aus Dundee gemieden, wenn er nicht sein eher bescheidenes drittes Haus in der Bucht von St. Brelade mit einem jungen Mann geteilt hätte, dessen spritzige, unaufdringliche Liebenswürdigkeit ihnen einfach gefällt. Seinetwegen leihen sie dem Quäker auch Tabak, den er ihnen aber nie mehr zurückgeben wird. Und bei Ethel kauft der Schotte Pfeffer, Paraffin, einen selbstgestrickten Pullover und anderes, vergisst aber immer zu zahlen.

Echte, panische Angst hat Lucy jenes eine Mal, da sie ihre Fotomontage ins Lager Udet bringt. Noch während die letzten Arbeiten an den Baracken ausgeführt werden, wird die Rückeroberung der russischen Stadt Rostow vermeldet. Diese Nachricht treibt Lucy an, umgehend beginnt sie mit einem neuen Text und kündigt darin – Lust und Laune diktieren – die russische Gegenoffensive bei Kalinin an. Wieder assistiert Suzanne, sie übersetzt und korrigiert wie üblich. Oben in ihrem Zimmer hackt Lucy den Text in die Underwood, schnipselt dann Fotos und klebt sie neu zusammen. Ein Buntstift muss her, ein Rest Nagellack; die Sätze sollen kämpferisch rot leuchten. Als die Dämmerung einbricht, kann sie an nichts anderes denken, als die neue Arbeit gleich in einer der Baracken von Udet zu deponieren, am besten auf eine Bretterwand zu pinnen. In Udet würden in ein, zwei Tagen Russen hausen, vielleicht auch Polen und Spanier. Und bestimmt würden dort deutsche Soldaten und Offiziere aufkreuzen, die vor ihrer Stationierung auf Jersey in ganz Europa und in Russland herumgekommen sind und bald zu neuen Einsätzen weitergeschickt werden. An diesem Abend aber sollte noch niemand in Udet sein. Nur tagsüber beaufsichtigen die Deutschen die Bauarbeiten im Lager, während das Gelände abends und nachts nicht bewacht wird, weil Jerseys Bewohner als anständig gelten.

Erst kurz bevor sie das Haus verlässt, informiert Lucy Suzanne: Dieses ewige Eingesperrtsein treibt mich noch die Wände hoch!

Und das bedeutet?, fragt Suzanne in der Küche. Heißt das, dass du die Umstände verfluchst und unbeschwert in die Nacht hineinlaufen möchtest? Wegen der Sterne vielleicht?

Lucy will Suzannes Worte nicht. Jetzt nicht. Und den Geruch von gebratenen Eiern und Abwasch blendet sie aus, indem sie die Luft anhält. Sie schlägt sich mit den flachen Händen auf die Oberschenkel, streckt danach die Ellbogen durch und spreizt die Arme etwas ab. Zwei kleine harte Fäuste und eine feste Stimme: Ich gehe nach Udet und lege etwas hin!

Sie nimmt die Abkürzung, die jeder kennt, der in dieser Gegend heimisch ist: Läuft am Friedhof vorbei, danach steil den Hang hinauf, bei Les Croix über die Straße, wo sie von Weitem einen Wachsoldaten bemerkt und darum einen großen Bogen querfeldein macht. Der kalte Wind bläst von allen Seiten, Gewölk wird vor den fast vollen Mond gedrückt, Lucy verflucht die schlechte Sicht und ihre schlechten Augen, hastet weiter, sie knickt mit einem Fuß ein. Gestrüpp schlägt um die Waden, sie gerät völlig außer Atem. Beim Lager trifft sie zum Glück keine Menschenseele an. Und wie die Katzen es ihr vorgemacht haben, so dringt sie in eine der Baracken ein und befestigt eilig ihr Papier. In dem Moment, als sie den letzten Reißnagel ins Holz drückt, überwältigt sie die Vorstellung, erwischt zu werden. Das Risiko ist nie zuvor größer gewesen!

Sie läuft heimwärts, so schnell sie kann, sobald sie die gefährliche Zone hinter sich hat und der Mond endlich die Pfade erhellt, sie läuft mit stechender Lunge und schmerzendem Fuß, und wiederum begegnet sie niemandem.

Zuhause zieht sie sich die Stiefel von den Füßen und wirft sich auf die Liege.

Hauptsache, es hat dich niemand bemerkt, Amour.

Es war nicht klug, ich gebe es zu. Ich werde so etwas kein zweites Mal tun.

Das wäre gut. Es ist noch Zeit, mit allem aufzuhören, lass uns wieder – nur wir beide.

Wenn wir untergehen sollten, Suzanne, dann hätten wir zuvor noch alles unternommen, um zu verhindern, dass wir untergehen. Weil ich keine angepflockte Jerseykuh sein will, die mit einem Seil um den Hals immerzu im Kreis geht und das winzige Stück Weideland abgrast, das ihr zusteht, und nichts anderes tut als fressen, wiederkäuen, scheißen, fressen und wiederkäuen, weil ich Mensch bin und du auch, darum tun wir etwas gegen diesen ganzen Mist.

Suzanne lehnt einfach am Schubladenschrank und wartet Lucys weitere Worte ab. Oder auch keine. Sie lässt sich in den Lehnstuhl fallen, verschränkt die Hände hinter dem Hals und schaut zur Decke.

Und im Grunde ärgert es mich, fährt Lucy fort, dass ich mich überhaupt erklären muss. Warum brauchst du meine Rechtfertigung?

Weil ich fünfzig bin, antwortet Suzanne nach einer Weile des Schweigens. Vielleicht auch, weil ich pessimistisch bin, gerade im Augenblick. Vielleicht aus Angst um dich. Wäre das schlimm? Wenn du darauf bestehst, mit den Flugblättern weiterzumachen, gibt es nur eine Lösung: Jede von uns muss genügend Schlafmittel bereithalten. Für jeden erdenklichen Fall Gardenal. Angenommen, man spürt uns auf – wollen wir uns dann erniedrigen lassen, den Nazis erlauben, uns bis zum Äußersten und Letzten zu schinden?

Unter keinen Umständen –

Also Tabletten. Wir werden sie immer bei uns tragen müssen, wenn wir das Haus verlassen. Ob mit Flugblättern oder ohne.

Ein paar Tage danach bestätigt sich der Inhalt von Lucys Montagetext. Die BBC berichtet, dass die Rote Armee nördlich von Moskau die Deutschen Truppen erstmals zurückgedrängt hat.

Lucy freut sich darüber, sie bildet sich jedoch nichts auf ihre Vorhersage ein, eher glaubt sie an mysteriöse Koinzidenz. Oder an Kalinin als Zauberwort.

13

Und erstmals seit Monaten schläft Lucy tief, verschläft die Regen- und Windgeräusche, das harte Trommeln, das Klappern und Klirren der Glasscheiben in den Fensterrahmen. Und auch nachdem der Sturm abgeflaut ist und die Luft sich in ein Warten gelegt hat, bemerkt Lucy weder Georges heimkehrende Schritte noch hört sie den Überflug einer Gänseschar. Suzanne jedoch nimmt das behagliche Geschnatter und die scharf ziehenden Flügelschläge der Brand- oder Saatgänse, wie sie denkt, wahr, und am Morgen beobachtet sie die ersten aus ihrem Winterrevier zurückgekehrten Sommergoldhähnchen. Mittags kommt George auf einen Sprung vorbei und erzählt, dass er eben bei Les Creux einen Wildkaninchenbau mit mehreren Jungtieren entdeckt habe. Falls es ihm gelänge, sie einzufangen, werde er ein paar davon lebend nach Hause bringen, um sie großzuziehen. Aber Lucy befiehlt ihm, die Tiere in Ruhe zu lassen, was Edna sichtlich enttäuscht. Kalt ist es. Zwar hat man sich wegen des Brennstoffmangels längst an niedrige Temperaturen gewöhnen müssen, doch die feuchte Kühle hängt in den Räumen wie Spinnweben.

Mit der Nachmittagspost bekommt Lucy eine Vorladung, wonach sie sich in der Kommandantur in St. Helier einzufinden hat. Ein Schreiben auf billigem Papier.

Nachdem sie den Halunken Knackfuss abgesägt haben, wüsste ich gerne, ob mich sein Nachfolger im Victoria College House empfangen wird, sagt sie endlich zu Suzanne.

Um ehrlich zu sein, glaube ich, dass ein Feldkommandant für uns eine Nummer zu groß ist. Obgleich wir im Grunde genommen eine Nummer zu groß für ihn sind. Doch angenommen, Knackfuss wurde tatsächlich vors Kriegsgericht gebracht und sein Nachfolger, der übrigens Kratzer heißt, will sich um dich kümmern, dann erwartet der dich bestimmt mit einem Kratzfuß.

Was heißt?

Eine leichte Verbeugung, zusammen mit einem anmutigen einbeinigen Scharren. Dieser Boche *muss* die Höflichkeit in Person sein, verstehst du?

Durchaus. Den Knackfuss und den Kratzfuß werden wir noch verwenden, aber erst mal bringe ich meinen Besuch in der Kommandantur hinter mich. Sind sie über meine zwei Namen gestolpert, den offiziellen und mein Pseudonym? Jemand hat ihnen vielleicht einen Tipp gegeben. Wie also sieht die Frau aus, die zwei Identitäten hat? Das könnte sie brennend interessieren, oder nicht? Werde ich sie darüber ins Bild setzen müssen, dass Claude Cahun eine Hommage an Großonkel Léon ist, demnach an einen nichtarischen Schriftsteller, der große Stücke auf den Orient hielt?

Damit würdest du dir jedenfalls keinen Gefallen tun. Du hast deinen Künstlernamen einfach erfunden.

Eventuell wollen sie ja nur meine Daten überprüfen. Dummerweise kann ich nicht verleugnen, die Tochter des Juden Maurice Schwob zu sein. Dass er es zeitlebens nicht aus Überzeugung war, ist für die Kerle sowieso ohne Belang –

Könnten sie denn wissen, dass dein Vater sich einst

eindeutig antideutsch positioniert hat? Haben seine Artikel ihren Weg bis Berlin gefunden?

Eigentlich glaube ich das nicht. Das ist doch zu lange her. Eher ist ihnen aufgefallen, dass ich mich 1936 mit André Breton für die Organisation der surrealistischen Ausstellung in London aufgehalten habe. Womöglich haben sie einen Hinweis aus dem besetzten Frankreich bekommen? Jemand hat unter Druck geredet.

Oder sie laden dich wegen der Flugblätter vor?

Dass sie einen Verdacht hätten? Mit einem Mal? Nach vier Jahren? Wer sollte ihnen das geflüstert haben?

Na ja, wahrscheinlich ist es bloß der Name Schwob, klingt deutsch, klingt jüdisch –

Genau! Das will ich am liebsten vermuten. Aber die Sache lässt sich nicht einfach hinnehmen, sie können einem trotzdem einen Strick drehen. Und vielleicht suchen sie einfach noch nach Opfern, weil eine nächste Deportation ansteht. Es gibt bestimmt noch freie Plätze, sagt Lucy und schaut zu Edna, die mit einem mächtigen Bund von Trieben und Stielen die Küche betritt und die Frauen anstrahlt.

Gänsedistel, Brennnessel und Sternkraut, erklärt Edna, Vogelmiere kann man's auch nennen, und hier sind noch Buschmalven, die Sie doch besonders mögen, Mademoiselle Lucy. Ich werde ein paar Blüten auf der Suppe schwimmen lassen.

Stellen Sie die Blumen in eine Vase, ich will sie lieber anschauen, und setzen Sie sich zu uns, Edna. Die Deutschen haben mir eine Vorladung geschickt. Ich muss in die Kommandantur, weiß aber nicht, weshalb. Liegt etwas in der Luft, Edna?

Haben wir das eine oder andere vielleicht nicht mitbekommen?, fragt auch Suzanne.

Edna konzentriert sich auf die Teekannenabdrücke auf dem hellblauen Tischblatt. Plötzlich zieht sie ihre Mundwinkel hoch und blickt zwischen Lucy und Suzanne hin und her: Wissen Sie, man munkelt, die Deutschen hätten ihre Bordelle geschlossen und die Mädchen nach Frankreich zurückgeschickt. Aus mit den Freuden! Nun ist ihnen langweilig. Dieses Aufgebot ist sehr wahrscheinlich eine reine Selbstbeschäftigung, also ein Fehler. Wenn der Frosch in die Küche kommt, dann hat der Regen nicht immer auch das Land durchweicht. Und es gibt Frösche, die falsche Wege einschlagen, oder nicht?

Das ist richtig. Trotzdem ist Vorsicht angebracht. Die Gestapo könnte sehr wohl eine Hausdurchsuchung vornehmen, während ich in St. Helier bin.

Was also ist zu tun, Mademoiselle?

George hat kürzlich gesagt, er habe Erfahrung mit Hausdurchsuchungen in diesem Land. Es sei ziemlich klar, was die Gestapo interessiere und wo sie das Haus auf den Kopf stellt. Er ist der Ansicht, dass der kleine Schuppen, den wir den Pferden überlassen mussten, außerhalb jedes Verdachts sei. Sobald es dunkel ist, Edna, sollten Sie und George sowohl das Radio als auch einen Koffer in den Schuppen hinüberbringen.

Es ist klüger, mit einer Durchsuchung zu rechnen, dann wird nichts Sie und George belasten können, sagt Suzanne und fischt ein Minzeblatt aus der Tasse.

Lucy dreht währenddessen eine Streichholzschachtel in der Hand, drückt die kleine Lade ein Stück weit heraus, schiebt sie wieder hinein, heraus, hinein. Und was rätst du mir? Wie soll ich zum Victoria College gelangen? Unauffällig per Bus, den Rest zu Fuß? Soll ich den Haupteingang benützen, oder soll ich den Weg von der Stadt her nehmen und durch den Park spazieren?

Schwer zu sagen. Das Haupttor ist eher unpassend, weil du weder Ehrengast noch Würdenträger bist. Ja, macht sich wohl besser, wenn du von der Pleasant Street her kommst, den Boches zum Trotz aber feierlich die Allee hoch.

Edna räuspert sich und mischt sich ein: Sie könnten Doktor Lewis anrufen, oder ich schaue gleich bei ihm vorbei und schicke ihn her. Er hat Ihnen kürzlich doch auch geholfen, als wir zu viel Strom verbraucht haben!

Der Hausarzt stellt Lucy ein Attest für ein Krankentaxi aus. Sie müsse müde, möglichst krank und angegriffen aussehen. Edna solle als ihre persönliche Pflegerin mitgehen. Etliche Frauen seien bisher den Deportationen entgangen, indem sie in der Kommandantur Herzattacken und Ohnmachten vorgetäuscht hätten.

Stunden nach der Brennnesselsuppe ist Edna zu betrunken, als dass sie mit dem Radio und dem Koffer helfen könnte, und George taucht wider Erwarten nicht auf.

Du hast ja mich, sagt Suzanne, als Lucy sich aufregen will. Sie schafft die Dinge alleine in den Schuppen, während die Freundin aufpasst, dass sie dabei niemand sieht.

Sämtliche Utensilien für ihre Arbeit liegen im Koffer: frühe handschriftliche und nummerierte Abschriften von allen wichtigen Fassungen der Flugblätter. Verschiedene Durchschläge der auf der Underwood getippten Versionen, die sie als Vorlagen verwenden. Ein Heft in französischer Sprache, Lucys Tage- und Arbeitsbuch, das sie seit Kriegsbeginn führt. Einige Notizen haben mit der Okkupation zu tun, halten aber mehr Alltägliches als kritisch Politisches fest, wieder andere beziehen sich auf Projekte und Ideen zu ihren Aktionen. Das deutsche Plakat, das sie ganz zu Anfang der Okkupation abgehängt haben. Nicht verteilte Flugblätter. Darunter jenes mit dem Passwort *Liebknecht-Frieden-Freiheit*, das dazu aufruft, sich in den Grotten von Plémont einzufinden, ausgerechnet an jenem Ort im Nordwesten der Insel, wo die Flut einen in die Enge treiben und ertränken kann. Die Grotten bieten zwar beste Verstecke, aber man darf es nicht unterlassen, das Meer unentwegt zu beobachten und sich rechtzeitig in Sicherheit zu bringen.

In einem winzigen Heft sind unter dem Titel *Keiner ist eine Insel* auch die Adressen von ranghohen Wehrmachtsangehörigen zu finden. Sie stammen von den Visitenkarten in den Blumengebinden auf dem Heldenfriedhof. Außerdem gibt es ein Blatt Papier mit einem Code; die von der Insel weggeschafften Menschen haben sich gemeinsam mit den auf Jersey zurückbleibenden Freunden auf die neue Bedeutung von bestimmten belanglosen Sätzen festgelegt. So werden Briefe zwischen den süddeutschen Internierungslagern in Biberach oder Wurzach und beispielsweise Five Oaks oder St. Mary befördert, und die Zensur findet keinen Grund, sie auszusortieren. Suzanne und Lucy haben diesen Code ursprünglich von Vera bekommen, und sie haben ihn weitergegeben an ihren Apotheker und an Ethel, weil deren Freunde und der Apotheker als gebürtige Engländer auf Jersey lebten – und dann tatsächlich nach Deutschland in ein Internierungslager gebracht worden sind. Randvoll ist der Koffer. Die Frauen bewahren in ihm auch einen anderen Teil ihrer Vergangenheit auf: surrealistische Schriften und expressionistische Grafik, Briefe sowie von ihnen mitunterzeichnete antifaschistische Flugblätter aus den Anfängen des Spanischen Bürgerkriegs. Verschiedene Bücher, einzelne Druckseiten und Skizzen liegen zuunterst. Das Frauenpaar hat kaum etwas verbrannt, seit ihrer Kindheit ist Lucy von der Manie besessen, Papiere zu behalten, zu hüten wie eine zweite Haut, unter der ein weiteres Herz schlägt, das fühlbar wird beim Zerknüllen eines Blattes, einer Heftseite.

Aus Jutesäcken, Bohnenstangen, abgefallenen Palmenblättern und wenigen Ästen bauen Lucy und Suzanne im Schuppen ein wildes Gebilde über den Koffer und das Radio. Die Tarnung ist perfekt. Noch liegen in den Gärten und Vorgärten überall kleinere Haufen aus Ästen.

Der Schuppen ist düster und von den Pferden ziemlich demoliert. Etwas Streu bedeckt den Boden, eine Leiter liegt herum, zudem ein alter Rauchabzug, den die neugierigen Deutschen für ein ausgeklügeltes Versteck halten könnten. Bestimmt würde eine Hausdurchsuchung eher auf Dutzende von Geheimplätzen im Haus selbst schließen lassen oder auf die anderen beiden Schuppen mit den Gartengeräten und Körben, den Liegestühlen und den leeren Milchkannen. Die Spuren des gemästeten Schweins sind längst getilgt.

Aber es klopfen keine Deutschen in La Rocquaise an, als Lucy mit Edna per Krankentaxi zur Kommandantur fährt.

Das Taxi fährt direkt vor das Haupttor des schlossähnlichen Gebäudes. Lucy schält sich langsam aus dem Auto, in Zeitlupe richtet sie sich auf, Edna stützt sie eindrücklich. In einiger Entfernung von den Wachen bleibt Lucy vor dem Eingang stehen. Als müsste sie erst einmal zu Atem kommen. Sie blickt an der Fassade hoch, Schönwetterwolken schleifen die Zinnen. Lustigblöde Visagen zieren einen Steinvorsprung. Ist der Steinmetz nicht ein hellsichtiger Mensch gewesen?

Lucy atmet derart flach, dass ein Pfeifton entsteht. In Suzannes viel zu großem Kleid, dem schwarzen Mantel und mit dem bleich gepuderten Gesicht begeistert sie die Komödiantin Edna, die jetzt fragt, ob Lucy sich vielleicht noch eine Weile im Victoria College umsehen möchte. Madam?

Ich bitte darum, my dear.

Of course, setzen Sie sich, beginnt der Deutsche hinter dem Schreibtisch. Wir haben Sie hierher bestellt wegen Ihres jüdischen Namens *Schwob.* Sind Sie jüdischer Abstammung?

Ich bin Waise, von Pflegeeltern aufgezogen. Mein Vater war Franzose.

Aus dem Elsass?

Ja. Nein. Ich glaube eher Lothringen. Also von sehr weit her.

Woher?

Lothringen klingt in meinem Kopf. Aber ob ich einem Klang trauen kann? Wäre Lothringen nicht eine Stadt im Deutschen Reich?

Quatsch. Und Ihre Mutter?

Meine Mutter war eine geborene Courbebaisse. Cour-be-bais-se. Lucy legt ihre Meldekarte auf den Tisch, atmet wieder pfeifend, fährt zögerlich mit dem Zeigefinger auf dem Dokument hin und her, stoppt beim Vermerk: *Arrived in U.K. on 1/7/1922.*

Seit nahezu zweiundzwanzig Jahren scheint diese Frau auf Jersey zu leben. Der Deutsche hat seinen Hals aus dem Kragen geschoben und erinnert damit an eine Schildkröte. Lucy legt die andere Hand über Herz und Lunge und bittet Edna um Tropfen und schüttet sich eine Verschlusskappe voll auf die Zunge. Sie hustet.

Und Ihre Mutter war eine jüdische Courbebaisse?

Ob sie aus Courbebaisse stammte, das kann ich nicht sagen, ja, das habe ich verpasst zu fragen. Ich glaube, sie lernte meinen Vater in Nantes kennen.

Ob sie jüdisch war – Jew?!

Chew? Wohl kaum. Ich glaube, sie hat niemals Kautabak genommen.

Sie verstehen mich nicht!

Lucy schweigt.

Dann eben zurück zu Mister Schwob!

Oh nein!, kommt die englisch-irische Krankenpflegerin Edna Lucys Antwort zuvor und macht bedeutsam große Augen, im Haus von Miss Schwob gibt es keinen Mann, außer meinen Mann George, und der ist bei den Behörden als angesehener Einheimischer registriert. Er arbeitet in der Kantine im ehrwürdigen St. Brelade's Bay Hotel, damit die Offiziere keine Magenschmerzen haben vor lauter Hunger!

Der Deutsche zuckt mit den Händen und wird noch lauter. Diese Weiber verstehen kein Wort von dem, was er auf Englisch sagt. Doch da mischt sich ein zweiter, bis unters Kinn dekorierter Boche ein, der sich bisher nicht gerührt hat. Mäßigung sei angebracht. Und bei der kleinen älteren Dame in Schwarz entschuldigt er sich stilvoll; das kann ja ein Blinder sehen und ein Tauber hören, dass die in jeder Hinsicht krank ist.

14

Am 25. Juli 1944 steht der Koffer gut versteckt in einer Ecke von Lucys Zimmer. Die Alliierten fliegen heute viel dichter. Suzanne nimmt Leintücher von der Leine, die Edna mit Seife aus Asche gewaschen hat; andere Seife kann man nicht mehr kaufen. Es sind Hunderte von britischen Flugzeugen. Welches mögen ihre Ziele sein? Die BBC hat die Fischer dazu aufgefordert, sich von einer bestimmten Kanalzone fernzuhalten, Jersey gehört dazu, die Briten wollen strategisch bombardieren. Seltsam, dass die Boches nicht schießen, bisher haben sie behauptet, sie würden sich in Sachen Gegenfeuer niemals Ruhe gönnen. Über allem der Irrsinn, das ist mir klar. Die Überlebenden in den zerstörten Städten orientieren sich an ihm. Und wir baden ihn aus. An einzelnen Stränden Jerseys soll man tagsüber zwischen neun und sechs wieder ins Wasser dürfen. Während wir planschen, fliegen die Bomber obendrüber. Caen soll schwer beschädigt sein. Nantes ist schon kaputt, unsere Muttervaterstadt. Die Zahl der Toten und Verwundeten bekommt man nicht zu hören. Wir hocken vielleicht selbst auf dem Pulverfass. Die Herzschläge zählen und kühl bleiben. Vor Zeiten haben mich die romanischen Kapitelle in Caen inspiriert, die Bänder mit Punkten und Kreuzen, die Augen aus Spiralen, Blüten und Blattfächern. Eine schöne Ordnung aus einfältigen Fratzen, aufgerissenen Rachen und verschränkten Körpern. Metamorphosen. Aus dem Kranich wird ein Schaf, aus dem Schaf ein Löwe, aus dem Löwen ein Mensch. Der

Mensch streift seine Flügel ab. Guten, besten Kaffee habe ich damals in Caen getrunken. Während Lucy nicht ins Café mitkam, sondern stumm auf einer Treppe an der Sonne sitzen wollte. Sie war wegen irgendetwas verärgert und kostete ihren Trotz aus. Was war der Grund? Seit mich der Hunger plagt, habe ich öfter Erinnerungslücken. Die Phantasie füllt sie auf. Gratin dauphinois, Pyramiden von knusprigen Baguettes, Tarte tatin oder Chou à la crème. Allein eine Schüssel Reis wäre grandios. Aber nichts gegen Ednas Kochkünste, sie bereitet auch in diesen kargen Zeiten eine schmackhafte Zwiebelsuppe zu. Es mangelt bloß an allem, selbst der Blumenkohl ist kümmerlich. Weil das Saatgut aus Frankreich und nicht wie früher aus England stammt? Die Boches behaupten diesen Blödsinn. Dabei ist es einfach so, dass nichts mehr freiwillig hier wachsen will. Dieser verregnete kalte Sommer. Siebzehn Grad schätze ich, mehr nicht, heute ist wenigstens endlich ein trockener Tag. Trüge der Wind bloß den Lärm der Bombardements von Frankreich nicht bis in unsere Bucht. Natürlich begreife ich die Jerseybuben, die ihren Spaß an diesem höllischen Spektakel haben. Da stürzt ein Blechvogel aus einem von wenigen Wolken gehaltenen Himmelstrapez ins Meer und ein Pilot segelt an einem Fallschirm Richtung Wasser oder Land. Ob Feind, ob Freund, solche Zirkusnummern beeindrucken. Man kann es den Kleinen nicht übel nehmen. Aber ich möchte jetzt lieber nur das Meer hören. Der Bus fährt in einer Viertelstunde. Man kann zuversichtlich sein. Die Androhung der Besatzer, alle Inselbewohner, die *nicht* mit der Produktion und der Verteilung von Nahrungsmitteln beschäftigt sind, bald nach England zu schicken, weil die Boches auch die für die Zivilen gedachten, schwindenden Vorräte für sich beanspruchen, diese angedrohte Zwangsevakuierung kann ich nicht ernst nehmen. Nun, wo die Bombe im Führerhauptquartier gezündet wurde, bin ich optimistischer denn je. Obgleich der Anschlag verdammt noch mal misslungen ist. Doch wir sind viele. Der Widerstand wächst. Wir wollen uns an das Vorankommen in der Normandie halten und an die Russen im Osten. Paris wird bestimmt bald erreicht werden. Und folglich die Kanalinseln erlöst.

Hinter dem Pfarrhaus steigen Suzanne und Lucy in den Bus. George hat ihnen gesagt, dass vor dem Pressehaus der *Evening Post* in St. Helier immer ein Auto der Gestapo stationiert ist. Heute wollen die Frauen ein Flugblatt an einen der Wagen kleben: *Die Herren der Gestapo geben sich Schlemmereien hin und wachen über die eigenen Männer. Dabei fürchten sie sich vor ihnen, haben Angst vor jedem möglichen Spitzel und Schatten. Überall auf den Kanalinseln, selbst auf Alderney, fürchten sie sich. Soldaten ohne Namen, Kameraden-Genossen: wir alle gegen diese Feiglinge, Freßsäcke und deren Aufpasser! Das Ende des Kriegs ist nah.*

Es ist ganz einfach, das Papier anzubringen, da niemand den schwarzen Citroën an der Ecke Charles Street/Wesley Street bewacht. Danach trödeln Lucy und Suzanne die Bath Street hinauf Richtung Midvale Road, sie finden mehrere Gelegenheiten, weitere Umschläge zu deponieren, und trinken schließlich bei Vera Tee. Lucy gibt ihrem Erstaunen Ausdruck, dass Vera es jahrelang habe aushalten können, mitten im Nazi-Nest zu sitzen. Die Luftlinie zum Hauptquartier der OT betrage doch nicht mehr als hundert Meter, auch das Springfield Stadium, wo Panzer und Kübelwagen der Wehrmacht stationiert sind, liege gleich um die Ecke, und obendrein lebe sie praktisch in Nachbarschaft zur Kommandantur.

Sie wissen ja, dass mir dieses Haus von einer Engländerin anvertraut worden ist, die sich ganz am Anfang der Okkupation zur Emigration entschloss. Und ich denke, sie tat gut daran, zu gehen. Ich löse hier bloß mein Versprechen ein. Natürlich, die Lage des Hauses ist nicht ideal, aber als praktizierende Katholikin ist mir mein Ehrenwort wichtiger.

Kein schlechter Tag heute, wechselt Suzanne das Thema, eines der Flugblätter haben wir bestens platziert.

Gratuliere, sagt Vera und schnörkelt mit ihrer Tasse in der Luft herum, möge Gott es euch lohnen.

Ja, er vor allen anderen, erwidert Lucy. Haben Sie Dank für den Tee, Vera, er war ausgezeichnet, doch wir müssen noch ein paar Besorgungen machen und wollen ohne Eile den Bus zurück nach St. Brelade erreichen.

Zurück im Stadtzentrum, gehen sie an den meist leeren Auslagen vorüber. Lucy fällt auf, dass praktisch nur noch Bücher aus Privatbesitz verkauft werden, und sie kann gar nicht begreifen, dass die Leute ihre Bücher einfach so hergeben.

Suzanne hakt sich bei Lucy unter: Zwei Eier machen satter als zwei Bücher, ist doch plausibel, oder nicht? Außerdem werden diese Bücher hier mehrheitlich aus konfiszierten Häusern stammen.

Und dort drüben, sagt Lucy, indem sie mit dem Kinn auf das Soldatenkaufhaus in der früheren

Woolworth-Filiale deutet, dort drüben werden beste Stiefel und Schuhe geheimnisvoller Herkunft angeboten, während in diesem Geschäft hier getragene Lady-Halbschuhe zum Tausch gegen Tabak im Schaufenster stehen. Wer hat denn noch Tabak! Es ist nicht zu fassen. Kann es noch länger als ein paar Wochen dauern?

Kaum. Die Götter werden es uns nächstens lohnen.

Schön, erst Vera mit ihrem Gott, nun du mit deinen Göttern. Sie spielen Lotterie mit uns, denn sie sind mit ihren eigenen Lustbarkeiten und Händeln beschäftigt. Andernfalls hätten jene hohen Offiziere den Oberboche totgekriegt! Auf Jersey beweisen die Götter ihr Desinteresse an den Sterblichen unter anderem damit, dass sie uns bald auf Strümpfen zu gehen zwingen, sofern man solche überhaupt noch hat. Uns jedenfalls bleibt nur die Hoffnung auf viele warme Tage mit einer großen Ernte Zuckerrüben, Kohlrüben und Weißrüben und mit vielen Fürzen.

Ja, lacht Suzanne, trotzdem wollen wir auf unsere Verbündeten hoffen.

Ich wünsche mir, dass sie die Kanalinseln nicht vergessen, während sie über Frankreich vordringen. Das nämlich wäre eine Katastrophe. Und ich habe die Abgestumpftheit der Leute, die hier die Queen Street auf und ab gehen, dermaßen satt. Ich möchte mit meiner Kamera in ihre Köpfe eindringen. Und ich möchte wieder Filme kaufen können und fotografieren, was und soviel ich will.

Im Papierwarenladen sind sie umgeben von blanken Regalen. Die Händlerin hat am Morgen nach La Rocquaise angerufen, das Gewünschte sei eingetroffen, ein Glücksfall. Man müsse in Betracht ziehen, dass die Lieferungen sich in den letzten Wochen aus offensichtlichen Gründen beträchtlich verzögerten. Gewiss, zehn Dutzend wie üblich. Miss Malherbe möge so nett sein und das Paket heute noch abholen. Die Händlerin lachte kurz auf. Jetzt begrüßt sie die Frauen geschäftig, lobt den Wetterwechsel, geht nach hinten, kommt mit dem Paket zurück. Sie verlangt einen höheren Preis als das letzte Mal, aber was ist das schon im Vergleich zum Nutzen, den die beiden Frauen davon haben. Endlich verfügen sie wieder über Zigarettenpapierkartons, die ihnen so hervorragend als Behältnisse für die Flugblätter dienen. Sie kaufen auch eine blaue und eine pinkfarbene Rolle Papier. Mit dem etwas sperrigen, aber leichten Paket unter dem Arm machen sie weitere Einkäufe, besorgen Faden, holen ihre Salz- und Butterration; gegenwärtig gibt es zwei Unzen pro Woche und Person.

Lass uns noch eine anständige Tüte Tee bei Cooper's kaufen, Darjeeling First Flush, sagt Suzanne scherzend.

Mach mich nicht wahnsinnig! Seit zweieinhalb Jahren kriegen wir offiziell keinen Schwarztee, von Kaffee ganz zu schweigen!

Entschuldige! Suzanne streicht beschwichtigend über Lucys Oberarm. Die vielen geschlossenen Läden sind wirklich kein Vergnügen. Sei heute trotzdem nicht so ernst, es steht dir nicht. Denk an den Kaffee, den wir sicher bald wieder kannenweise trinken werden!

Sie sitzen bereits im Bus, als Lucy kurz vor der Abfahrt an der Haltestelle eine Prostituierte vorübergehen sieht, deren Kleidung ärmlich ist, die aber,

Witz und Klugheit ausstrahlend, etwas sehr Anziehendes hat. In dem Moment stößt Suzanne Lucy leicht mit dem Ellbogen an: Schau dort.

Ja, seltsam, was macht die denn hier? Wirkt etwas aufgeregt. Und sie steigt nicht ein?

Während der Fahrt stellt ein Typ in der Uniform eines gewöhnlichen Soldaten sich in der Mitte des Busses auf und fordert alle Passagiere auf, ihre Identitätskarten vorzuweisen. Das ist nichts Außergewöhnliches.

Als die Frauen nach dem Abendessen am Wohnzimmertisch sitzen, klopft es. Fünf Polizisten stehen draußen. Vier von ihnen drängen sich an Suzanne vorbei. Sie macht sich schmal, damit keiner sie berührt.

Der unauffällige Soldat aus dem Bus entpuppt sich als Offizier Lohse, Assistent des Gestapochefs. Lohse muss sich die Adresse der Frauen gemerkt haben. Der Gestapochef selbst wird von den Inselbewohnern als *Wolf* bezeichnet. Zweifellos ist er der Heimtückischste all derer, die in der Kommandostelle im Haus Silvertide in Havre des Pas ein und aus gehen, und es heißt, er behaupte warnend von sich, auf der Insel *die Gestapo in Person* zu sein. Heute tritt er rasiert und parfümiert auf, er hat einen deutlich kanadischen Akzent. Wenn Suzanne künftig von ihm sprechen wird, dann ausschließlich vom *amerikanischen Gangster*. Außer ihm und Lohse haben sich noch Inspektor Bode mit den listigen Augen sowie ein hagerer Offizier ins Haus gedrängt. Ein fünfter Mann hält Wache an der Eingangstür.

Sie machen ihre Arbeit nicht unkorrekt. Lohse will gleich zu Beginn nochmals die Identitätskarten der

Frauen sehen und fragt, ob sie nachmittags ein Paket im Paper Shop an der Cattle Street in St. Helier in Empfang genommen hätten.

Aber ja, Sie haben uns doch gesehen, wie wir es hierher gebracht haben.

Sehr gut, in dem Fall werden wir uns mal umschauen, sagt der Wolf betont lässig und bleckt die Zähne.

Zu spät – auch weil Deutschland dabei ist, den Krieg zu verlieren, wirft Lucy ein. Sie spricht Englisch, denn diese Boches können bestimmt kein Französisch.

Es dürfte Ihnen klar sein, dass Sie sich mit Ihrer Bemerkung schaden. Im Übrigen hat Sie niemand nach Ihrer Meinung gefragt. Der Wolf deutet in Richtung von Lucys Stuhllehne: Ist das Ihre Tasche?

Lucy sieht ihn an: Meine oder aber die meiner Schwester. Uns beiden ist Besitz einerlei. Sie langt quer über den Tisch, zündet sich eine Zigarette an, reicht sie zu Suzanne weiter und nimmt sich auch eine. Während Bode nach der Tasche fasst, die wirklich die von Lucy ist. Er fährt darin herum, hält seinen Kopf mal so und mal so, als spähe er wie ein Hahn nach Futter. Endlich zieht er ein gefaltetes Flugblatt heraus. Ach, sagt er, wedelt sportlich locker mit dem Zettel und reicht ihn weiter an den Wolf, der hinzugetreten ist. Auch der Wolf liest nicht laut, wischt stattdessen mit dem Handrücken Speichel von der Mundecke.

Ein unappetitlicher Sabberer, sagt Suzannes Gesichtsausdruck.

Beleidigung des Führers, des Deutschen Reichs, der ganzen Armee!, ruft Bode übertrieben zackig.

Die Männer schauen hinter Vorhänge, heben Polster weg, ziehen Schubladen auf; in der Küche scheppern sie mit Kastentüren und Tellern, Lohse geht hin und her und wippt im Gehen. Als wäre unter seinen Stiefeln ein doppelter Boden. Nur der Jüngste, der Hagere mit den gesunden Wangen und den Segelohren, steht verloren da.

Die Frauen rauchen wie unbeeindruckt weiter.

Okay, sagt der Wolf schließlich amerikanisch gedehnt und richtet den Zeigefinger erst auf Lucy, danach auf die Türwache, *Sie* bleiben mit dem Feldwebel hier unten, und *Sie*, fixiert er Suzanne, Sie zeigen uns nun die Räume im ersten Stock. Oberleutnant, übernehmen Sie!

Zu Befehl, antwortet Lohse und schnellt mit der Handspitze zum Kopf.

Lucy erschrickt. Nicht weil die Deutschen wohl fündig werden, das ist unumgänglich, aber Lucy fürchtet plötzlich, Suzanne könnte misshandelt werden und im Beisein von vier Gestapoleuten vielleicht keine Möglichkeit finden, an das Schlafmittel zu kommen.

Lohse will in den obersten Zimmern beginnen und geht vor, Suzanne folgt ihm, nicht zu dicht, denn sie hat keine Eile, aber viel Ekel, wie sie Lucy viele Wochen später berichten wird. Schließlich der amerikanische Gangster, Bode und der Hagere.

Lohse hält an, sobald er die erste Etage erreicht hat, stößt eine der Türen auf: What is this room?

Das Zimmer meiner Schwester. Die Tür zu Lucys Schlafzimmer steht offen, Bode und der Hagere verschwinden darin.

Go ahead!

Lohse folgt Suzanne, hinter ihnen wieder der amerikanische Gangster. Als sie im zweiten Stockwerk sind, zeigt sie auf den ersten Raum: Hier das Zimmer unserer Hausangestellten.

Ihre Namen?

Edna und George.

Wo sind sie?

George arbeitet, Edna hat heute Abend frei. Suzanne überholt Lohse und betritt das Studio, die Boches kommen ihr nach. Sie setzt sich auf den Stuhl beim Fenster und raucht ihre Zigarette.

Der Gangster bückt sich hinunter zur grünen Truhe und grapscht nach den Fotos. Lohse macht sich am Schreibtisch zu schaffen. Er beginnt mit den kleinen Schubladen und findet beinahe sofort die Ausweise der Revolutionären Künstlervereinigung AEAR. Suzanne und Lucy haben nicht daran gedacht, sie im Koffer aufzubewahren. Wer einmal zur französischen Linken gezählt und sich offen gegen Faschismus und Imperialismus gestellt hat, gehört korrekterweise immer dazu, denkt Suzanne, wenngleich unser Einfluss auf die Kunst vermutlich größer gewesen ist als auf die Politik.

Lohse scheint die Ausweise zu kennen, aber über den Inhalt der damaligen Manifeste kann er unmöglich informiert sein. Er ergreift die Ausweise wortlos und legt sie in seine Brieftasche. Der Rest des Pultes ist offensichtlich eine Enttäuschung. Nun geht er zu den Büchern, beginnt auf der Seite der Vitrine.

Suzanne hat die Zigarette zu Ende geraucht, sie steht auf, öffnet das Fenster und wirft die Kippe hinaus. Die Bucht. Die Bewegung des Wassers hat uns immer bestätigt. Das selbstbestimmte Zurückweichen und das neuerliche Fluten ebenso wie die ausgebreitete Ruhe.

Lohse und der Gangster haben Suzanne beobachtet und nehmen ihre Arbeit wieder auf. Lohse untersucht den Karteikasten für die Übersetzung von Havelock Ellis' *Task of Social Hygiene*. Einige Zettel liest er, es ist nicht ersichtlich, wie viel er versteht, ob überhaupt etwas davon.

Er schaut Suzanne an.

Sie schaut zurück.

Da er nichts sagt, sagt sie auch nichts.

Nach einer Minute fragt er: Please, what is this?

Suzanne nimmt den ersten Band der Ellis-Übersetzung, sie zeigt den alphabetischen Index und erklärt Lohse, dass sie diese Zettel aufbewahren, weil sie auch einen Index für den zweiten Band anfertigen wollen, der noch nicht gedruckt sei.

Thank you, sagt er und stellt den Karteikasten wieder zurück. Dann öffnet er den Bibliotheksschrank und beginnt Band für Band herauszuzupfen, blättert, stellt zurück. Er scheint Bücher nur vom Hörensagen zu kennen.

Suzanne findet die Situation regelrecht fade – wo doch alles auf ein eindeutiges Ende hinausläuft –, sie bräuchte eine weitere Zigarette. Was ist mit den beiden anderen Männern unten in Lucys Zimmer? Merkwürdig, dass sie die Schreibmaschine und den Handkoffer noch nicht gefunden haben.

Im Wohnzimmer im Erdgeschoss greift Lucy in ihre Handtasche und fasst nach einer kleinen Blechschachtel. Der Wachmann, ein Feldwebel, steht da wie ein Ölgötze. Lucy stellt sich in den Türrahmen und betrachtet ihn. Plötzlich kriegt er einen Schluckauf. Ein Laut wie von einer Gummiente. Lucy fragt den Mann nach seinem Namen, aber er starrt stumm und stramm auf einen Punkt neben Lucys Kopf und schluckt leer, noch und noch.

Poor fellow, sagt Lucy da. Wasser trinken hilft, zwar nicht bei jedem und nicht bei allen Plagen. Ich hole uns Wasser. Sie wartet keine Antwort ab und geht in die Küche, lauscht dabei aufmerksam nach oben.

Suzanne betrachtet im Studio die Linienführung von Lohses kräftigem Nacken. Langsam aber sicher hat sie genug. Ohne sich dabei direkt an Lohse oder den amerikanischen Gangster zu wenden, sagt sie übertrieben freundlich: Wenn Sie mir sagen, was Sie suchen, wären wir schneller fertig.

Lohse dreht sich um, als hätte man ihm eine Nadel in den Hintern gestoßen. Er kneift die Lider zusammen, sieht Suzanne scharf an. Gleichzeitig reckt der Gangster seinen Oberkörper, steht wie ein Brett da und beäugt die Frau. Suzanne wandert mit ihrem Blick zwei, drei Mal vom einen zum andern und gibt sich den Anschein leichten Erstaunens.

Endlich meint Lohse: Danke, ich ziehe die eigene Suche vor.

Wie Sie wünschen.

Jetzt rufen sie aus dem unteren Stockwerk: Karl! Wir haben alles!

Ohne sich weiter um irgendetwas zu kümmern, steigt Suzanne die rote Treppe hinunter. Natürlich folgen ihr der Wolf und Lohse sofort nach. Auf der Schwelle zu Lucys Zimmer sieht sie Bode und hinter ihm den Hageren, der den Koffer so in den Armen hält, als wiege er ein Kind.

Bode fragt Suzanne gebieterisch: You know what we *häf* found?

Of course I know, I'm not an idiot.

Der Inspektor schaut mit hochgezogenen Brauen zu Lohse: Was sagt sie?

Sie sagt, sie wisse es. Sie sei nicht dumm.

Bode nickt und weicht zurück, um Suzanne, den Wolf und seinen Assistenten ins Zimmer treten zu lassen. Lohse wird zum ersten Mal an diesem Abend aufbrausend: So, und nun sagen Sie uns, wo das Radio ist, oder sollen wir alles kurz und klein schlagen?

Also zeigt Suzanne ihm das gut kaschierte Möbel. Er hebt das Radio mit einiger Mühe heraus: Ist es ein gutes Gerät?

Es ist sehr alt, ich fürchte, Sie werden nicht viel Gefallen an ihm haben. Im Tempel an der Stopford Road, wo, wie man weiß, Ihre Kollegen alle unsere Radios aufheben, dürften sich bessere Geräte befinden. Weniger Rauschen, sympathische Stimmen, gewiss kommt es auch auf den Sender an.

Der Hagere hat den Koffer inzwischen hingestellt, ist unter den Frisiertisch getaucht und schreit freudig: Hier ist die Schreibmaschine!

Fabelhaft. In diesem Fall kann ich meiner Schwester ja sagen, dass sie heraufkommen und sich umziehen soll? Ich nehme an, Sie wollen, dass wir gleich mitkommen?

Lohse sagt etwas gezwungen: Ja, exakt. *Sie werden heute Nacht im Gefängnis schlafen.*

Suzanne bemerkt erfreut, dass er beleidigt ist, weil sie ihm zuvorgekommen ist. Wenn er Leute verhaftet, ist der Satz Sie werden heute Nacht im Gefängnis übernachten normalerweise sehr wirkungsvoll.

Lucy horcht. Offenbar betritt Suzanne ihr eigenes Zimmer. Und sie wird von Lohse oder Bode etwas gefragt, aber Lucy versteht nicht, worum es geht. Sie versteht auch Suzannes Antwort nicht. Ihr nachfolgendes Lachen aber schon: Es verbirgt alles, mit Sicherheit auch das Gardenal. Die richtige Dosis Schlafmittel in der Blechschachtel mit der Aufschrift *Milk of Magnesia Tablets* – augenscheinlich ein mildes Abführmittel.

15

Die Wirkung setzt nicht auf einen Schlag ein.

Als der stumme Feldwebel-Wachmann sich im Auto zwischen die Frauen setzt, sagt Suzanne: Nimm es hin, das gehört sich so, weil wir Schwerverbrecher sind.

Sprechen ist ab sofort nicht mehr erlaubt! Lohse steigt vorne ein, der Hagere lässt den Motor an.

Die halbstündige Fahrt ins Gefängnis nach St. Helier führt größtenteils direkt am Meer entlang, grün wie Jade und züchtig. Einen Abschied haben Suzanne und Lucy nie besprochen. Sie haben von Übergängen geredet, von Verschiebungen der Wesenheiten, das schon. Wer derart verbunden ist wie wir, wird sich im Unvorstellbaren leicht wiedererkennen, ohne Mund und Ohren werden wir das Gespräch sein; darauf einigten sie sich.

Jetzt legt Suzanne ihren Arm über die Rückenlehne, kann Lucys Schulter erreichen, was der Feldwebel offenbar nicht merkt. Lohse hingegen dreht sich instinktiv nach den Frauen um: Lassen Sie das!

Beim Autofahren muss ich mich immer an der Lehne halten, sonst wird mir übel, und was dann? Ich werde mich auf das schöne dunkelrote Leder in Ihrem schönen englischen Wagen übergeben. Oder ist es ein französisches Modell?

Halten Sie sich an der Schlaufe fest und schweigen Sie! Lohse fügt ein leicht ratlos klingendes *please* hinzu.

Schlaufe und Lehne haben leider nicht denselben Effekt, sagt Suzanne.

Lohse wendet sich ab.

Da berührt Lucy Suzannes Hand, heiß ist sie. Mir ist warm, aber meine Hand ist kalt und ihre wie durchglüht. Übersommern mit der Sonne. Morgenasche. Dämmerglut. Nebeneinander gelegt. Nachts. Nachts gibt es die finstere Bewegung des Meeres. Jetzt die letzte Steigung. Unser Sommer dauerte bis Ende Juli. Leicht abfallende Kurven. Durch den Wald. Fast gänzlich abgeholzt. Die Bäume werden viele Jahre Schonung brauchen, bis sie nochmals Wald sind. Hier der kleine Hafen von St. Aubin. Und die Bahnstation. Wir sind im Begriff auszufahren, Suzanne, die Küste lang und dort, die Flut!

La marée haute, flüstert Lucy.

Schön, nicht?, antwortet Suzanne in normaler Lautstärke. Sie streichelt Lucys Schulter mit zwei Fingern.

Sie sollen den Mund halten! Lohse blickt sich nicht mal um.

Wir haben es gehört, Sie haben es bereits erwähnt. Suzanne spricht Französisch.

Lucy denkt Französisch: Das Wasser kommt, und du und ich sind bereit. Zum Schluss bedankt man sich für den Rechtsverkehr, den die Trottel auch durchgesetzt haben. Weil wir näher am Meer vorbeifahren. Dazwischen nur noch ein Streifen Sand, hie und da ein Haus. Wann haben die Boches den Linksverkehr abgeschafft? Egal. Mich kümmert nichts mehr. Aber schön, zuletzt in einem französischen Wagen chauffiert zu werden. Natürlich weiß Suzanne, dass wir in einem Renault unterwegs sind. Typisch. Gute Gefährtin. Beste. Wir geben, wir geben. Alles her. Trotzdem, im Grunde genommen. Ist es viel zu früh.

Unbemerkt von den fünf Gestapomännern haben die Frauen die Dosis schlucken können. Lange bevor Frankreich besetzt wurde, haben sie sich in Suzannes Arztfamilie erkundigt. Danach holten sie bei Gelegenheit Zweitmeinungen ein: Wie viel Luminal oder Gardenal gilt eigentlich als tödlich? Wenn wir uns umbringen wollten und es dürfte nichts schiefgehen, wie viel müssten wir nehmen? Die Mediziner waren einer Meinung. Es sei erstens gut, sich wirklich auszukennen, und zweitens sei der Schlaftod die angenehmste Variante des Sterbens. Zwanzig Stück à zehn Milligramm, diese Dosis. Schlucke man zu viel, so riskiere man, dass es nicht klappe. Das klinge absurd, sei aber Tatsache.

Das Auto fährt durch den Haupteingang des Gefängnisses, ein kurzes Stück die Hospital Grounds lang, dann nochmals ein Tor. Aus der Villa des Gefängnisdirektors fällt verschwenderisch Licht. Eine enge Kurve. Jetzt aussteigen. Irgendwie können beide sich noch auf den Füßen halten. Vielleicht stützt sie jemand. Unbedingt stützt sie jemand. Die Tür zum politischen Gefängnistrakt der Kriegswehrmachthaftanstalt, kurz KWHA, wird geöffnet und geschlossen. Treppauf, da hinein. Und da. Zelle 3E und Zelle 5E im Obergeschoss, E steht für EINZEL. Zwischen den beiden Zellen liegt sowohl der leere Vorratsraum als auch die nicht belegte Zelle 4. Das Auf- und Zuriegeln der schweren Türen ist leiser als ein Fingerknacken. Die Wärter sind Schemen. Keinen von ihnen werden die Frauen später wiedererkennen.

Sind da Stimmen?

Suzanne wacht lange vor Lucy auf. Während vieler Stunden hat sie ohnmächtig dagelegen.

Wo bist du, bitte sei auch noch hier.

Hoch oben, kaum erreichbar, ein kleines Fenster.

Ein Kellerfenster? So sieht es zumindest aus. Doch ich höre Stimmen unter mir. Demnach gibt es noch tiefer gelegene Räume? Was haben wir getan? Was falsch gemacht? Verdammt! Abscheulicher Geschmack im Mund, Durst. Aber größer ist der würgende Ekel. Undefinierbare Partikel wimmeln im Lichtbündel, das durchs Fenster fällt. Der Ärmel ist Taschentuch. Mein Kopf ist schwer wie Glas, er füllt sich mit flüssigem Harz. Widerlicher Gestank. Scheiße. Nicht bloß die dünne, mit Stroh oder Seegras gestopfte Matte und das Kissen riechen entsetzlich.

Sie dreht sich ächzend zur Seite.

Meine Hose ist feucht. Rohe Holzdielen, eine Eisenpritsche, ein Hocker.

Nach Augenblicken erhebt sie sich mühevoll. In der Ecke steht ein alter Marmeladeeimer, in den muss sie pinkeln. Nirgends Papier, kein Wasser. Auf dem Eimer sind Orangen abgebildet.

Den Mund möchte ich ausspülen. Die Wände schälen sich. Zeichen früherer Insassen. Ist das dort ein Heizungsrohr? Es können kältere Tage kommen. Wieder auf die Pritsche. Und du, wo bist du? Es wäre katastrophal. Alles ist zum Erbrechen und zum Ersticken. Mein Kopf ist ein Nadelkissen. Vollgesteckt. Wirklich kein Taschentuch. Zwischen der Zimmerdecke und der oberen Kante der Zellentür ein Gerät aus Holz. Wirkt wie die Parodie eines Radios. Sehr traurig. Neben diesem Gerät ein schmaler Streifen Milchglas. Die Holztür mit einer Essensklappe und einem Guckloch. Ich bin denen ausgeliefert. Türen schlagen. Klackernde Schritte und scharfe Männerstimmen. Sie nähern sich. Sprechen ein schnelles Deutsch. Vorüber und weg.

Doch irgendwann riegelt jemand Suzannes Zellentür auf. Grüßt und wartet. Und als Suzanne nichts erwidert, dasselbe auch auf Englisch.

So ist es denn Abend, bringt sie endlich hervor. Wo ist meine Schwester?

Sie ist von einem anderen Wärter und einem Gefangenen gefunden worden, auf dem Boden ihrer Zelle. Sie rang mit dem Tod. Man hat sie ins Spital gebracht.

Wann?

Eigentlich darf ich Ihnen keine Auskunft geben. Im Laufe des gestrigen Vormittags. Nachdem Sie hier ankamen, wurde Ihnen beiden der Magen ausgepumpt. Ihrer Schwester ging es danach schlechter.

Wann kommt sie wieder?

Voraussichtlich heute Abend. Sie fühlen sich besser?

Warum haben sie uns den Magen ausgepumpt?

Da Sie ohnmächtig wurden, haben unsere Leute auf Gift oder Schlafmittel geschlossen. Solche Unfälle darf es bei Verhaftungen nicht geben, sagt der Wärter mit gedämpfter Stimme. Er ist ein großer kräftiger Mann; Schmied, Holzfäller oder Bärendompteur könnte er sein.

Ich habe Ihnen Suppe gebracht, fügt er freundlich hinzu, und ausnahmsweise Brot. Brot darf eigentlich nur auf Nachfrage ausgegeben werden, nächstens werden sogar Lebensmittelmarken dafür eingezogen, da der Brotkonsum zunimmt. Eine Verordnung des Gefängnisdirektors.

Wasser ist alles, was ich brauche, viel Wasser, bitte.

Verstehe ich, bringe ich gleich, sagt der Wärter und verschwindet.

Suzanne atmet durch den Mund, fällt in sich zurück: Lucy?

Lucys Erwachen ist zäh und nachgiebig und klebrig, ist Saft aus Narzissenstengeln, Brotteig, ein Sandbeet.

Später ist etwas außerhalb von einem und etwas ist man selbst. Eine Erbse verschwindet in der Wildnis des Gartens. Oder rollt das bleiche Grün auf einen zu? Ist Lucy der in die Luft geworfene Inhalt einer Samenkapsel? Oder sät sie?

An das Ununterscheidbare hängen sich Wörter, Fetzen, fertige Sätze. Sie ziehen durch Lucys Augen und Schläfen, von links nach rechts, von links nach rechts, unaufhörlich. Schwindelerregend. Zurückschlafen, liest sie auf diesem quälenden Wortband, wieder die Uferböschung hinauf und eintauchen ins grasgrüne Meer. Sie muss jeden Satz lesen, jemand zwingt sie dazu. Unter Lidern aus Blei. Wie in der Pariser Vorzeit. Als sie die Morphine nahmen, zusammen mit Wein oder Weinbrand. Und Meskalin für den Irrsinn der Farben.

Dann ein erstes klares Bild: Ein Körper auf einem Schimmel vor einem ultramarinblauen Himmel. Gabriel. Wo? Das kann nur in der Fishermen's Chapel sein. Gabriel mit einer Rüstung aus Falkenfedern, die Augen gebunden. Ausgestochen.

Lucy begreift es nicht. Immer hat sie gekämpft. Hat sie zu viel gesehen?

Licht. Da fällt Licht ein.

Ihre Kleider. Die Hose aus blauem, geripptem Velours. Der gestreifte Pullover, die blaue Sommerjacke, aber keine Schuhe. Wo hat sie sich die Schürfungen an Händen und Wangen geholt? Blutspuren am Mantelfutter. Die Taschen sind leer. Warum sind ihre Taschen leer? Auch die Nase schmerzt. Ist sie gebrochen? Aber weshalb? Schlimmer ist das Jucken überall. Das können nur Läuse oder Flöhe sein. Oder Wanzen?

Die Jèrriais, dessen erinnert Lucy sich plötzlich und ohne dass sie die Wörter in ihrem Schädel ablesen müsste, nennen das Gefängnis *das beste Hotel auf der Insel.* Früher hieß es Her Majesty's Prison. Im Namen des Königs. Der König ließ sein Volk im Stich. Aus strategischen Gründen gab es keine militärische Hilfe. Das war Ende Juni 1940.

Jetzt ein Rot. Rot, der Mut. Schmale Streifen von Gelb und Violett fallen rasend schnell schräg ein. Wie Kometen. Und ein letztes Mal setzt das Wortband sich in Bewegung, es flicht sich durch die Farben, immer noch von links nach rechts: Die Tage sind unter die Fittiche der Nächte geschlüpft. Und: Die Fische senken sich zu den Sternen.

Als Lucy ein nächstes Mal erwacht, hört sie in der Zelle nebenan Englisch sprechen. Sie konzentriert sich, will unbedingt die Stimmen unterscheiden, sie versteht einzelne Satzteile. Die Gefangenen scheinen von einer Deportation zu reden, beschwören Gelassenheit, weil der Kontinent das mindere Übel sei.

Niemand ahnt, dass es sich um den letzten Transport nach Deutschland handelt. Die Befreiung Saint-Malos steht an, und der von den Alliierten wiedergewonnene Atlantikgürtel wird ab jetzt eine Durchgangssperre bilden.

Plötzlich öffnet sich die Tür. Ein Mann tritt ein. Er schickt sich an, den Boden zu wischen, sein Besen ist langsam.

Lucy gibt kein Lebenszeichen, sie hebt nur die Lider etwas an, damit die verschwommenen Konturen deutlicher werden. Die Anwesenheit des Mannes ist nicht beunruhigend. Hohle Wangen sind zu erkennen, feine ergraute Haare, aschfahle Haut und farblose, sorgfältig geflickte Lumpen. Er hat etwas Sanftes.

Der Mann muss Russe sein. Woran erkenne ich seine Herkunft? Sieht er dem OT-Arbeiter aus der Ukraine ähnlich, dem wir Schokolade und Socken gaben und der uns später reich beschenkte? Eigentlich nicht.

Lucys Blick wandert von diesem Mann weg zu einem Wärter, der in der Tür steht und die Arbeit überwacht; markante Nase, dunkle Augen, ein schmaler Mund, eine runde Gestalt. Er erschreckt sie nicht, überhaupt nicht. Ist eine mit Zeichenstiften gefertigte Karikatur, die vorübergehend Fleisch und Blut geworden ist. Als er bemerkt, dass Lucy wach ist, sagt er ein paar Worte zu ihr. Sie versteht nur das Wort *Kaffee*. Er stellt einen Becher auf den Hocker und bedeutet ihr, zu trinken. Aber sie kann nicht, wehrt ab. Er bedrängt sie nicht und geht.

Bald darauf riegelt er ihre Zelle erneut auf. Diesmal hat er einen Gefangenen mit dabei, der Lucy gleich wie ein Botticelli-Engel vorkommt, ein stummer schöner Engel. Er trägt eine mit Wasser gefüllte Metallschüssel und stellt sie sacht auf den Boden. Die ausladende Schüssel wippt, doch das Wasser schwappt nicht über.

Help?, fragt der Wärter und zeigt zwischen dem Engel und der Wasserschüssel hin und her. Als Lucy nichts erwidert, weist er den Engel an, mit Lucy Englisch zu reden, kein Wort zu viel, nur das Notwendigste sei erlaubt.

Soll ich das Wasser hier stehen lassen, oder möchten Sie meine Hilfe annehmen? Engel lächeln immer nur beinah.

Lucy nickt langsam. Seinem Akzent nach stammt er aus Jersey. Sie ringt sich ein paar Sätze ab. Eine heisere, ihr fremde Stimme redet: Wenn du mir das Gesicht waschen und die Haare etwas richten würdest? Das wäre freundlich. Und Medikamente müsste ich dringend haben. Von zu Hause. Kannst du das dem da sagen?

Sie setzt sich am Pritschenrand auf. Es geht nicht ohne Anstrengung, aber sie kann sich aufrecht halten. Der Wärter schiebt ihr den Hocker zu, damit sie hinüberrutschen kann. Ohne jede Hast taucht der Engel einen Lappen ins Wasser, säubert sorgfältig Lucys Gesicht. Dann auch ihre Hände, als sie ihm eine nach der anderen entgegenstreckt. Er tut es unendlich behutsam. Entwirrt daraufhin ihr verfilztes, krauses Haar, das Blond aus Meerluft und das Grau aus Alter und Sorgen. Schließlich, mit Rücksicht auf die entzündete Kopfhaut, kämmt er es vorsichtig Strähne um Strähne.

Ich möchte mich gerne sehen, gibt es hier einen Spiegel?

Der Botticelli-Engel übersetzt. Während der Wärter die Zelle verlässt, um gleich darauf mit einem Spiegel wiederzukommen, beugt der Engel sich zu Lucy und flüstert: Habe deine Schwester gesehen, fit as a fiddle, sie schickt liebe Grüße.

Du bist ein wahrer Bruder, danke.

Der Spiegel ist klein, Lucy muss ihn vor ihrem Gesicht hin und her bewegen, um ein ganzes Bild von sich zu bekommen. Könnte sie jetzt schreiben, würden sich ihre Gedanken und Gefühle ordnen können. Vielleicht. Oder auch nicht. Der Wärter nimmt ihr den Spiegel wieder aus der Hand. Niemals wird er Lucy mit diesem gefährlichen Gegenstand alleine lassen.

An einem der nächsten Vormittage erfährt sie seinen Namen. Immer noch fühlt sie sich sehr schwach. Schwüle hat sich dem Gestank zugesellt. Lohse und der Wärter, der erstaunlicherweise ihre Hutschachtel an seinen runden Körper drückt, betreten die Zelle.

Ich bin nicht gekommen, um Sie zu verhören, Miss Schwob, beginnt Lohse. Sie sehen sehr krank aus, Sie müssen sich ausruhen. Ihre Hausangestellte hat ein paar Kleinigkeiten bereitgelegt, Wäsche und so. Lohse deutet auf die Hutschachtel. Er macht eine kleine Pause, in der er zwei Finger in den Hemdkragen schiebt: Kann ich etwas für Sie tun?

Jemand soll das Fenster öffnen. Und ich habe schon gesagt, dass ich meine Medikamente brauche. Das lässt sich nicht mehr aufschieben.

Welche Medikamente?

Lucy strengt sich an, eine sichere Stimme zu haben: Für all meine Organe, Leber und Niere und Darm besonders. Mein Arzt hat sie mir verordnet.

Ich brauche sie, damit ich vernehmungsfähig bin und zur Verantwortung gezogen werden kann.

In Ordnung, das wird veranlasst, Miss Schwob. Gibt es noch etwas anderes, das Sie möchten? Werden Sie gut behandelt?

Meine Brille bräuchte ich. Gut behandelt? Den Wärter da finde ich nett. Sie sagt genau das, was sie denkt. Aber bestimmt meint Lohse, dass sie lügt, meint, dass sie sich vor diesem Kerl fürchte.

Doch Lohse lacht. Er klopft auf die Schulter des Wärters, der rot wie eine Pfingstrose geworden ist: Hören Sie das? Legen Sie die Schachtel hin. Öffnen Sie für eine Weile das Fenster. Und schauen Sie, dass die Frau zu Kräften kommt!

Dann, wieder zu Lucy gewendet: Sie haben Recht, Miss Schwob, Otto ist ein guter Mann, ein guter Wärter.

Otto? Macht Lohse sich über sie lustig? Weil im Koffer auch unverteilte Flugblätter mit einem fiktiven Dialog dreier Soldaten lagen, von denen Lucy einen *Otto* genannt hat? Sie beobachtet Lohse. Es könnte aber auch reiner Zufall sein, dass Otto Otto heißt; das hingegen gefiele ihr. Doch in Lohses Gesicht kann sie nichts lesen. Und er verschweigt ihr, was sich in Suzannes Zelle im Laufe des Tages zugetragen hat.

Denn morgens lag Suzanne neben ihrem Blut. Sie hatte im *Graben*, dem engen morastigen Hof, eine Scherbe aufgelesen und sich kurz vor der Tagwache in die Unterarme geschnitten. Der *große Heinrich* fand sie. Er wird so genannt, um ihn von einem anderen Aufseher gleichen Vornamens zu unterscheiden, der Chefwärter im Politischen ist, und den die Inhaftierten als *kleinen Heinrich* bezeichnen. Als der große

Heinrich Suzanne notdürftig verband, bat sie ihn um eine dringliche Unterredung mit dem Chefwärter. Kurze Zeit später erschien dieser tatsächlich ein erstes Mal in ihrer Zelle.

Wir haben bei der Verhaftung nichts mitnehmen dürfen, begann Suzanne. Uns wurde versprochen, dass unsere Haushaltshilfe am nächsten Tag das Nötige bringen würde. Das ist nicht geschehen. Seit wir hier sind, habe ich die Kleider nicht wechseln können, nicht einmal die Unterwäsche. Da ich mich in Vorbeugehaft befinde und da ich verletzt bin, habe ich bestimmt Anrecht auf einen gewissenhaften Arzt. Ansonsten werde ich mir Mittel einfallen lassen, um direkt an unseren Bailiff zu gelangen.

Noch am selben Tag trifft der Chefarzt der Besatzungstruppen mit einem halben Dutzend Offizieren im Gefängnis ein und erwartet Suzanne im Sprechzimmer. Er versteht Französisch.

Monsieur, man behandelt mich und meine Schwester hier wie den letzten Dreck. Wir haben seit unserer Verhaftung weder eine Zahnbürste bekommen noch ein Leintuch, keine Decke, keine anderen Kleider oder Wäsche, von Klopapier oder einem Taschentuch nicht zu reden. Mich interessiert Ihre Meinung als Arzt und als Vertreter eines zivilisierten Landes. Können Sie mir erklären, warum wir derart respektlos behandelt werden, noch bevor überhaupt ein Verhör stattgefunden hat?

Der Chefarzt und die Offiziere beraten sich.

Der große Heinrich bringt Suzanne in die Zelle zurück. Er selber hätte längst, aus eigenem Antrieb hätte er für die Frauen gerne, aber seine Kompetenzen seien eingeschränkt, äußerst.

Im Auftrag des Chefarztes gibt es zwei Leintücher. Und der Hagere, der auch bei der Verhaftung zugegen war, muss nach La Rocquaise fahren. Dort gibt er Edna Anweisungen, was einzupacken ist und was nicht eingepackt werden darf. Er bringt zwei Pakete ins Politische zurück, eines für Suzanne und die Hutschachtel für Lucy. Je ein kleines Stück Seife ist darin, Klopapier, ein Taschentuch, die Zahnbürste, ein Töpfchen mit Zahnpasta aus gemörserten Schulpen und Kleeöl, eine Unterhose und ein Unterhemd, Strümpfe, ein Kopftuch, ein Handtuch sowie etwas Verpflegung: Karotten, Feigen, ein Ei.

Als Otto ein nächstes Mal Lucys Zelle betritt, beginnt er seinen Satz mit *Lady Schwob*.

Not good English, Otto, not correct, unterbricht Lucy ihn ebenso leise wie eindringlich: Say *Miss Schwob* if you want to be correct.

Er legt die Fingerspitzen vor seinem Bauch aneinander. Studiert lange. Nickt schließlich: Fräulein, Ihre Edna bringt nun jeden Samstag somsing.

Plötzlich steht Edna tatsächlich in Lucys Zelle. Eigentlich ist den politischen Gefangenen Besuch untersagt, doch Lohse macht unerklärlicherweise eine Ausnahme. Die sonst so hübsche Edna in Tränen, mit zerzausten Haaren und verquollenen Augen. Sie fällt auf die Bettkante, fällt mehr, als dass sie sich setzt, und zieht Lucy jammernd in die Arme.

Lohse steht grinsend dabei. Im Grunde ist er ein Heuchler, aber immerhin gehört er nicht zu den Schlägern, sagen Botticelli und Michail – der eine ein Engel aus Jersey, der andere eine guter Mensch aus der Ukraine.

Wieder riecht Edna nach Alkohol. Lohse trägt zur Abwechslung einen schwarzen Ledermantel. Ob er Edna zum Trinken genötigt hat? Was könnte sie den Boches schon preisgeben? Bereits vor dem Krieg hat sie sich daran gewöhnen müssen, dass ich mich für Dinge interessiere, die für sie völlig belanglos sind, für Ahornsamen, Puppenhände und Eichelhütchen, für Schreib- und Vogelfedern. Dass ich auf Streichholzschachteln zeichne. Dass ich mich auf den Rasen lege, mich mit Blumen bekränze und mich als schöne Tote präsentiere. Und dass ich mich dabei von Suzanne fotografieren lasse. Edna hat meine etwas ungewöhnlichen Interessen ganz einfach respektiert. Sie weiß von nichts. Außer von der Schreibmaschine. Und selbstverständlich war sie im Bilde über das dritte Radio, von dem wir uns nicht trennten.

Es tut mir leid, Edna, sagt Lucy, weil George neuerdings auch im Gefängnis sitzt, drüben im Zivilen. Doch warum wurde er verhaftet? Wegen des Radios? Oder hat er mehr gewusst?

Ach, ich bin nicht in Sorge wegen George, sondern wegen Ihnen, Mademoiselle, und wegen Mademoiselle Suzanne!

Sie dürfen mir glauben, sagt Lucy kühl und an Lohse gewandt, dass wir die ganze Wahrheit über George gesagt haben. Das Notizbuch im Koffer, das die Flugblätterverteilung dokumentiert, beweist das. Weder er noch Edna waren über die Flugschriften oder die anderen Aktionen informiert. Außerdem hätten sie uns niemals bei etwas unterstützt, das sie gar nicht begreifen konnten.

Natürlich. *Ich* glaube Ihnen. Aber Sie werden verstehen, Miss Schwob, dass gewisse Befragungen unumgänglich sind. Dennoch wird George nicht länger festgehalten werden, das verspreche ich Ihnen.

Wenige Tage darauf vernimmt Lucy Georges Stimme. Sie hört ihn, als er im Graben seine Runden dahinschlurft, da dieser Hof unter ihrem winzigen Fenster liegt.

Insgesamt drei Wochen verstreichen, bis man ihn auf freien Fuß setzt, und auch Edna muss zehn Tage im Zivilen absitzen. Die Gestapo argumentiert beliebig, stützt sich seit Okkupationsbeginn auf willkürliche, dauerhaft in die Inselwelt gesetzte, fortlaufend verschärfte Verordnungen. Und auf Hinweise von Arschkriechern und Schleimern. Die Spitzfindigkeit der Gestapoleute ist bisweilen erschlagend. In Ednas Fall war der zweite Revolver, der in Lucys und Suzannes Dokumenten erwähnt wird, zu gut versteckt. Die Polizisten behaupten zunächst, Edna habe den Revolver entwendet. Als er gefunden wird, beschuldigen sie sie, einen Fotoapparat zu besitzen. Dabei hat Edna diesen gar nicht versteckt, weil er ja schon seit Kriegsbeginn defekt war. Also ist der nutzlose Apparat ein willkommener Vorwand, Edna zu arrestieren. Und so können die Deutschen La Rocquaise in Ruhe plündern.

Was der Gestapo in Lucys und Suzannes Haus nicht gefällt, das liquidiert sie, verbrennt es im Kamin an Ort und Stelle. Unter den vernichteten Dingen befinden sich sowohl Briefe aus dem Freundeskreis als auch Fotos, die nie für eine Öffentlichkeit bestimmt gewesen sind.

Bode befeuchtet Daumen und Zeigefinger, bevor er in Lucys und Suzannes Adressbuch zu blättern beginnt. Salvador Dalí, Youki Desnos, Gertrude

Stein, Mopsa Sternheim, sagt er Richtung Wolf, Paris ist gerade sehr weit weg, die Adressen nützen uns nichts. Ist ja auch anzunehmen, dass die einen oder anderen schon verreist sind, die Namen sprechen für sich, oder was meinen Sie, Herr Oberst?

Lampen, Bücher und Möbel aus dem Besitz der Frauen finden neue Eigentümer, wandern innerhalb kürzester Zeit wie von selbst in verschiedene andere Häuser. Lohse selbst packt Kleinigkeiten in seine Aktentasche und ist dabei durchaus wählerisch. Tabak kommt ihm gerade gelegen. Er hat keinen Grund, das zu verbergen. Bei einem der ersten Verhöre von Lucy nimmt er demonstrativ eine Schachtel hervor und bemerkt laut lachend, während er eine Zigarette dreht, dass der Tabak aus ihrem Garten stamme.

Lohse hat Lucy zwar die benötigten Medikamente versprochen, trotzdem bekommt sie sie nicht. Also beschwert sie sich beim großen Heinrich, der als einziger Wärter ein passables Englisch spricht: Diese Medikamente sind lebenswichtig, Niere und Darm werden nächstens ihren Dienst versagen. Meine Organe sind vom Chloroform geschädigt, das ich vor Jahren wegen einer Blinddarmentzündung verordnet bekommen habe. Deshalb brauche ich ständig die Gegenmittel. Sie helfen mir, nicht wahr?

Der Grund, warum Lucy die Medikamente, die sie noch zu Hause wähnt, nicht gebracht werden, ist simpel. Nicht etwa, weil befürchtet wird, sie könne sich heimlich wieder etwas antun, es ist viel einfacher. Die Medikamente sind zusammen mit Büchern, letzten Esswaren und Möbeln bereits in fremde Hände gefallen.

Der große Heinrich setzt sich so gut er kann dafür ein, dass Lucys Warnung ernst genommen wird. Man schickt einen deutschen Militärarzt zu ihr, einen eleganten, arroganten Mann, der in ausgezeichnetem Französisch von seinem Hass auf Frankreich spricht. Er betritt die Zelle und lässt Lucy in seiner Gegenwart fünf Pillen schlucken, ein perfektes Laxativum ohne Nebenwirkungen, sagt er.

Wenn man leidet, wird man zum Kind und gehorcht. Doch diese Tabletten wirken wie Gift, Lucy übergibt sich, hat Durchfall und Blut im Harn, hohes Fieber. Zuletzt verliert sie das Bewusstsein.

Als sie wieder zu sich kommt, steht der große Heinrich an ihrer Pritsche. Man muss Angst um Sie haben, Miss Schwob.

Es wird schon wieder. Schuld sind diese verfluchten Tabletten, die mir der deutsche Arzt gegeben hat.

Vielleicht hilft es Ihnen zu wissen, sagt der Große, dass der Doktor von den eigenen Leuten getadelt wurde, obwohl er sich und seine Hochherzigkeit pries, weil er Sie, eine Feindin des Reiches, behandelt habe. Trotz des allgemeinen Mangels an Medikamenten hätten Sie davon bekommen. Die Arzneien sind eigentlich als Reserve für die Wehrmachtsangehörigen vorgesehen.

Lucy wurde die übliche Dosis für einen deutschen Soldaten verordnet. Der Arzt hätte aber ihren Zustand und auch ihre Zierlichkeit berücksichtigen müssen.

Als sie aus dem Schlimmsten heraus ist, kommt der Arzt in ihre Zelle und entschuldigt sich für seinen *kleinen Irrtum.*

Lucy wendet sich an den großen Heinrich: Danken

Sie dem Herrn Doktor für seine Entschuldigung. Und fragen Sie ihn, ob es möglich wäre, dass er es künftig vermeidet, sich um mich zu kümmern.

Es ist möglich. Der Arzt nimmt zwar beleidigt zur Kenntnis, dass die Kranke nicht mehr mit ihm reden will, schickt jedoch seinen Assistenten zu Lucy, einen Sanitäter. Dieser reicht ihr ein in eine Ecke Zeitungspapier eingeschlagenes Medikament.

Ist das Kohle?, fragt Lucy.

Very very good, antwortet der Sanitäter und verlangt den Zeitungsschnipsel zurück.

Zitternd vor Fieber lässt Lucy die Tabletten zwischen den Fußbodendielen verschwinden. Nochmals schleppt sie sich zum Eimer. Hat große Abscheu, ihre Kleider oder das Leintuch zu beschmutzen, möchte die Würde bewahren. Übergroßes Unbehagen auch vor der Zellentür. Zwar steht der Eimer so, dass man ihn durch das Guckloch nicht sehen kann, zwar tritt keiner der Wärter sofort ein, wenn Lucy *einen Moment!* ruft. Aber die Gestapo riegelt auf, wann immer sie will.

Von Otto bekommt sie plötzlich eine kleine Portion in Milch gekochten Reis. Und von da an Tag für Tag. Das ist eine unglaubliche Sache. Auch heißes Wasser lässt er ihr regelmäßig durch Michail bringen. Oder durch Wassili, den anderen für die Reinigung der Zellen und Flure zuständigen jungen russischen Gefangenen.

16

Die Einzelverhöre durch Karl Lohse finden im Sprechzimmer statt. Es liegt zwischen Wärterloge, Spülküche und dem quadratischen Hof mit dem Schuppen und ist nicht größer als eine Zelle. Auf der Innenseite der Tür ist ein Hakenkreuz aufgemalt. Manchmal ist auch Bode bei den Verhören anwesend, Zigarren rauchend in elfenbeinfarbenem Veston à l'américaine, mit mahlenden Kinnbacken. Schon sein Eierkopf ist eine Beleidigung. Der Wolf erscheint nie.

Anhand der diversen Beweismittel aus dem Koffer wiederholt Lohse meist dieselben Fragen, mal variiert er sie, mal ist er an Details interessiert. So auch einmal an jenem Flugblatt, das zu einem Treffen in den Grotten von Plémont aufruft. Geben Sie Ihr Spiel auf, Miss Schwob, sagt er süßsäuerlich. Sie können mir nicht weismachen, dass Sie und Ihre Schwester nur Komparsen gewesen sind. Die Formulierung ist rein militärisch und nur uns von der Wehrmacht bekannt. Wer also sind die Drahtzieher?

Wir hatten das Glück, dass wir eine ähnliche Vorladung fanden, erklärt Lucy sachlich. Irgendwo hatte sie jemand verloren oder weggeworfen. Mir war der deutsche Ton ausgesprochen dienlich. Also habe ich ihn kopiert, habe dasselbe Papier und dieselbe Typographie gewählt und nichts anderes getan, als ein paar Wörter abzuändern. Tag und Uhrzeit habe ich möglichst einleuchtend gewählt. Und natürlich setzte ich unsere Unterschrift darunter – *der Soldat ohne*

Namen oder *die Soldaten ohne Namen*. Danach haben wir die Blätter verteilt, und fertig.

Aha, das ist alles. Behaupten Sie.

Wir wollten provozieren.

Wissen Sie, was Sie riskierten?

Selbstverständlich. Einige Soldaten würden hingehen. Andere verunsichert sein. Man würde zumindest von der Existenz der verschwörerischen Vereinigung erfahren. Vielleicht, haben wir gedacht, animiert dieses Schreiben auch Leute dazu, sich selbst zu organisieren. Das war uns klar: Richtig gefährlich wird es, wenn einer der Zettel in die Hände der Gestapo gerät. Deren Leute würden den Soldaten alsbald bei Plémont auflauern. Leider weiß ich nicht, ob schließlich eine Versammlung stattgefunden hat, fügt Lucy hinzu.

Und wie konnten Sie diese Blätter an der Nordküste verteilen? Ohne Fahrräder?

Sie haben sich selbst verteilt.

Reden Sie Klartext!

Wir haben unfreiwillige Komplizen aus Ihren Reihen gehabt. Wir wählten abseits liegende Wege und warteten, bis ein Fuhrwerk kam. Ein deutscher, übermüdeter Soldat lenkte die Pferde, neben ihm ein schlummernder Kamerad. Wir wechselten ein paar belanglose Worte mit den Männern. Und in einem geeigneten Augenblick befestigten wir einen mit mehreren Flugblättern versehenen Briefumschlag per Reißnagel am Fuhrwerk. Also reiste unsere Post irgendwohin.

Lohse verschränkt die Arme: Und das soll ich Ihnen glauben?! Es könnte doch auch sein, dass Ihre Schwester Kontakt zu den Anführern hatte?

Nein. Wenn schon, dann habe *ich allein* Schuld an allem. Ich war die Organisatorin. Die Schreibmaschine gehört mir, Miss Malherbe kann nicht mal darauf schreiben. Ich habe sowohl die Fotomontagen gemacht als auch die Texte verfasst. Sie hat übersetzt und mich beim Verteilen der Zettel begleitet, weil ich sie dazu überredete. Immer schon bin ich die Aktivere gewesen. Miss Malherbe hätte, genauso wie die Loyalisten auf Jersey, von sich aus keinen Finger gerührt und in jedem Fall eine Befreiung abgewartet. *Sie* hat den Sieg der Alliierten von Beginn an nie bezweifelt. Warum also hätte sie sich aus freien Stücken engagieren sollen?

Lassen wir das. Kennen Sie einen Cecil Strong?

Ja.

Wie gut?

Flüchtig.

Er hat sich bei uns gemeldet. Er will Sie besuchen. Zusammen mit seiner Frau. Wir haben ihn zur Kommandantur geschickt, wo er sich allenfalls eine Bewilligung besorgen kann. Was will er von Ihnen? Wie stehen Sie zu ihm?

Lucy denkt blitzschnell. Ethel und Cecil Strong haben nie etwas von ihren Aktivitäten erfahren. Wir haben gelegentlich mit ihnen Tee getrunken, sagt sie gefasst, Mr und Mrs Strong haben ihre Eigenarten, sind ein bisschen stur, haben auch keine Dienstboten. Sie sind von der Art britischer Faschistentyp, Monarchie geht ihnen über alles. Durchaus nette Nachbarn, mehr fällt mir zu ihnen nicht ein.

Auf der Kommandantur, so werden Lucy und Suzanne nach Kriegsende erfahren, schlägt man den Strongs eine Besucherbewilligung aus. Ethel wehrt sich, will sich nicht so einfach abwimmeln lassen. Sie baut sich vor dem Beamten auf und hält eine kurze Rede über Anstand. Der Beamte droht, er werde sie einsperren, wenn sie jetzt nicht ginge. Oh, entgegnet sie, das wäre mir eine Ehre, von Leuten wie Ihnen ins Gefängnis gesteckt zu werden. Der Deutsche reagiert nicht und beeilt sich stattdessen, dem alten Paar die Tür aufzuhalten.

Trotzdem, sagt Lohse und senkt die Stirn. Um auf Sie zurückzukommen, ich schätze Sie als kleinen Fisch ein, Miss Schwob. Sie decken Leute aus unseren eigenen Reihen. Aber wen bloß?

Ich decke niemanden. Obgleich es einfach gewesen wäre, an Ihre Leute heranzukommen bei diesem auffallenden – wie soll ich sagen? – Überangebot. Schwieriger war es, sie von uns fernzuhalten.

Lucy versteht allmählich, dass Lohses Mutmaßungen aus der Luft gegriffen sind. Und mit einem Mal begreift sie, dass die zwanzig Schlaftabletten sie vor einer Deportation gerettet haben. Durch den Suizidversuch wurden die Befragungen um entscheidende Tage hinausgeschoben. Und rettend war außerdem, dass Lohse zu lange hoffte, seine Annahme bestätigt zu bekommen, dass die Frauen Teil einer größeren Widerstandsgruppe seien. Als er seine Fehlspekulation endlich einsehen muss, hat das letzte Deportationsschiff bereits abgelegt.

Weder freiwillig noch unfreiwillig kann man Jersey von nun an verlassen. Dennoch ist nie auszuschließen, dass die Boches die Inselverbrecher per Flugzeug in ein Lager aufs Festland bringen. Davor fürchtet Lucy sich sehr. Sie macht sich auch Sorgen über einen taktischen Fehler. Lohse bezog sich in einem Verhör auf Lucys Behauptung, sie allein hätte die Texte geschrieben. Aber sie behaupte doch auch, kein Deutsch zu können, sagte er. Er schob ihr einen Kohledurchschlag mit Suzannes Handschrift zu, das Blatt mit dem Gedicht *Das Lied*. Suzanne hat diesen sarkastischen Totentanz der Helden des Herrenvolks verfasst. Aber natürlich kann sie, Lucy, die deutsche Sprache weder lesen noch schreiben. Und schon gar nicht die alte deutsche Schrift.

Nein, das könne sie nicht lesen, hat sie zugeben müssen.

Ah, hat Lohse erwidert, Sie stellen sich also vor Ihre Schwester? Sie vertuschen womöglich noch anderes, was man Ihnen genauso nachweisen wird!

Dumm von mir, dieses Gedicht hab ich wirklich vergessen. Ich habe keinen Grund, Miss Malherbe zu decken. Mitgegangen, mitgefangen, das ist ganz meine Meinung, doch wollte ich dazu stehen, dass sowohl die Hauptarbeit als auch die Motivation von mir gekommen ist. Sie wissen ja, dass auch kleine Mitarbeiter hin und wieder die Initiative ergreifen.

Lucy fühlt sich angreifbar. Sie muss unbedingt den Eindruck festigen, Suzanne sei ihr im Großen und Ganzen gleichgültig.

Keine Sorge, Lohse hat mich auch zur Rede gestellt, denkt Suzanne in ihrer Zelle. Falscher Stolz, habe ich ihm gesagt. Meine Schwester wollte mich nicht entlasten, sondern vielmehr mit ihrer Tatkraft auftrumpfen. Und befinden sich Schwestern nicht in einem ständigen Wettkampf? Sei getrost, niemals wird einer von ihnen merken, wo wir am verletzlichsten sind. Ihre Befragungen sind beschwerlich, dagegen können wir nichts tun. Ich überstehe sie am besten, wenn ich mich dabei auf etwas ganz anderes konzentriere, auf ihre Fingernagelformen, den Schattenwurf eines Stuhls oder den Zwiebelduft aus der angrenzenden Küche.

Stell dir vor, der Baron saß heute Vormittag mit dabei. Hast du ihn damals in der Kommandantur nicht auch angetroffen? Er schaut rassig und schmissig aus der Wäsche. Bode, Lohse und er haben ein respektables Ensemble abgegeben. Dass ich mich weder einschüchtern noch beeindrucken lasse, daran müssen sie sich noch gewöhnen.

Der Tisch im Sprechzimmer stand heute ein wenig anders, er wackelte, sobald einer der Boches sich darauf stützte. Sie fassen nach unseren Dingen und werfen sie verächtlich wieder hin. Demonstrativ. Das Wackeln des Tischs war heute eine meiner kleinen Ablenkungen, der Rhythmus dieses Wackelns. Ich versuchte, auch eine Rangfolge der Lautstärke ihrer Stimmen auszumachen.

Bode hielt einen unserer Hampelmänner hoch. Zog am Band der Soldatenkarikatur, und prompt erschienen das Fenster und der Ausspruch des nach Russland in den Kampf geschickten Soldaten. Bode las vor:

Dann zog ich nach Russland. Im Teufelsland
hatt' ich drei Jahre verloren
Am Ende war ich ein hübscher Mann
Die Nase, die Füße erfroren.

Und wie haben Sie das gemeint?, fragte er.

Exakt so, wie es geschrieben steht. Allerdings haben wir diesen Soldaten ziemlich früh gebastelt.

Da lagen uns noch keine Bilder der entstellten Männer vor. Wir haben viele dieser Hampelmänner in Umlauf gebracht.

Was heißt viele?

Und ich antwortete: Ich habe sie ebenso wenig gezählt wie die Flugblätter. Flugblätter waren es aber deutlich mehr.

Die Boches sollen glauben, dass wir die Insel mit unserem Material überschwemmt haben. Sie sind sogar im Besitz einiger unserer Sloganbilder. Bestimmt haben sie ihre kleine Sammlung auch vor dir ausgebreitet. Ich studierte die Nagellackfarben, mit denen du die einfachen Zeichnungen gemalt hast, Purpur, Mohnrot, Karmin, Bordeaux. Die Bilder sind bestimmt durch viele Hände gegangen.

Diese Zeichnungen und Texte stammen auch von Ihnen?, fragte Lohse.

Natürlich kommen die aus unserer Werkstatt, wir hatten großes Vergnügen daran, damit in den Amusement Park zu gehen.

Wohin?

In den Freizeitclub des Mayfair Hotels.

Warum?, hakte Lohse nach.

Na, weil viele Wehrmachts- und Marineangehörige sich dort vergnügen. Slogans wie *Es lebe das Leben* oder *Weg mit der Illusion* passten da ausgezeichnet hin, fanden wir. Wie Ihre Leute, so waren auch wir an den Geldspielautomaten, wir verloren, stellten uns woanders hin, gewannen wie sie. Zuletzt vergaßen wir die Sloganbilder, sie blieben einfach liegen. Als wir nach zwei oder drei Mal die Neugier des Pächters bemerkten, mieden wir den Ort.

Und dieses Blatt hier? Bode schob mir mein liebstes Flugblatt zu.

Ich glaube die Wellen verschlungen
Am Ende Schiffer und Kahn
Und das hat mit seinem Brüllen
Der Adolf Hitler getan.
Heine (Oberst?)

Was sollte diese Beleidigung des Führers und unseres Inselkommandanten?

Oh, dieser Vers hat mir nicht wenig Spaß gemacht, sagte ich, er stammt eigentlich von Heinrich Heine, dem grundehrlichen *deutschen* Dichter, einem Menschenfreund und -kenner übrigens, der zwar Pistolen bei sich trug, wie es zu seiner Zeit eben Mode war, der aber keinem Hasen etwas zuleide –

Weiter, weiter!, drängte Lohse.

Dieser Heine hat ein altes Märchen in neuer Weise erzählt. Ich habe daraus eine Strophe genommen und sie im Sinn des Soldaten ohne Namen aktualisiert.

Aha, dann haben Sie also auch noch einen deutschen Dichter verhunzt.

Nein, wir haben ihm ziemlich viel Ehre angetan, denn Heinrich Heine hat sich niemals ein Blatt vor den Mund genommen und Deutschland und dessen Eigentümlichkeiten furchtlos –

Das genügt!, unterbrach der Baron, der von *unserem* Heine keinen blassen Schimmer zu haben schien. Er wollte nun wissen, was uns dazu gebracht habe, La Rocquaise mit all dem *kubistischen Kram* zu füllen. Man habe nämlich, sagte er herablassend, bei einer nachträglichen gründlichen Besichtigung noch einiges gefunden, was Aufschluss über eine revolutionäre Gesinnung gäbe.

Briefe und Fotografien etwa, ergänzte Lohse, die Sie wohl absichtlich im Dachboden versteckt haben?

In dem Moment verschob sich eine der Fotografien durch einen Luftzug oder ein Wackeln. Der Baron schlug die Beine übereinander und streckte den Rücken durch. Es gelang ihm dabei nicht, elegant zu wirken. Er fragte mich, was eine Frau sich dabei denke, wenn sie sich kahl scheren lasse.

Die Attraktivität der Männer hängt doch auch nicht von allfälligen Ratsherrenecken, einer Glatze oder ihrer Kahlköpfigkeit ab, oder irre ich mich?

Nur er und niemand sonst würde hier die Fragen stellen, meinte Lohse unwirsch.

Am liebsten hätte ich noch gefragt, ob ihre Gefühle von ihrer Kleidung abhingen, je nachdem, ob sie eine Uniform, die Landestracht oder den Schlafanzug trügen. Ich ließ es. Ich hätte dich verraten, wenn ich von deinem Experiment erzählt hätte. Dass es eine Zeit gab, in der es dir nicht genügt hatte, in eine Männerhose zu schlüpfen und dir die Haare kurz zu schneiden.

Seither sind mehr als zwanzig Jahre vergangen. Du saßest auf der äußersten Kante eines Stuhls vor dem Spiegel, hattest dir die Haare weggeschnipselt, ich stand mit dem Rasiermesser hinter dir. Kürzer, befahlst du und machtest dein unnahbares Gesicht. Suzanne, rasier mir sämtliche Haare weg. Onkel Marcel habe sich den Kopf rasiert, weil er Haare völlig überflüssig fand, sagte man in unserer Familie. Mich interessiert, wie ich mich mit kahlem Kopf fühle und wie ich wirke. Ich werde Fremdes ausprobieren, endlich etwas mit den Geschenken meines Großonkels Léon Cahun anfangen. Er hat ja aus Turan, Mesopotamien und von den Färöerinseln, aus Ägypten, Nubien und so weiter jede Menge Kleider und Schmuck mitgebracht. Die werden wir aus den Kisten ans Tageslicht holen. Damit sollst du mich fotografieren, als Mann, als Frau, als Figur mit Masken. Ich will begreifen, was unter den Kostümen, der Schminke, den fremden Häuten und Haaren von mir übrig bleibt. Mein eigenes Haar wird wieder wachsen, schneller als man denkt, fügtest du hinzu. Als hätte ich mich je über eines deiner Experimente und Vorhaben beschwert. Meine Erinnerung spürt deine Hinterkopfwölbung.

Die meisten der mir jetzt wieder vorgelegten Bilder beurteilte der Baron als empörend, weil schamlos. Die Serien im seichten Wasser oder jene auf der Steppdecke haben ihn irritiert. Er benutzte das Wort *pornography* und betonte es bedauerlicherweise auf der letzten Silbe. Dass Schamlosigkeit sehr wenig mit Kleiderlosigkeit zu tun habe, habe ich ihm nicht erklären mögen. Nackte Frauen können sich in den Augen solcher Typen niemals wie Damen benehmen. Der Baron trug eine Tirolerhose. Ein Trachtenhut mit Feder lag auf seinem Geschlecht. Wir seien nicht davor zurückgeschreckt, meinte er augenscheinlich erregt, das Widerwärtige und Ekelhafte zwischen uns – zwischen – zwischen Schwestern – zu – präsentieren.

Ich fragte so höflich ich nur konnte: Erlauben Sie, dass ich dazu Stellung nehme? Der Genauigkeit halber?

Er machte eine generöse Handbewegung.

Erstens: Der englische und auch der französische Volksmund sprechen etwas ungenau von *demi-sœur* und *half-sister*, doch Miss Schwob und ich sind nicht blutsverwandte Schwestern. Wir sind Stiefschwestern. Wie aus dem Grimmschen Märchenreich. Meine Mutter und Miss Schwobs Vater machten ihre Bekanntschaft und heirateten, als wir längst schon eigene Entscheidungen treffen konnten. Und zweitens: Wir haben unsere fotografische Arbeit niemals anders denn als reine Kunst betrachtet. Selbstverständlich hat man jegliche Freiheit, unsere Arbeiten nach Gutdünken einzuschätzen, weil diese eben künstlerischer Natur sind. (*Freiheit* habe ich natürlich ironisch gemeint. Freiheit findet im Austausch statt. Für uns gilt das seit Urzeiten, nicht jedoch für die Boches. Außerdem verstehen sie nichts von verstörender Schönheit. Sie sehen immer nur Abbilder. Auf diese Weise wollen sie Kunst verstanden wissen.) Wir dachten nie daran, unsere Fotografien der letzten Jahre zu veröffentlichen, ergänzte ich. Insofern können sie wohl kaum mit der Anklage gegen uns in Beziehung gebracht werden.

Was uns vorliegt, fuhr der Baron fort, ist derart anstößig, dass ich mir aus Ihrer Bibliothek nicht mal ein Buch Ihres Vaters über Kubismus ausleihen wollte.

Ausleihen? Aus unserer Bibliothek? Ein Buch meines Stiefvaters? Ich schaute erst Richtung Lohse, dann an Bode vorbei zum Baron und ließ mir Zeit, um zu sagen: Brauchen Sie nicht unsere Einwilligung, wenn Sie aus unserem Haus etwas wegzutragen beabsichtigen? Bis zu unserer Verurteilung haben wir doch wohl ein Anrecht auf die Verfügbarkeit all unserer Habe? Zumindest auf alle Dinge, die im Prozess nicht gegen uns verwendet werden können? Oder bin ich da falsch informiert?

Die Herren nahmen nicht Stellung, ihr Feixen wurde bloß breit, immer breiter, und schließlich lachten sie, Bode am schallendsten, obgleich er nicht alles verstanden haben konnte. Der Baron führte schief stehende Zähne und einen Streifen rosa Zahnfleisch vor, Lohse lachte gekünstelt mit, und der ebenfalls anwesende Große schien verlegen. Er wich meinem Blick aus und schaute zum Fenster hin, wo der Schuppen im Hof und die gleich dahinter stehende Gefängnismauer die Aussicht versperren. In Reichweite liegt das Meer, keine zwei Minuten, und man sähe, ob das Wasser steigt oder fällt. Vielleicht schaute man auch in den unmerklichen Stillstand zwischen Ebbe und Flut, Flut und Ebbe. Dir aber schenke ich das Stück blauen Himmels, das man weit oben schon während der Befragung sah, und das sich jetzt eben wieder vor unseren Zellenfenstern zeigt. Nimm es.

17

Der Baron, Jurist und Forstwirt, ist der unbescheidene Kopf der Zivilen Verwaltung auf Jersey. Er ist also für Ökonomie, Recht und Ordnung unter der Bevölkerung verantwortlich. In diesen Tagen hält er in seinem Tagebuch fest, dass es nur wenige Juden auf der Insel gibt. In Tat und Wahrheit sind die jüdischen Bewohner, die den Verordnungen gemäß ihre Abstammung deklariert haben, längst von der Insel weggeschafft worden. Nun seien kürzlich, so schreibt der Baron, zwei jüdische Frauen scheußlichster Art verhaftet worden, die unter den Soldaten Papiere verbreitet hätten, worin sie dazu aufriefen, die Offiziere zu erschießen. Eine Hausdurchsuchung hätte hässliche kubistische Malerei zutage gefördert, außerdem pornografisches Material abartiger Natur. Eine der Frauen habe sich den Kopf geschoren und sich in Männerkleidern ablichten lassen. Nacktfotos hätten die beiden Frauen beim Ausüben sexueller Perversionen gezeigt, ihr Geschlecht entblößend und sich geißelnd. Sie könnten zum Tod verurteilt werden. Ihre Bibliothek, die sie zurückgelassen hätten, sei akzeptabel, enthalte französische und englische Romane. Leider komme er selbst aber wenig zum Lesen, mehr als irgendjemand anderer auf Jersey sei er mit Arbeit derart eingedeckt, dass ihm nur wenig persönlicher Freiraum bleibe. Immerhin, es gebe erfreulicherweise seltene Nächte, in denen die schwarze See den goldenen Mond spiegle, und trotz der anspruchsvollen Aufgabe fände er Nachmittage, wo er ausreiten oder Stunden mit Schießen, dieser wunderbaren Entspannung, verbringen könne. Erfreulicherweise sei gegenwärtig auch sein Auftreten in einer sensationellen Show auf St. Heliers Bühne gefragt, wo er einen Theaterproduzenten darstelle. Da frage er sich, angesichts der hingerissenen Mienen im Publikum, ob je einem wirklichen Theaterproduzenten ähnlich viel Bewunderung entgegengebracht worden sei.

Der Baron holt sich öfter Romane aus Lucys und Suzannes Bibliothek. Denn wenn ein Spross fränkischen Uradels ein heimatgeschichtlicher Schriftsteller werden will, dann muss er sich zunächst in der Welt umsehen, auch in der literarischen. So stiefelt er also ins Haus und trägt fort. Unter anderem *Femmes* von Marcel Prévost. Ein gutes Buch, findet er. Prévost hat seine Protagonistin Henriette Deraisme mit eigenständigen Gedanken und Entschlusskraft ausgestattet, den Baron jedoch interessiert anderes: Ist diese Henriette nicht durch und durch verführenswert? Sehr reizvoll, dass sie den Grafen zum ersten Kuss auffordert. Oder zu mehr? Bestimmt zu mehr. Frauen funktionieren so. Sie bebt ja vor Glück, ist erregt, hat erregt und die Bewunderung gesucht. Gleichwohl, oder verständlicherweise, nimmt der Graf sich nach der ersten Nacht mit Henriette eine seiner bewährten anspruchslosen Mätressen. Henriette zieht danach einen Schlussstrich. Ein schwerfälliges Glück wolle sie nicht. Wie kleinlich, wie egoistisch. Dabei geht es dem adligen Lebemann im Roman ja wirklich nur darum, die Leidenschaft in der zu erobernden Frau zu wecken – *le désir du désir de l'autre* – und endlich deren Erlösung zu vollziehen. Der Baron ist entzückt. Seine allmorgendlichen, der

Pflicht abgerungenen Lesestunden haben sich gelohnt. Er verfügt nun mal über freizügige Sinnesempfindungen. Was damit zu tun hat, dass Frau und Kinder weit weg in der Heimat weilen, aber die junge erquickliche Ella sehr nah ist. Frauen – Ella oder Stella – können es nicht ertragen, wenn man nicht völlig von ihnen abhängig ist, notiert der Baron, Frauen sind einfach viel stärker von ihrer eigenen Phantasie beeinflusst als von der Realität. Zweifellos macht das aber auch ihren Charme aus, kombiniert mit dem gewissen Etwas, zum Beispiel mit Ellas wundervollem, fast goldenem Haar und ihrer rosabraun gesonnten Haut. Sie ist unerhört schlank, aber mit weiblichen Formen gesegnet. Als Tänzerin wäre sie hinreißend! Und ihre Neugier könnte ihr sogar dazu verhelfen, in Tiefen menschlicher Erfahrungen vorzustoßen, die den Frauen hierzulande absolut unbekannt sind.

Lohse hält sich mit seiner Meinung über Kunst zurück. Vermutlich hat er keine. Die Frauen geben ihm ganz schön zu denken, und er muss auch dafür sorgen, dass sie sich keinesfalls absprechen können. Begegnungen sind also strikt untersagt.

Und Ihre Religion?, fragt er eines Tages.

Die berühmte Entgegnung liegt Suzanne auf der Zunge: Gefühl ist alles. Oder sollte sie einen ihrer Flugblatttexte zitieren: *Für Freiheit, Frieden und Vaterland! Für die wirkliche Größe Deutschlands! Für das große Deutschland Goethes, das das nationalsozialistische Großdeutschland Hitlers vergeblich besudeln möchte. Kameraden! Haltet Ihr es mit uns?* Des Weiteren könnte sie Namen griechischer Göttinnen aufzählen und Lohse schulmeisterlich belehren, wer einen vor Verblendung und Täuschung bewahrt oder wer einem bei gerechten Rachefeldzügen zur Seite steht.

Ich habe keine Religion, sagt sie stattdessen.

Aber Sie müssen eine haben! Lohse ist enttäuscht, Karl Lohse, Assistent des Wolfs und eifriger Katholik, der eine Vorliebe sowohl für Weihwasser als auch für Pflaumenwasser hat; wenn es denn kein Bordeaux oder Cognac sein kann.

Damit er sich beruhigt, präzisiert Suzanne: Ich wurde katholisch getauft, bin jedoch nicht gläubig und praktiziere keine Religion.

Auch zu Lucys Sippschaft gehören Katholiken. Und ihr atheistischer Vater hat seine jüdischen Wurzeln gekappt, indem er Protestant geworden ist. Dieses Dokument hat die Gestapo sich ebenso angeeignet wie die Schriften von Lucys Urgroßvater Léopold Schwob, Rabbiner in Rouen, und die Liebesbriefe zwischen der unerschrockenen Großmutter Mathilde Cahun und dem Großvater George Isaac Schwob, einem aufgeschlossenen und vielfach interessierten Freidenker, der einst Attaché des Vizekönigs von Ägypten war.

Lohse tut sich mit der religiösen Herkunft der beiden Frauen tatsächlich schwer. Er gibt sich Mühe, die jeweiligen Konstellationen zu enträtseln. Unverständlich ist ihm, dass Lucy sich nicht darauf festlegen will, ob sie getauft worden ist, beziehungsweise wenn ja, ob in einer katholischen oder protestantischen Kirche.

Mir ist wenig berichtet worden aus frühester Zeit, sagt Lucy, aber ich glaube sehr, dass man mir erzählt hat, ich sei getauft. Nur fehlt ein Taufschein, ein solcher war zumindest nie in meinem Besitz. Zu keinem Zeitpunkt hat mich das interessiert. Vielleicht genügt es Ihnen, dass meine Mutter mich in die Sonntagsschule der protestantischen Kirche von Nantes schickte? Für einige Monate wenigstens. Bis sie wegzog und nicht wieder zurückkam, und ich war erst fünf oder sechs. Niemand hielt mich dazu an, die Sonntagsschule weiterhin zu besuchen. Darum beschäftigten mich Mose im Binsenkörbchen und Jesus in der Krippe bald nicht mehr – der eine ein Mörder, der andere hingerichtet.

Ein Mörder, wer?, fragt Lohse stirnrunzelnd.

Mose eben, so steht es in der Bibel. Dennoch brachte er seinem Volk Gebote. Das eine früher, das andere später. Ob ich die Abfolge richtig erinnere, weiß ich jetzt nicht genau. Vielleicht zuerst die Gesetze, dann der Mord –

Weiter, sprechen Sie von sich!

In meinem dreizehnten Lebensjahr habe ich sonn- und feiertags an den Gottesdiensten der Anglikanischen Kirche von Ashtead in Surrey teilgenommen. Das war so Brauch in jenem Mädchenpensionat.

Warum?

Warum warum?

Warum waren Sie in Surrey?

Mein Vater schickte mich. Ich sollte Englisch lernen.

Der Name?

Der Name wovon?

Von der Schule.

Parsons Mead.

Wo war das?

Wie ich sagte, in Ashtead in der Grafschaft Surrey.

Nie gehört –

Ashtead liegt südlich von London. Ein Städtchen, bestehend aus zwei Häuserreihen an einer Straße, die The Street hieß. Oder immer noch heißt. Mit der Welt durch eine etwas abseits liegende Bahnstation verbunden. Beschauliche Landschaft. Keinerlei aufsehenerregende Menschen schienen dort Fuß zu fassen. Ein Dorfnarr, das schon. Er bekniete die Leute, wünschte ihre Strümpfe anzufassen. Als Ersatz für Fluss oder Meer gab es einen winzigen Teich zum Schwimmen und Rudern. Einige Mädchen fanden das sehr idyllisch. Das Pensionat lag näher beim Teich als bei der Hauptstraße, aber wir konnten uns sowieso nicht nach Belieben bewegen. Reicht das? Oder wünschen Sie noch eine kunstgeschichtliche Beschreibung der Kirche aus dem dreizehnten Jahrhundert?

Lohse kneift mit Daumen und Zeigefinger seine Unterlippe.

Erstaunlicherweise gab es in Ashtead zu meiner Zeit eine nagelneue Fabrik für fotografische Artikel, sagt Lucy in die Pause hinein.

Was soll das, Miss Schwob?

Ist mir eben eingefallen.

Bald nachdem Edna aus dem Zivilen entlassen worden ist, nimmt sie wieder den Weg zum Politischen unter die Füße, um zuerst Susanne, dann Lucy einen kurzen Samstagsbesuch abzustatten. Der große Heinrich guckt in die Luft, Edna steckt Lucy bei der Begrüßung einen Zettel zu. La Rocquaise ist geplündert worden, steht darauf. Doch welche Sachen sind im Haus verblieben? Bloß weil Lucy die Herren Lohse, Bode & Co. aus dem Busch klopfen will, interessiert sie das.

Es würde ihr, sagt sie zum Großen, in jeder Hinsicht gut tun, wenn sie die Bibel in drei Bänden, die bei ihnen zu Hause stehe, hier haben könnte, eine Bibel in der französischen Übersetzung von Le Maistre de Sacy, sehr schöne Aufmachung. Sie würde auch Ihnen gefallen, Heinrich. Lucy mag diese Bücher, weil auch Suzanne an ihnen hängt, denn vormals gehörten sie ihrem Großvater Jean Baptiste Léonce Malherbe, dem Direktor der Ärzteschule von Nantes.

Der große Heinrich drückt sich in den folgenden Tagen um eine Antwort. Also wiederholt Lucy ihre Bitte: Drei Bücher auf einmal sind wohl zu viel. Ich kann mich auch mit einer kleinen schwarzen Ausgabe auf Englisch begnügen, ein Andenken an meine Jugend. Vorne drin klebt mein Exlibris. Diese Bibel findet sich leicht und ist bequem hierher zu schaffen.

Wieder erhält Lucy weder eine Auskunft noch ein Buch. Sie nimmt einen dritten Anlauf, immer noch mündlich, denn zum Schreiben fehlen ihr sowohl Stift wie Papier: Heinrich, es ist kein Geheimnis, wie gut Sie mit den administrativen Wegen vertraut sind. Wenn Leute wie Sie mir aber keine Bibel organisieren können, so wird mir gewiss der Reverend von St. Brelade eine borgen. Wären Sie so gut und würden Sie ihn in meinem Namen darum bitten?

Der große Heinrich beteuert, sein Möglichstes zu tun, bleibt aber erfolglos.

So wird Lucy ihre Bemerkung los, die sie sich längst schon ausgedacht hat. Dass sie es zutiefst bedaure, diese Tage im Gefängnis ohne Bibel verbringen zu müssen. Wenn sie keine Bibel küssen könne, würde sie ihre Beziehung zu Gott extrem vernachlässigen.

Ich weiß, ich weiß, antwortet der große Heinrich schuldbewusst.

Andere Dinge werden mehr oder weniger schnell herbeigeschafft, auch die Brillen. Leider packt Edna für Lucy die falsche Brille ein. Und für diesen Irrtum hat der kleine Heinrich während der folgenden Monate absolut kein Gehör. Den Brillen folgen die Waschschüsseln. Suzanne hat Lohse nämlich auf die viel zu schweren Schüsseln aus gehämmertem Zinn aufmerksam gemacht. Wie er sehe, sagte sie, sei dieses Ungetüm vermutlich so alt wie das Gefängnis selbst. Bestimmt würde ein Antiquitätenhändler in Entzücken ausbrechen. Aber sie persönlich könne die Schüssel nur unter Aufwendung aller Kraft und

Geschicklichkeit zum Ausgussbecken am Flurende und wieder zurück tragen. Das Gewicht sei dabei nicht einmal das größte Problem, sondern das überschwappende Wasser, eine Verschwendung sondergleichen, Pfützen auf dem Flur und in der Zelle, so dass es sogar durch den Bretterboden in die untere Zelle tropfe.

Auch Lohse kann die Waschschüssel nur schwer anheben, sehr zu Suzannes Vergnügen steht ihm die Anstrengung ins Gesicht geschrieben, doch verspricht er, nach einer Lösung zu suchen. Er findet sie.

Lucy, zu krank und zu schwach, ist noch nicht imstande, selbst zum Klo und zum Ausgussbecken zu gehen. Ein Buch halten – ja. Lohse standhalten – ja. Die handlichere Waschschüssel oder den Eimer ein paar Meter weit tragen – das nicht.

Suzanne aber durchaus. Längst wieder.

Wie sehne ich mich danach, dir richtig zu schreiben, fängt sie einen ihrer Gedankenbriefe an Lucy an. Hoffentlich ist es mir bald möglich. Aus jedem Buch, das der große Heinrich oder Otto mir besorgt, löse ich ein Vorsatzpapier und lege es beiseite. Ein wenig peinlich ist mir das, wegen der Bücher. Nur der Bleistift fehlt noch. Es wäre heute auch von Ottos Diensteifer zu berichten. Ich suchte nach dem richtigen deutschen Wort, ich war ja selbst etwas erstaunt. Er hörte mir angestrengt zu, er nickte und nickte. Mir schien, ich spräche zu einer Kasperlfigur, die reine Not trieb mich an, und ich sagte endlich: Ich brauche, was Frauen jeden Monat brauchen. Da rief er erleichtert aus, das Apfelgesicht noch röter als üblich: Monatsbinden, jawohl! Monatsbinden! Prima! Prima! Ich geh sofort!

Und sobald wir uns Briefe zuschieben können, werde ich dir auch Bodes Blick am Abend unserer Verhaftung schildern, als ich das Gardenal aus meinem Zimmer holte. Während sie mit den Funden in deinem Zimmer beschäftigt waren, stand ich an der blauen Tür. Schon krochen sie nicht mehr auf dem Boden herum, sondern brüsteten sich mit den Trophäen. Ob ich dich rufen solle, damit du dich umziehen könntest, fragte ich. Lohse gab mir die Erlaubnis, ich machte kehrt, stieg aber nicht gleich die Treppe hinunter, sondern schlüpfte noch rasch in mein Zimmer, zog die Schublade der Kommode auf. Bode kam ein paar Sekunden später nach, stellte erneut den Kopf schief: Was treiben Sie da!?

Frauensachen.

Show me! You have arrest!

Frauensachen sollten wir einem fremden Mann nicht unter die Augen halten. Doch da Sie insistieren – hier! Ich schwenkte eine Binde, so wie wenn man bei einem großen Abschied ein Taschentuch schwenkt. Natürlich musste ich über mich selbst lachen.

Du weißt, dass die Tabletten in der Kommode lagen. Ich hatte sie bereits eingesteckt. Die Binde ließ ich schließlich im Badezimmer liegen.

19

Ganz nach der Regel der Wunder geschieht das Wunder.

Lohse entriegelt die Tür. Er streckt sein seekrankfarbenes Gesicht in Lucys Zelle und sagt dumpf, als müsste er sich gleich danach übergeben: Bald werden Sie draußen sein und ich im Gefängnis drin. Er zieht die Tür so sachte ins Schloss wie nie zuvor.

Träume ich oder bin ich völlig durchgedreht? Oder er spielt mir einen Streich. Muss ich die Falle verstehen, um nicht hineinzugeraten?

Doch später am Tag hört Lucy ein feines Klopfen und bemerkt, wie die Klappe sich öffnet. Suzannes Hand erscheint. Erstmals. Elfenhand aus Elfenbein, diese wie ein Bild gerahmte Hand, die Zeige- und Mittelfinger zu einem V spreizt. Ein einziges Wort: Paris!

Schon ist die Klappe wieder zu.

Und wenn es wahr ist? Paris befreit? Frei? Frei! Das Victory-Zeichen. Suzanne irrt sich nie. Die Besatzer besiegt. Wie an die Freunde in Paris denken? Phönix aus der Asche.

Lucy holt tief Luft, leicht fällt einem das Aufstehen, wenn man schwerelos wird. Sie dreht sich um sich selbst mit erhobenen Armen: Ich denke an euch in Paris. An euch alle zusammen zuerst. Und die ganze Nacht durch werde ich an jeden Einzelnen von euch denken.

Die Tränen laufen ihr übers Gesicht. Sie wischt sie über die mageren Wangen, sie steigt auf die Pritsche, sie hält sich am Fenstergitter fest. Und Töne brechen aus ihr heraus, ein zunächst zögerndes und falsches Singen, das schnell an Sicherheit gewinnt. Und Verse kommen ihr in den Sinn, fügen sich zu einem Liedtext: Misstrau den Sternen, dass sie Feuer sind, misstrau der Sonne, dass sie sich bewegt, misstrau der Wahrheit, aber zweifle nie an meinem Stern und daran, dass ich liebe – *but never doubt I love.* Lucy improvisiert Tonlagen, es ist ein altes Lied, das lebendig wird, ein Insellied, ein Lied aus der Zeit, da die Sonne sich bewegte und Lucy die Sonnenuntergangssentimentalität entdeckte und sich dafür nicht zu schade war und ihr fortan restlos treu blieb, und da sie, Lucy, auf der Fluchttreppe kauerte und sich ein unverschämtes Rot aus den Wolkenschlieren nahm und damit einen nackten Bob, nein, eine freudig erregte Suzanne ausmalte. Lucy singt die Verse immer wieder, für die Freunde in Paris, für Suzanne, für sich selbst und für die Brüder und Schwestern im Gefängnis, und sie singt schließlich derart laut, dass Otto seine Faust dreimal auf die Tür fallen lässt und ihr befiehlt, Ruhe zu geben.

20

Glaub mir, die Wärter werden noch Übung bekommen mit uns Frauen, schreibt Suzanne, da die feine Belza nun auch hier ist. Du wirst sie schon angetroffen haben, denke ich, ich hoffe es. Sie hat etwas Unverwundbares. Bei wenigen Begegnungen am Ausgussbecken hat sich mir ihre Geschichte erschlossen. Bunny lieferte jeweils noch die Zwischenstücke. Er schafft das irgendwie, tuschelt Sätze, während er einem die Suppe oder den Becher reicht. Die Heinrichs und Otto lassen Bunny erstaunlicherweise gewähren. Ich mag diesen Jungen. Seine blauen Augen zum schwarzen Haar sind homerisch. Durch seinen Job als Helfer der Gefängniswärter ist er offensichtlich über alles informiert. Du kannst ihm unbedingt vertrauen. Sie hausen nun zu dritt unter mir, Bunny, Jimmy und noch einer, dessen Name mir noch unbekannt ist. Ich hörte, dass niemand unter und neben dir wohnt, das macht dich hoffentlich nicht umso einsamer? Bunny ist zart, auch wenn man von ihm einen anderen Eindruck haben kann, sobald er mit seinesgleichen spricht. Sie sind wahrhaftig jung, sind praktisch alles Schüler. Bunny lernt bei einem Ingenieur, Jimmy will Zimmermann werden. Sie haben sich Waffen beschafft und wurden verraten. Stahlen Mäntel, Schuhe und Esswaren von den Deutschen. Beleidigten sie, bewusst oder vollkommen arglos. Einige wollten von der Insel fliehen, waren Fluchthelfer, vermittelten Boote. Jeder bewies mutige Entschlossenheit. Gestern Nacht habe ich ihnen lange zugehört. Der

Bretterboden hat die Intimität ja nicht erfunden. Diese Jungs aus der Stadt haben einen tollen Akzent. In jedem ihrer Sätze steckt ein *bloody*. Schade, dass ihr Wortschatz in Sachen Schimpfwörter derart beschränkt ist. Sie könnten von mir noch etwas lernen. Dass sie als Pubertierende über das Essen wettern, ist einleuchtend. Weder macht es halbwegs satt, noch ist das Wenige irgendwie bekömmlich, *bloody grub*, ja klar, dieser Fraß *ist* böse und erniedrigend. Bunny erklärte, er und sein Bruder Ronie sowie zwei weitere Kumpane, die drüben im Militärgefängnis stecken, wüssten, von wem sie denunziert worden seien, und nannte den Namen. Gewehre und Dynamit hätte die Gestapo bei ihnen entdeckt. Jimmy ist bereits vor einem Jahr zu neun Monaten auf Bewährung verurteilt worden. Da war er fünfzehn. Jetzt beschimpft er die lokalen Polizisten. Denn einer hat ihn verhaftet und nach Silvertide gebracht, um ihn dort dem amerikanischen Gangster auszuliefern. Das ist tatsächlich ein verdammter Verrat. Der dritte Junge unter mir rief zunächst nur wieder und wieder ein einziges Wort dazwischen, in jedes kurze Verstummen der anderen zwitscherte er *nur Mut, nur Mut!* Als quasi dramaturgisches Element gefiel mir das. Jimmys riesige Wut ist handfest, doch eher nehme ich Enttäuschung in seinem Knabenantlitz wahr, wenn ich ihn beim Klo antreffe. Man müsste den Jungen trösten, ich denke mir aufmunternde Wörter für ihn aus. Einer von schräg unten, also von Nummer 11, beklagte sich, dass er in genau dem Moment verhaftet worden sei, als er ins Kino gehen wollte. Worauf Jimmy den ganzen Plot in einem sehr persönlichen Stil erzählte, weil er den Film gesehen hat. Fabelhaft. Sie können sich von Zelle zu Zelle bestens unterhalten, weil sie mit Löffeln kleine Sprechtunnels in den Mörtel zwischen den Steinen gegraben haben. Später hat jemand von Nummer 11 erklärt, er könne einen Zettel durch das Fenster eines Häftlings im Zivilen stecken, und er fragte, ob Bunny etwas an seine Mutter schreiben wolle. Also hat der ihm einen Brief diktiert: Es gehe ihm gut, er schlafe auf seinem Holzbett bestens, und ob sie bitte daran denke, seinen Lohn abzuholen. Kein einziges *bloody*. Er hat kürzlich auch Kontakt zu den Krankenschwestern im gegenüberliegenden Schwesternhaus aufgenommen, flirtet jetzt mit ihnen von seinem Zellenfenster aus über den Graben hinweg. Wie er das eingefädelt hat? Während eines Spaziergangs im Graben hat er mittels einer Schnur einen Zettel mit der Erläuterung eines einfachen Nachrichtensystems, einer Art Taubstummensprache, zu ihnen spediert. Damit entziffern die Krankenschwestern nun seine Fingerzeichen. Über die weitergeleiteten Briefchen, über Bunny oder die Treffen am Klo und am Ausgussbecken werde ich fortwährend über das Tagesgeschehen unterrichtet. Nachts, bei den Rufen unter den Türen durch, verstehe ich aber vieles nicht. Die langen Konversationen ergeben eine bizarre Akustik, ein Echo verzerrt die Wörter, und die Dialekte machen das Verstehen noch schwieriger. Manche Tage kommen sogar mehrere Zettel unter meiner Türe durch. Meist kenne ich den Absender nicht, aber mit der Zeit werde ich die Schrift unterscheiden können. Das absolut Feierlichste sind deine Zettel. Wie bist *du* zu einem Bleistift gekommen? Ich habe meinen von Vera erhalten. Sie hat ihn senkrecht in eine Birne gesteckt, unten die Fliege wieder drauf, voilà. Heute freue ich mich auch über ein Exemplar *Nachrichten für die Truppe*. England hat uns nicht vergessen! Ich hatte das Blatt unten im Graben entdeckt, wo ich eine kurze Weile unbeaufsichtigt spazieren konnte. Es tanzte über der Mauer am Stacheldraht, war vom Wind schon recht zerzaust. Ich hatte keine Chance, es zu fassen zu kriegen. Die Verteiler müssen vergangene Nacht schwer gearbeitet haben, doch die meisten Flugblätter sind wohl ins Meer gefallen, ich vermute nahezu die ganze Auflage. Es sei denn, die Engländer haben nur Jersey mit Informationen bedienen wollen, was wenig wahrscheinlich ist. Als ich das Blatt nicht erreichen konnte, klopfte ich an eines der Fenster unserer Brüder, an Zelle 14 oder 15. Ein mir noch Unbekannter öffnete, ich deutete auf das flatternde Blatt. Irgendwer hat es später ergattert und es mir unter der Tür durchgeschoben. Die wichtigsten Neuigkeiten werde ich übersetzen und wieder in Umlauf bringen. Für dich so viel: In Le Havre haben die Besatzer endgültig aufgegeben. Die weiße Flagge weht, heißt es. Die Alliierten bewegen sich zwischen Nancy und Liége. In Anvers haben sie unter den gefangenen Deutschen einen zehnjährigen Soldaten entdeckt. Eisenhower warnt die Zivilbevölkerung im Ruhrgebiet und im Rheinland, auf dass sie die Gefahrenzonen räumen. In den Städten hingegen werden ohne Vorwarnung Brandbomben erprobt, die 27 Pfund schwer an kleinen Fallschirmen auf München, Königsberg, Darmstadt oder Bremen runtersegeln. Die neuen Bomben durchstoßen die Dachräume, Wahnsinnsbrände werden entfacht, keine verfügbaren Löschmittel kommen dagegen an. Von Wien, Leipzig oder Dresden würde bei einem Großangriff mit entsprechend vielen dieser höllischen Waffen nichts mehr übrig bleiben, schreibt Suzanne. Man kann auch eine kleine Notiz darüber lesen, dass Hitler einem Literaturprofessor in Leipzig zu dessen siebzigstem Geburtstag die Goethe-Medaille für Kunst und Wissenschaft verliehen hat. Die Kinder werden an die Front geschickt, und die alten Nazis behängt man mit Orden, bis sie umfallen. Morgen werde ich dir das Flugblatt zuschieben, oder jemand anderer tut es für mich. Wenn du von den Artikeln auch wenig verstehst, hältst du doch deren Sinn in Händen, und du kannst dir den Kartenausschnitt anschauen. Was sich an Kämpfen im Donauraum, in Ostpreußen oder im Süden Frankreichs tut, muss schon das Ende des Schreckens sein. Ich wünsche sehr, dass die Alliierten sich beeilen. Wir sind zuversichtlich, müssen es sein. Findest du irgendwann wenigstens ein paar Stunden Schlaf? Oder liegst du Nacht für Nacht nur da und lauschst?

Geschichten ereignen sich, sie kreuzen sich in der Imagination und in der Unendlichkeit. In der erzählbaren Realität laufen sie parallel.

Hier ist Belza. Hier ist June.

Belza ist im Sommer 1923 in Kanada zur Welt gekommen, June im selben Jahr in London. Beide sind später nach Jersey gezogen. Sie lernen sich nicht kennen.

Zusammen mit ihrer Familie wohnt Belza im kleinen Dorf Grouville, sie ist Verkäuferin und arbeitet in der Wäscherei ihrer Eltern in St. Saviour. Kaum stößt man die Tür auf, ist man umgeben von Belzas Fröhlichkeiten. Ihre Bemerkungen erleuchten den Alltag der Kunden. Sie lacht viel. Lacht auch, wenn ihr kein letztes Wort mehr einfällt. Wenn vereinzelt Deutsche die Wäscherei betreten und sich selbstherrlich vordrängen, um ihr Bündel Schmutzwäsche über die Theke zu schieben, weist Belza sie neckisch in die Reihe zurück.

June hat es über Zeitungsinserate auf die Insel verschlagen. Weil seit Kriegsbeginn vermehrt Leute für das Gastgewerbe gesucht worden sind. Weit entfernt vom Kriegstheater biete Jersey Erholung und Ruhe, Ferien abseits von Sandsäcken, Gewehren und Bomben. Die junge Frau mit den Sommersprossen und den kräftigen Händen wird Mädchen für alles im Hotel Continental an der St. Saviours Road in St. Helier und findet an der Midvale Road 27 ein Zimmer; der Weg zwischen Schlaf- und Arbeitsort ist kurz. In ihrer Freizeit sucht sie die Uferpromenade auf und gönnt sich dort das beste Eis der Welt, auch wegen des Eismanns, der immer zu einem Späßchen aufgelegt ist, während er einem die Waffel mit Eis hinüberreicht. Oder sie schlendert querfeldein, hört dem Grasrupfen der Kühe zu, oder sie spaziert durch die Market Hall im Stadtzentrum, um am Blumenstand die Nase in die Nelken und Lilien zu stecken, bis ihr angenehm schwindlig wird. Sie schreibt Briefe nach London, sie ist gerne alleine.

Bald nach Okkupationsbeginn wird das Hotel Continental requiriert. June bedient nun Deutsche. Später richten die Frontführer und Einsatzgruppenleiter der Organisation Todt ihren Sitz in jenem Gebäude ein, wo June ein Dachzimmer bewohnt.

Kollaborierende Frauen ziehen zügig ebenfalls ins Haus Midvale Road 27 ein. Einzelne Räume im Kellergeschoss benutzt die OT als Depot für Männerunterwäsche, Hemden und Overalls französischer Herkunft, riesige Kleiderberge. June sieht sich zwangsläufig nach einer neuen Bleibe um. Sie steht spätabends und frühmorgens noch einmal am Fenster ihrer Mansarde und schaut über die Giebel und Kamine über die ganze Stadt hinweg. Weit vorne das Meer.

Ihre neue Unterkunft liegt zwei Hauseingänge weiter. Von diesem Zimmer aus sieht June zwar nicht in die Ferne, dafür hat sie in der Familie Mière beste Nachbarn: Elizabeth, Eugène, Marguérite und Joe Mière. Bald aber teilt das Unglück einen seiner gezielten, unfassbaren Hiebe aus, als Junes Eltern und Geschwister bei einem Bombenangriff auf London getötet werden. Schmerzen sind Steinsplitter. Sie reisen mit dem Blut.

Komm jederzeit zu uns, fordert Mutter Elizabeth Mière June auf, lass dich ablenken, trink mit uns Tee oder du nimmst bei uns ein Lavendelbad. Das beruhigt und heilt.

Eine ganze Wanne voll Wasser?

Natürlich! Was spricht dagegen? Wir haben keinen Grund, mit Wasser zu sparen, schließlich ist es nicht unser Fehler, wenn sie zu wenig Brennstoff für die Wasserpumpen haben.

Trotzdem fühlt June sich weiterhin elend, Leid und Schmerzen werden nicht kleiner, das Wischen und Schrubben setzt ihr zu, die tückischen Tabletts mit den leeren Gläsern und den vollen Flaschen, der Durchzug und das Männerjohlen, vor allem aber die andauernd zu arrangierenden Stühle und Tische, die Beine aus Gusseisen verpasst bekommen zu haben scheinen.

Du täuschst dich, sagt eine Arbeitskollegin besänftigend und streift Junes Schulter. Glaub mir, es sind nach wie vor die alten Holzbeine. Schlaf viel und erhole dich, das rate ich dir.

Also schläft June viel, nimmt Bäder, trinkt Tee. Klopft dann und wann bei der Nachbarsfamilie an.

Die etwa gleichaltrige Marguérite zieht June an die Sonne und erzählt ihr vom traditionellen Jersey. Nicht von seinen Geistern und Hexen, sondern von den einstigen Sand-Eeling-Parties, wo sich im Frühjahr, nachdem die Kartoffeln gesetzt worden sind, die Einheimischen tagsüber und während der Vollmondnächte am Strand versammelt und Sandaale gefischt hätten, wobei die älteren Ladies üblicherweise Schirmgriffe benutzten. Man vergnügte sich, man aß und trank, die Männer prahlten mit ihren großen Fischfängen, die Frauen strickten und stickten, die jungen Menschen fanden sich. Und im Sommer gab es ein weiteres Fest, den jährlichen Blumenkarneval. Leider hat unser Battle of Flowers seit Okkupationsbeginn nicht mehr stattfinden können, doch du kannst dich jetzt schon freuen, bestimmt wirst du das prächtigste und lustigste aller Feste bald miterleben können, wir wollen es uns wünschen, nicht wahr?

Marguérites Bruder Joe – schlaksig, beherzt und lispelnd – versucht, June mit Sprüchen aufzuheitern. Als er damit wenig Erfolg erzielt, steckt er ihr mal dies und mal das zu, unter anderem ein Vogelnest, eine alte Ansichtskarte, eine Handvoll Rosinen oder zwei besonders schöne, perlmuttschimmernde Seeohrenschalen.

Die Jèrriais nennen sie *Ormers*, erklärt er, sie schmecken sehr, der Rest ist hübsche Dekoration.

Danke. Kenn' ich. Aber nett von dir.

Ich *bin* nett, lächelt Joe, so dass June die Lücke zwischen seinen Schneidezähnen sieht.

Mutter Elizabeth betont zweierlei. Erstens würden Gewissensbisse die getöteten Geschwister und Eltern nicht wieder lebendig machen. June könne nichts dafür, dass sie allein noch am Leben sei, nichts hätte sie in London verhindern können. Zweitens solle sie dem Weinen und der Wut ihren Lauf lassen. Und auch in diesen Zeiten müsse man sich wehren und entsprechend handeln. Elizabeth gibt ein anschauliches Beispiel. Meine beiden Hunde, sagt sie, tragen ein blau-weiß-rotes Halsband. Wann immer möglich, und oft ist es möglich, my love, gehe ich mit ihnen spazieren drüben direkt vor dem Eingang der OT. Das ist mein Beitrag.

Irgendwann fühlt June sich wieder anders; kleine Freuden perlen, eine nach der andern, winzig und echt. Doch die Reihe reißt jäh ab, als im Hotel Continental ein deutscher Offizier sich an June heranmacht. Er will sie küssen. Er ist fett und fordernd, er widert sie an. Er hat Mitschuld am Tod ihrer Eltern und jüngeren Geschwister, sie hat ihn dabei beobachtet, wie er sich Kartoffelchips zwischen die wulstigen Lippen schob und sich danach ausgiebig die Finger leckte. Als June den Offizier von sich stößt, traktiert er sie mit ordinären Sprüchen, er fasst sie an den Schultern, am Nacken, er tut ihr weh und zieht sie mit einem Froschgrinsen an sich. Darum schlägt sie ihm ins Gesicht. Ein einziger bitterer Schlag.

Noch am selben Abend berichtet sie alles den Mières, und bevor der Tag anbricht, steht die Gestapo vor Junes Tür. Unverzüglich wird sie ins Gefängnis Fresnes bei Paris verschleppt, später ins Lager Brens bei Gaillac in der Nähe von Toulouse.

Zur gleichen Zeit schließt Belza sich den vielen anderen Inselbewohnern an, die an der Weighbridge beim Hafen von St. Helier demonstrieren – gegen die eben beginnenden Deportationen der auf Jersey lebenden Engländer. Wer britischer Herkunft ist und außerdem keinen festen Wohnsitz auf der Insel hat, soll im Handumdrehen *evakuiert* werden. Dasselbe gilt für alle nicht auf Jersey geborenen britischen Männer zwischen sechzehn und siebzig Jahren sowie für deren Familien. Die Betroffenen können sich die Deportationen nur damit erklären, dass die von Feldkommandant Knackfuss unterzeichnete Order eine Vergeltung für die Bombardierungen deutscher Städte durch die Royal Air Force darstellt.

Doch unüberschaubar verworrener sind die Ursachen und Verhandlungen. Sie reichen bis nach Persien, Russland, ins Vereinte Königreich und auch in die Schweiz, wo ein tüchtiger Beamter feststellt, dass eine Anordnung Hitlers seit einem Jahr überfällig ist: *Über die Abbeförderung der nicht der eingeborenen Inselbevölkerung angehörenden Engländer auf das Festland erfolgt Befehl.* Endlich geht es also darum, Taten folgen zu lassen. Feldkommandant Friedrich Knackfuss ist der geeigente Mann für die Organisation und Durchführung der Deportationen. Der Auftrag aus Berlin bereitet ihm kein Kopfzerbrechen, nur darf mit dieser Lappalie nicht zu viel Zeit vertan werden. Wer auf der Insel die Reise anzutreten hat, den soll der Bailiff in Absprache mit den Bürgermeistern der zwölf Jersey-Gemeinden in Windeseile auflisten, befiehlt Knackfuss.

Jetzt ist der Moment gekommen, wo der Bailiff von Jersey endlich mit Namen genannt werden muss: Alexander Coutanche. Wenn auch sein Einfluss gering ist, so können die Menschen durchwegs auf seinen guten Willen und seine moralische Unterstützung zählen.

Kann ich etwas unternehmen, fragt er den Feldkommandanten, um die Deportationen zu verhindern oder sie wenigstens hinauszuschieben?

An einem direkten Befehl des Führers kann niemand herumschrauben! Kein Hahn kräht nach Ihren Wünschen! Knackfuss' aggressive und maßlose Arroganz, seine unflätigen bis gewalttätigen Umgangsformen wird er nächstens vor dem deutschen Kriegsgericht zu verantworten haben.

Zunächst jedoch müssen die 1186 betroffenen Menschen abtransportiert werden. Noch weiß niemand, wohin die Reise geht. Die Optimisten phantasieren von Schwarzwaldkulissen samt passablen Wohn- und Arbeitsmöglichkeiten, die Pessimisten schweigen lieber, denn sie möchten den Kindern die Vorfreude auf ein Abenteuer nicht verderben.

June ist inzwischen vom südfranzösischen Lager Brens weit in den Norden über Dresden und Berlin hinaus transportiert und entladen worden. Der Weg war über 1800 Kilometer lang. Im Mädchen- und Frauenlager Ravensbrück überlebt sie die Brutalität des Wachpersonals nicht.

Das ist bei Joe Mière nachzulesen. Als Achtzehnjähriger ist er auch in die KWHA, die Kriegswehrmachthaftanstalt, gesperrt worden. Zu Anfang des 21. Jahrhunderts hält er seinen Finger auf Junes Bild: Hier, das ist und war sie, wenig kann ich über sie sagen, und auch eine Mitgefangene, die Ravensbrück überlebt hat, konnte nach dem Krieg in einem Brief an meine Mutter Elizabeth nicht viel mehr über sie berichten. Jener Brief ging leider verloren, aber vergesst diese junge Frau nicht. June Mary Sinclair. Geboren in London, blaue Augen, blonde Haare, keine weiteren Merkmale, zuletzt wohnhaft an der Midvale Road in St. Helier.

Von allem Anfang *sahen* Suzanne und Lucy, was mit denjenigen geschieht, die einem faschistischen Regime etwas entgegensetzen. Ja, sie sind Mopsa Sternheims Mann begegnet, als er aus dem KZ Oranienburg nach Paris zurückkehrte. Auch die Ereignisse in Spanien haben barbarisches Anschauungsmaterial geliefert. Und die deutschen Lager kennen Lucy und Suzanne darum von innen, weil die Vorstellungskraft jetzt um alle unfassbaren Verhältnisse weiß.

Belza reagiert auf die angekündigten Deportationen der Briten deshalb, weil sie keine Willkür hinnehmen mag. Obgleich von Protest abgeraten wird, da er eine bedeutend höhere Zahl Deportierter zur Folge haben könnte, bewegt sie sich skandierend und singend in der Menge der Weighbridge-Demonstranten.

One-two-three-four, who-the-hell are-we-for?

Die Antworten *Churchill!, England!, Jersey!* spritzen auf wie Knallkörper. Deutsche Polizeipatrouillen vertreiben die Leute von den Hauptverkehrsstraßen am Hafen und verhaften viele einzelne Demonstranten. Man weicht auf die kleineren Straßen am Mount Bingham aus, von wo aus der Hafen überblickt werden kann. Die demonstrierende Menge stimmt die englische Nationalhymne immer wieder neu an. Singend zählt man auf Gott; er allein kann die Machenschaften und bösen Pläne der Feinde vereiteln.

Und der Enthusiasmus der Demonstranten scheint auf die Menschen im eben auslaufenden Personendampfer *La France* überzuspringen. Gleichzeitig wird das zweite, noch vor Anker liegende Schiff mit den im Frachtraum verstauten Passagieren für untauglich erklärt. Die dreihundert Leute können wieder von Bord, sollen sich aber eine Woche später erneut bereithalten. In ihre Wohnungen und Häuser können sie nicht zurückkehren, da sie die Schlüssel haben abgeben müssen, und natürlich sind etliche Häuser in den vergangenen paar Stunden bereits besetzt oder geplündert worden. Noch in der gleichen Nacht läuft das zweite Schiff nach Frankreich aus. Es ist nun mit deutschen Soldaten beladen.

Doch die Deportationen werden trotz des Weighbridge-Protests fortgesetzt. Die Reiseziele liegen hauptsächlich im süddeutschen Raum, im Barackenlager Lindele bei Biberach ebenso wie im Schloss von Wurzach, das bei Weitem nicht die Ausmaße des Buckingham Palace hat, dafür mitten im Dorf steht. Doppelter Stacheldraht statt Rosenhecken. Drinnen bröckelnder Stuck. Das Kuppelfresko des spätbarocken Treppenhauses zeigt einen beschädigten olympischen Götterhimmel. Die Internierten können die Putten mit ihren Pfeilbogen und den Sonnenwagen noch gut erkennen, sie können tagtäglich sehen, wie selbst Helios und seine Pferde von einem Engel gelenkt werden. In diesem Treppenhaus des Schlosses Wurzach tauschen die deportierten Leute aus Jersey sich von nun an über zweieinhalb Jahre lang aus, sie reden, streiten, versprechen sich das Blaue vom Himmel und glauben daran.

Und siebzig Jahre später ist der andere Ort, Biberach, da zu finden, wo eine Bäckerei *Seelenwecken* empfiehlt und die Verkäuferin einen darüber aufklärt, dass Seelen nichts anderes als der oberschwäbische Begriff für die Mischung aus Dinkel und Weizen ist. Hier in Biberach ziehen strahlende Frauen enge Pullover über ihre hochschwangeren Bäuche und schlendern zu zweit, mit Handy oder Kindern, jedenfalls scherzend an den ansehnlichen, einst von den Bomben verschonten oder wieder aufgebauten Fachwerkhäusern vorüber. Die Pullover der Frauen sind lila und lindgrün; Lindele hieß das Lager deshalb, weil es oben auf dem Moränenhügel neben Linden stand.

Auf dem Friedhof am Gottesberg im heutigen Bad Wurzach werden die Gräber der verstorbenen internierten Menschen aus Jersey nach wie vor bepflanzt, bewässert, gehütet. Etwas abseits, aber auf dem Grundstück des Schlosses, findet sich ein alter Schuppen, der schon immer da gestanden haben muss und auf dessen doppelflügelige Metalltür zwei Wörter gesprayt sind: *Scheiß Nazis*. Und hinter dem Schuppen, umgeben von Unnützem und Unrat, lehnt in Schieflage ein ausrangiertes Steinplattenrelief. Es zeigt den guten Hirten und seine Schafe. Das Treppenhaus des Schlosses aber ist der offizielle Trauungsraum der Kleinstadt, wo *Weite, Glanz, ein*

Hauch von Ewigkeit die Liebe besiegeln und wo jedes Fest zum unvergesslichen Erlebnis zu werden verspricht. Gleichwohl sind die Mahnmale nicht verschwunden, man muss allerdings den Blick vom Kuppelfresko mit seinem strahlend neuen Göttertreiben hinunter und vorüber an den tadellos weißen Balustraden aufs rohe Holz lenken. Und sieht unverwechselbare Sohlenprofile – *schwere Schuhe oder Stiefel* wurden den zu Deportierenden mitzunehmen verordnet.

Alles, was geschehen ist, geschieht noch.

Wegen Verbreitung deutschfeindlicher Mitteilungen ist auch Belza im Laufe der Weighbridge-Kundgebung festgenommen und zu zehn Tagen Haft verurteilt worden.

Monate später gelingt es ihr, einen bei der St. Ouen's Bay per Fallschirm notgelandeten Piloten der US-Luftwaffe im Politischen der KWHA zu besuchen. Hierfür besticht sie einen Wärter mit Butter vom Schwarzmarkt. Das anfängliche Misstrauen des Piloten Belza gegenüber schwindet schnell; sie ist Kanadierin, er Amerikaner. Dieses ebenso kecke wie attraktive Mädchen beglückt im Unglück, Belza kann dem Piloten saubere Wäsche bringen, sie bäckt ihm einen Geburtstagskuchen und schreibt auch eine Rotkreuz-Nachricht an seine Tante in Madison, Wisconsin: *Joe jnr. fine and dandy, will write when settles, Love Belza.* Doch bald wird der Pilot aufs Festland verlegt, der Tag kommt viel schneller, als es den beiden lieb ist. Der Amerikaner zögert keinen Augenblick, zieht sich den Ring der US Army Air Force vom Finger und schenkt ihn seiner Wohltäterin. Außerdem steckt er ihr ein weißes Seidentuch zu, bedruckt mit einer Orientierungskarte, jenes Seidentuch, das jeder US-

Pilot auf sich trägt, damit er sich bei einer allfälligen Notlandung im Feindesland zurechtfinden kann.

Junes Asche wird vielleicht in den Schwedtsee geschüttet. Zumindest besteht eine kleine Wahrscheinlichkeit, dass Junes Asche in die Untiefe dieses stillen Sees bei Ravensbrück geschüttet wird.

21

Endlich findet Belza jemanden, der bereit ist, mit ihr über den Kanal zu fliehen. Und dieser Jemand heißt Siebe. Belza muss ihm nicht erklären, dass auf der gegenüberliegenden Wasserstraßenseite das befreite Frankreich auf sie wartet.

Siebe ist Holländer und Seemann und Zwangsarbeiter. Er wurde auf Frachtkähnen zwischen den Kanalinseln und dem Festland eingesetzt, doch seit der Landung der Alliierten betätigt er sich beim alibimäßigen Überholen der im Hafen von St. Helier vertäuten Schiffe. Seit kurzem verschafft er sich private Unterkunft und Verpflegung. In der Wäscherei von Belzas Eltern ist er aufgetaucht, und Belza hat gleich ihre Fühler ausgestreckt. Am 15. September 1944 wird Siebe zweiundzwanzig Jahre alt, er ist unerschrocken, nicht sehr leutselig, doch mit Belza über das Stückchen Meer fahren, aber ja, es soll gelingen!

Einen Tag nach seinem Geburtstag entwendet er ein Schlauchboot mit Paddel, er löst es unter schlauen, offensichtlich überzeugenden Vorwänden von einem deutschen U-Boot ab, das im Hafen vor Anker liegt. Danach trifft er Belza wie vereinbart am Strand von Havre des Pas. Dass sie diesen Ausgangspunkt wählen, erscheint nur auf den ersten Blick seltsam. Tatsächlich liegen andere Strände näher an Frankreich, und dieser seichte Küstenstreifen vor Havre des Pas ist wegen der zahlreichen Felsen, an denen vorsichtig vorübergelenkt werden muss, bis man das offene Meer erreicht, nicht fluchtfreundlich.

Aber gerade diese Topografie macht Siebe und Belza unverdächtig. Sonnenbraune Soldaten, die sich in der Wehrmachtsbadehose am kreisrunden Pool aufhalten und sich für ihre Begleiterinnen ins Zeug legen, winken dem Paar im Paddelboot zu und schwenken die Arme, als würde ein Personendampfer mit Hunderten sich an die Reling drängenden Urlaubern vorüberfahren. Einer der Soldaten hält sogar seine Hände als Trichter vor den Mund: Möge sich der Kamerad mit diesem hübschen Jersey-Mädchen gut amüsieren!

Belza und Siebe rechnen damit, innerhalb weniger Stunden in Frankreich zu sein. Deshalb haben sie nur wenig Proviant mitgenommen. Zur Sicherheit hat Belza auch das weiße Seidentuch des amerikanischen Piloten als Friedenszeichen eingepackt.

Nach wenigen ruhigen Stunden setzen jedoch stürmische Winde ein und machen das Boot zum Spielzeug der Wogen. Und die Wogen zum Spielzeug der Nacht. Belza und Siebe setzen dem Ausgeliefertsein etwas entgegen: Sie singen. Ein zweiter Tag. Eine zweite tosende Nacht mit siegessicheren leidenschaftlichen Liedern. Als Belza in tiefen Schlaf fällt, wacht Siebe. Ein dritter Tag. Etwas Trinkwasser und viel zu viel Meer. Noch und noch stimmt Belza Lieder an und wiederholt Strophen, bis auch Siebe jedes Wort auswendig kann von *Give Me a Kiss to Build a Dream On* und *Midnight With the Stars and You, Midnight and a Rendezvous.* In der dritten Nacht legt sich der Wind.

Früh am anderen Morgen wird das Gummiboot an Land getrieben. An eine winzige Bucht bei La Corbière, dem südwestlichsten Zipfel Jerseys. Da sie gleich von uniformierten bewaffneten Deutschen umringt werden, begreifen die beiden jungen Leute schnell, dass sie weder an der normannischen noch an der bretonischen Küste gestrandet sind.

Man bringt sie geradewegs ins Politische der KWHA. Während Siebe grenzenlos enttäuscht auf dem Pritschenrand der übel stinkenden Zelle 8 sitzt, spürt Belza ungeahnte Kräfte. Nach einer Weile steht sie von der Matte auf, dehnt alle Glieder und schüttelt sich wie ein Hund, der vom Wasser ans Ufer gestiegen ist.

Ich bin noch hier, sagt sie laut, hier bin ich, ihr werdet es schon merken, dass ich hier bin!

Sie hüpft von Zellenwand zu Zellenwand, auf zwei Beinen, dann auf einem, und flucht vor sich her, bis ihr keine neuen Flüche mehr einfallen wollen. Als der große Heinrich mit dem üblichen Gebräu ihre Zelle betritt, bemerkt sie: It's teatime, wonderful! Schau mal an, statt Porzellan ein Becher aus Blech mit geripptem Griff! Sowas von schön! Wie war doch gleich Ihr Name?

Heinrich.

Heinrich! Und Sie sind feinfühlig genug, mir das Kuchenstück vorzuenthalten, da ich ja auf meine Figur achten muss, ich danke Ihnen!

Brot kann ich gleich besorgen, falls Sie möchten, antwortet der Große leicht irritiert. Sie müssen wohl sehr hungrig sein.

Tags darauf treffen weitere junge Leute im Politischen ein: Frank, Hugh und Peter. Auch sie hatten Pech, obgleich sich zunächst alles günstig entwickelte beim langen Auskundschaften. Sie spürten ihre leeren Bäuche, aber heftigen patriotischen Mut auf dem Weg nach Pontac.

Die drei gehören zu einer Gruppe, die sich kurz nach dem D-Day mit dem Ziel gebildet hat, eine größere Widerstandsbewegung auf der Insel in Gang zu bringen. Sie haben geglaubt, etwas für die Alliierten tun zu können, indem sie Inselstück um Inselstück erkundeten und davon eigene Pläne zeichneten, die sie aufs Festland zu schmuggeln beabsichtigten. An Boote zu kommen ist schwierig, seit die Deutschen sie konfisziert haben.

Peter aber hat jahrelang ein Ruderboot auf einer Heubühne versteckt gehalten, und ein anderer der Gruppe hat ein vierzehn Fuß langes Faltboot aufgetrieben, doch halten beide Wasserfahrzeuge keinem fachmännischen Blick stand. In diesem Zustand seien sie schlicht seeuntauglich, sagt Arthur, der sich mit Transportmitteln und Motoren aller Art auskennt. Ein drittes, besseres Boot aus kanadischer Kiefer findet sich über einen Händler in St. Aubin.

Frank und Peter dichten die beiden unsicheren Boote mit Werg ab, füllen sie danach mit Wasser, damit das ausgetrocknete Holz sich ausdehnt, und laden sie auf einen mit falschen Papieren eingehandelten Lastwagen. Frank zurrt die Lederriemen an der Plane fest, Arthur sitzt am Steuer und lässt den Motor laufen, ein paar Jungs hocken noch im Heu, schicken sich an herunterzukommen, sie wollen jetzt los, damit sie jedenfalls vor der Ausgangssperre unterwegs sind.

In dem Moment nähert sich ein bewaffneter Unteroffizier, grüßt und blinzelt, und stellt sich mit dem Rücken zur untergehenden Sonne: Was geht hier vor? Wie kommt ihr zu diesem Lastwagen, und was wollt ihr damit?

Kartoffels, Kartoffels!, rufen Frank und die anderen wie aus einem Mund.

Der Deutsche späht trotzdem unter die Abdeckplane. Sieht Boote und tut so, als hätte er Kartoffeln gesehen. Verlangt die Identitätspapiere und weist alle jungen Männer an, sich am nächsten Tag bei der Feldkommandantur zu melden. Morgen, wiederholt er fest. Schließlich dreht er sich auf dem Absatz um und verschwindet.

Arthur lenkt den Lastwagen ein wenig zu hastig aus der Scheune, eines der Boote schlägt an einem der eng stehenden Torpfosten an. Erstaunlicherweise gibt es weder erwartete und gefürchtete Halt!-Rufe noch fallen Schüsse, als sie in Richtung St. Clement's Bay fahren. In der einbrechenden Dunkelheit laden sie die Boote aus und warten während der folgenden Stunden in einer Hütte den Augenblick ab, wo ihre Augen die hinderlichen Felsen erkennen können und die Ebbe sie ins offene Meer treiben wird.

Gegen drei Uhr früh brechen sie auf. Acht Männer, verteilt auf drei Boote. Würden sie mit einem in Schwierigkeiten kommen, nähmen die anderen keine Rücksicht darauf. So ist es abgemacht. Peter, Frank und Hugh sitzen im selben Boot. Das Wasser ist ruhig, der Sternenhimmel zeigt sich wie zu besten Seefahrerzeiten. Wer den Polarstern kennt, findet den Weg mit Sicherheit.

Die anderen beiden Boote erreichen Frankreich.

Immer wieder gelingen Fluchten mit Faltbooten, Ruder- oder Motorbooten.

Taschenlampen, etwas Proviant, Wasser oder aus dem Nirgendwo aufgetriebenen Sekt und Cognac nehmen die Flüchtenden mit auf die waghalsige Reise. Eine Erklärung, warum die einen Menschen davonkommen und die anderen ertrinken, warum Schiffsmotoren versagen, Stürme aufkommen oder Boote leck laufen, und warum die einen nach ihrer Strandung an Jerseys Küste mit Lichtstrahlern aufgespürt und in die KWHA gesperrt werden und dort entweder zu Einzelhaft verknurrt oder aber zu dritt in einer der winzigen Zellen landen, nein, Regeln gibt es nicht. Selbst rückblickend gibt es sie nicht.

Aber den Besatzern sind die sich häufenden Fluchtversuche ein Dorn im Auge. Nachdem Belza und Siebe und Hugh, Peter und Frank aufgegriffen worden sind, meldet sich Oberst Heine in der *Evening Post* zu Wort: *In letzter Zeit haben Bewohner der Insel Jersey in mehreren Fällen versucht, die Insel zu verlassen und nach dem Festlande zu entkommen. Der Versuch ist ihnen nicht gelungen, und sie mussten als Schiffbrüchige durch die Deutsche Wehrmacht gerettet werden. Es wird erneut darauf hingewiesen, dass das Überlaufen zu den Feinden der Deutschen Wehrmacht verboten ist und wegen Spionage streng bestraft wird. Ausserdem wird bekanntgegeben, dass solche Überläufer in Zukunft nicht damit rechnen können, als Schiffbrüchige von der dt. Wehrmacht gerettet zu werden. Der Kommandant der Festung Jersey, Heine, Oberst.*

Arthur, der den Lastwagen mit den acht fluchtwilligen Männern zur St. Clement's Bay gefahren hat, wird kurz nach Erscheinen von Heines Stellungnahme tatsächlich verhaftet. Er gleiche, so schreibt Suzanne an Lucy, einem kleinen Gauner aus Südfrankreich, Peter hingegen habe etwas vom surrealistischen Poeten Roger Gilbert-Lecomte, während Hughs Gesicht, besonders sein Mund, intellektuell wirke. Und Frank! Er ist ein Unikum, ist umgänglich und erfrischend vorlaut. Im Gegensatz zu den meisten Inhaftierten aus Jersey spricht er mit jedem, er bietet auch Wassili, Michail und den übrigen Russen Zigaretten an. Hat davon ebenso große Vorräte wie von seinen Späßen. Nur mit Ratten und Mäusen darf man ihm nicht kommen, da kreischt er wie ein Mädchen. Und hast du vielleicht auch schon etwas von diesem Marokkaner mit Namen Mohammed gehört? Er soll als Kriegsgefangener jede Arbeit verweigert haben und weilt darum bei uns. Doch trotz seiner zufriedenen Ergebenheit, der goldenen Bräune seiner Haut und des roten Fez ist er mir unsympathisch, weil er Marschall Pétain über alles bewundert.

Nach dem Einbrechen der Nacht, sobald die Wärter drüben in ihrer Loge sind, gibt man sich Signale über das kalte Heizungsrohr. Es läuft wie ein rostiger Gedanke über jede Zellenwand und verschwindet auf beiden Seiten in die benachbarten Zellen.

Nachts wird sogar musiziert. Die Heizungsrohre und Wasserschüsseln, die Hohlräume in den Wänden dienen als Klangkörper. Die Politischen benutzen Fingernägel und Fingerkuppen, schlagen mit Fäusten und den flachen Händen Rhythmen, einige nehmen federnd und wippend ihre Stimmen, die Fersen dazu – Jazzkonzerte entfalten sich. Die Mauern zwischen den Zellen sinken hin wie Kartenhauswände. Und etwas vibrierend Sattes ist da. Man hört es sogar im Zivilen und auf der Straße.

Einmal werden statt der Jazzkonzerte auch Bombenangriffe imitiert. Die Gestapo und die Deutsche

Hafenpolizei markieren auf der Stelle ihre Macht, indem sie brüllend durch die schmalen Gänge des Politischen fegen. Einschüchterung ist alles. Aber über kurz oder lang jazzen die Gefangenen wieder. Oder sie singen, zu zweit, zu dritt, gar im Chor.

Und jetzt? Jemand beginnt; wessen Stimme ist es jetzt? Hell und innig. Jeder Ton sitzt. Eine Frauenstimme. There'll always be an England and England shall be free if England means as much to you as England means to me. Ja, diesmal singt Belza.

Die von der Insel deportierten Engländer haben das Lied auch gesungen, als ihre Schiffe ausliefen, hat mir Belza erzählt, schreibt Suzanne. Seit die Fröhlichkeit mit den jungen Menschen eingezogen ist, bedaure ich nur, dass der Lüftungskasten zwischen Tür und Decke gar kein Radio ist, wie ich zunächst meinte, als ich hier ankam, und wie wohl jeder denkt, der sich hier erstmals umsieht. Du auch? Ob die Lüftung sonst zu etwas taugt, das werden wir sehen. Wenn ich den Schemel heranrücke und mich draufstelle, weißt du, da gibt es Öffnungen. Anders käme der weiße Nebel ja nicht in die Zelle.

Die Luft ist mehr zum Speien als zum Einatmen. Auch durch die Ausdünstungen, die eigenen Körpersäfte, die Schritte im Graben, das Warten am Becken und am Klo, die durch Kot- und Kotzespritzer beschmutzten ewig gleichen Kleider. Gestank trifft auf Gestank. Die Anforderungen an die Würde wachsen. Wenigstens hat Otto Suzanne für heute wieder die Schere versprochen. Sie ist überzeugt, dass er Wort hält. Aber er nervt sie manchmal auch. Vor ein paar Tagen, während er das Abendbrot austeilte, ließ er für eine kurze Weile ein paar Türen offen stehen und erzählte den Gefangenen vom Flur aus, dass er, solange Schiffe aus Frankreich ankämen, drei Pakete Esswaren zu fünf Kilogramm bekomme, wobei zwei Pakete aus deutschen Quellen stammten und eines ein Hilfspaket von Marschall Pétain sei. Dann riegelte Otto die Türen wieder artig zu, dieser unbedarfte, stumpfe Aufpasser, der aber doch die Solidarität unter den Gefangenen wahrnimmt. Suzanne versucht, so oft wie möglich von ihm zu profitieren. Nachdem sie sich die Nägel geschnitten hat, drückt sie Otto die Schere zurück in die Hand: Vielen Dank. Bitte geben Sie sie weiter an meine Schwester, am besten gleich, Otto, *Sie* begreifen das, nicht wahr?

Dem eigenen Körper darf man keine Schuld geben. Ich betrachte meine Handrücken, mache Fäuste, bis die Haut spannt, und sehe Aderläufe. Runen und Landkarten spielen sich ein, allem voran die vielverzweigten Wasserkanäle, die den Strand von St. Brelade bei Ebbe überziehen, bevor sie versickern. Nein, ich wecke deine Sehnsucht nicht, nie wieder werde ich das Meer erwähnen, ich kenne dich. Kenne mittlerweile auch jede Unebenheit, jedes Zeichen an den vier Wänden, die Rillen und Spalten im Boden, ich stelle mir vor, dass die Dielen von deiner und meiner Zelle einst aus demselben Baum gesägt wurden. Je mehr Erinnerung, desto mehr vermisse ich dich. Ich sehe dich in einem deiner geblümten Kleider. Im getüpfelten Kleid vor blühendem Jasmin. Ich sehe deine Morgenaugen. Und deine kleinen Abendaugen, klein vor Trockenheit und Schmerz. Ich sehe dich und Edna wieder, als Bob und seine Kumpane eines ihrer Boote für ein paar Tage zu uns in den Garten stellten, weil die Deutschen die Kähne alle einzogen, sich jedoch noch nicht erdreisteten, ungefragt privaten Raum zu betreten. Wie war doch gleich der Name des Bootes? *Invader* oder so ähnlich. Jedenfalls setzte Edna sich mit der ihr eigenen kindlichen Freude hinein, und du hast dich demonstrativ neben sie gestellt, in Georges Mantel und mit einem Kopfputz oder Helm, den du wahrscheinlich aus der Verkleidungskiste von Großonkel Léon gezogen hattest. Ich sollte euch beide ablichten, dich als Beschützerin und Edna als die zu Beschützende. Danach hast du mir die Kamera aus der Hand genommen und Kid auf der Planke des Fischerbootes fotografiert. Diese Kombination vergnügte dich. Noch blieb uns ein kleiner Vorrat an Filmen. Hier drin mache ich Tag für Tag unzählige Fotografien. Ich schaue sie abends vor dem Einschlafen mit geschlossenen Augen durch, vernichte die allermeisten, nur einzelne Bilder werden überdauern. Ich möchte dich gerne leibhaftig wiedersehen. Jetzt, hörst du? Dich ansehen und deine mit Leberflecken besternte Haut schmecken. Stattdessen begnüge ich mich mit Vergangenem und der Imagination. Vielleicht ist das gar nicht zweierlei? Zwischen den Zeitformen eines Verbs, zwischen dem Abgelegten und dem noch Möglichen vermittelt der Körper. Und solange wir überhaupt einen haben? Vieles fällt mir ein. Wir sind in der Dunkelkammer und ich warte deine Reaktion ab. Du beugst dich über eine fertige Arbeit, drei Finger am Brillenbügel. Zwischen dem Foto und dir ist ein kleiner Abstand. Dein Mund. Dein Stolz angesichts einer gelungenen Arbeit. Ich geh in dein Bild hinein, Algen hast du um deinen Unterleib geschlungen, und im Sand unter dir liegt der Vater als eine gestrandete Figur. Eine gelungene Überblendung. Du bist die dem Meer entstiegene Königin, niemals, du weißt es, habe ich dich anders gesehen als leibgekrönt, hochmütig und erfinderisch. Mimosenhaft auch. Alles in einem. Besonders gern denke ich in diesen Tagen aber an die Serie mit dem steinernen Poller. Denn wir sind auch aus Stein, wir meißeln uns selbst, wann immer wir es wollen. Und nur scheinbar werden wir daran gehindert, den einen lebendigen Menschen zu umarmen. Die Sprengkraft für Ketten und Stein bestimmen wir. Also breite ich meine Arme aus – Courage!

22

Es muss immer noch Brombeeren geben, Suzanne. Jeden Morgen liege ich wach, bevor Otto wie ein Hahn kräht. Ich stelle mir vor, dass wir vor Tagesanbruch losziehen, um die Brombeeren im Gebiet von La Moye zu sammeln. Wie wir aufs Neue und unaufhörlich ins Dickicht eindringen.

Von irgendwo war im Lauf der Nacht wieder Musik zu hören. Haben die Russen gesungen? Erst klang es schwermütig, dann entstand plötzlich etwas Leichtes, fast Tänzerisches. Es war eine bewegende, aus der Zeit fallende Stunde.

Michail ist so gutmütig. Und stolz und klug. Ich mag ihn, seit ich ihn erstmals gesehen habe, damals, als ich richtig zu mir kam und er den Boden in meiner Zelle wischte. Er hat dir auch meinen ersten Brief gebracht. Im Flur streifte ich seine Hand. Er öffnete sie und schrubbte weiter. Otto war blind. Am selben Abend habe ich deine Antwort bekommen.

Wie gut, dass Wassili oder Michail Tag für Tag in meine Zelle kommen, sauber machen, den Eimer leeren. Da ist eine Verbundenheit, auch wenn wir kaum miteinander sprechen können. Und sie leiten unsere Zettel weiter. Wassili ist nicht älter als Botticelli-Bunny, man sieht es ihm nur nicht an. Er bringt mir heißes Wasser, das hat Otto angeordnet. Bunny sagte mir, Wassili sei Kurde, nicht Ukrainer. Sein grobes pockennarbiges Gesicht gefällt mir. Er erhitzt das Wasser in der Wärterloge, und es ist ihm ein Bedürfnis, es mir wirklich heiß zu bringen, weil er sieht, dass es mir hilft, Niere und Leber zu besänftigen. Ich fülle das heiße Wasser in die Blechflasche, die Edna mir gebracht hat und die ich als Wärmeflasche benutze.

Der Große hat mir eine Wolldecke geliehen, doch ich soll sie vor den anderen Wärtern verstecken. Ja, die aufgeregten Stimmen der Schüler höre ich auch. Und gestern bin ich an der offenen Tür des Mädchens vorübergegangen, von dem du geschrieben hast. In der Art von Kindern lag es bäuchlings auf dem Boden und war mit einem riesigen Puzzle beschäftigt, das auf einem Papier ausgebreitet war. Das ist ein hübsches Spiel für ein Gefängnis, vor allem, weil es den aktuellen Zustand der Welt spiegelt. Und auch ein Baby habe ich gehört. Was macht es hier? Wenn es so weitergeht, sind wir bald ein richtiges Familienhotel.

In Paris unter Gleichen zu sein, war etwas völlig anderes. Als die Stadt aller Städte uns nicht mehr hielt, haben wir das Festland verlassen. Den festen Boden unter den Füßen haben wir erst auf Jersey gefunden. Aber wir sind eingeholt worden, die Weltgeschichte ist uns vor die Füße gerollt.

Du schreibst, man habe einen Polizisten wegen Propaganda eingesperrt und er sei nicht der Erste. Wer weiß, am Ende werden sie alle Polizisten der Insel hier haben. Wir Gefangenen müssten uns für die Zeit danach zusammentun. Jetzt eben habe ich die kühne Vorstellung, dass wir das Gefängnis überleben werden.

Trotzdem bräuchte ich immerzu deinen Trost. Mein Engel verspätet sich oft. Ich zähle auf ihn und erwarte ihn. Er ist sehr schön. Ein Hauch Rosa auf den geschlossenen Lippen. Bebende Nasenflügel. Richtig und gültig muss bleiben, woran wir glaubten und womit wir die Empfindsamen überzeugen wollten.

Um den Verstand nicht zu verlieren, hole ich Gespräche zurück. Ich montiere sie Wort für Wort auf das Grau der Zellenwand. Ich versuche, Gedichte von Desnos und Éluard und den Inhalt unserer Flugblätter zu memorieren. Wörter auf Papier, für die man getötet werden kann.

Wir sind noch am Leben.

Der Tag mit der Pilzvergiftung. Es war im Herbst der Fliegeninvasion. Das Lager Udet wurde damals abgerissen, wegen der Fliegen, so hieß es. Später hörten wir, dass die Boches die Barackenbretter als Brennholz und zur Tarnung von Panzern verwendeten. Wir hatten besonders schöne Kaiserlinge gefunden. Und um auf Nummer sicher zu gehen, verglichen wir die Pilze mit der Illustration im Großen Larousse: orangeroter Hut, Lamellen und Stiel gelb, unter Eichen und Buchen zu finden. Wir trauten unseren Augen. Die ersten Symptome schätzten wir falsch ein. Edna jedoch merkte, dass etwas nicht stimmte, obgleich sie angetrunken nach Hause gekommen war. Warum eigentlich hat sie selbst keine Pilze gegessen? Sie rief kurz entschlossen den Arzt an. Eine halbe Stunde später wäre es zu spät gewesen. Am anderen Morgen fassten wir es nicht. Diese ausgezeichnet schmeckenden Pilze ohne Sprenkel auf der Hutkappe sollten giftig gewesen sein? Trotzdem sammelten wir von da an nur noch Schirmlinge, Knoblauchpilze und Feldchampignons.

Was glaubst du? Zirkulieren unsere Zettel auf der Insel weiterhin? Mein Hang zum Bovarysmus. Das Geschriebene *ist* Leben.

Lohses Fragen wollen kein Ende nehmen. Nein, wir wissen nicht, wen unsere Arbeit beeinflusst hat, hoffentlich viele. Auf diese Art beantworte ich seine Fragen.

Lohse hat gestern übrigens zugegeben, dass die Gestapo lange Zeit meinte, ein Deutscher mit internationaler Gesinnung habe die Texte geschrieben, ein Matrose oder ein zurückgekehrter Fronturlauber, oder aber ein Agent des Intelligenten Dienstes, vielleicht auch eine Gruppe Kommunisten oder Juden. Dem Verdacht nähert man sich doch schneller als der Wahrheit. Wir sind nun mal keine Komplizen eines großen Unbekannten, sondern haben alles selbst geplant und ausgeführt. Vom sehr frühen Morgen bis zum späten Abend. Aber dazwischen haben wir uns auch selbst genügt.

Ich schlafe hier tief und träume. Auch viel von dir, Suzanne, ich unterhalte mich mit dir. Gegen die Schmerzen und die Ohnmacht. Ist das Erinnerte wertloser als das Erlebte, was meinst du? Schreibe so oft du kannst, deine Zettel sind Verbindungen zur Welt außerhalb meiner Erinnerungen. Sag, leidest du abends an kalten Füßen?

Ich gäbe etwas darum, ein paar von unseren Papieren hier zu haben, zumindest die lilafarbenen, wie die Sandkrokusse, wie die Jerseylilie, die wie Blütenblätter so hauchdünnen Papiere. Ich werde Edna fragen, ob sie mir einige bringen kann. Sofern ein nächster Besuch zustande kommt. Und ob sie nicht gleich auch zwei Handvoll Brombeeren bringen könnte. Ich habe auch wieder Lust auf Zigaretten, die Vorstellung von richtigem Tabak ist kaum auszuhalten. Wie aber komme ich dazu?

Angenommen, wir wären heute in La Rocquaise aufgewacht, heute vor einem Jahr: Du wärst um fünf aufgestanden, um zuerst nach den Tabakpflanzen im Garten zu sehen. Du hast sie bestens vor fremdem Zugriff geschützt. Danach wärst du mit dem ersten Triller eines Rotkehlchens zu mir gekommen. Ich höre uns. Von Beginn weg verführtest du zu Unbesonnenem. Deinetwegen sagte ich Wörter, die mir sonst nicht so einfach über die Lippen gegangen sind.

Später hätte ich die Jodhpurhose aus grünem Velours übergestreift. In Pullover, Kittel aus Leinen oder Jerseywolle und in Wellington-Stiefel wären wir geschlüpft, damit wir den Bäuerinnen und den Mädchen und Frauen von hier ähnlich sehen. Aber dann doch bunte Tücher um den Kopf, denn allzu unauffällig ist auffällig. Womöglich den Burberry mit den vielen Taschen. Den Korb und Reißnägel, unsere Flugblätter in Zigarettenpapierschachteln oder in Umschlägen. Wir hätten das Gartentor hinter uns zugezogen und wären am Friedhof vorübergegangen, auch an der Pforte mit den eisernen Kreuzen auf den Schwingtüren. Im Vorbeigehen hätten wir schnell unsere Köpfe nach den in Reih und Glied ausgerichteten zwei- oder dreihundert Gräbern gedreht, nur weil wir gehofft hätten, eines unserer schwarzen Kreuze in einem frischen Grab stecken zu sehen. Weil das hin und wieder geschehen ist, dass ein Fremder eines aufgerichtet hat. Für uns. Und für die Verstorbenen. *Für sie ist der Krieg zu Ende.* Nie mit einem anderen Spruch als diesem haben wir unsere selbst fabrizierten Kreuze versehen.

Also am Friedhof vorüber. Ein Blick hin zu Bobs

Familienhaus. Reine Gewohnheit. Gibt Bob mir auch einen Ort in seinem Gedächtnis? Und als wer?

Dann wäre ich, an einem Oktobermorgen wie diesem, mit dir den Hügel hinan gestiegen zur Klippenebene von La Moye mit ihren ausgebreiteten Heidekrautteppichen aus Violett. Violett – die Farbe von Würde und Spiritualität. Auch an die durch Nebel und Nieselregen verwischten Farbtöne denke ich. Wir hätten uns Wege gebahnt in Farn, Ginster, Rosmarin, hinein ins wirre Kraut. Dazwischen Margeriten und scharlachrote Kapuzinerblüten. Hier das Glühen. Die Steineichen als Orientierungspunkte. Und allen Gemeinplätzen zum Trotz das Schloss der Blätter. Die unreifen und reifen Brombeeren in einer Fülle an Stauden rücksichtslos hoch. Mit Salzluft gewürzte Süße. Die Blutkratzer für einen Korb Beeren. Freude über die Hagebutten und den auffordernden Duft des Geißblatts, Stillstehen, Kopfdrehen. Deine Stimme.

Am ehesten habe ich Düfte vergessen. Oder die aufgeschreckten Fasane. Wie sie vorwurfsvoll gackern und wegflattern. Gibt es sie noch, oder sind sie alle schon erlegt worden? Natürlich die Hasen. Ich sehe ihre hell aufblitzenden Blumen, wenn sie in überraschenden Mustern davonspringen, sobald man sie aufstört. Ihre Schlaf- und Kotplätze. Schon bevor uns die Boches heimsuchten, fanden wir oft nur Gerippe mit Fellfetzen, abgenagte Schädelchen. So wie die Stelle bei Noirmont oder La Cotte ist auch die Gegend von La Moye wundersam roh. Und das Meeresrauschen meist lauter als das eigene Ohrenbrausen in unserem Miteinander.

Ich schreie nie, ich bete.

Dein Klopfzeichen über die Heizungsrohre. Dreimal – das bist du, du in Zelle 3. Das warst du doch? Gestern Abend gegen acht? Wenigstens denke ich mir, dass du es warst. Wer sonst? Die anderen gebrauchen ihre eigenen Zellennummern. Ich erreiche das kalte Heizungsrohr fast ohne Anstrengung. Der Kräfteverschleiß ist enorm. Indem ich daran denke, was du eben tust. Oder was sie dir antun können. Ich bin ja nie sicher, dass man dich nicht holt und nach Silvertide bringt. Die Angst, dich irgendwo weit weg zu wissen, das Schlimmste mir vorzustellen: Deportieren sie dich? Quälen sie dich? Sogar auf Jersey, irgendwo in einem entfernten Schlupfwinkel, den niemand kennt? Mitten in den Mauern von Elizabeth Castle? Diesen Gezeiten ausgeliefert. Solche Orte wie Silvertide sind der reine Wahnsinn, weiß doch keiner, was man noch sehen kann, wenn sie einen wieder herausführen.

Ich liege, schlafe zusammengerollt wie Kid, aber mir fehlt die Entspanntheit, ich habe mir diese Lage angewöhnt, um meine Augen vor dem Taschenlampenlicht zu schützen, wenn die Gestapo und ihre Helfer die Zellen durch die Klappe ausleuchten. Gestern Abend, bevor du geklopft hast, haben sie das wieder getan.

Ich liege auch deshalb auf der Seite, weil Hüftknochen und Wirbelsäule schmerzen, sobald ich auf dem Rücken bin. Die wunden Stellen wollen immer noch nicht richtig verheilen.

Ich stelle mir vieles vor. Ich liege in meinem Gartenwinkel und keine fremden Blicke erreichen mich. Nackte Sonnenbäder bis an die kühleren Herbsttage heran. Der Liegestuhl hat Scharniere zum Fingereinklemmen. Ausgeblichenes Segeltuch mit einer Ahnung von Streifen. Das Rauschen sowie Zeilen im Ohr. *Fleischiges Feuerwerk* hinter den geschlossenen Lidern, ich liege. Und lese und schreibe. Der Inselwind zieht über La Rocquaise hinweg.

Jahre, bevor die Zeit dämonisch wurde, fiel einmal eine Möwe mit eingefalteten Flügeln vom Himmel. Ich schaute dem langsamen Sturz zu, das Meer verschlang die Möwe. So wie später die abgeschossenen Flugzeuge.

Zwischen meinem Gartenwinkel und den Gemüsebeeten stand die Hecke. Die Mimosen mischten Schatten und Sonne. Ihr zitronengelber Zauber. Die aufgeblühte Jucca. Der Agapanthus, verblüht. Und die Blutlobelie? Nur unter einer hohen Laubschütte wird sie den Winter überstehen. Jetzt wären letzte Tomaten zu ernten, wir könnten Saft und Kerne aus ihnen saugen und in die Rippen des Schnittmangolds beißen, ach, und frische Kartoffeln ließen sich ausgraben. Aber schlimmer ist die Kälte. Ob sie wohl heizen werden?

23

Ich glaube, man kann nicht damit rechnen, dass geheizt wird, antwortet Suzanne. Nach den vielen vergangenen nasskalten Monaten und dem Verlauf der Weltgeschichte, inklusive unserer Geschichte, wäre ein warmer Herbst doch etwas Verdrehtes gewesen. Sie haben kaum noch Kohle, weder hier drin noch draußen. Vielleicht ist noch ein wenig für die Spitäler übrig, aber sicher nicht für die Gefängnisse. Das heißt, in einer Ecke des Grabens gibt es einen abschließbaren Verschlag mit einem Hackstock und einem Rest Kohle, der für die Küche und den Ofen in der Wärterloge gebraucht wird.

Ja, ich weiß, dass Nummer 8 die erbärmlichste Zelle des ganzen Gebäudes ist. Das daran anschließende Klo läuft immer wieder über, außerdem ist irgendein Rohr defekt. Belza hat es mir gesagt. Ihr Holländer steckt in dieser Zelle.

Für uns wäre ein Angriff durch die Engländer wirklich besser. Man hätte eine Chance davonzukommen. Leider sind sie anderswo zu sehr beschäftigt. Die Rückeroberungen sind in vollem Gang. Die Befreiung des Festlands scheint voranzugehen. Was Aachen betrifft, so behaupten die Deutschen, dass die Alliierten in jedem Haus auf ein Widerstandsnest stoßen würden. Im Abwehrfeuer und im Kampf Mann gegen Mann hätten die Amerikaner sehr heftige Verluste. Bunny hat die Zeitung aus der Wärterloge entwendet, die schicke ich dir nächstens. Sie beharren immer noch auf der Stärke ihrer Gegenattacken, aber sie geben mehrere Eroberungen durch die Alliierten zu, evakuierte Dörfer und so weiter.

Ich habe nachmittags auch mit Frank gesprochen, als ich im unteren Flur am Spazieren war. Die Türen standen offen, die Jungs haben sich wie blöd amüsiert, während sie ihre Zellen schrubbten. Sie konnten sich den ganzen Nachmittag lang bewegen, was normalerweise ja nur für eine halbe Stunde erlaubt wird. Frank sagt, Aachen sei bereits in unserer Hand. Er hat es von jemandem erfahren, der im Zivilen einsitzt und ein Crystal-Set besitze und nachts BBC höre. Das Witzige daran ist, dass dieser Mann deshalb im Zivilen ist, weil er BBC hörte und im Besitz eines Crystal-Sets war. Frank sagte auch, er habe uns mal beim Quäker in Le Houmet gesehen. Das kann wohl sein, haben wir doch bestimmt drei Mal in dessen und seines Freundes Garten gesessen, Frank könnte uns da tatsächlich gesehen haben. Er hat nämlich im jugendlichen Übermut die ganze Insel auskundschaftet, um Pläne für die Alliierten zu zeichnen.

Während des Schrubbens haben die Jungs Otto mit einem Lied aufgezogen – *Otto, they call you Otto*, die Parodie eines Schlagers. Frank hat ihm auch gleich noch prophezeit, dass er sicherlich das Eiserne Kreuz für seinen Dienst auf Jersey kriegen werde.

Gestern Abend habe ich Otto gefragt, wie viele Neue man eigentlich vorige Nacht eingesperrt habe und warum. Wieder drei junge Männer. Auch ihr Boot war leckgelaufen. Die versteckten Schiffe sind das Wasser nicht mehr gewöhnt. Otto hat die drei Neuen auf drei Zellen verteilt. Einer heißt Mickey und ist sogar noch jünger als Bunny. Es wird eng in unserem Hotel. Vielleicht lassen sie dich und mich auch noch mal zusammenrücken? Ich habe Phantasien. Tief im Walde sitzt der Tod und schnitzt an einem Segelboot. Ich erinnere mich, dass meine Erzieherin Verse immer wie Beschwörungen hersagte. Wozu sind solche Sätze nütze?, fragte ich mich als kleines Kind. Solange der Tod im Wald schnitzt, kann er uns nicht nachstellen. Doch wie lange sitzt er noch dort?

Vielleicht sehe ich allzu schwarz, aber weil ihre Flugzeuge noch zweimal bis zum Jahresende auf Jersey landen sollen, ist mir einfach bange. Hier erschossen zu werden, ist nichts im Hinblick auf das, was einem drüben droht. Wir können eigentlich nur warten und dabei versuchen, immer die Ruhe zu bewahren. Das ist nicht einfach, weder für dich noch für mich.

Aber eventuell können wir Einfluss auf unsere Zukunft nehmen. Wir müssten ganz krank werden. Bloß ist es auch nicht leicht, willentlich krank zu werden. Konzentrieren wir uns deshalb auf sichere Eingebungen und Pläne, um bis ganz zuletzt frei zu bleiben. Deshalb schlage ich dir vor, dass Edna uns Tabletten besorgt. Meine Idee ist nicht besonders originell, ich weiß. Wir müssten auch auf Nummer sicher gehen. Also Luminal plus ein Sprung vom Dach. Nur wie wir nach oben kommen, das muss ich noch herausfinden. Die Topografie des Gebäudes ist vielleicht komplizierter als jene des Kriegsschauplatzes. Im Erdgeschoss gibt es nämlich auch eine blockierte Tür, und wohin führt eigentlich der Luftschacht im Flur?

Hat dir schon jemand mitgeteilt, dass wir hier eine Landkarte haben? Sie gehört Evelyn, dem Mädchen mit dem Puzzle. Auf der Landkarte zeichnet sie den Verlauf der Kriegsfront ein und markiert die befreiten Städte. Sie beabsichtigte, mit ein paar anderen Leuten hinüber zur Normandie zu fahren, um von Frankreich aus Briefe einiger Jèrriais an deren Eltern und Verwandte in England zu schicken. Bei den Befragungen soll Evelyn immer nur gelacht haben, niemals geantwortet, obwohl die Verhöre regelmäßig zur Essenszeit stattfanden und sie dadurch die Mahlzeiten verpasste. Doch weder hat sie sich je über Hunger beklagt noch etwas preisgegeben. Darum sind ihr Vater, ihre Schwester und ihr Bruder auch eingesperrt worden. Heute sollte ich einen Zettel von Evelyn an ihren Vater überbringen, der neben mir in Zelle 2 wohnt. Neugierig habe ich die Zeilen überflogen. Sie hat ihrem Vater all das erzählt, was sie auch mir erzählt hat. Stil und Rechtschreibung sind sehr mangelhaft, aber sie ist ebenso wenig dumm wie Edna.

Noch etwas: Der Kleine war heute bei einer Befragung durch den Staatsanwalt auch dabei. Gewisse Details unserer Aktivitäten haben ihn offensichtlich beeindruckt. Abends, während das Tablett zu Zelle 2 gebracht wurde, blieb er in meinem Türrahmen stehen. Er hielt einen konfiszierten Bindfaden in der Hand und wickelte ihn betreten um die Finger. Ich auch, sagte er stockend, ich denke auch, aber ich darf nicht sprechen. Dann lockerte er den Bindfaden und streckte mir die Hand entgegen.

Man muss vorsichtig sein, obgleich ich immer deutlicher sehe, dass die Wärter ebenfalls Gefangene sind, seit die Unsrigen durch Frankreich vordringen und die Insel von der übrigen Welt abgeschnitten ist.

Mir ist auch aufgefallen, dass Lohse sich bei den üblichen Befragungen öfter über unsere gleichen Antworten wundert. So ist das natürlich, wenn miteinander aufgewachsene Menschen eins werden und obendrein viel Gefahrvolles auf sich genommen haben, immer gemeinsam.

Gute Nacht, mein armes Vögelchen, ich hoffe, die Migräne verschwindet und du kannst schlafen.

24

Otto erlaubt Lucy, sich zur Genesung an die Sonne zu setzen, an eine starke Herbstsonne im winzigen schäbigen Garten der Wärter. Sogar Lucys Hocker hat Otto nach draußen getragen. Und während sie sich das Taschentuch auf den Kopf legt und sich wendet und wendet, damit die Sonne überall hinlangt, rammt Otto einen Stecken in die Erde und bindet zwei blattzerfressene und rostbefallene Pflanzen daran fest. Dann schüttet er andächtig eine Blechtasse voll Wasser darüber. Schließlich macht er zwei Schritte rückwärts und prüft sein Werk, nickt zu Lucy hin und zieht sich in die Wärterloge zurück.

Seidenpapierwölkchen ganz hoch oben im Licht.

Lucy schließt die Augen. Denkt sich weg.

Plötzlich erscheint Ludwig, sein Schatten streift sie: Madame de Pompadour!

Ein Depp, ein Trottel, ein Würstchen ist dieser Boche! Es fällt Lucy überhaupt nicht leicht, ihre Wut zurückzuhalten. Sowieso mag sie ihn nicht. Nur gut, dass er Chefwärter im Militärischen ist und bloß aushilfsweise im Politischen arbeitet. Die Gefangenen sagen, auch er befolge die Vorschriften mehr schlecht als recht, ein Wärter wie die anderen. Aber Lucy bleibt misstrauisch. Diese Härte in den schwarzen, eng stehenden Augen, diese Hasenzähne, dieses vorspringende spitze Kinn, dieser affektierte Ton. Doch vor allem ist Ludwig ihr zu redselig, viel zu jovial. Jede Gelegenheit nützt er, um mit den Gefangenen anzubändeln. Er rühmt sich, im Zivilleben Chef eines Orchesters gewesen zu sein, und lässt Programme von Konzerten kursieren, die er im Forum, dem größten Saal von St. Helier, zweimal jährlich dirigiert hat. Ungefragt zählt er jedem Gefangenen seine Lieblingskomponisten auf. Deutsche sind es natürlich, allen voran Beethoven.

Lucy mag Ludwig nicht einmal fragen, ob er, musikalisch gesehen, in der Neuzeit angekommen ist und zum Beispiel Erik Satie kennt. Nun, da der Pompadour-Vergleich gefallen ist und Ludwig weiter quasselt, gähnt sie einfach, ausgiebig und genüsslich. Worauf er gleich sein Schicksal beklagt. Sein derzeitiger Beruf, diese Aufpasserarbeit hier in St. Helier, mache ihn bei der Bevölkerung zweifelsfrei unsympathisch. Hätte er die Wahl, so wäre er jedenfalls nicht hier. Die modernen Gefängnisse des Dritten Reichs seien nämlich unvergleichlich komfortabler, nicht einmal Häftlingsuniformen und anständige Duschräume gebe es in der KWHA.

Zugegeben, verglichen mit den in englischen Zeitschriften abgebildeten Gefängnissen ist die KWHA ein bisschen mittelalterlich, sagt Lucy. Aber was soll's? Ein Gefängnis ist ein Gefängnis! Wie den Kunstwerken so sind auch den Gefängnissen keine Grenzen in puncto Gestaltung gesetzt!

Ludwig grinst und präsentiert sein Hasengebiss, ein bisschen Schaum steht in seinen Mundwinkeln.

Lucy schließt wieder die Augen und spürt die wochenlang ersehnte Wärme auf der vom Ungeziefer malträtierten Haut.

25

Bald führt Otto Lucy in den großen Hof, wo sonst die Männer des Politischen und des Militärgefängnisses ihre Runden drehen, bald führt er sie in den quadratischen Hof mit dem Schuppen. Otto stellt sich immer etwas abseits hin und schaut den Bewegungen einer Genesenden scheinbar pflichtbewusst zu. Lucy geht herum, die Schultern kugelnd und die Arme schweifend, oder überlange Schritte nehmend. Sie streckt und dehnt sich, bewegt sich auch rückwärts, atmet tief ein und aus.

Otto bringt ihr immer noch Reis. Etwas anderes bekommt ihr nicht. Sie möchte nur Reis und Tee, und sie erhält beides.

Seit Jahren haben wir kein Reiskorn mehr auf der Insel gesehen, schreibt Lucy an Suzanne, und Otto kocht den Reis sogar in etwas Milch! Wenn der Reis auch direkt von Marschall Pétain kommt, so verzichte ich doch auf die Suppe mit den Hirnfetzchen und ebenso auf die angefaulten Kartoffeln – und esse den Reis. Hoffentlich verpflegen Vera und Edna dich einigermaßen.

Deinen heutigen Zettel habe ich wie jeden davor auswendig gelernt. Du zauberst deine Briefe zu mir – das *sind* die kleinen zahmen Sonnen. Weil ich nicht weiß, ob ich deine Zettel ohne Gefahr aufheben kann, lösche ich die Bleistiftwörter, reibe sie am Boden aus.

Seit heute bin ich fünfzig. Es war nichts als ein weiterer Tag, wo ich dich weder sehen noch sprechen konnte. Lohse, Bode & Co. haben noch nichts begriffen. Sie wollen bei jeder Befragung wissen, ob ich bereue. Fragen sie dich das auch? Wortstolz wollen wir bleiben, und wir werden zur Verwirrung der Herren über jeden unserer Sätze wachen.

Aber ja, der Freitod wäre der einzige Weg, um dem zu entkommen, was sich als das Grauenvollste um einen herum anbahnt. Falls sie uns zu deportieren beabsichtigen oder töten wollen. Es ist heute nicht anders als zu Anfang der Okkupation. Edna sollte Tabletten auftreiben, du hast recht. Die Unruhe lauert in den feuchten Zimmerecken, vermengt sich mit den Gipspartikeln und dem durch die Lüftung dringenden Gestank. Abends liege ich zuerst eine ganze Weile im Dunkeln. Die Flöhe jucken, ich warte auf dein Klopfen. Ja bitte, die Kartoffel als Kerzenhalter wäre wundervoll. Doch nur, wenn du darauf verzichten kannst. Meine Kerze reicht noch für mehrere Nächte, ich muss bloß sparsam sein. Streichhölzer habe ich genug, Michail hat sie organisiert.

Außer deinem Zettel, der mir am späten Nachmittag unter der Tür durchgeschoben wurde, habe ich heute noch andere Freuden erlebt, durch Belza, Otto, die beiden Heinrichs und vor allem durch Ethel Strong.

Otto klopfte mich aus einem wundervollen, sehr rätselhaften Tiefschlaf und schrie wie üblich *hopschtandt!* Großartig. Er meint wirklich, dies sei ein geglückter Anglizismus. Geht er auf seiner Wecktour weiter, lausche ich, bis er vor den Zellentüren der Männer noch *pisspot, mit!* ruft. Es gefällt mir sehr, wie unsere Brüder mitmachen, sobald sie den Flur betreten, und es gefällt mir auch, dass Otto unser Lachen einsteckt. Die Jungs wollten ihn heute übrigens belehren, dass *hopschtandt* nicht ganz korrekt sei, *time to get up, please* sei richtiger.

Seit ich mich aufgerafft und durchgesetzt habe, mit Eimer und Schüssel selbst zu Ausgussbecken und Klo zu gehen, seit ich mir diese minimale Beschäftigung zutraue, erfahre ich mehr. Die Unbekümmertheit rund um das Becken ist grandios. Heute hat mir Belza einen Spalt in der Wand gezeigt, von wo aus man die schönste Aussicht auf den großen Gefängnisgarten hat. Geschenkt ist geschenkt, flüsterte sie. Man kann den Gefängnisdirektor begreifen. Dass er sich von seiner Villa aus an einem englischen Rasen und Rabatten mit Rosen und Lavendel ergötzen will. Ich hoffe, ich werde dich bald auch am Becken antreffen, obgleich sie schauen, dass es uns nicht gelingt.

Es wurde auch davon gesprochen, dass die Stürme der letzten Woche viel Schaden angerichtet, Bäume zu Hunderten oder Tausenden gefällt haben. Selbst uralte Bäume seien völlig entblättert worden. Die Deutschen haben den Sturm sehr gefürchtet, weil der Wind und dieser unbändige Regen und die Wucht des Meeres mit seinen Brechern, diesen Kaskadenherrlichkeiten, ihnen eben völlig unvertraut sind. Überall sollen Bäume liegen und Straßen und Zufahrten versperren. Die Zivilisten setzen alles daran, Äste und Wurzeln abzusägen und sie irgendwie in ihre Häuser zu bringen. Endlich haben sie Brennholz. Doch bestimmt treten noch heute neue Verordnungen in Kraft.

Dann der kleine Heinrich. Wie jeden Tag schloss er am Vormittag für die Inspektion auf, schlug die Fersen zusammen, blickte mit Raubvogelaugen in meine

Zelle, die steife Mütze in der Hand, und seine zwei Worte: Alles okay?! Ich mag ihn einfach nicht, all sein Gehabe missfällt mir. Darum blicke ich ihn immer stumm an, oder hebe nicht einmal den Kopf. Hat er dir übrigens auch erzählt, dass er vor dem Krieg Anthony Eden getroffen habe? Ein kleiner deutscher Schulleiter empfängt den englischen Außenminister – was für eine groteske Behauptung. Belza lachte jung und schön, als Frank am Becken einen unerhört dämlichen Dialog zwischen Anthony Eden und dem Kleinen zum Besten gab. Sie hörte auch nicht zu lachen auf, als Ludwig dazwischenfuhr und ihr zu schweigen befahl.

Heute Vormittag also blieb der kleine Heinrich wie üblich einen Augenblick lang in der Zellentür stehen. Ging dann aber nicht rückwärts zur Tür hinaus, sondern fing an, in seinen Jackentaschen zu wühlen. Endlich fand er, was er suchte: sein Soldbuch. Er hielt es mir vors Gesicht. Ich stand auf. Es ist wahr, Suzanne, der Kleine ist sehr klein, kaum größer als ich. Er gestikulierte und redete, ich verstand nicht, was er meinte oder wollte. Schließlich wiederholte er ein Wort, mein Gedächtnis sperrte sich noch. Mit dem Zeigefinger unterstrich er eine Zeile in seinem Soldbuch. *25. Oktober 1896* stand da. Ich zuckte mit den Schultern. Er aber deutete hin und her, von seiner Brust zum Soldbuch, zu mir, zu seiner Brust. Da begriff ich. Es war sein Geburtstag. Dieses Wort habe ich im letzten Frühling für eines unserer Flugblätter verwendet, anlässlich Hitlers Geburtstag – *Geburtstag*. Vielleicht etwas steif, wenn auch aufrichtig habe ich dem Kleinen die Hand gedrückt und ihm Gutes gewünscht. Er war erfreut, drückte mir ebenfalls die Hand, sagte *another birthday most okay*. Entweder hat er den Auftritt glänzend einstudiert oder er ist tatsächlich eher harmlos und deine Einschätzung von ihm ist damit bewiesen. Immerhin hat er mich an meinen heutigen Geburtstag erinnert, denn bis zu dieser Minute hatte ich keine Sekunde daran gedacht.

Später am Tag hat der große Heinrich eine Begegnung mit Ethel möglich gemacht. Er riegelte am frühen Nachmittag auf, betrat die Zelle, zog die Tür etwas hinter sich zu und sagte in seinem recht guten Englisch: Miss Schwob? Mrs Strong hat Ihnen Blumen gebracht. Sie will sie Ihnen selbst geben. Sie besteht darauf. Das ist natürlich unmöglich. Da nun aber der Chef abwesend ist und Sie Geburtstag haben, und weil die alte Lady extra von weit her gekommen ist, so will ich Ihnen beiden den Besuch nicht ausschlagen.

Ethel wartete im Sprechzimmer. Sie hat dem Großen versprechen müssen, niemandem von ihrem Besuch zu erzählen. Mir hat der große Heinrich versichert, dass kein anderer Wärter zugegen sei, danach führte er mich zu ihr. Es hat mir gut getan, unsere Freundin wiederzusehen, ich bin geradezu erleichtert, dass sie sich den langen Weg nicht vergeblich aufgebürdet hat. Aufgeregt wie ein die Schule schwänzendes Mädchen war sie. In ihrer Jugend muss sie einem Modell von Edward Burne-Jones ähnlich gesehen haben. In Anwesenheit des Großen nannte Ethel mir die Neuigkeiten der BBC, ohne die BBC zu erwähnen. Die Kämpfe um Aachen sind tatsächlich ausgestanden, die Alliierten haben die Stadt zurückerobert. Wieder eine Hoffnungsquelle. Zu welchem Preis, das will ich mir nicht ausmalen.

Ich denke zuerst an mich. Ethel redete den Großen mit *Gentleman* an, sie bat ihn *um Himmels willen*, Zeuge zu sein für die Vulgarität dieses Jahrhunderts, für das moderne Deutschland, im Klartext: *für die unermesslichen Verbrechen in Polen, die Sie sicher auch tadeln, nicht wahr?* Der Große wusste nicht viel zu sagen, ließ uns eine Weile allein, kam zurück und drängte mich, das Treffen zu beenden.

Ethel hat mich früher einmal mit einer Bolschewikin verglichen. Das schmeichelte mir. Bis sich herausstellte, dass ich in ihren Augen nur deshalb eine Bolschewikin war, weil ich ununterbrochen rauchte. Heute hätte ich sie spaßeshalber gerne gefragt, an wen ich sie jetzt erinnern würde. Doch letztlich zählt nur die irgendwie irrationale Sympathie, die sie für mich hegt. Seit wir ihr einen Teil von Georges illegal aufgezogenem Schwein gegeben haben, mag sie mich noch mehr. Weil sie mit dem Stück Fleisch ihren Hund vor dem Verhungern retten konnte. Dabei mag ich Hunde nicht.

Zum Abschied haben wir uns in die Arme genommen, dann reichte sie mir einen Blumenstrauß, dreifarbig, blau-weiß-rot.

Blumen nach diesem Herbststurm?, fragte ich.

Nehmen Sie an, dass es in meinem Garten ein vor allen Unwettern geschütztes Blumenbeet gibt. Ihre Augen blitzten. Und ihre Hände hoben noch den Kuchen aus der Tasche. Ist unsere Freundin nicht eine Künstlerin? Wer käme auf die Idee, dass ihr Gingercake aus Kartoffelmehl und Rübensirup zusammengepappt ist? Ich habe Otto gebeten, so viele Stücke zu schneiden, wie es Gefangene im Politischen gibt, weil das eine gute Gelegenheit ist, sie alle zu zählen. Und noch zwei Stücke mehr hat Otto schneiden müssen: eines für ihn und eines für den großen Heinrich.

Als Otto mit meinem Stückchen und dem Tee gekommen ist, hat er bemängelt, dass ich jenes für den kleinen Heinrich vergessen hätte. Da spielte ich die Erstaunte: Wie konnte mir dieses Missgeschick bloß geschehen?

Er schien ratlos. Und ich war zufrieden.

Wie spät ist es jetzt wohl? Es muss gegen Mitternacht gehen. Ich höre eine Mundharmonika. Hörst du sie auch, Suzanne?

Ich bessere mich. Zum Frühstück esse ich seit einigen Tagen ein paar Löffel Wasserporridge. Otto lobt meinen Appetit, denn das Essen hält er für eine wesentliche Lebensfreude. Es müsse schrecklich sein, so beklagt er mein Los, wegen irgendwelcher Beschwerden nichts essen zu können. Mehrmals stöhnte er, weil ich Gerichte abwies, die eigentlich der *höheren Rasse* zugedacht sind, und die er mir, in kleine Stücke geschnitten, insgeheim vorsetzte.

Im großen Hof habe ich heute die Katze Tabby angetroffen. Sie ist auf charmante Weise misstrauisch, geht nicht nur für die Wärter auf Mäuse- und Rattenfang. Ihr rot-weiß gemustertes Fell in diesem allgegenwärtigen Grau tut gut. Netterweise stellt Otto ihr Milch hin. Und Frank ärgert sich maßlos über Ottos Vorschlag, die Gefangenen könnten etwas von ihrer Milchration abgeben, für eine Katze!

Als Otto mich zur Zelle zurückführte, verdächtigte er mich, im Hof etwas aufgehoben zu haben. Was denn?, fragte ich ihn gelangweilt. Ich hatte eine Zigarettenkippe gefunden, wollte aber nicht darüber reden. Meine Besitztümer mit der verborgenen Seele. Ich kann mir nicht vorstellen, wer die Sachen verliert. Vielleicht werden sie vom Militärgefängnis aus in den Hof geworfen? Oder sie fallen vom Himmel. Und hier ist die Liste der Dinge: Zettel, die ich noch weiterleiten wollte. Ein paar Streichhölzer und ein Fetzchen einer Streichholzschachtel, um sie daran anzuzünden. Den Bleistiftstummel. Ein Stück Rasierklinge, auch nützlich, um aus einem Streichholz zwei zu machen. Bindfäden und eine Schnur. Tabletten gegen Darmentzündung. Und Luminal. Die Packung hat im Herz eines Lattichs gelegen, Edna und unser feiner Arzt bilden ein famoses Team. Ich hoffe sehr, du hast auch welche erhalten. Statt eines Sprungs vom Dach könnten wir uns allenfalls auch kopfvoran von der obersten Sprosse der Feuerleiter hinunterstürzen. Und neben der Zigarettenkippe, die ich auflas und bald rauchen will, ist mein neuester Schatz ein Geranienblatt. Ich reibe es zwischen den Fingern. Der Duft triumphiert über die Verhältnisse.

Da stand ich also und blickte Otto an, behielt meine Hände in den Manteltaschen, hob die Schultern und ließ sie langsam wieder fallen. Er blieb dabei, dass er mich beim Aufheben eines Gegenstandes gesehen habe. Ich blieb dabei, dass ich Tabby gestreichelt hätte.

Jawoll aber, entgegnete er und hielt blitzartig inne, weil ich seine weiteren Worte mit einem weiteren Schulterzucken abschnitt. Da beklagte er knurrend sowohl die fehlende Rücksicht der Häftlinge im Allgemeinen als auch den Ärger, den er durch seine schreckliche Verantwortung fortwährend habe.

Tatsächlich sind wir gefährlich. Stehen wir vielleicht auch kurz vor dem Umgebrachtwerden, so werden wir ihnen bis dahin recht viel Mühe bereiten. In dieser Hinsicht ist unser Leben noch sinnvoll.

Kurioserweise haben Bode & Co. den Wärtern offenbar eingetrichtert, dass wir von einer *höheren sozialen Klasse* seien, darum überdurchschnittlich achtenswert. Ist dir das auch zugetragen worden? Michail hat mich darüber informiert – er ist ein wundervoller Bote. Entsprechend habe ich den Großen mit meiner

Frage bedrängt. Ob die höhere soziale Klasse nicht den vordersten Platz auf der Waschhausliste beanspruchen könnte. Einmal im Monat ein Holzbottich mit ein wenig warmem Wasser, das gehöre sich nämlich für Frauen unserer Klasse, habe ich ihm erklärt.

Allein die Ahnung von Wasserfächeln an meiner Haut erregt mich.

Der große Heinrich wollte nichts versprechen. Wasser sei äußerst knapp, sagte er ausweichend.

Eine Insel ohne Wasser ist reiner Zynismus. Die Inselbewohner dürfen sich derzeit nicht mal mehr Wasser aus dem Meer schöpfen, die Strände sollen tabu sein. Das ist eine Vergeltungsmaßnahme gegen die Zivilbevölkerung. Wegen all der Flüchtenden. Belza ist natürlich mitgemeint und Mickey und seine beiden Fluchtkumpane und Frank und dessen zwei Freunde sind es auch. Einer der Neuen versuchte, die Normandie per Luftmatratze zu erreichen. Aus Leichtsinn? Nein, nicht wenn der Hunger einen umzubringen droht. An dieser Stelle muss ich Hugh erwähnen. Bisher habe ich nur dies und das über ihn gehört, heute habe ich ihn erstmals gesehen. Er hatte sich bei klarer Nacht mit Frank und Peter in ein Boot gesetzt. Hugh ist die Heuschrecke, Suzanne, er hat mich so sehr an Arkadien, an das Kind von damals und an jene Heuschrecke erinnert. Arkadien in meinen Phantasien, die Landschaft glich der Ebene von La Moye. Natürlich kannte ich La Moye damals, als ich ein Kind war, noch nicht. Es gab keine verholzten Polstergewächse in Arkadien, dafür viel weiches Wiesenland und daran anschließend einen blühenden Kartoffelacker, also Abertausende von weißen Punkten auf dumpfem Grün. Knallgelber Raps, Feuerlilien, schöne giftige Schachblumen. Und weithin Mohn. Was konnte man in Arkadien hören? Vielleicht gar nichts. Doch, ein Zwitschern in höchsten Tönen, von dem niemand hätte sagen können, ob es von merkwürdigen Werkzeugen oder von Lebewesen stammte. Ein Kind saß mitten in Arkadien, die untergehende Sonne vergoldete sein Haar. Es hielt zwischen Daumen und Zeigefinger einen Grashalm. Auf diesem schmalen Pfad hielt sich eine Heuschrecke. Sie schob ihren grünen Körper auf dem Grashalm vorwärts und zitterte leicht mit den Flügeln. Sie bewegte sich unendlich langsam. Im Gegenlicht konnte man einen Faden bemerken, womit das Insekt auf halbem Weg, in der Mitte des Grashalms an einem Bein angebunden war.

Nicht nur Hughs Glieder sind dürr und staksig wie die einer Heuschrecke, auch die Brille unterstreicht die Ähnlichkeit. Die Melancholie einer Heuschrecke. Ein Achtzehnjähriger begreift die vergangenen vier Jahre auf der überwältigendsten und verlorensten Insel, die laufend neuen Verordnungen, die vielen Entbehrungen als ausweglose Elend. Zuletzt die missratene Flucht. Hugh sei eigentlich ein hervorragender Schwimmer, hat Frank erklärt. Als das Boot bei ihrer Flucht leck lief, kam er aber wegen Wadenkrämpfen im kalten Wasser sofort in arge Not. Peter und Frank mussten ihn von Felsen zu Felsen ziehen, um selber wieder zu Atem zu kommen und Hughs Beine zu massieren. Aber wegen der steigenden Flut ragten immer weniger Felsen aus dem Wasser. Panik ergriff sie, Frank und Peter schrien um Hughs Leben. Anwohner von Le Hocq hörten ihre Rufe und trieben ein Boot auf, ein weiteres clever beiseite geschafftes Boot. Den Leuten gelang es, Hugh an Land zu holen, während Peter und Frank aus letzten Kräften festen Boden erreichten. Frank sagte, selbst wenn jemand sie beide mit einer Zange gepackt, sie gekitzelt oder ihnen ein ofenfrisches Brot unter die Nase gehalten hätte, sie hätten sich nicht mehr geregt, für niemanden und nichts.

Aber ich bin von meiner Erzählung abgekommen. Wie ich Hugh heute zum ersten Mal sah, das wollte ich dir sagen. Leider ist das Fetzchen Papier, das ich gerade zur Verfügung habe, winzig klein. Darum schreibe ich bloß: *Die Heuschrecke Hugh in Nr. 7 und die Heuschrecke in Arkadien*, und ich hoffe, dass alle ungeschriebenen Wörter dich ebenso erreichen.

Es fing damit an, dass Otto mich bei diesem großartigen Regen nicht in den Hof ließ. Es hatte zu schütten begonnen, als die Männer draußen waren. Also führte er sie gleich wieder herein. Und gerechtigkeitshalber durfte auch ich nicht an die frische Luft. Darum bin ich im stickigen Nebel des unteren Flurs spaziert und habe den Briefträger gemacht. Peter ging nämlich an mir vorüber und fragte, ob ich einen Zettel nach 7 bringen könne.

Aber da sind die Russen!

Ja, und mein Kollege auch, sagte er.

Otto sah und hörte nichts.

Ich habe den Zettel genommen, mich nach oben begeben und bei Zelle 7 durchs Guckloch geschaut. Und tatsächlich sah ich außer Wassili und Michail noch einen Jungen, der mir außerordentlich dünn vorkam. Er klebte im halb offenen Fenster, spannte sich mit Leichtigkeit in die Nische und blickte in den Graben hinunter.

Ich klopfte, hielt den Drehriegel des Gucklochs offen, damit Wassili seinerseits durchschauen und mich und den Zettel sehen konnte. Gleich darauf zog Wassili den Jungen von der Brüstung herunter und deutete auf die Tür. Die Heuschrecke meinte zuerst, Wassili wolle ihn darauf hinweisen, dass ein Wärter ihn beobachte, er wehrte trotzig ab und ließ sich erneut bemerkenswert geschickt auf der Fensterbrüstung nieder, als gebe es keine Schwerkraft. Als Wassili insistierte, sprang er doch zu Boden und schaute durchs Guckloch. Ich zeigte ihm den Zettel, er dankte es mir mit einem breiten Lächeln, machte überdrehte Gesten und beeilte sich, die Klappe anzuheben, um die Ritze zu vergrößern – was zeigt, dass es nicht der erste Brief für ihn war.

Jimmy und Peter und dieser Hugh unterscheiden sich von den übrigen einheimischen Jungs. Mager sind sie alle, aber diese drei haben etwas Fragiles. Der Dreck kann ihre Dünnhäutigkeit nicht überdecken. Gerade der Dreck kann es nicht.

27

Die Entriegelung der Tür fällt mitten in Lucys Tiefschlaf. Sie wird nicht gleich wach. Erst der nachfolgende kräftige Schlag, den ihr jemand austeilt, lässt sie auffahren. Sie blinzelt in den Taschenlampenstrahl, er schwenkt weg, und Lucy erkennt Ludwig. Während sie sich aufrichtet, rutscht ihr der Schal vom Kopf.

Um Gottes willen, entschuldigen Sie, Miss Schwob, ich habe mich geirrt, im Stockwerk geirrt, auch in der Zelle, ich wollte Michail wecken, nicht Sie, schlafen Sie weiter, ein dummes Versehen, hätte ich gewusst, dass Sie, ich versichere Ihnen, ich hätte, bestimmt hätte ich Sie nicht.

Lucy hasst diesen eingebildeten Mann mit der Beethoveneuphorie. Doch sie versteht: Es ist wegen Aachen. Ludwigs ganze Familie wohnt in dieser von den Alliierten eingenommenen Stadt. Seither ist er völlig durcheinander. Jetzt, weitere Satzstücke murmelnd, schickt er sich an, die Tür leise zu schließen. Sie fällt lärmend ins Schloss.

So bindet Lucy sich den blauweißen Angoraschal wieder um Haare und Hals und zieht ihn tief in die Stirn. Der Schal lag kürzlich in einem Paket von Vera, und man hat ihn ihr gelassen. Er ist jetzt ihr kostbarstes Kleidungsstück. Zum Schlafen trägt sie immer noch den beigefarbenen, schon sehr verschmutzten Mantel. Lucy taucht unter die Wolldecke vom Großen und döst weg.

Niemandem erzählt sie von Ludwigs Irrtum. Auch Suzanne nicht, weil die sich zu sehr aufregen würde.

Aus einem einzigen Grund spricht Lucy mit niemandem darüber: Ludwig hat für Evelyn gesorgt. Denn wieder ist sie während der Mittagszeit befragt worden, wieder hat sie eine Mahlzeit verpasst, wieder hat sie sich bei niemandem beklagt. Da ihre nächsten Verwandten auch eingesperrt sind, ist die Wahrscheinlichkeit, von irgendwem draußen zusätzliche Kost zu erhalten, verschwindend klein. Ludwig jedoch habe ihr, so erzählte Evelyn Lucy am Becken, nach der Befragung seine Kartoffeln und seine Suppe in die Zelle gebracht und dazu erklärt: Wir sind nicht alle so wie die Nazi-Polizisten, bitte denken Sie daran – don't judge all Germans the same. Also schweigt Lucy. Aber es schmerzt sie, wie Ludwig offenbar mit Michail umgeht.

Der hilfsbereite, bis zur Totenmaske ausgemergelte Ukrainer Michail. Die meisten aus Jersey stammenden Gefangenen begegnen ihm, wie auch den anderen Russen, auffällig skeptisch. Nur wenige Mithäftlinge stecken ihm etwas von dem zu, was sie selber von ihren Angehörigen erhalten. In der KWHA und im Zivilen ist Teilen ein ungeschriebenes Gesetz, aber man teilt eben nicht mit jedem. Nicht umsonst hat die *Evening Post* den Inselbewohnern wiederholt mitgeteilt, dass die nächtlichen Diebe, die Gärten und Felder plünderten, ausschließlich russischer Herkunft seien. Deshalb teilen die meisten Jèrriais mit ihnen nicht.

Frank fordert Michail morgens am Ausgussbecken auf, doch einmal von seinen Kriegsabenteuern zu erzählen. Als ein von weither Zugereister habe er doch bestimmt eine spannende Story auf Lager.

Michail tut zunächst so, als verstehe er nicht, bis

Bunny oder Eddie ihn kumpelhaft mit dem Ellbogen stößt: Erzähl schon, Michael.

Michail, verbessert Michail leise, wischt sich mit dem Handrücken über Mund und Nase und sieht durch die Jèrriais hindurch, you know no funny story.

Der große Heinrich lässt ihn reden.

Michails Hände sind die eines Puppenspielers. Wenn er erzählt, werden seine Finger Bauer und altes Mütterlein, Soldat und Mädchen, Tyrann und Liebender und Fliehender, sie liegen im Stroh und unter der Nacht, sie sind die Wörter aus den gesprungenen Lippen, die Puppen, die Menschen, gerade noch lebendig, nun tot im Haus. Einzig die Tiefe der ukrainischen Wälder deutet Michail mit einer großartigen Armbewegung an.

Als Belza später Lucy mündlich und schriftlich und Stück für Stück seine Odyssee nacherzählt, schmückt sie Details aus und lässt andere weg. Sie reißt Orte und Personen unbesorgt aus dem Zusammenhang und glaubt doch, das Gehörte getreulich wiederzugeben: Zunächst sitzt Michail in einem Panzer der Roten Armee gegen Finnland. Nach dem Winterkrieg wird seine Einheit in den Süden, geradewegs in seine Heimatgegend geschickt, um den Angriffen der Deutschen zu trotzen. Doch feindliche Granaten zerstören den Panzer. Er überlebt, wird Kriegsgefangener, überlistet die Wachen, entkommt, verkriecht sich zuerst in ein Maisfeld, isst. Wie ein wildes Tier mit ausgeprägtem Instinkt streift er kreuz und quer durch schier endlose Wälder zu seinem Dorf zurück, geduckt, oft auf allen vieren. Manchmal riecht es nach frisch geschlagenem Holz, manchmal nach Verwestem. Dann trifft er auf sein gründlich zertrümmertes Zuhause, zerstört wie die übrigen Wohnhäuser und Ställe, die Glut schwelt noch da und dort, hier sind seine Familienangehörigen. Alle sind sie hingerichtet worden. Wie in Trance schaufelt Michail fünf Gräber, zwei große, drei kleine. Aber länger bleibt er nicht, er begibt sich zur nächsten Landstraße, die Deutschen greifen ihn leicht wieder auf. Man schlägt ihn, bis er seinen Namen hersagt: Michail. Den Familiennamen hat er beim Anblick seiner hingemetzelten Eltern und Geschwister vergessen. Weitere Schläge öffnen endlich die Erinnerungskanäle. Man droht ihm mit Erschießen, falls er ein weiteres Mal zu fliehen versuchen würde. Man überstellt ihn nach Frankreich, wo er einer OT-Einheit zugewiesen wird. Er weiß nicht, wo er sich befindet. Überall sieht er Zivilisten in trägen, langen Kolonnen in dieselbe Richtung schwärmen, Handwagen ziehen mit, viele graue, viele bunte Bündel auf den Rücken der vornüber gebeugten Frauen und Kinder, der wenigen Männer. Michail entscheidet, sich diesen Menschen anzuschließen, er schlüpft einfach aus dem Arbeitstrupp und ist unter ihnen. Im nächstbesten gottverlassenen Bauernhof stiehlt er Unterwäsche, ein Frauenkleid, ein Tuch mit langen Fransen. Die Tarnung hätte gelingen können. Wären da nur nicht seine Hände gewesen, breite, bis zu den vordersten Fingergliedern behaarte Männerhände. Schon geht er am späten Abend verkleidet durch ein kleines, ruhiges Dorf. Drei betrunkene Deutsche stehen plötzlich da und wollen etwas Spaß mit einer in der Dämmerung herumstreifenden Französin haben. Sie bedrängen Michail, er wehrt sich, sie packen zu, zerren ihn zum nächsten Gebüsch, drücken ihn zu

Boden und in die Erde, in den Dreck. Er schlägt um sich. Einer sagt: Halt, Kameraden, schaut euch diese Hände an! Schauen wir uns alles an, meint der Zweite. Der Dritte greift in den Ausschnitt, der andere reißt das Kleid hoch, der Erste zerrt am Kopftuch, bis Michail stöhnt und der Stoff des Mieders kracht und die beiden Zeitungsknäuel zum Vorschein kommen und sein Geschlecht bloßliegt. Da traktieren die Deutschen Michail mit Fußtritten und lassen erst von ihm ab, als sie ihn tot glauben.

Er erwacht in einer Gefängniszelle. Man verschifft ihn nach Jersey. Steckt ihn in ein Lager bei St. Ouen.

War es etwa das Lager Udet?, unterbricht Lucy Belza.

Nein, es hieß anders – *Murder* oder so ähnlich.

Mölders?

Kann sein. Michail sagte übrigens, dass es in diesem Lager Ukrainer in OT-Uniformen gegeben habe, also Überläufer, welche die Arbeiter noch härter behandelt hätten als die Deutschen es taten. Ist das nicht unglaublich?

Solches muss man glauben. Und dann?

Als Kriegsgefangener baut Michail nun am Befestigungswall bei L'Etacq. Aber er hält es nicht lange aus und entwischt wieder. Tagsüber liegt er in Hecken, im Unterholz, wo er junge Zweige abbricht, an ihnen herumkaut und dabei wohl an die frühen Dreißigerjahre denkt, als die Hungersnot in der Ukraine die Menschen Gras und Zweige fressen ließ. Nachts findet er Kohl, sogar Karotten, pflückt unreife Äpfel. In seiner Not klopft er endlich doch an eine Tür, irgendwo im Norden der Insel. Der Bauer gibt ihm Unterschlupf und Nahrung, Michail erholt sich. Allmählich treibt es ihn nachts wieder hinaus. Erst hockt er sich nur an eine Stallwand und kontrolliert die Windrichtung und das Aufspritzen des Regens, nach Tagen oder Wochen zieht es ihn weiter weg. Er nimmt eine Fährte auf, wittert. Es riecht nach Pilzen, Molke, nach gärenden Beeren. Und nach ukrainischen Teigtaschen, dem salzsüßen Mutterrezept. Im Zickzack treibt es ihn zum nachbarlichen Hof. Dort im Stall liegt von nun an Nacht für Nacht eine jüngere Frau im Stroh und erwartet ihn. Er ist ihr Liebhaber geworden. Der über siebzigjährige Ehemann schläft drüben im Ehebett, hat aber keinen sehr tiefen Schlaf, so dass er sich wohl oder übel eines Nachts hinüber in den Stall tastet. Der Alte hat Augen im Kopf. Die Gestapo holt sich Michail und sperrt ihn ins Militärische. Und seit die Russen im Osten erfolgreich vorrücken, lassen die Deutschen ihn und Wassili hier im Politischen das Putzamt machen.

Und die Frau? Und der Bauer, der ihm eine Unterkunft gegeben hat?

Weiß nicht.

Als Lucy die ganze Michail-Geschichte kennt, richtet sie sich mit ein paar englischen Wörtern an Otto: Ab heute soll Michail die Hälfte meiner Brotration bekommen, jeden Tag die Hälfte von meinem Brot, verstehen Sie?

Kann ich tun, ja, Fräulein. Otto schluckt leer.

Tags darauf lässt er Lucy alleine im Graben spazieren. Erstmals völlig alleine. In der Wärterloge sei noch etwas zu erledigen, behauptet er.

Obschon es im Graben wie üblich penetrant nach

Fauligem und Exkrementen riecht, gelingt es Lucy ganz leicht, den Gestank und den Morast unter ihren Holzsohlen zu ignorieren. Allein, allein draußen! Jeder Schritt ist wie Schlittschuhlaufen. Wieder springt ihr die Feuerleiter ins Auge. Eigentlich ähnelt sie einer Sprungturmleiter.

Wenn sie sich hinten an einer Sprosse halten und die Füße in einen der unteren Zwischenräume stecken würde, könnte sie ihre Bänder dehnen. Oder sie könnte auf der Hinterseite die Sprossen hochklettern und danach oben mit einem kleinen Schwung den dünnen, querliegenden Eisenstab erreichen. Sich dranhängen, um die Muskeln zu entspannen und zu stärken. Warum nicht jetzt gleich probieren? Sie tut es. Schlüpft hinter die Treppe, turnt ein paar Sprossen hoch, schiebt die Beine bis fast zu den Kniekehlen in eine Sprossenlücke. Spürt, wie es sich anfühlt. Anstrengend. Sie lässt den Kopf nach hinten fallen, schaut in den Himmel. Wolkenrachen, mächtige Eckzähne, dort ein aufgerissener Krokodilsschlund. Fresst doch! Hier unten gibt es massenhaft fette Beutetiere. Nutzt das Datum, statuiert endlich ein Exempel. Am 11.11.44. Das muss doch etwas bedeuten, nicht wahr, Suzanne?

Lucy nimmt die Füße zurück, steigt höher, zieht sich hinüber, hängt ihr Federgewicht in die Luft. Muskelkraft einer Ratte. Der kurze Blick nach unten trifft die im Dreck liegenden, viel zu großen Gefängnisschuhe mit den Holzsohlen.

Wenn Otto mich hin und wieder alleine lässt, werde ich bald die Kraft einer gesunden Frau haben. Deine Götter mögen mir beistehen. Habe ich es nicht einem von ihnen zu verdanken, dass Vera mir kürzlich den Schal bringen ließ, zusammen mit einem großen Bündel Kresse und Rapünzchen? Unter der Kresse lag außerdem ein kleines Schreibheft. Ich habe nur ein paar Blättchen Vitamine gekaut, den Rest des Grünzeugs erhielt Wassili. Er hat gestern in der Wärterloge Tee-Ersatz für mich entwendet. Zum Rauchen. Mit Klopapier habe ich mir eine gedreht. Ich bewahre das Heft unter einer losen Planke auf. Wo hat Vera es wohl auftreiben können? In einem Laden jedenfalls nicht. Vielleicht über ihre Verbindung zum Direktor der Jesuitenschule? Meine Situation als Schriftstellerin hat sich schlagartig verbessert. Freu dich mit mir und sag, ob du auch an die Magie des heutigen Datums glaubst.

11.11.44 – ja, ein Datum wie dieses müsste etwas bedeuten, schreibt Suzanne noch am selben Abend. Aber selbst wenn Mond und Sonne den Jahreslauf und die Anzahl der Tage in einem Jahr bestimmen, so ist doch die Jahreszahl äußerst willkürlich. Die christliche Zeitrechnung ist unzuverlässiger als der Gang der Sterne, das dürfen wir nicht außer Acht lassen. Und ja, Michails Odyssee ist mir auch zugetragen worden, in einer etwas anderen Fassung. Aber auch unsere eigenen alten Geschichten erfinden wir hinterher mal besser und mal schlechter. Denn man hält ja weniger fest, wie es eigentlich gewesen ist, als vielmehr, warum wir so wurden, wie wir sind. Aber über das Wesentliche wollen wir Stillschweigen bewahren. Und diese Stille in unseren Stimmen trägt der Wind in die Welt.

Zum Glück verbessert sich unsere materielle Situation beinah täglich. Durch Evelyn etwa, die neuerdings zum Flicken in die Wärterloge gerufen wird und darum Faden und Nadel hat besorgen können. (Der Faden ist zwar von schlechter Qualität, aber du kannst mir das Unterhemd trotzdem zum Flicken schicken.) Evelyn hat dem kleinen Heinrich gegenüber einfach behauptet, die Nadel sei ihr beim Einfädeln direkt in einen Dielenspalt gefallen, vor lauter klammen Fingern. Sie hätte eben aufpassen müssen, predigte der Kleine. Oder man müsste die Zellen heizen, damit sie keine klammen Finger bekomme, entgegnete Evelyn.

Die Wärter meinen wohl, dass für uns jede Beschäftigung eine willkommene Abwechslung ist. Evelyn flickt, und Belza bügelt, und von mir hat der kleine Heinrich verlangt, dass ich eine englische Anleitung für die Wäscherinnen aus dem Zivilen schreibe. Sie haben keine Ahnung von meinen anderen Übersetzertätigkeiten. Oder von meinen taktischen Vorbereitungen.

Übrigens schlage ich dir vor, dass du meine Briefe zuunterst in die Klopapierschachtel legst. Das ist ein sicherer Aufbewahrungsort. Und weißt du was? Michail hat mir heute wieder vom Klopapier der Wärter gebracht. Du hältst es eben in Händen – Papier vom Feinsten.

28

In den Tagen vor dem Kriegsgerichtstermin regnet es aus tief verhangenem Himmel. Sobald es morgens hell wird, steigt Suzanne auf ihre Pritsche und schaut durchs kleine Fenster. Sehr selten geht der Regen in Nieseln über, eher hört er wie abgeschnitten auf, bevor nach einer kurzen Weile das Wasser noch kraftvoller auf das Gefängnisareal zustürzt.

Der kommende Winter wird schrecklich sein, keine Kohle, nicht genug zu essen und all das, meint der große Heinrich. Er bleibt, auf der Unterlippe nagend, in Suzannes Zelle stehen.

Erwarten Sie von mir, dass ich Sie aufmuntere? Tut mir leid, Heinrich, Sie sind bei mir an der falschen Adresse, ich wohne in einer Einzelzelle der KWHA. Keine Besuche, keinen Kontakt mit meiner Schwester. Soll ich dankbar sein, dass ich Bücher lesen kann und, im Gegensatz zu den Männern, tagsüber die Matte behalten darf? Für ein kleines, wohlverdientes Mittagsschläfchen? Ja, diese Umstände machen einen ungerecht, tatsächlich habe ich für viele Probleme kein Verständnis mehr. Das habe ich glatt verlernt. Trotzdem sind an meinem Kopf zwei gut funktionierende, wenngleich etwas schmutzige Ohren angebracht. Die hören aufmerksam zu, wenn Sie etwas sagen. Und bei Gelegenheit werden Sie mir vielleicht wieder einmal einen Gefallen tun. Könnte doch sein, nicht?

Ja, Miss, sofern es möglich ist. Es ist nicht einfach. Alles ist während der letzten Wochen noch verzwickter geworden.

Ich glaube, das verstehe ich. Heinrich, was taten Sie eigentlich, bevor Sie nach Jersey verschlagen wurden?

Ich war Sanitäter.

Wo denn?

In Rumänien, und zuletzt im Süden der Ukraine. Hier in diesem Loch trifft man sich wieder, Wassili, Michail und ich. Es ist eigenartig mit dem Leben.

Und vor dem Krieg?

Da war ich Landwirt in einem kleinen Dorf in Holstein.

Suzanne blickt ihn nur an.

Bis ich fünfunddreißig war. Holstein liegt ganz im Norden, weiter oben als Hamburg, links kommt das Wattenmeer, rechts ein Stück Ostsee, oder andersrum, je nachdem, wie man steht, aber der Hof liegt mitten in Holstein. Er gehört meinem Bruder, aber wir haben den Hof gemeinsam bewirtschaftet.

Sie haben keine Frau?

Eine, die mir gefallen hätte, ist mir nie begegnet. Und bloß eine heiraten wollte ich nicht. Die Familie meines Bruders ist auch meine Familie.

Klingt vernünftig. Schon als Bauer werden Sie sich bestimmt mit allen möglichen Haustieren und mit Ungeziefer ausgekannt haben?

So ist es, Miss, vor allem mit Milchkühen. Wissen Sie, das Holsteinrind ist schwarz-weiß gefleckt, ganz anders gebaut als das Jerseyrind, wie soll ich sagen, hm, kräftiger, kurzbeiniger. Aber beide Viehrassen geben viel Milch her, und die Milch der Holsteinkuh ist auch großrahmig. Wir hatten nie Hunger, nie. Vorher, meine ich.

Wir auch nicht, Heinrich.

Die geringste, von außerhalb kommende Aufregung ist den Frauen willkommen. Als würde man aus der winterlichen Betäubung geschüttelt. Zum Beispiel ein weiterer Nachtsturm. Suzanne erwacht wegen des grellen, nicht enden wollenden Heulens der Hafensirene und meint, dass dies das Zeichen für die Befreiung von Jersey sein könnte. Die Enttäuschung hält sich in Grenzen.

Aber Ottos Enttäuschung, oder besser die Folge von Ottos Enttäuschung ist aufregend, nachdem der kleine Heinrich ihm sonntags Ausgang verordnet hat. Otto holt Suzanne deshalb schon am frühen Nachmittag zum Spaziergang ab, früher als üblich. Exercise im Hof, sagt er gönnerhaft, no Regen now. So hätte *sie* eine Freude, während *er selber* sich auch freuen dürfe. Gleich anschließend wolle er nämlich endlich wieder einmal ins Kino gehen. Deshalb beeile er sich, seinen Dienst zu beenden. Er führt Suzanne in den quadratischen Hof. Dieser Ort mit dem im Zentrum stehenden Schuppen wirkt, als befände man sich in einem endlosen Korridor. Der kümmerliche Garten vor der Wärterloge wäre angenehmer, aber sonntags können Besucher vorbeikommen, was heißt, dass Suzanne sich dort als Gefangene nicht aufhalten darf. Am liebsten aber würde sie sich gerne einmal drüben im großen Hof längs des Militärischen die Füße vertreten. Auch deshalb, weil es der einzige zementierte Hof ist. Lässt sich das nicht einrichten?, fragt sie.

No no, Befehl!, beteuert Otto.

Anderntags fragt sie ihn, ob es ein schöner Film gewesen sei.

Nix Kino, es habe gestern keine Nachmittagsvorstellung gegeben. Betrübt langt Otto nach Suzannes Arm und drückt ihn gefühlvoll an seinen kugeligen Leib.

Sobald mitten in der Nacht oder irgendwann tagsüber neue Leute ins Politische gebracht werden, gibt es größere Aufregung unter den Inhaftierten, denn die Neuen sind praktisch immer über die aktuellen Meldungen der BBC informiert.

Kommen die Mitgefangenen von Befragungen zurück, so geht der Puls ebenfalls schneller. Das, was die Gefangenen *das Telefon* nennen, klappt gut. Es spricht sich schnell herum, wenn jemand während der Befragungen misshandelt worden ist, von der Geheimen Feldpolizei in Silvertide, von der Deutschen Hafenpolizei im Hotel Pomme d'Or oder von Männern der Hafenüberwachungsstelle im La Folie Inn.

Nach den Gerichtsterminen nimmt Otto die Verurteilten in Empfang, führt sie zu ihren Zellen und schreit dabei Name und Strafmaß durch den unteren und oberen Flur, um die übrigen Häftlinge auf dem Laufenden zu halten. Auch das ist aufregend.

In den Tagen vor Lucys und Suzannes Prozess spielt sich im Gefängnis nichts Besonderes ab. Die beiden Frauen treffen minutiöse Vorkehrungen für den Fall einer Zellendurchsuchung, die während ihres Kriegsgerichtstermins stattfinden könnte. Eine Verlegung in eine andere Zelle nach dem Prozess ist jedoch ganz unwahrscheinlich, glaubt Suzanne: Sei ohne Sorge, denk daran, dass wir zur höheren sozialen Klasse gehören, auch wenn wir verlaust sind und gegen den Wind stinken. Wir sind freundliche und anständige Gäste, nie haben wir uns beklagt, na, fast nie. Warum also sollten sie uns in eine andere Zelle verlegen? Es gibt einfach keinen Grund dafür.

Nur der Fluglärm einer einzelnen Maschine am Dienstagabend macht Suzanne nervös, äußerst. Nahe an panischer Angst, so fühlt sich das an. Unmöglich zu beurteilen, ob die Maschine freundlich oder feindlich ist, ob sie kommt und landet, ob sie gar bis zum Donnerstag stationiert bleibt. Oder doch nur über Jersey hinwegfliegt.

Am Mittwoch erwischt Otto Evelyns Bleistift. Es folgt eine Razzia, in deren Verlauf die Wärter alle Zellen der Jèrriais und diejenigen der Russen und der zwei Französinnen nach Bleistiften durchsuchen, denn Schreibzeug und Messer sind nur den deutschen Inhaftierten erlaubt. Lucys Bleistiftstummel liegt unter ihre linke Brust gerückt im BH. Und in Zelle 3 gibt es an einer umständlich zu erreichenden Stelle ein altes, gut fingertiefes Loch im Mörtel, das ein früherer Häftling mit einem losen Stück Zement verschlossen hat. Weil Suzanne aber mittlerweile sogar im Besitz eines zweiten Bleistifts ist, hat Evelyn schnell wieder einen neuen.

Lange vor der Tagwache am 16. November 1944 ruft Bunny Suzanne durch den Fußboden *keep smiling* zu.

Lucy ist auch wach und wünscht sich, augenblicklich am Meer zu stehen. Könnte sie doch die Ebbe auf sich einwirken lassen. Sich entspannen. Oder in den Schaumkronen die überhohen Stufen eines Meerestempels der Aphrodite ausmachen. Die gegenwärtige miserable Alltagsprosa färbt auf die eigene Stimmung ab. Oder hat Lucy sich immer schon etwas vorgemacht? Hat gemeint, ein wichtiges Element eines Ganzen zu sein, und war bloß ein vernachlässigbares, mit einer Handbewegung wegzuschaffendes Teil?

Ihre Mutter nannte sie *mon petit crochon* – mein Scherzl, mein Kipferle, mein Brotzipfelchen. Zu Victorine Marie Schwobs undurchschaubaren Eigenarten gehörte, dass sie weit oben über die kleine Lucy hinweg zu sprechen pflegte, um sich dann plötzlich zu ihr hinunterzuneigen und an ihrer Nase herumzufummeln. Wäre sie doch bloß griechisch geformt! Hübsch wäre das! Auch Lucys etwas abstehende Ohren enttäuschten die Mutter. Anliegende Ohren hätten ihr gefallen: Ich zieh dir eine Haube über, das hilft deinen Öhrchen, mon petit crochon.

Die Haube würde mit der breit lächelnden Mutter verschwinden. Die kleine, nicht mehr reinweiße Haube würde zusammen mit der weißen Mutter endgültig verschwinden.

Manchmal glich Maman auch einer großen kopflosen Statue mit Flügeln und einem Tausendfaltenkleid; das Lucy-Mädchen hatte die Statue in einem Museum in Paris mit Verwunderung betrachtet. Dann wieder erschien die Mutter bis weit in den Mittag hinein in einem geklöppelten Morgenmantel, der aber nicht durchsichtig war. Wenn die Mutter allerdings in eine ihrer Krisen geriet, so vergaß sie, Unterwäsche anzuziehen und den Morgenmantel unterhalb der Taille zuzuknöpfen. Sie wogte mit offenem langem schwarzen Haar durch die Räume der Wohnung an der Rue du Calvaire, und ihre sich unablässig bewegenden Schenkel faszinierten das Kind, weißer als ein Schleier waren sie, weißer als Marmor. Und Marmor ist kostbar, hatte jemand gesagt.

Ich merkte, wenn eine Krise sich anbahnte. Dann nannte Maman mich *mon petit cochon* – mein Schweinchen, mein Mistfinkchen. Sie streichelte mich mit einer Hand und schlug mit der anderen meinen Vater. Bald stieß sie auch mich weg und hinderte mich daran, sie zu umarmen, ihr überhaupt nahe zu kommen. Sie verbot es mir. Sie war toll und furchtbar laut. Das große Weinen meinerseits, viele Schluchzer und Tränen über diese Verwandlung. Sie stieß mit allen vieren nach mir, in meinen Bauch, meine Nieren, dahin, wo sie eben gerade traf. Ich tat gut daran, ganz still zu sein und es hinzunehmen.

Hin und wieder sah sie, dass sie mir wehgetan hatte. Dann fiel sie vor mir auf die Knie und bat mich um Verzeihung. Gleichzeitig erschien das breite Lächeln in ihrem Gesicht, eine feixende Maske. Ich fürchtete mich.

Irgendwann schickte jemand nach Großmutter Mathilde. Die kam und hob mich auf und trug mich von Maman weg in einen Sonnenregen. Man brachte Maman ins Irrenhaus. Wörter saßen noch in meinen Ohren. Es waren ihre geschrienen Wörter, und ich wusste nicht, was sie bedeuteten. Wenn ich lesen könnte, würde ich sie bestimmt verstehen. Aber wie mochte ich es anstellen, selber lesen zu lernen? Besonders da ich keine Bücher anfassen durfte? Und selber kein Buch besaß?

Eines Tages las ich meinen ersten Satz. *Ein schöner Donnerstag in Rot.* Er hat mich wochenlang beschäftigt.

Der 16. November 1944 ist ein Donnerstag. Lucy und Suzanne sehen sich nach fast vier Monaten erstmals wieder. Die Freude ist größer als das Erschrecken. Gemeinsam werden sie die Rouge Bouillon hinauf zum Kriegsgericht gefahren, diesmal in einem wirklich mondänen Automobil. Lucy fühlt sich wie eine Schönheitskönigin, tragen die Frauen doch saubere Kleider und eigene Schuhe, die Edna extra für dieses Ereignis an der Wärterloge hat abgeben dürfen. Ein Chauffeur und ein als Feldpolizist getarnter Leibwächter geleiten sie. Beide sprechen ein passables Englisch und etwas Französisch. Die geparkten Fahrzeuge vor der familiär wirkenden Gerichtsvilla heitern Lucy vollends auf. Sie erfindet das Wort *Limousinenballade*, als der Chauffeur aus dem Wagen springt und schwungvoll die Tür öffnet, um die Frauen in den Gerichtssaal zu führen. Sonne fällt durch die großen Fenster. Die mit rosaroten und buttergelben Blumen bedruckten Vorhänge berühren das Parkett fast nicht. Und der Raum ist geheizt. Aus den Eisschrankzellen in die luxuswarme Villa mit Namen Kingscliff House. Zwei einladend bequeme Sessel sind im ersten Rang für die Angeklagten reserviert. Hinter dem Tisch, der mit seinen stattlichen Massen aus einem Refektorium stammen könnte, sitzt links außen ein Obergefreiter. Er fungiert als Dolmetscher. Suzanne wird seine Übersetzungen akribisch kontrollieren. Neben ihm zwinkert nervös der junge Pflichtverteidiger, der von Lucy in einem Vorgespräch wissen wollte, ob sie sich nicht vor einem Todesurteil fürchte.

Ich fürchte den Gedanken an den Tod nicht, hat sie geantwortet, vielleicht werde ich kurz davor Angst haben, wer weiß.

Das ist einleuchtend, hat der Verteidiger erwidert, niemand weiß, wie er sich dann fühlt.

An der Mitte des Tisches sitzt der rotblonde, aufgedunsene Oberst Harmsen. Er steht dem Gericht vor. Der Baron bezeichnet Harmsen als klaren, aber leicht erzürnbaren Denker, der oft bösartig agiere.

Gedanken an June steigen auf und schwirren, sind Eintagsfliegen, die sich zu einem Schwarm verdichten – ein Klatsch und tot. Und wäre June noch am Leben?

Dann der Staatsanwalt sowie rechts außen Lohses bekannter Kopf mit Stirnglatze und ordentlichem Scheitel. An der Schmalseite des Tisches sollen zwei Unteroffiziere ein Protokoll verfassen. Hinter ihnen allen prangt ein farbiges Porträt des Führers. Inspektor Bode – oder laut Frank *that nasty old body* – hat sich im Hintergrund des Raums platziert. Neben Bode sitzt eine korpulente Frau in einer Rotkreuz-Uniform. Harmsen wird nach dem Krieg behaupten, sie sei als Vertreterin der Schweiz beim Prozess zugegen gewesen. Von Bode und der Rotkreuz-Schwester bis zum großen Tisch gähnen leere Reihen. Lucy hofft, Zeugin davon zu werden, wie die goldverzierten grazilen Stühle unter den beiden einzigen Zuschauern zusammenkrachen.

Vielfache Heil-Hitler-Rufe, zackige Gymnastik und blitzendes Stiefelzusammenschlagen bilden den Auftakt zum Spektakel, das vom Sonnenschein beleuchtet wird. Im Laufe der fünf Stunden des Prozesses beobachtet Lucy allerdings, wie die Sonne sich Zentimeter um Zentimeter aus dem Saal stiehlt. Beweisstücke verdecken den grünen Tischläufer fast ganz. In keiner Weise hat Edna übertrieben – in La Rocquaise haben sie das Oberste tatsächlich zuunterst gekehrt. Die Frauen können von ihren Plätzen aus die ausgebreiteten Dinge klar ins Auge fassen. Was haben die Boches ihnen weggenommen? Etliche Bücher sind aufgereiht, einschließlich jener von Lucys Onkel Marcel Schwob. Weiter das grafische Blatt von Max Ernst mit den sich regenden Skeletten und den um das Laternenlicht singenden Nachtfaltern und Mücken. Wie hatte Desnos so treffend gesagt? *Die Schmetterlinge machten eines schönen Abends alles wieder gut. Indem sie kamen und um die Zigaretten flatterten. Morgens brachen sie erneut auf, Asche lag einem zu Füßen.* Desnos? Sein Gedichtband fehlt. Suzanne konzentriert sich mit einer gewissen Genugtuung auf fehlende Dinge.

Das deutsche Plakat hingegen, das zu Beginn der Okkupation überall aushing und das die unverschämten Anweisungen des Luftwaffenchefs dokumentiert und das sie auf einem ihrer Spaziergänge haben mitgehen lassen, ist nicht zu übersehen. Suzanne wird bald auf das darin enthaltene Versprechen hinweisen: Schwarz auf weiß wurden uns Leben, Freiheit und Eigentum garantiert. Gedankenfreiheit gehört zur Freiheit, was jede zivilisierte Kultur für sich in Anspruch nehmen muss. Also beschlossen wir, zu handeln.

Ein Häufchen mit Lack bearbeiteter Münzen, ein paar lange rote Seidenbänder und schwarz angemalte Holzstücke für die vielfach in die Gräber gesteckten Kreuze auf dem Friedhof von St. Brelade liegen ebenfalls auf dem Tisch. Auch die Federn und das Pampagras, womit Lucy die Kreuze jeweils schmückte. Natürlich das Radio, die Schreibmaschine und der Fotoapparat. Selbst den zweiten, von den Frauen vermissten, weil nämlich verlegten Revolver hat die

Gestapo gefunden. Und auch den billigen Anhänger aus Metall; hoch erfreut hat Lucy ihn einst an einem Trödelmarkt in St. Ouen erworben. Er zeigt einen Panthertotenschädel inmitten eines phosphoreszierenden Buchstabens O. Lucys besondere Affinität zum O, weil sie eine Schwäche für Rundes, für Kreise, Punkte und Kugeln hat. Für den Mond, die Sterne, die Mohnkapseln, die Mimosen. Wesentliche Wörter enthalten diesen Laut O: *l'origine, l'orgeuil, l'opinion* und natürlich *l'eau.* Zur fiktiven *Waffen OO ohne Namen*, mit der sie ihre Papiere auch unterzeichnet haben, ist es darum ein logischer Schritt gewesen.

Jetzt werden die Beweismittel für die verbrecherischen Tätigkeiten der Schwestern einzeln vorgelegt. Zum Beispiel das Protestflugblatt der revolutionären Künstlervereinigung AEAR aus dem Jahr 1933. Suzanne soll dazu Stellung nehmen.

Sie holt weit aus. In ihren Kreisen in Frankreich, sagt sie, habe man sich dem eigenen Denken überantwortet. Die epidemieartige Ausbreitung des Faschismus und des Imperialismus hätten sie alle mit Besorgnis wahrgenommen. Man hätte sich auch gewundert, dass die Symbolik der Hakenkreuze von Anfang an falsch verwendet worden sei. Die Swastika habe einen völlig anderen kulturhistorischen Hintergrund. Auf Sanskrit bedeute das Zeichen *Glücksbringer* und werde etwa in buddhistischen Tempeln, oft zusammen mit Götterdarstellungen, verwendet, dieses Kreuz segne alle, restlos alle Menschen. Ganz generell und in Bezug auf viele Einzelheiten habe die AEAR sich verpflichtet gefühlt, ebenso auf den zivilisatorischen, in mittelalterlichen Pogromen gipfelnden Rückschritt hinzuweisen, wie auch gegen die erzwungenen Austritte aus der Akademie der Künste in Berlin zu protestieren. Oder gegen die Inhaftierung von namhaften Schriftstellern, Gelehrten und Ärzten. Wir traten für eine pazifistische Haltung ein und lehnten jede Paragraphensklaverei ab, sagt Suzanne abschließend.

Aber unterschrieben haben *Sie* nicht, Fräulein Malherbe. Da steht nur C Punkt Cahun, warum?

Tatsächlich gibt es von der linken intellektuellen Gruppe CONTRE-ATTAQUE Flugblätter aus dem Jahr 1936, die auch Suzanne mitunterzeichnet hat. Offensichtlich befinden sich diese Manifeste nicht in der Sammlung der Gestapo. Deshalb sagt Suzanne: Weil meine Schwester die bedeutendere Künstlerin von uns beiden ist. Ihr Name war gewichtiger als meiner. Man hat sie zusammen mit Man Ray oder René Crevel genannt, mit Paul Nizan oder Tristan Tzara, alles Persönlichkeiten, die, wie Sie sehen, auch zur AEAR gehörten und für die gerechte Sache einstanden. Aber selbstverständlich hat die AEAR viel mehr aktive Mitglieder, als man aus der Anzahl Unterzeichnender schließen könnte.

Und warum haben Sie unterschrieben, Fräulein Schwob?

Ich habe unterschrieben *und* verteilt. Damals in Frankreich und hier auf Jersey zählte für mich immer nur eines: die Menschenliebe. Ich glaube an die Suche nach Schönheit, Tugend und Verständnis, an Männer wie Sokrates, Buddha, Leonardo da Vinci, Havelock Ellis. Ebenso glaube ich an die Methode des Denkens von Männern wie Heraklit, Hegel oder Karl Marx. Ich glaube weder an eine oberflächliche Realitätswahrnehmung noch an den Vorteil, Sündenböcke zu haben. Darum habe ich mich engagiert. Auf der Insel hat mich außerdem der Mangel an lokalem Widerstand motiviert.

Harmsen gibt dem Pflichtverteidiger das Wort.

Zu Beginn seines Plädoyers weist der darauf hin, wie sehr es ihm missfalle, solche Leute verteidigen zu müssen. Während er seine Sätze herunterleiert, verlängert sich der Hals des Dolmetschers in Richtung einer aufgeschlagenen, von Lucy präparierten Illustrierten. Langsam streckt er seine Hand danach aus. Doch Oberstabsrichter Harmsen beugt sich vor und gebietet ihm mit stechendem Blick Einhalt. Der Dolmetscher wird rot. Tiefblaue Augen hat er, die sind traurig von den vielen falschen Gesten. Harmsen indessen zieht die Illustrierte zu sich heran und blättert darin. Plötzlich bricht er in Gelächter aus, weil ihm der doppeldeutige Witz über Knackfuss gefällt. Genau in diesem Moment spricht der Pflichtverteidiger seinen letzten Satz zu Ende, so dass Harmsens Gelächter nicht recht weiß, wohin es gehören soll.

Da fasst er sich und wendet sich an Lucy und Suzanne: Im Gegensatz zu anderen Ländern geht es im Neuen Reich bei der Verteidigung nicht darum, dass die Schuldigen unschuldig sind. Hier täuscht man die Wahrheit nicht. Die Verteidigung kann demzufolge nur in begrenztem Umfang mildernde Umstände geltend machen beziehungsweise für Strafmilderung plädieren. Haben Sie dazu eine Frage?

Im Gegenteil, das ist sehr vernünftig, sagt Suzanne in diplomatischem Tonfall. Unser Fall liegt aber anders. Die Verteidigung kann keine Fakten negieren, zu denen wir uns seit Beginn der Haft bekannt haben.

Harmsen schaut Suzanne nachdenklich an.

Zugleich nehme ich an, fügt sie hinzu, dass die im Neuen Reich festgelegten Änderungen zu Schuld und Unschuld und Wahrheitsfindung die Klienten aber nicht beleidigen sollen?

Es folgt eine kleine dumme Stille. Darauf fragt Harmsen forsch: Aber Ihr Verteidiger hat Sie hoffentlich nie beleidigt?

Ich glaube, antwortet Suzanne ausgesprochen höflich, Beleidigung ist immer eine Sache des persönlichen Gefühls. Angenommen, Sie führen gehorsam einen Befehl aus, aber jemand wirft Ihnen danach vor, dass Sie einer intellektuell beschämenden, beschränkten Propaganda aufgesessen seien – ich vermute, Sie würden so etwas nicht mögen, oder?

Jetzt ist die Stille länger. Man kann den Verteidiger und die Protokollführer lange genug betrachten, um zu sehen, dass der Hieb sitzt.

Lucy vertraut auf Suzannes Antworten, weiß, dass sie alle denkbaren Dialogsequenzen übungshalber im Voraus durchgesprochen hat und jetzt nicht aus der Ruhe zu bringen ist.

Erst gegen die Mittagszeit flaut das Frage-und-Antwort-Spiel zu den Papieren ab, zu den Revolvern, den Codes und den imaginären Verbündeten, zu den vielfarbigen Seidenpapieren, zu einer Broschüre, die den Spanischen Bürgerkrieg betrifft und die Karikatur Stalins als Tambourmajor zwischen Hitler und Mussolini zeigt, oder zu den allerprivatesten Fotos, die Harmsen als *vulgär* bezeichnet. Es gebe zwar, fügt er an, einen Typ Mann, dem solche Bilder vermutlich gefielen, aber Schluss jetzt.

Keiner der Herren in Uniform hat bisher zu einer

Zeichnung von Lucy Stellung genommen, die einen Soldaten zeigt, der auf einer mit Hunderten von Kreuzen gesäumten labyrinthischen Route marschiert. Zwischen den Toten führt der Weg letztlich in die Irre.

Als der Prozess für das Essen unterbrochen wird, werden Stühle gerückt, ein Lärmen geht los, Husten und Räuspern, selbstgefällige Bewegungen, Strammstehen, Schritt. Der Leibwächter und der Chauffeur treten auf, um Lucy und Suzanne in ein behagliches Nebenzimmer zu führen. Man offeriert ihnen einen Malzkaffee.

Ja bitte! Wie nett.

Mehrere Aquarelle an den Wänden zeigen verschneite Bergkämme, Alpen mit grasendem Vieh, Edelweiß und Enzian.

Silberlöffelchen bimmeln gegen die Porzellantassen. Erinnern sie nicht allerliebst an Kuhglocken in der Schweiz?, fragt Suzanne auf Englisch.

Sie waren in der Schweiz?

Natürlich. Aus reiner Freude. Kraft durch Freude, sozusagen.

Wir kommen beide aus dem Norden Deutschlands, meint der Chauffeur und blickt den Leibwächter kurz an. Wie ist es denn in der Schweiz?

Im Engadin, einem Hochtal, ist es so, wie Sie es auf dem Bild sehen. Meere von Wiesenblumen, biblische Schafherden machen gläubig. Man hört die Pfiffe der Murmeltiere und echte Adler kreisen am Himmel.

Die Pfiffe von was?

Les marmottes heißen sie bei uns in Frankreich.

Die beiden Deutschen machen fragende Gesichter.

Muntere, fette Nagetiere sind das, gutmütige und

sympathische kleine Aufpasser in den Schweizer Bergen. Mit ihren Warnpfiffen halten sie sich die Adler erfolgreich vom Leib. Friedlich ist's in den Alpen. Bemerkenswert, wie reichlich in der Schweiz Nahrung für Tier und Mensch vorhanden ist, auch dies gehört zur reinen Freude. Zum Beispiel Käsespeisen mit viel frischem Brot. Jede Menge Kartoffeln und Fleisch. Zur Nachspeise Aprikosen und Heidelbeeren und zum Bohnenkaffee feinste Pralinees mit kandierten Ananas, Marzipan oder Nougat.

Der Chauffeur hört mit offenem Mund zu, während der Leibwächter die Lippen aufeinander presst und versonnen nickt.

Lucy hat zur Situation passend den kleinen Finger abgespreizt und rührt demonstrativ in der Tasse.

Bevor der Prozess wieder aufgenommen wird, bittet sie darum, von der Rotkreuz-Schwester zum Klo begleitet zu werden. Man schickt nach ihr, sie schleust die Frauen quer durch den Gerichtssaal, wo sich nun massenhaft zumeist schwerbekränzte Uniformierte aufhalten, die alle gleichzeitig reden. Von der anderen Seite des Raums führt eine Treppe ins Obergeschoss. Schon nach ein paar Stufen bleibt die Rotkreuz-Schwester stehen. Hinter einer Wandschranktür befindet sich ein klitzekleiner Waschraum, gerade groß genug, damit eine Person hineinschlüpfen kann. Ließe man die Tür offen, könnte man auf die Menge im Saal hinunterblicken. Die Rotkreuz-Schwester äugt in das Kämmerchen, danach zu den Offizieren, die mit einem Mal ruhig geworden sind, schließlich zu Lucy und sagt leise aufgeregt: Sie müssen die Türe schließen, aber bitte schieben Sie den Riegel nicht vor.

Keine Sorge, entgegnet Lucy leichthin, wir wollen das Ende mit ansehen.

Sie haben gegen alle Dekrete verstoßen, sagt Oberstabsrichter Harmsen später.

Gegen alle, außer gegen die, welche uns nicht störten, wendet Suzanne ein.

Wussten Sie, was Sie mit ihren Tätigkeiten riskierten?

Oh ja, von allem Anfang an.

Tut es Ihnen leid, was Sie getan haben?

Wir haben ein gutes Gewissen. Wir haben unseres Erachtens das einzig Richtige getan, warum sollte uns da irgendetwas leidtun?

Und Sie, fragt Harmsen Lucy, tut es Ihnen leid?

Hässlich, denkt Lucy, der Mensch ist dermaßen unappetitlich. Ich wollte, antwortet sie, dem Soldaten ohne Namen nicht nur eine fiktive Existenz geben, sondern ihm eine wirkliche beschaffen, ihn hervorlocken und handlungsfähig machen – und mich damit gleichzeitig aufheben. Er weiß besser als ich, was zu sagen *notwendig* ist. Mir kann nicht leidtun, dass der Soldat ohne Namen immer wieder zu Wort gekommen ist. Ich bin stolz auf ihn.

Harmsen runzelt die Stirn, räuspert sich, schluckt, räuspert sich erneut und sagt dann: Falls Sie Ihren eigenen Fall hätten aufrollen müssen, Fräulein Malherbe, was würden Sie dazu sagen?

Diese Frage eröffnet Suzanne eine Möglichkeit, die sie nicht zu erhoffen gewagt hätte. Sie darf jetzt nicht schweigen, auch wenn ihre sorgfältig vorbereitete Antwort insofern heikel ist, als damit neuste Kriegsereignisse zur Sprache kommen, von denen sie im

Gefängnis eigentlich nichts hätten erfahren dürfen. Die Anspielung könnte ihnen den weiteren Aufenthalt in der KWHA erschweren, könnte Untersuchungen im Politischen zur Folge haben, die für die Brüder und Schwestern gefährlich werden könnten. Aber eine zweite Chance, das Gericht der Besatzungsmacht auf seinem eigenen Boden unter Druck zu setzen, wird sich nicht mehr ergeben. Also holt Suzanne tief Luft und sagt langsam: Ich denke, dass ich Ihnen nur eine einzige Frage stellen würde, und zwar: Falls jemand Ihnen berichtete, dass in diesem Moment im von den Alliierten bereits eingenommenen Aachen zwei deutsche Frauen genau das täten, was wir hier getan haben, würden Sie diese beiden Frauen dann beschuldigen?

Nachdem der Dolmetscher übersetzt hat, sprechen die Männer auf einen Schlag so schnell, dass Suzanne nichts mehr versteht. Der Pflichtverteidiger schaut in stiller Verwirrtheit von einem zum anderen.

Endlich kommt Harmsen zum Urteil: Freischärler seien sie, *francs-tireurs*; er benutzt das französische Wort. Und präzisiert auf Deutsch, dass er Fräulein Lucy Schwob und Fräulein Suzanne Malherbe in keiner Weise persönlich bloßstellen wolle, zumal anzunehmen sei, dass sie als Patrioten gehandelt hätten. Doch statt Feuerwaffen hätten sie geistige Waffen verwendet, was schwerwiegender sei, denn während sich durch Feuerwaffen ein Schaden bemessen lasse, so seien die Ausmaße eines durch geistige Waffen hervorgerufenen Schadens keinesfalls abzuschätzen. Darum Tod durch Erschießen, und weitere sechs Jahre Zwangsarbeit und sechs Monate Gefängnis wegen unerlaubten Besitzes eines Radios, zweier

Revolver und eines Fotoapparats. Das gesamte Eigentum der Frauen werde außerdem zur Beschlagnahme freigegeben.

Der letzte Punkt stellt insofern eine Pointe dar, als etliche Besitztümer längst den Weg nach Silvertide und anderswohin gefunden haben. Lohse hat Lucy schon vor dem Prozess darauf hingewiesen, dass die gesamte Habe der Frauen nach Deutschland gebracht würde, unabhängig vom Gerichtsurteil.

So ist das also, hat Lucy artig entgegnet, dann erklären Sie mir bitte, was Sie mit unserem Haus machen wollen.

Lohse hat nach Luft geschnappt und erklärt: Leider kann es nicht nach Deutschland gebracht werden.

Sie sind immer wieder verblüffend, hat Lucy gedacht, und sie sind immer echt.

Jetzt verblüfft sie selber das ganze Kriegsgericht. Von Lohse weiß Lucy, dass die Zeitspanne vom Urteil bis zur Vollstreckung eines Todesurteils manchmal drei Monate beträgt. Bis dahin kann manches geschehen. Die neuesten politischen Ereignisse sind vielversprechend. Als sie nach der Urteilsverkündung von Harmsen zu einer kurzen Stellungnahme aufgefordert wird, sagt sie deshalb: Ich habe nichts hinzuzufügen, außer einer einzigen Frage: Müssen wir die sechs Monate und sechs Jahre absitzen, bevor wir erschossen werden, oder umgekehrt?

So was hatten wir doch schon mal, aber ich komm' nicht drauf, überlegt Suzanne entzückt, während die Herren einer nach dem anderen in schallendes Gelächter ausbrechen.

Otto und der große Heinrich machen die Gesichter von Kirchgängern, die das Heilige Sakrament vor sich haben, als Suzanne und Lucy zurückkommen und an ihnen vorübergehen. Der große Heinrich hat für die Frauen auf dem kleinen Ofen in der Wärterloge Suppe warmgestellt.

Danke, sagt Suzanne.

Nachher, sagt Lucy kopfschüttelnd und blickt Otto in die Augen. Denn seltsam: Für einmal hat er das Prozessurteil nicht austrompetet. Er lässt Lucy im Flur spazieren, unbeaufsichtigt im Obergeschoss und im Erdgeschoss. Also kann sie von Zellentür zu Zellentür gehen, um den Mitgefangenen das Urteil mitzuteilen. Sie klopft, öffnet die Drehklappe des Spions und macht stille Daumenabwärtszeichen.

Wassili erfährt es als Erster.

Belza als Zweite.

Evelyn kreuzt die Finger.

Frank deutet: Sei stark!

Dann Botticelli-Bunny. Und Jimmy, traurig wie immer.

Hugh klebt schon wieder am Fenster, während Michail mit Fingern zurückfragt: Ein Jahr, zwei, vier oder fünf Jahre?

Lucy macht die Geste des Halsabschneidens.

Als Antwort ballt Michail drohend die Faust. Danach zieht er etwas aus seiner Jacke und bückt sich. Schiebt jetzt jenes Papier unter der Tür durch, in das Lucy die Hälfte ihres Brotstücks einpackt und das täglich über Otto zu ihm gelangt.

Gerührt steckt Lucy das Papier ein.

Ein Glanz hat sich an diese Stunde gelegt, silberlilagrün. Ein Schimmer, wie er an Nacken und Brust der grauen Tauben in St. Helier zu sehen gewesen ist, bevor sie von den hungrigen Soldaten und den Inselbewohnern ausgerottet worden sind.

29

Bestimmt müssen wir uns bald nicht mehr schreiben, Madonna, weil wir zusammengelegt werden und uns rund um die Uhr sehen können, hat Suzanne auf dem Weg zurück ins Gefängnis geflüstert.

Doch sie bleiben in ihren Einzelzellen eingesperrt, obwohl der kleine Heinrich mehrfach das Gegenteil versichert, und wenn es wieder nicht klappt, so mimt er den Enttäuschten.

Niederschmetternd ist diese andauernde Trennung für Suzanne. Aber dein Wunsch, nicht zu einer zwanzigjährigen Haftstrafe verdammt zu werden, hat sich doch erfüllt, redet sie sich selbst zu.

Niemandem teilt Suzanne ihre Hoffnungslosigkeit und ihren andauernden Hunger mit, denn die Zettelnachrichten an die Mitgefangenen, und ganz besonders diejenigen an Lucy, dürfen keinesfalls deprimieren. Meistens verbietet sie sich auch Tränen, weil sie glaubt, damit noch mehr Kraft zu verlieren. Den Deutschen gegenüber tritt sie möglichst siegesgewiss auf.

Ein Besuch von Vera hilft ihr, sich allmählich wieder aufzurappeln. Der Kleine erlaubt ihnen fünf Minuten, mehr nicht. Er wartet außerhalb des Sprechzimmers. Suzanne kann Vera einige von Lucys Zettelbriefen zustecken, blitzschnell trennt Vera mit dem Zeigefinger ein Stück Mantelsaum auf und stopft die Papiere hinein.

Dass es Suzanne langsam besser geht, hat auch mit Lucy zu tun. Suzanne geht so weit anzunehmen, dass sie auch in der Geliebten existiert, Lucys fühlende und denkende Stimmen vernimmt und sich daran aufrichtet. Aber ich habe eben auch Gewissensbisse, weil ich mir eine Freude von dir nehme, ohne sie mit dir wirklich teilen zu können, schreibt sie.

Deine Skrupel möchte ich haben, antwortet Lucy. Nimm, nimm schamlos, wie du es früher auch immer getan hast. Viel wichtiger ist indes, ob wir auf der Insel hingerichtet werden. Brauchen wir die Tabletten? Was meinst du?

Lass uns abwarten. Eine Exekution auf Jersey ist unwahrscheinlich, das glaube ich sehr. Andere teilen meine Ansicht, etwa Belza und Charles – kennst du ihn schon? Er ist Gärtner und ein feiner Mensch.

Gemeinsame Spaziergänge werden auch weiterhin nicht gestattet. Vormittags oder nachmittags öffnet ein Wärter erst bei Suzanne, danach bei Lucy, oder erst bei Lucy, später bei ihr, immer nur einzeln dürfen sie sich die Füße vertreten, nie zu zweit, auch nie zusammen mit anderen Gefangenen.

Du musst Otto überzeugen, schreibt sie endlich an Lucy, dass er die Zelle gleichzeitig auch bei mir aufschließt, sobald du ins Freie gelassen wirst. Versuche es immer wieder, bedränge ihn, denn dir erfüllt er Wünsche eher als mir.

Otto presst die Lippen zusammen, schüttelt den Kopf und überwindet sich schließlich doch zu einer Antwort: Nein, Fräulein, unmöglich.

In der Frühe schreit er *aufstehen!* Oder *raus, raus!* und *pisspots mit!* Er verzichtet seit einer Weile auf *hopschtandt!*, Englisch sei in seinem Mund eben eine schwierige Sprache. Als Frank ihn aber das Wort *chamber* lehren möchte, wiederholt er es getreulich fünf oder sechs Mal, bis Frank die Aussprache ein sechstes, ein siebtes Mal verbessert. Da zuckt Otto abwinkend mit dem Handgelenk, zupft an seinem Kittelsaum und murrt *cell, basta.*

Wenn die anderen Gefangenen vor ihrer Tür vorübergehen, späht Lucy durch die Ritze bei der Essensklappe und sieht dunkle Körperfragmente. Viele der Jersey-Männer lachen und schwatzen gestikulierend, andere folgen in sich gesunken, schweigend. Früher oder später öffnet sich die Zellentür auch bei ihr einen Spaltbreit, eine rötliche Hand, ein graugrünlicher Arm zeigt sich, ein Besen wird an die Wand gestellt und die Tür zugeknallt. Beim Zuschlagen der anderen Zellentüren überkommt Lucy manchmal die schauerliche Vorstellung, wie eine Hand einen Moment zu lange im Türrahmen bleibt und zerquetscht wird. Sie fasst nach dem Besen, kehrt den Staub zusammen, stellt den Besen wieder hin, wartet. Etwas später wird wieder aufgeschlossen, das bedeutet, den Eimer packen, ein paar Minuten Zeit für Bewegung, den Eimer leeren, Otto folgt ihr, den Eimer ausspülen, dem einen oder anderen Mithäftling am Klo oder am Ausgussbecken in die Augen sehen. Locken und Lächeln von Botticelli-Bunny. Mit etwas Glück trifft sie Michail. Oder den siebzehnjährigen Mickey, der manchmal in den Vierzehnstundennächten französische Lieder für sie singt und dessen Fluchtgefährte erschossen wurde, abgeknallt wie ein Hase. Und Mickey sitzt nun wegen dieses Fluchtversuchs mit plötzlich leck gewordenem Boot und defektem Motor und außerdem wegen Waffenbesitz. Die von den Deutschen gestohlenen Pistolen und Munition hatte er bei sich zuhause in einem Haufen Sägemehl versteckt.

Am Becken sieht sie auch einen neuen Jungen. Kleiner Typ mit grauer Iris im entzündeten Augenweiß, blasse Kinderhaut, rotblonder Haarschopf. Im halb offenen Mund hat er blitzende spitze Zähne, mit denen er sich allem Anschein nach die Lippen wund beißt. Oder ist er geschlagen worden? Der Junge steht da, als hätte er ein Holzscheit im Nacken. Lucy flüstert ihm zu: Die meisten von uns hier sind nicht nur tapfere, sondern außergewöhnliche Menschen, du doch auch, nicht wahr?

Charles raunt gleich mit: Das ist er bestimmt. Wie heißt du denn?

Noel.

Wie das französische Weihnachten, bemerkt Lucy leise, gefällt mir gut!

Ja, zur Abwechslung verkehrt ein junger Weihnachtsmann in unseren Kreisen, meint einer der umstehenden Jèrriais lauter.

Sehr witzig, sagt Eddie. Da aber hat Mickey sich bereits Noel genähert und einen inselbekannten Schlager zu pfeifen begonnen, Mund fast am Ohr, er kommt jedoch über einige Takte nicht hinaus, weil Eddie *süßer Mickeyschatz* dazwischenflötet und dazu mit einer weibischen Bewegung von Kinn zu Schulter seinen Spott verdeutlicht –

Hör auf der Stelle damit auf, fährt Charles ihn an. Mickey ist schwer in Ordnung! He, wohin dreht sich die Welt ohne sensible Idealisten? Das nämlich ist er, ein Idealist!

Stopp, Ruhe jetzt!, befiehlt Otto ruppig und stellt sich in Pose, damit endlich alle ihren zerbeulten Blechbecher mit einem Viertelliter Trinkwasser füllen. Das Wasser hat annähernd dieselbe bräunlichgraue Farbe wie das Blech. Manche der Gefangenen lassen die leeren Eimer gegen die Wände scheppern, wenn sie zu ihren Zellen zurückschlurfen. Man lacht. Man ruft *bing-bang-bong*.

Otto behandelt Lucy stets bevorzugt. Als er eines Nachmittags den Prozessdolmetscher in ihre Zelle führt, verbeugt er sich ganz leicht vor Lucy. Otto, der Kammerdiener, zieht sich in den Flur zurück und lässt die Tür offen stehen.

Der Dolmetscher überreicht Lucy ein Neues Testament. Sie müsse das Buch niemandem zurückgeben, sagt er, es sei ein Geschenk. Er habe gehört, dass sie gerne in einer Bibel lesen würde.

Das kann ich nicht annehmen.

Ich habe es von einem Engländer bekommen.

Er erklärt nichts Weiteres. Steht er vielleicht in einer Beziehung zu irgendwelchen unabhängigen Jèrriais? Möglich, dass konspirative Bemerkungen ins Buch oder den Umschlag geschrieben worden sind. Lucy bedankt sich und drückt die zarte Hand des Dolmetschers. Doch sie findet keine Notizen, keine heimlichen Nachrichten in dieser Bibel, nur ein Exlibris mit einem typisch englischen Namen. Also ist es wohl ein gestohlenes Buch. Unversehens wird man zur Hehlerin.

Unterdessen sind so viele Männer im Politischen, dass man sie für das Rundendrehen in den Höfen auf zwei Gruppen aufteilt. Einige der Männer machen sich die neue Situation zunutze. Francis etwa, der junge Mann, der per Luftmatratze nach Frankreich entkommen wollte, bindet in seiner Zelle einen roten Stofflappen an einem Besenstiel fest und winkt damit den Mitgefangenen unten im Graben zu. Sie antworten ihm mit dem Victory-Zeichen. Otto steht jeweils genau unter Francis' Zellenfenster und bemerkt von alledem nichts. Oder er will nichts bemerken.

Furios wird er aber dann, wenn die Abläufe beim Klo oder Becken wieder verstopft sind. Frank und Francis sind nicht die Einzigen, die mit ihren Löffeln kleine Tunnels in Wandverputz und Mörtel kratzen, damit sie von Zelle zu Zelle miteinander sprechen können, was sonst nur nachts über die Fenster oder die Türspalten möglich ist oder, je nach Zelle, durch den Fußboden hindurch. Otto obliegt es, die oft anfallenden Mörtelverstopfungen beim Ausgussbecken und Klo zu beheben. Aber wehe, wenn er denjenigen erwischt, der diese Schweinerei verursacht hat. Gnadenlos verordnet er in diesem Fall ein paar Tage STRENG. Das bedeutet Einzelhaft, keinen Spaziergang und nur Mittagssuppe – Schläge nie. Manchmal wird man für diese Zusatzstrafe sogar ins Militärische verlegt, wo es anstelle der Dielen Steinböden gibt. Sogar den frechen Frank treiben die dortigen Verhältnisse zur Verzweiflung. Mitten in der Nacht steht er auf, stößt mit den Füßen gegen die lausige Pritsche und schreit seinen Hunger in die dunkle Kälte.

Doch kaum hat Frank das STRENG hinter sich, leistet er sich neue Späße. Selbst während seiner Gerichtsverhandlung. Als Oberstabsrichter Harmsen insistiert: Und was denn noch? Reden Sie! Paddel, Fernglas, englische Flaggen und ein Signalhorn! Sie wollen mir doch nicht weismachen, dass das alles gewesen ist! Was denn haben Sie mit Ihrem Boot sonst noch nach Frankreich bringen wollen?!, – da antwortet Frank mit ernster Miene: Nun gut, auch ein Waschbecken und ein Klavier.

Wasser!, wirft Peter schnell ein und blickt sich hilfesuchend nach allen Seiten um. Trinkwasser haben wir noch dabei gehabt!

Weiter nichts von Belang, meldet Hugh sich ruhig zu Wort.

Harmsen blickt feindselig, geht aber erstaunlicherweise zur nächsten Frage über. Schließlich werden Hugh, Peter und Frank wegen *gemeinschaftlichen unbefugten Verlassens der Insel* zu je einem Jahr Haft verurteilt. Arthur, der am Steuer des Lastwagens gesessen war, wird wegen *Beihilfe zu unbefugtem Verlassen* mit sechs Monaten bestraft.

Als die vier nach dem Prozess das Politische betreten, tänzelt Frank durch den Flur, singt *haha and trallalla* und rühmt sich, die Spionage- und Sabotageverdächtigungen erfolgreich ausgetrickst zu haben. Peter schleicht mit hängendem Kopf und mit den Händen in den Hosentaschen die Zellentüren entlang, bis der kleine Heinrich ihn mit *Hände raus!* anfährt. Dem einundzwanzigjährigen Arthur ist nichts anzumerken. Und Hugh ist sauer. Hätte Frank den Richter nicht auf diese idiotische Weise provoziert, dann wären sie auch mit sechs Monaten davongekommen. Nun haben sie ein ganzes *bloody* verdammt langes Jahr aufgebrummt bekommen! Hugh erklärt Otto, dass es eine echte Dummheit sei, die Inselflüchtlinge zu verfolgen, einzusperren und sie durchzufüttern.

Warum?, fragt Otto.

Weil die Deutschen auf der Insel dadurch weniger zu essen hätten.

Man kann sich nicht alles erzählen. Auch den Besuch von einem ihr fremden Offizier will Suzanne vor Lucy vorläufig geheim halten.

Acht Tage nach dem Prozess lässt Otto den Mann in ihre Zelle, er selbst zieht sich zurück und verriegelt die Tür von außen, was nicht nur unüblich ist, sondern sogar gegen die Weisungen verstößt.

Suzanne nimmt ihre Zelle inzwischen auch als vergrößerten eigenen Körper wahr, Haut und Wand sind beide schrundig und übersät mit Zeichen der Vernachlässigung, armselig und jämmerlich alle beide, beide mit geheimen Höhlungen versehen. Dementsprechend fühlt sie sich belästigt, als der Feind ihre Zelle betritt. Außerdem hat er sie eben in einem ihrer literarischen Abenteuer aufgestört. Sie hebt bloß den Kopf, bleibt mit offenem Buch sitzen.

Der Offizier spricht ein ausgezeichnetes Französisch: Bonjour Madame, ich bin der römisch-katholische Priester der Deutschen Truppen. Vielleicht kann Ihnen meine Unterstützung in Ihrer Lage dienlich sein.

Ich nehme Ihr Angebot zur Kenntnis und bitte Sie, schleunigst wieder zu gehen.

Er geht nicht. Nicht selten ändere man seine Haltung, erklärt er. Falls Suzanne ihn zu einem späteren Zeitpunkt brauche, so möge sie dies dem Chefwärter mitteilen. Und als sie nur ihren Kopf wieder über das Buch beugt, fügt er hinzu: Zu meiner Freude konnte ich während des ganzen Kriegs etlichen Franzosen einen Gefallen erweisen.

Da blickt sie hoch. Wie nett von ihm. Sie schweigt, denn jedes Wort wäre Verschwendung. Zwei Schritte bis zur Tür, sie wuchtet ihre Fäuste darauf und ruft nach Otto. Mit einer respektvollen Floskel zieht der Priester sich zurück.

Schöne Träume wünscht Otto neuerdings jeden Abend. Und Anfang Dezember erscheint er mit einem Brief, den er Lucy entgegenstreckt: Miss, ich glaube good news.

Gute Neuigkeiten wären, wenn auf einen Schlag all unsere Inselbesucher diese Urlaubsdestination satt hätten und auf der Stelle dahin aufbrechen würden, wo sie ursprünglich herkommen, sagt Lucy in einem sehr schnellen Englisch, so dass Otto unmöglich folgen kann.

Dann liest sie: *To the French nationals Suzanne Malherbe and Lucie Schwob, Forces War Prison, St. Helier (KWHA). You are hereby informed that appeals for mercy have been handed in by your advocate and the Bailiff of Jersey. – Dr. Harmsen, Oberstabsrichter.*

Wie kommt Giffard nur dazu, eine Begnadigung für uns einzureichen? Immer hat er sich mit uns besprochen, hat uns seit Jahren den ganzen finanziellen Plunder abgenommen und nie auch nur eine Entscheidung ohne uns getroffen. Jetzt fragt er uns nicht? Man hätte uns fragen müssen! Wie ich Suzanne kenne, ist sie zu stolz, um diesem Gesuch beizustimmen, zu sehr davon überzeugt, dass eine mit allen anderen Verurteilten solidarische Haltung das einzig Richtige ist.

Später im großen Hof stellt Lucy sich in den schmalen Sonnenkanal, sie streckt und dehnt sich, atmet gierig viel frische Luft. Anschließend an den Hofgang bittet sie den Großen um Papier, Feder und Tinte für ein offizielles Schreiben. Sie wolle sich an den Kriegspfarrer wenden, Jesus solle nicht vergeblich über Güte gesprochen haben. Die Politischen müssten unbedingt und unverzüglich auch an der anglikanischen Sonntagsmesse in der Spitalkapelle teilnehmen dürfen. Und zwar nicht wegen ihrer persönlichen Lage, sondern wegen des für die Allgemeinheit entbehrungsreichen Winters. Die religiöse Pflicht sei nun noch größer, die Gebete in Gemeinschaft noch notwendiger. Und da Gott keinen Unterschied macht zwischen zivilen und politischen Gefangenen – das verstehen Sie doch, Heinrich, oder?

Seine Reaktion zeigt, dass ihm die geltende Bestimmung ebenfalls nicht behagt. Er organisiert einen Bogen Papier und eine Füllfeder. Lucy wiegt sie in der Hand und benutzt den Hocker als Schreibunterlage. Der große Heinrich steht dabei, schaut ihr geduldig zu und trägt danach Füllfeder und Brief wieder aus der Zelle.

Doch der Brief gelangt nicht nach draußen. Ist der Große schuld? Oder blockiert der Kleine den Postweg? Schade, denn während der Messe hätten Suzanne und Lucy sich vielleicht ausführlich besprechen können.

Bleibt die Frage, wie der Begnadigungsantrag zustande gekommen ist. Offiziell heißt es, dass Advokat Harold Giffard und der Bailiff ihn gestellt hätten. Doch bei genauerem Aktenstudium fällt auf, dass zu allererst Baron von Aufsess den Bailiff über *das Todesurteil gegen 2 Frauen von franzoesischer Staatsangehörigkeit fuer nicht-gewalttaetigen Verstoss gegen die Besatzungsmacht* informierte. Er sei, hat der Baron schriftlich festgehalten, durch diverse Quellen gewahr geworden, dass dieses Urteil unter der Bevölkerung viel Unruhe und Schmerz hervorrufe, aber nicht etwa deshalb, weil die Frauen bekannt seien oder jemand Mitleid mit ihnen habe, nein, das sei nicht der Grund. Vielmehr habe man auf der Insel generell eine große Abneigung gegen die Vollstreckung einer solchen Strafe.

Der Bailiff hat daraufhin die Worte des Barons kopiert und dem gegenwärtigen Kommandanten Heider geschrieben, *that the condemned persons are not well known in the Island nor is their position one of any influence.* Alle zusätzliche Aufregung gelte es zu vermeiden, fügte der Bailiff hinzu, darum wäre ein Begnadigungsgesuch sinnvoll.

Nur, warum hat der Baron überhaupt den ersten Schritt getan? Eine Formsache? Hat Advokat Giffard bei von Aufsess vorgesprochen? Man könnte es vermuten, schaute man nicht genauer hin. Hin und zurück, ins Zeitfenster von Anfang November, als der Baron mit einem Leutnant am Kamin seines herrschaftlichen Wohnsitzes im Inselosten sitzt. Es ist Abend, und Äpfel schmoren über der Glut, und der kleine Spaniel des Leutnants schläft vertrauensvoll auf meinem Schoss – wie Hans Max von Aufsess in sein Tagebuch schreiben wird. Leider liegen unerfreuliche Wochen hinter dem Baron, in deren Verlauf er kleinste Entscheidungen zu heiklen politischen Problemen hatte treffen müssen. Zudem waren die letzten hundert Gewehrpatronen, die letzten tausend Flaschen Bier und die letzten hundert Kilogramm Schokolade zu verteilen. Im Hinblick auf die eher unsichere Zukunft war das eine echte Herausforderung. Der Baron und der Leutnant sind sich einig.

Die Inselbewohner und die Besatzer können sich nur fremd bleiben, doziert von Aufsess, da die höchsten Qualitäten der deutschen Rasse einfach nicht zum englischen Ideal eines Gentleman passen.

Der Baron redet nicht gleich weiter, weil die Haushälterin die mit Zucker bestreuten Schmoräpfel serviert und er vorab einen weiteren Schluck Cognac braucht. Der deutsche Fleiß, die deutsche Spontaneität und Warmherzigkeit, sagt er dann doch mit vollem Mund, seien der Reserviertheit eines Engländers, seiner eingeübten Mäßigung und seiner viel bewunderten Gemächlichkeit diametral entgegengesetzt. Augenscheinlich vertrage der aufrechte Deutsche sich nicht wirklich mit dem taktvollen Engländer.

Der Leutnant ist beeindruckt.

Noch ein Gläschen? Eine gute Flasche Cognac haben wir verdient.

Wenn wir uns hier schon auf diese Weise abrackern, ergänzt der Leutnant.

So ist es. Aber gut Ding will Weile haben. Da kann man nichts machen.

Nur wenige Tage nach diesem Kaminfeuerplauderstündchen und genau drei Tage nach Suzannes und Lucys Prozess erfährt der Baron, dass seine Frau Mitte August in Linz von der Gestapo verhaftet wurde. Drei Monate lang hat er nichts mehr von ihr gehört, keinen Brief erhalten. Seine wunderbare, gefühlvolle, zarte Frau hinter Gittern? Was ist mit den drei kleinen Kindern, dem erst im letzten Mai geborenen Jungen? Warum *politisch involviert?* Kann sie Kälte und Hunger in einem Gefängnis überleben? Diese schmachvolle Situation! Nie zuvor hat sich in der Familiengeschichte der von und zu Aufsess Vergleichbares zugetragen! Nie hat sich seine Frau ihm gegenüber beklagt, nie, immer hat sie alles mit Stärke und Humor getragen. Hat sie doch einmal die Kriegszeit kritisiert, so geschah es, weil sie als Tochter einer alten Militärfamilie gewohnt war, frei und furchtlos ihren Standpunkt kundzutun. Dass diese mutige aufrichtige Frau womöglich bei einem Schauprozess angeklagt werden könnte, würde eher in die dunklen Tage einer Französischen oder einer Russischen Revolution passen und ist dem Geist des Deutschen Volkes unwürdig. Schreibt der Baron.

So liegt also ein Begnadigungsgesuch vor, das die beiden Frauen gar nicht wollen. Nicht wollen, weil man mit einem Begnadigungsgesuch die eigene Schuld akzeptiert. Suzanne hat Lucy per Zettelpost sofort überzeugt. Sie hätten keine Schuld, darum könnten sie auch ein Gesuch nicht gutheißen.

Der große Heinrich versucht, Lucy umzustimmen. Er redet ihr wieder und wieder zu, dass sie unterschreiben soll: Retten Sie sich, tun Sie es, Miss Schwob! Sobald Sie unterschrieben haben, wird auch Ihre Schwester mithalten!

Ich glaube Ihnen, erwidert sie, dass Sie es bedauern würden, wenn Sie sich nicht mehr um uns kümmern könnten. Ehrengäste hat man nicht alle Tage. Ja, Heinrich, ich bitte Sie auch gerne um Dinge, die Sie mir dann doch nicht erfüllen können.

Da macht der Große es möglich, dass ein kurzes Gespräch zwischen Advokat Giffard und den Frauen bewilligt wird.

Erneut taucht auch Edna bei Lucy auf, wieder in der Zelle und nicht im Besuchszimmer, diesmal ist sie nüchtern und so hübsch, wie sie sich unter allen gegebenen Umständen hat machen können. Sie kann es nicht mehr länger für sich behalten – Kid ist verschollen. Zu gerne hätte sie Lucy die schlechte Nachricht erspart, es sei schon genug gewesen mit der Hausplünderung und all den Rationierungen, die uns alle betreffen, ganz bestimmt Sie und Mademoiselle Suzanne zuerst, und es ist zu dumm, dass George und ich auch noch eingesperrt gewesen –

Edna, fällt Lucy ihr ins Wort, niemand macht Ihnen einen Vorwurf. Möglich, dass er versuchte, hierher zu gelangen. Das konnte ihm natürlich nicht gelingen, und er ist in einem Kochtopf gelandet. Oder aber er hat sich zum Sterben zurückgezogen. Andererseits sind vierzehneinhalb Jahre für jemanden wie Kid nicht viel. Sonst noch etwas?

Ja, Mademoiselle. Hier in der Stadt habe ich jemanden in Ihrem Wintermantel gesehen.

Wirklich?

Oh ja, ich bin mir sicher. Ich habe den Mantel oft genug aufgebürstet.

Und, kannten Sie die Frau?

Edna blickt zu Otto, der mit dem Rücken zu ihnen in der offenen Zellentür steht und zögert. Ottos Uniformkittel spannt sich um seinen Leib. Lucy gibt Edna ein Zeichen, dass sie ohne Bedenken sprechen kann.

Lohses Jerrybag, sagt Edna. Hat meine Freundin Mary Ann gesagt, die dabei war, als ich das Mädchen sah.

Lucy mustert Edna: Verschweigen Sie mir etwas?

Ich habe sie gleich angesprochen, habe ihr direkt ins Gesicht gesagt, dass sie Diebesgut trage.

Sehr gut! Und?

Sie werde mich bei der Gestapo melden, sagte sie. Das wird sie hoffentlich bleiben lassen.

Bestimmt wird sie das bleiben lassen, Edna. Und haben Sie auch eine gute Nachricht?

Zwei gute Nachrichten, eine kleine und eine große. Wir haben etliche alte Zeitschriften und Bücher in Sicherheit bringen können. Mr und Mrs Strong waren so nett, mir dabei zu helfen. Das war die kleine Nachricht. Und die große lautet: Bald wird ein Rotkreuz-Schiff mit Lebensmitteln und Briefen kommen, jeden Tag hört man, dass es nicht mehr lange dauern kann. Ist das nicht erfreulich? Da fällt mir auch ein: Ich würde Sie gerne begleiten, Mademoiselle, wenn Sie zum Zeitpunkt der Landung des Schiffs wieder draußen sind. Sie würden mich für dieses Ereignis doch zum Hafen mitnehmen wollen, damit wir uns die Sache von nah ansehen können, das wollten wir doch, nicht wahr? Und hier, ich habe Ihnen frische Unterwäsche, Eukalyptuszweige und andere Kleinigkeiten gebracht, nicht viel, Mademoiselle, das Brot ist eine miserable Pappe, ich glaube, sie mischen unanständig viel Sägemehl unter das Mehl, die Preise steigen und steigen, vierzig Reichsmark für zwölf Farbstifte, unsereiner kann das nicht mehr bezahlen.

Ja, gewiss, Edna, die Lage ist nicht rosig.

Ist sie nicht, ja, Mademoiselle, und ich wage es fast nicht zu sagen, ich will mich nicht beschweren, aber Ihr Konto bei der Western Bank wurde gesperrt, und es ist darum schwierig, das zu bezahlen, was mir hierher zu bringen erlaubt ist.

Keine Sorge. Erzählen Sie es gleich meiner Schwester, sie wird Advokat Giffard bestimmt eine Lösung vorschlagen, damit Sie wieder etwas Geld haben.

Danke sehr, Mademoiselle Lucy! Kommen Sie nur bitte bald wieder nach Hause, unterdessen sorgen wir so gut wir können für La Rocquaise.

Edna, wir wurden zum Tod verurteilt, und es ist möglich, dass man Sie von einem Tag auf den andern aus dem Haus treiben wird.

George und ich bleiben in La Rocquaise, bis wir vor die Tür gesetzt werden. Die Deutschen kommen zwar noch hin und wieder und nehmen Dinge mit, doch noch ist nicht alles verloren. Mademoiselle, Sie kennen ja unser irisches Sprichwort: Man darf die Träume nicht vergessen, wenn das Dunkel über einen hereinbricht. Vielleicht geschieht ein Wunder!

Sie sollen heute wirklich das letzte Wort haben, Edna. Lucy nimmt das Paket an sich. Riecht am Eukalyptus. Wie üblich ist das Paket zuerst durch die Hände eines Wärters gegangen. Wenig später wird Lucy im säuberlich zusammengelegten Unterhemd die zusammengelegte Unterhose und darin handgroße Seidenpapiere finden, frühlingsgelbgrüne, sturmblaue und lilafarbene. Edna ist trickreich und schlüpft nun noch flink aus ihrem Mantel, zieht einen Pullover über den Kopf, trägt darunter einen anderen: Er muss direkt auf die Haut, Mademoiselle, statt eines Unterhemds, irische Wolle. Lucy nickt und schiebt ihn unter ihre Matte.

Wieder einmal sieht Otto nichts.

Und ich möchte Sie noch um Erlaubnis fragen.

George und ich, wir würden gern, sofern es Ihnen recht ist, hin und wieder Schach spielen, Freunde haben es uns gelehrt, wissen Sie: das Schachbrett und die Figuren sind immer noch im Haus.

Ja, spielen Sie, wenn es Sie freut, spielen ist gesünder als trinken.

Manchmal gehen wir auch tanzen, sagt Edna leicht verschämt. Nehmen Sie mir das übel, Mademoiselle?

Dass Kid nicht mehr da ist, trifft mich mehr. Doch danke, dass Sie mich informiert haben. Und Dank überhaupt.

Da ist ein langer Schatten, der an diesem Abend aus Lucys Herz fällt. Er fällt bis zur Steineiche auf dem Friedhof, wo alle Wege zusammenlaufen. Dreht man sich, so fällt der Schatten hinter einen. Und vor sich hat man freie Sicht auf die St. Brelade's Bay, gesäumt von Kirche und Fishermen's Chapel. Über allem der Himmel. Unbestechlich wie das Meer.

Lucy liegt in der dunklen Zelle. Gibt es ein besseres Mittel, als seinen Gott an ein Kreuz zu schlagen, damit er ganz nahe bei einem bleibt? Millionen von Kreuzen weltweit. Man muss alles unternehmen, um den Geist des Widerstandes, die Liebe zu Freude und Freiheit lebendig zu halten. Hier im Gefängnis kann ich das Menschsein beobachten. Es hängt vom Menschen ab, von jedem Einzelnen. *Jesus ist groß, aber Hitler ist größer. Denn Jesus starb für die Menschen, doch die Menschen sterben für Hitler.* Das haben wir auf jenes Stück Leinen geschrieben, das wir über dem Altar in der Kirche von St. Brelade anbrachten. Mit roten Seidenbändern haben wir das Tuch eingefasst und den Lettner geschmückt. Die Aufforderung zu dieser Tat gab uns die Kirche selbst, der in die Kanzel geschnitzte Spruch. Die richtigen Wörter zur richtigen Zeit seien wie goldene Äpfel auf silberner Schale. DITES COMME IL FAULT. Sagen, was gesagt werden muss. Wir haben den göttlichen Rat einfach befolgt. Haben geschrieben statt gesprochen. Auch bei dieser Aktion hat uns niemand ertappt. Am nächsten Abend war das Leinen nicht mehr da. Die Bänder haben wir später auf frischen Gräbern von Wehrmachtsangehörigen entdeckt, sie waren um Blumensträuße gebunden. Und ein paar haben sie nun noch für die Dekoration des Tischs in Kingscliff House verwendet.

Aber wir haben es nicht weit gebracht mit dem Menschsein. Die Erde ist eine verrückt gewordene Spielkugel. Wer zählt oder löscht die Tage auf dem Kalender der Kriegswilligen? Ich bleibe eine Träumerin. Soll man aus den Träumen erwachen und Schlafwandler um sich haben?

Man muss handeln.

Ich bin müde.

Haben sie Kid getötet?

Ich sollte mich entspannen, trotz Kälte, Kopf-, Augen- und Nierenschmerzen. Aber die Läuse. Nichts denken.

Die Gedanken umleiten. *Wer oder was hätten Sie sein mögen?* Ein kleiner, sehr bunter Fisch im blauen Meer. Eine Eidechse in der Sonne. Ein glückliches Tier.

Und wenn ich mir vorstelle, wie ich schwimme oder auf dem Rasen beim Ziehbrunnen oder auf meinem Liegestuhl döse, dann kann ich einschlafen und die Träume öffnen sich. Wie Tulpen im Sonnenlicht. Lange Stiele. Schwertblätter, weich und harmlos. Ein ganzes Beet voll. Die gelben Tulpen mit den blutroten Flammen.

Ich bücke mich.

Ihre Mitte zeigt einen schwarzen Stern –

30

Aber wie geht es dir wirklich, Vögelchen? Man gewöhnt sich an fast alles. An den Schmutz und Gestank und an die Enge gewöhnt man sich. An das Fehlen der Zigaretten und an die Durchfälle. An den Ekel vor mir selbst und mein Selbstmitleid. An ihren Hass nicht. Aber an meine Wut. Weder an die Flugzeuge kann ich mich gewöhnen, noch an die Stiefelschritte. Und du? Hast du Angst? Es müsste einem gelingen, die Flugzeuge auseinanderzuhalten. Feindliche oder nicht? Die Ungewissheit zermürbt. Die Wände sind feucht, Tropfen rinnen. Die ständige Kälte. Meine Hitzewallungen unterbrechen das Frieren gelegentlich. Wechseljahr in jeder Hinsicht. Je nasser die Zelle, desto trockener mein Mund, die Zunge, aber die große Überflutung der Gefühle geht weiter. Nimmt zu. Mit den Enttäuschungen habe ich mich abgefunden. Dass sich nichts bewegt und wir offenbar vergessen worden sind. Nein, mit den Enttäuschungen habe ich mich nicht abgefunden. An die Risiken hingegen, die man eingeht, wenn man Verbote missachtet, habe ich mich fast schon gewöhnt, ein Schluck Tee löst die Wörter. Das heißt reden statt schweigen im Flur oder von Stockwerk zu Stockwerk durch die Dielen. Kleine mit Botschaften umwickelte Steine vom Fenster aus in den Hof werfen, sobald die Gefangenen vom Zivilen im Graben auf und ab gehen und kein Wärter in der Nähe ist. Die *bloody*-Füllwörter der Jungs sind mir unentbehrlich geworden, ihre Sprüche. An Hughs und Jimmys Melancholie habe ich mich gewöhnt und an die Verstocktheit von Siebe. Man gewöhnt sich daran, die Gefühle wie die Bleistiftstummel zu verbergen. Man gewöhnt sich daran, von Tag zu Tag betäubter zu sein. Würde ich eines Nachts das Weinen aus einer nahen Zelle überhören, ich schämte mich dafür. Ich fürchte mich aber auch, mich nicht mehr zu schämen. Man gewöhnt sich schrecklicherweise an fast alles, aber niemals gewöhne ich mich an so viel Insel, an die Einzelzelle. Eine Insel ohne Wasser ist surreal. Früher in Paris hätte mir das gefallen können, damals, wo wir uns jederzeit in die Bequemlichkeit des Plüschs haben retten können. Und bestimmt werde ich mich niemals an das doppelte S gewöhnen – die *Sorgen* um dich und die *Sehnsucht* nach dir. Sehnsucht ist ein verflucht gutes deutsches Wort.

31

Meine Abwesenheit ist fiktiv, und du weißt das.

32

Es geht gegen Weihnachten zu, als ein aufsehenerregendes Paket abgegeben wird, für Frank, der eben wieder eine STRENG-Strafe hinter sich hat. Otto kontrolliert den Inhalt – eine ganze gebratene Ente! Nichts mehr und nichts weniger, alles dran. Und dies, obwohl Geflügel selbst auf dem Schwarzmarkt äußerst rar geworden ist. Frank verzieht sich in eine Zellenecke und wehrt seine beiden Mitbewohner erst einmal ab, zerrt mit Zähnen und Fingern Haut und Fleisch von diesem sagenhaften Braten und stopft die Bissen in sich hinein und schluckt und sperrt den Mund wieder auf und beißt wieder zu. Schmeckt wahnsinnig. Narkotisiert geradezu, denn selbst die Zahnschmerzen verschwinden. Nichts vermisst man beim Genuss dieser Ente, nicht baked potatoes, nicht HP-Sauce. Mit einem Mal nimmt Frank aus den Augenwinkeln die erbärmlichen Holzschuhe von Eddie und John und deren dreckige Hosenbeine wahr. Gnade vor Recht, Kumpels, sagt er mit fettverschmiertem Mund, je einen anständigen Happen für euch. Er dreht die Flügel aus den Gelenken, reicht sie weiter und langt selber auch wieder zu. Frank wird lebenslang eine parteiische Beziehung zu Enten haben.

Tags darauf bekommt er von der nichts ahnenden Belza einen Apfel zugesteckt, den er im Hof aber gleich in Mohammeds Jackentasche verschwinden lässt. So wie die russischen Häftlinge hat auch der Marokkaner keine Verwandten oder Freunde auf der Insel, die ihm Zusatzverpflegung besorgen könnten.

Mohammed reißt seine schwarzen Augen auf, als er Franks Apfel spürt: No no, Ramadan!

In Tat und Wahrheit sind die Fastentage längst vorüber. Der Mann aus Casablanca mag keine Äpfel und hat andere Gelüste. Die hat er in eine Art Englisch übersetzt und auf einen Zettel gekritzelt.

Als Evelyn das Liebesbriefchen erhält, fühlt sie sich erst geschmeichelt, sie kriegt rote Wangen und Herzklopfen, aber womöglich aus lauter Angst, oder doch aus Freude? Verwirrt bespricht sie sich mit Belza, mit der sie seit kurzem die Zelle teilt.

Mohammedaner sammeln Mädchen wie andere Leute bemalte Porzellantassen. Sie wollen Frauen besitzen, möglichst viele auf einmal, und in ihrem Harem sicher verwahren, doch dafür bist du entschieden die Falsche. Du wirst unter allen Jèrriais auswählen können, sobald wir draußen sind, und dies ist bald der Fall. Ich schwöre es dir.

Evelyn streicht sich die rötlichen Haare hinter die Ohren: Recht hast du. Verflixt und zugenäht, dieses Hotelleben macht mich bald reif für die Klapsmühle.

Bei nächster Gelegenheit gibt sie Mohammed den Zettel zurück: Ich verstehe nicht, was du meinst. Schreib mir nicht mehr!

Zu dem Zeitpunkt werden Franks Zahnschmerzen unerträglich. Ein deutscher Arzt erwartet ihn im Sprechzimmer neben der Wärterloge und zieht kurz entschlossen einen Zahn, große Zange, keine Narkose. Als die Blutung nicht aufhört, soll Frank zu einer Nachbehandlung in das Militärspital auf dem Mont à l'Abbé.

Sehr praktisch, meint Frank zu Eddie und John,

wenn irgendwas schief geht, können sie mich fix auf den Friedhof werfen. Liegt ja gleich neben dem Spital!

Der große Heinrich begleitet ihn. Die Wunde wird zugenäht, wieder ohne Narkose. Auch danach spuckt Frank noch ein bisschen Blut. Er soll eine Weile stillhalten, man lässt ihn darum kurz allein im Behandlungszimmer zurück. Der Trick ist einfach. Nicht erwischen lassen ist alles. Frank sieht die rote Tinte auf dem Pult, schüttet etwas davon in die Nierenschale zu seinem Sputum und hustet und prustet derart ausdauernd, dass er wirklich bald keine Luft mehr kriegt. Der zuständige Arzt verschreibt diesem jungen Mann sofort einen Aufenthalt im Spital. Zum warmen Bett eine bessere Suppe, überhaupt mehr Essen, heiße Bäder, Wohltaten erwarten Frank. Reizende Schwestern, die ihn umhegen. So feierlich können Festtage sich gestalten.

Suzanne hat unterdessen längst eine Geldanleihe von Advokat Giffard über hundert Pfund unterzeichnet – Pfund, und nicht etwa Reichsmark –, damit Edna wieder das Allernotwendigste für die Frauen besorgen kann.

Doch kurz vor Weihnachten erlässt der Wolf ein allgemeines Paketverbot. Ausgerechnet jetzt, wo man auf Gaben von draußen absolut angewiesen ist. Kommt hinzu, dass das ersehnte Rotkreuz-Schiff die Insel bisher nicht angefahren hat.

Ein Paketverbot dieser Art ist nichts Neues, und normalerweise setzen die Wärter sich darüber hinweg, obwohl sie befürchten müssen, jederzeit von der Gestapo kontrolliert zu werden. Eigentlich sollten Otto und die beiden Heinriche wachsamer sein.

Doch sie sind es leid, die Gefangenen auszuspionieren. Die Briefe mit Neuigkeiten der BBC, Schreibwaren, persönliche und an sich bedeutungslose Dinge, die Rasierklingen oder die Streichhölzer pflücken die Aufseher nur dann aus den Paketen heraus, wenn die Dinge zu schlecht kaschiert worden sind. Erwischen sie einen Zettel – wollen ihn erwischen –, so werfen sie ihn höchstens in den Wärterofen in der Loge, nie reichen sie ihn an Lohse, Bode oder gar an den Wolf weiter, die jederzeit überraschend in der KWHA auftauchen können. Wenn die Gestapoleute kommen, dann tun die Wärter äußerst gereizt, stampfen und schreien herum, um Gewissenhaftigkeit zu demonstrieren, und entspannen sich erst wieder, nachdem die hohen Herrschaften abgezogen sind.

Doch diesmal wird dem Paketverbot Folge geleistet. Die Wärter konfiszieren jedes einzelne Päckchen. Sie verweigern auch Besuche. Man kann sich das nur damit erklären, dass ihnen in diesen Vorweihnachtstagen die Arbeit über den Kopf wächst, sagt sich Suzanne, aber diese Erklärung macht auch nicht froher. Ständig werden neue Gefangene gebracht und laufend Umplatzierungen innerhalb des Politischen vorgenommen. Für die Befragungen müssen die Wärter die Gefangenen oft nach Silvertide am anderen Stadtende oder zum Pomme d'Or vorne am Hafen führen und sie dort auch wieder abholen. Lebensmittel und Kohle werden knapper, keine Heizung, Nässe überall, es gibt häufiger Überschwemmungen durch die Verstopfung des Beckens und des Klos, Putzmittel fehlen, Wasser darf nur minimal verbraucht werden, etwa für die Zubereitung des Essens und für Getränke – und für Lucys Wärmeflasche. Wassili bringt das heiße Wasser nach wie vor jeden Tag in Zelle 5, niemand stellt dieses Ritual in Frage. Die Wärter fangen den Regen oder Eisregen auf, mancher murrt über den für Jersey ungewöhnlich kalten Winter. Und wäre dies alles nicht schon hart genug, vermehrt sich das Ungeziefer auf geradezu schwarzmagische Weise.

Joe Mières Familie hatte sich um June gekümmert, jahrzehntelang dachte er später noch liebevoll an die Ermordete. Als er damals ins Politische gesperrt wird, bringt er bereits etwas Gefängniserfahrung mit. Zusammen mit einem Freund war er zu einer Nacht Arrest verknurrt worden, nachdem die beiden im belebten Zentrum von St. Helier einen deutschen Offizier touchiert hatten. Wenn die örtliche oder die deutsche Polizei euch noch ein einziges Mal aufgreift, bellte der Feind, so könnt ihr mit einer Deportation rechnen!

Vor dieser kleinen Anrempelei haben die Deutschen Joe nie erwischt. Natürlich war er an der Weighbridge-Demonstration mit dabei. Er hat auch unbemerkt aus dem Untergeschoss im OT-Hauptquartier Kleidung entwendet, ja, wo er doch praktisch Tür an Tür mit denen wohnte, die die französischen Hemden und Overalls in Frankreich gestohlen hatten. Seit langem gehört er zu einer kleinen Gruppe rebellischer Jèrriais, die bereits im zweiten Besatzungsjahr am oberen Ende der Midvale Road nachts den Slogan *Victory is British* auf den Asphalt pinselten und sich im vergangenen Frühsommer Munition und Faustfeuerwaffen aneignen konnten. Einmal, und das ist auch noch nicht sehr lange her, haben Joe und seine Kameraden die Wohnhäuser der Jerrybags von Polizeiinspektor Bode und von einem hohen Tier der Hafenpolizei mit Teer beschmiert. Weil diese Luder sich doch nicht einfach nach Lust und Laune die Lippen malen und sich von denen vögeln lassen dürften.

Die Haftzeit von Joe ist schlimm, nicht die Tage im Gefängnis sind es, aber die Befragungen vor dem Prozess. In Silvertide erwartet ihn der amerikanische Gangster höchstpersönlich, Zigarre rauchend. Alles wisse er von ihm, dem *Bastard*, und von seinen schönen Freunden, von den Waffen und den Schweinereien, die sie veranstalteten, malmt er in seinem kanadischen Englisch. Seine Stimme ist derart laut, dass sie über den Kanal reichen könnte.

Joe blickt aus dem Fenster. Ein Wolkenriss. Silbernes Meer so weit das Auge reicht. Dann schwenkt sein Blick in das Wolfsgesicht: Wenn Sie alles wissen, warum also werde ich überhaupt noch befragt?

Die beiden Schergen des Wolfs schlagen zu.

Tags darauf führen sie ihn zur Hafenpolizei im Pomme d'Or, dort wird er erneut mit Fäusten traktiert, in die Rippen, den Magen, den Schritt. Trotzdem kann er sich noch aufrecht halten. Also zurück zur Geheimen Feldpolizei nach Silvertide – hin und her, bleibt Joe ein Tennisball der Schlägertrupps über Stunden und Tage.

Zuletzt schlagen sie ihm die Zähne heraus. Es braucht nicht viel, um sich Typen dieser Sorte dienstbar zu machen. Es braucht bedeutend mehr, Geistesgegenwart zu bewahren und die herausgeschlagenen Zähne und Zahnsplitter zusammen mit Blut und Schleim ins eingesteckte Taschentuch zu spucken.

Dieses Beweisstück wird kurz darauf aus dem Politischen gebracht. Von niemand anderem als vom deutschen Wärter Ludwig. Don't judge all Germans the same, sagt er auch zu Joe, bevor er sich mit dem Taschentuch zu Elizabeth Mière aufmacht. Joes Mutter wird sich an den Bailiff wenden.

Selbst mitten in der Nacht stehen für die Gefangenen Befragungen an. Wer den Schlägern ausgeliefert ist, will durchhalten. Aber nicht jeder kann es auch.

Du schaffst es, ich denke an dich, flüstert Suzanne Joe am Becken zu.

Du gehörst zu den Menschen, die die gerechten Handlungen eines Menschen einschätzen können, schreibt Lucy auf einen Zettel und schiebt ihn unter seiner Zellentür durch.

Viel später wird Joe an die beiden *very brave and gentle ladies* Suzanne Malherbe und Lucy Schwob erinnern. Mit ihnen die Gefängniszeit geteilt zu haben, sei ihm eine Ehre gewesen. Weil sie sich vorbildlich benommen hätten. Andererseits wird Joe aber auch diejenigen nicht vergessen, die ihm diese Zeit zur Hölle gemacht haben. Über Jahrzehnte hinweg werden ihm der Wolf und seine Meute auf den Fersen bleiben, werden ihn in Träumen einholen und ihre Gebisse und Pranken aufblitzen lassen, so dass er schweißnass aufschrecken wird und aufstehen muss, um den Kopf unter fließendes Wasser zu halten.

Das Bild der Jerrybag des amerikanischen Gangsters bleibt blass. Ehrliche Zuneigung seitens dieser Jèrriaise darf man nicht ausschließen, womöglich wäre der Wolf ohne sie noch mehr Wolf. Dass ihr Vater als Metzger Schwarzmarktgeschäfte tätigt und sich mitten im Krieg ein Hotel und eine Farm kauft, ist ein Detail. Bleibt das gemeinsame Kind des Wolfs und seiner Geliebten, keinesfalls darf es unterschlagen werden. Anders als viele von Deutschen gezeugte Kinder auf Jersey ist das Wolfsjunge nicht in ein Lebensbornheim aufs Festland spediert worden. Dieses Menschlein bleibt durchsichtig. Als hätte es nie existiert.

Plötzlich hören die Schläge auf.

Und Wassili wird entlassen. Die Tore Richtung Gloucester-Street werden für ihn aufgerissen.
Viel Glück, Wassili!

Bunnys Bruder Ronie wird vor Weihnachten umquartiert. Er zieht vom Militärgefängnis ins Politische und kriegt den begehrten Job eines Essenausteilers. Lucy mag seine meckernden Lacher, und es gefällt ihr, wie gut er Französisch spricht. Reicht er abends das braune Wasser und die Suppe durch die Luke, so ist es schon seit fast drei Stunden dunkel. Für einen Moment dringt spärliches Licht vom Flur durch die Luke und den milchigen Streifen Glas oben an der Wand. Ronies Gesicht und seine Hände sind helle Geisterflecken. Nur schwer lässt sich erkennen, ob einem heute zwei oder drei Rübenstücke geschöpft wurden. Salz, Kartoffeln und Brot fehlen. Alle zwei Tage gibt es einen grauen Klack Brei, den man der Verständigung halber Porridge nennt.

Belza wird ins Zivile verlegt. Da gibt es etwas mehr zu beißen. Einfach deshalb, weil die ständig neu eintreffenden Menschen nebst einer Matte auch Nahrungsmittel mitbringen. Vor allem freut Belza sich darüber, dass sie im Zivilen Gitarre spielen kann. In einem fort zupft und schrummt sie Melodien und Lieder aus Kanada und den Staaten. Andere Frauen trällern mit. Der Wind verteilt die Musik über das Gefängnisareal. Im Politischen sitzt Siebe am offenen Fenster – ein Seemann trotzt der Kälte – und singt ebenso innig wie falsch auch mit. Bei der Strophe *Weep no more my lady, oh!, weep no more today* dreht er besonders auf. Einige Mithäftlinge fragen sich, warum ein Holländer sich so gut mit amerikanischen Songtexten auskennt. Der Grund ist einleuchtend: Weil Belza und Siebe drei Tage lang miteinander im selben Gummiboot saßen und auf stürmischer See andauernd sangen. Wie fies, dass Wind und Wellen sie an die falsche Küste getrieben und ihre Pläne zunichtegemacht haben.

Schluss mit dem Lärm!, bestimmt der Gefängnisdirektor plötzlich. Man munkelt, er sei nicht fähig, zwischen Politischen, Zivilen und Kriminellen zu unterscheiden, er liebe es, Kopfnüsse und Hiebe auszuteilen, wenn ihm danach sei. Jedenfalls stört er sich an Gitarrenklang und Gesang, die in seine Villa strömen, als wären sie das Lumpengesindel selbst. Also fegt er durch den Flur des Zivilen und kläfft. Fuchtelt mit der Faust, lässt sie auf die erstbeste Wärterschulter fallen und krallt Jackenstoff fest: Das Instrument muss weg, und zwar gleich! Verstanden?

Der Wärter richtet es Belza aus.

Ich pfeife drauf, entgegnet sie freundlich. Dann zähle ich mit meinen zehn Fingern eben die Tage bis zu meiner Freilassung. Ende März kommt nämlich schneller als man denkt. Und bis es so weit ist, freue ich mich über den hübschen grünen Verputz, den die Wände hier im Frauentrakt haben. Und mein Ausdruck für diese Freude ist Summen und Pfeifen. Das kann mir doch niemand verbieten, nicht wahr?

Evelyn wird nächstens auch ins Zivile verlegt. Sie wird Lucy und Suzanne über ihre dortigen Erfahrungen unter weiblichen Gefangenen per Zettel berichten, denn die Postwege funktionieren auch zwischen den Gefängnissen, weil die Häftlinge des Zivilen sich ja immer wieder im Graben, also direkt unter den Fenstern der Politischen, bewegen. Und unterdessen besitzen viele Politische diverse Schnurstücke, an die man die Zettel nur noch festzuknüpfen braucht.

Ehe Evelyn aber aus dem Politischen auszieht, macht Otto es möglich, dass sie erst mit Suzanne, danach mit Lucy Weihnachtsgeschenke tauschen kann: Hier die Landkarte gegen ein langes Stück blaurot gemustertes Baumwollband, und dort ein Schwarm Papierschmetterlinge gegen Eukalyptuszweige und ein winziges Blechtöpfchen eingekochter Feigen. Lucy schmückt ihre Zelle mit Evelyns Schmetterlingen und bastelt aus den von Edna hereingeschmuggelten farbigen Seidenpapieren rosenähnliche Blumen, die sie ebenfalls in der Zelle verteilt. An die Tür klebt sie mit ein paar Tropfen Zuckersirup ein Kalenderbild von Beauport. Vera hat es ihr kürzlich zusammen mit einer kleinen Stechpalme bringen lassen. Tief in der Topferde steckte noch eine Kerze.

Jetzt brennt sie auf dem Hocker. Blätter vom letzten Eukalyptuszweig sind ringsum gestreut. Auf der

Pritsche liegend, sieht Lucy sich an der Flamme und der kleinen schwankenden Rauchsäule fest: Haben wir nicht durchwegs auf Bewegungen und Begegnungen geachtet, die Begegnungen und Bewegungen auslösen? Schon in den Zwanzigerjahren. Als Bob die Fischernetze flickte und ich mich zu ihm setzte. Seine schönen Füße bewegten den Sand. Eine Scherbe, blau wie Lapislazuli, kam zum Vorschein. Er schüttelte den Kopf, als ich danach griff. Habe ich sie aufbewahrt? Unsere Sache arrangierte sich nicht. Lag es an mir? Was immer ich zu jener Zeit tat, hatte mit Begehren und Fordern zu tun. Ich machte kleine Skulpturen aus Tonerde. Andeutungen. Köpfchen, Rümpfchen, Glieder, nicht Mann, nicht Weib, sondern Herrlichkeit wollte ich schaffen. Durch und durch ideal. Fahr nochmals hin, sagtest du, nachdem du dir meinen Ärger über das Misslingen der Figuren angehört hattest, diese Tage oder nie, fahr hin. Sprich von deinen Empfindungen. Sieh ihn dir an und frag ihn, was er fühlt. Also fuhr ich zu Weihnachten nach Saint-Malo. Viel später sah ich ein: Man muss eine Skulptur auch ohne Modell zu Ende bringen können.

Aber vorerst fuhr ich. Die Eisenbahnfahrt war strapaziös. Viele zusätzliche Zwischenhalte. Die Weiher fielen mir unterwegs auf. Schafe weideten ringsherum und die Wolken am Himmel spiegelten sich in den Tümpeln. Irgendwo blieb der Zug längere Zeit stehen, und ich sah bei der Geburt eines Lamms zu. Dann zerstob ein heftiger Sturm die Schäfchenwolken und scheuchte sie ins Grau. Der Wind riss an den Bäumen, die allerletzten Blätter schwirrten wie orientierungslose Insekten durch die Luft. Es zog. Es war kalt.

Der Sturm hatte auch das einzige Schiff beschädigt. Ich konnte nicht auf die Insel gelangen. In Saint-Malo eine andere Überfahrgelegenheit abzuwarten, war sinnlos. Es gab auch keinen Zug zurück nach Paris. So nahm ich mir ein Zimmer außerhalb des befestigten Städtchens, in einem Hotel direkt an der Strandpromenade. Mich von diesem letzten Streifen Land her in das tödliche Tosen hineinfallen zu lassen, das wäre eine zu einfache Lösung gewesen. Im Zimmer öffnete ich trotz der Kälte beide Fensterflügel. Das Meer ging brausend durch mich hindurch. Da hasste ich plötzlich alles Symbolische. Trotzdem zog ich Wolljacke, Bluse, mein Unterhemd aus, legte mich aufs Bett und zeigte mich Bob. Mit seinen Händen hätte er die Unterschiede zu einem schmächtigen Jungenoberkörper ausgekundschaftet. Seine ledrigen Handinnenflächen, sie wären, ich hätte – ach, hätte und wäre. Keine Hitze, sondern Kälte. Ich traktierte die Matratze mit Fäusten. Ich zog mir die Jacke über und fror. Natürlich fand ich keinen Schlaf. Keine entfesselten Träume und mit ihnen die Möglichkeit, als jemand ganz anderer die ersehnte Rolle zu spielen. Keine schneefallgefleckte Nacht, kein Weihnachten, wohl weil ich als Atheist kein Recht darauf hatte. Ich war verzweifelt und voll Selbstmitleid. Die Linderung warst du, die zuhause auf meine Rückkehr wartete. Lange nach Mitternacht schloss ich die Fenster und zog Leinen und Decken über mich.

Und zurück in Paris hörte ich bald von Bobs Heirat.

Ich verliere das Gedächtnis nicht. Nicht in diesen Tagen.

In diesen Tagen ist Francis über alle Berge. Francis, der sich die Zeit im Politischen totgeschlagen hat, indem er eine zweifingerdicke Mörteltunnelstrecke zu Franks Nachbarzelle hin grub, oder auch, indem er rote Stofffetzenwimpel über dem Graben schwenkte.

Ludwig hat Francis einen akzeptablen Tauschhandel angeboten: Dein Meerotterschleppnetz gegen Zigaretten und Bier. Francis erklärte Ludwig, dass er die Schleppnetzteile sicherheitshalber an verschiedenen Orten versteckt halte, nämlich am Victoria Pier und in seinem Elternhaus in Samarès. Der kleine Heinrich war gleich einverstanden, dass Francis das Gefängnis für eine knappe Stunde verlässt, ja, er stellte ihm sogar sein Fahrrad zur Verfügung, damit er und Ludwig auf schnellstem Weg wieder zurück im Politischen wären. Erst radelten sie nach Samarès, wo Ludwig sich auf dem Vorplatz des Hauses daran machte, das Netz auf dem Gepäckträger zu befestigen, während Francis, ihm assistierend, dafür sorgte, dass es sich bald in den Speichen verheddern würde. Danach öffnete Francis den hölzernen Torflügel gegen die Straße hin und komplimentierte den Gefängniswärter munter hinaus, schnell und überraschend sperrte er hinter Ludwig zu – und suchte geschickt das Weite, durch die rückseitige Hecke, über vertraute Pfade und Felder.

Jetzt fahndet man nach ihm: *1000 Reichsmark Belohnung für dieses gefährliche Individuum, tot oder lebendig.* Doch Francis gerät an die richtigen Leute. Als die Fahndungsplakate von Wind und Wetter zerschlissen sind, legt er dank eines erfahrenen Fluchthelfers von Jersey ab. Diesmal sind sie zu fünft in einem vierzehn

Fuß langen Boot unterwegs. Und sie erreichen das befreite Frankreich.

In ausgelassener Stimmung befinden sich in diesen Tagen auch die Jungs unter Suzannes Zelle. Die Fehlschläge der Alliierten sind der Grund. Aus lauter Angst spielen sie fröhlich.

Für eine Liedlänge fallen die Gefängnismauern in sich zusammen, als Mickey in einer nächsten Nacht *J'attendrai* anstimmt und sich durch alle Strophen singt.

Weißt du, sagt Lucy morgens zu Ronie, während er ihr den Becher durch die Luke reicht, dieser Kaffee bekommt mir einfach nicht. Trink du ihn, und falls es dir möglich ist, so richte Mickey bitte meinen Dank aus. Für seinen Gesang gestern Nacht.

Und endlich wird Zelle 6 neben Lucy belegt. Der Gefangene nimmt gleich Kontakt mit ihr auf. Sobald die Wärter abends in der Loge sind, lässt sich leichter kommunizieren. Lucy hält an einer bestimmten Stelle das Ohr an die Wand. Vom ersten Moment an gefällt ihr Arnold, was nicht unwesentlich mit seinem Namen und seiner Sammelleidenschaft zu tun hat.

Habe ich richtig gehört, Arnold Bennett?

Und Arnold muss buchstabieren und bestätigen: Ja, genau so.

Also wie der Schriftsteller?

Möglich, kenne ihn nicht.

Das ist einer der bekanntesten englischen Autoren und Kritiker, sagt Lucy. Bennett, der sich selbst neben Flaubert gestellt hat. Er schrieb Dutzende von

Büchern, zum großen Teil absolut überflüssige. Seine Kritik verhalf anderen Schriftstellern zum Durchbruch oder ließ sie abstürzen. Bennett, der sich in der Öffentlichkeit leidenschaftlich zu *Ulysses* bekannte. Bennett, der vor und nach einer gemeinsamen Mahlzeit mit James und Nora Joyce anfangs der Dreißigerjahre fatalerweise ein Glas Leitungswasser trank. In Paris. Wir wohnten damals dort. Wir kannten Joyce durch eine Freundin. Joyce hatte Bennett um ein Treffen gebeten und unbedingt mit ihm essen wollen. Er erhoffte sich nach dieser ersten Begegnung Unterstützung für sein Work in Progress, an dem er seit Jahren arbeitete und voraussichtlich noch lange arbeiten würde. Aber Bennett starb an diesen zwei Gläsern Leitungswasser.

Na so was!

Arnold, kennst du überhaupt James Joyce?

Spengler bin ich, sagt Arnold unwirsch, mit Büchern und Schriftstellern habe ich nichts am Hut. Wüsste nicht warum. Ich habe Flugblätter gesammelt und Waffen, darum bin ich hier.

Wie jeden Tag, so seift sich der Baron auch am Morgen des Heiligen Abends mit einem Dachshaarpinsel das Gesicht ein. Er benutzt ein tadelloses Rasiermesser, prüft danach im Spiegel die glatten Wangen, sein Kinn, die Reinheit der Haut. Frühstückt Eier mit Speck. Packt großartige Weihnachtsgeschenke ein. Wenn er seiner geliebten Frau schon nichts schicken kann, so sollen stattdessen Ella und Stella und andere weibliche Geschöpfe auf Jersey reichlich bedacht werden. Gegengeschenke darf man nicht erwarten, annehmen schon. Die Besitzerin des Rozel Manor hält einen Blumenstrauß für den Baron bereit, aus süß duftenden Mimosen und schwachgelben Orchideen, ergänzt mit korallenroten Beerenzweigen und rotgoldfarbenem Laub.

War mir schon immer klar, dass Büsche hier auf Jersey in Orgien blühen und der Winter von der Schwelle der Gärten gewiesen wird! Der Baron weiß, wie ein Mann von Welt seine poetische Feinfühligkeit an die Frau bringt.

Statt französischer Romane liest er derzeit zur Abwechslung kunsthistorische Betrachtungen. Raffaels Madonnen seien so unmütterlich wie Steine, liest er. Demgegenüber bestünden Botticellis Engel aus Fleisch und Blut und wirkten äußerst intellektuell. Scharf beobachtet, muss ich mir merken, nickt der Baron.

Extra für die Truppen hat er in diesen Tagen über hundert Christbäume zu fällen veranlasst. Und, oh Freude: Ein praktisch raumfüllender Weihnachtsmarkt ist im Soldatenheim in St. Brelade ausgetüftelt und zusammengebastelt worden. Das mit Kohle gezeichnete Hintergrundbild zeigt eine typische alte deutsche Stadt. Der Baron ist von diesem Beispiel germanischen Einfallsreichtums außerordentlich beeindruckt. Aus dem Nichts heraus etwas Schönes konstruieren. Anlässlich seines Besuchs wird sogar noch Punsch ausgeschenkt. Das Hochgefühl des Barons ist nur einen kurzen Moment lang getrübt, als ihm ein Feldwebel auffällt, ein Kanonier. Absolut nichtarisch sieht der aus, hat vielmehr etwas von einem mürrischen Zigeuner und steht demonstrativ abseits der Feierlichkeiten in einer Ecke. Der vermiest einem noch die ganze Stimmung. Den müsste man mal!

In der Heiligen Nacht ist es frostig, aber schön, schönstens. Wer die Augen zum Himmel hebt, kann kurz Zeuge davon werden, wie der etwas angeschlagene Vollmond sich hinter einer Wolkenrosette durchschiebt.

Im Politischen herrscht unübliche Ruhe. Keine Lieder, nicht einmal die Stille durchbrechende Rufe sind zu hören. Lucy liegt zusammengerollt auf der Pritsche und konzentriert sich auf die Wärmeflasche an ihrem Bauch. Als Arnold sich bemerkbar macht, steht sie samt Flasche und Decke auf und kauert sich an die Wand. Er berichtet, was sie bereits gehört hat: Zwischen den Zellen im Untergeschoss seien die Wände teilweise derart brüchig, dass man sich von Zelle 11 bis Zelle 14 gebundene Bücher weiterreichen könne. Unten in Nummer 13 verfüge Mickey gar über ein Versteck, das groß genug für mehrere Teile eines Crystal-Sets sei.

Ich weiß. Sag mal, Arnold, sprichst du auch Jèrriais?

Natürlich.

Ich habe mir gedacht, dass du mir jeden Tag ein paar Wörter beibringen könntest, magst du?

Obwohl du schon seit Jahren auf Jersey lebst, hast du dich nie um unsere Sprache gekümmert?

Mehr schlecht als recht, das geb' ich zu.

Also spricht Arnold Lucy vor, was ihm gerade einfällt. Er gibt sich nicht schnell zufrieden, er insistiert darauf, dass Lucy die richtige Intonation trifft, verbessert sie häufig und lacht manchmal. Eine ganze Weile lang geht es so hin und her.

Und was heißt *Stern*, Arnold?

Eune êtaile.

Eune êtaile. Klingt schwer und groß, viel schwerer und größer als auf Französisch oder Englisch. Ich glaube, das ist fürs Erste genug, danke für die Geduld. Kann ich dir auch irgendeine Freude bereiten?

Einen deutschen Idioten, den ich windelweich schlagen könnte, kannst du mir nicht herbeihexen. Darum – beschreib mir doch, wie man auf den Eiffelturm gelangt. Weiß der Kuckuck, ob ich je nach Paris komme.

Zu welcher Jahreszeit willst du denn hinaufsteigen?

Im Hochsommer, antwortet Arnold nachdenklich, an einem heißen Nachmittag. Und ich will ganz nach oben.

Manchmal kann man kaum atmen, so scheußlich stickig ist die Luft. In Kombination mit einem leeren Magen und trockenen Augen verstärkt sich die Niedergeschlagenheit. Lucy liegt in der stillen Kälte. Wenn sie kurz in die Kerzenflamme geschaut hat, erscheinen elektrischblaue und fuchsiarote Nachbilder. Alles ist zu viel. Auch Radiomusik würde sie jetzt nicht ertragen. Dennoch entsteht der Wunsch: Sollten wir den Krieg überleben, so werden wir uns als Erstes wieder ein Radio anschaffen. Da erzählt Lucy sich, wie sie zusammen mit Suzanne und Edna die beiden Radios zur Abgabestelle brachten, damals im Sommer 1942, nachdem die Konfiszierung Vorschrift geworden war. Die Machthaber hatten betont, dass die Maßnahme nicht als Strafe zu betrachten sei, sondern rein militärische Gründe habe. Die Bewohner wurden verpflichtet, alle Apparate in die Gemeindesäle zu schaffen, allzu schwere Geräte würde man abholen lassen. Hierfür war allerdings eine schriftliche Bitte an den Gemeindebürgermeister einzureichen. Der Bailiff weigerte sich, die Order über die Ablieferung der Radios zu unterschreiben. Plötzlich tauchte eine Menge Flugblätter auf, welche die Inselbewohner darüber aufklärten, dass man die Besatzer boykottieren könne, indem man die Radios behalte. Die Beschlagnahme von Privateigentum sei laut Haager Konvention nämlich nicht gestattet. Folglich dachten die meisten Bewohner gar nicht daran, sich von ihren Radios zu trennen. Wir kannten die Verfasser der Flugblätter nicht, doch ich machte mich gleich daran, das Blatt zu kopieren und es weiter zu verteilen. Weil die Gestapo keinen blassen Schimmer von den Urhebern der Flugblätter hatte, nahm sie Geiseln. Auch Advokat Giffard warfen sie deshalb ins Gefängnis. Die Geiseln wurden erst wieder freigelassen, als man zwei Brüder als Initiatoren ausmachen konnte. Da fügte sich die Bevölkerung. So wie wir. Die beiden Brüder wurden deportiert. Suzanne, Edna und ich hoben zwei unserer drei Radios auf die Schubkarre, und unter Suzannes unflätigen Sprüchen lenkten wir sie die steile Straße nach Rouges Maisons hinauf. Unterwegs kippten wir die Apparate mehrere Male auf den Asphalt, damit sie kaputtgingen. Edna lachte, doch ich hieß sie, zuzupacken und mit uns wütend zu sein. Das dritte Radio aber behielten wir, denn unter keinen Umständen kam für uns in Frage, das letzte Radio auch noch wegzugeben. Vor dem Krieg hatten wir keines gehabt, aber im Krieg war es uns unverzichtbar geworden.

Die Kerze auf dem Hocker wirft Flackerbilder. Es

ist so still, dass man sich Zärtlichkeiten einfallen lassen möchte. Noch einmal liest Lucy Suzannes Brief mit ihrem Weihnachtsgeschenk, dem *Traum der begrabenen Sterne*: Sterne, begraben am Äquator. Bis dorthin nämlich, wo Erde und Himmel sich am nächsten sind, langt die gewaltige Kriegskraft. Eine große Zahl von Sternen ist heruntergerissen worden. Man findet sie tot oder sterbend entlang der Bahngeleise. Die Menschen hoffen, dass Gott das Fehlen der Sterne am Himmel nicht bemerken wird. Also beseitigen sie die Sternenleichen. Zwei riesige Gräben werden dafür ausgehoben und die Sterne begraben. Nur dürfen die Kinder und Kindeskinder niemals vergessen, was darin ist. Also beschriftet man die Gräber mit Namen wie *Stimme der Elemente* oder *Mund der Jungfrau*.

Genügen Namen, damit die Nachgeborenen etwas begreifen? Wen zieht es überhaupt zu verstorbenen Sternen hin? Blinde Magier und Hirten folgen dem Kometenschweif. Engel zünden den Himmel an. Sag mal, was stellst du dir eigentlich unter dem *Mund der Jungfrau* vor, Suzanne?

Bei der letzten Kontrolltour an diesem 24. Dezember bleibt der kleine Heinrich in der Tür von Suzannes Zelle stehen. Er redet von Briefen seiner in Hannover lebenden Frau, die ihn erschüttert hätten. Der Kleine legt den Finger auf die Lippen und versichert, dass er die Nazis hasse und dass er die Insel als einen Verbannungsort empfinde. Neuerdings müsse er auch um seine Position als Chefwärter bangen. Er glaube nämlich, der große Heinrich wolle ihn vom Platz drängen. Unvorsichtigerweise habe er ihm erzählt, dass er vor der Truppenverschiebung nach Jersey einigen Leuten in Frankreich beim Überqueren der Demarkationslinie geholfen habe. Etwa auf der Höhe von Bordeaux, sehr abgelegen, sichere Sache. Man habe ihn bereits dort *le petit Henri* genannt. Er lebe nun in ständigem Terror und der Ungewissheit des Sieges, des Sieges der Engländer, meine er.

So ist das Inselleben, ein bisschen Verbannung und ein bisschen Spannung. Suzanne macht ein ausdrucksloses Gesicht.

Ein Fluch ist dieses Gefängnis hier!

Das finden Sie? So oder so, fröhliche Weihnachten! In dieser Nacht werden die Tiere sprechen. Und davon gibt es hier bekanntlich genug. Man wird sich nicht sonderlich anstrengen müssen, ihre Gespräche zu belauschen. Doch Ohren spitzen kann nicht schaden.

Der Kleine unterlässt es, Suzannes Zellentür ordentlich zuzuschlagen, er zieht sie nicht einmal ins Schloss.

Lucy hat die Kerze gelöscht. Eine Melodie umfängt sie nun, von Erik Satie könnte sie sein. Oder eine Melodie, die sie früher selber einmal zu Gedichten von Apollinaire oder Desnos oder Rimbaud erfunden hat. Früher. Nachts gibt es die Tragik und den Zauber. Die Züge und die Schiffe fahren nachts vorüber und das Trugbild von Ländern im Tageslicht –

Jetzt ist es gegen Mitternacht. Suzanne stößt die Tür auf und schlüpft aus ihrer Zelle. Zu ihrem Erstaunen sitzt jemand gleich vor ihr am Boden, auf dem obersten Tritt der Eisentreppe, die ins untere Geschoss führt. Der Mann springt auf und sagt in einem amerikanischen Englisch: Hello, sind Sie zufälligerweise eine der beiden Frauen, die zum Tod verurteilt wurden?

Wenn es so wäre, wer wären Sie dann?

George Haas, Pilot der United States Army Air Force. Abgeschossen in der Bretagne. Meinen Kameraden hat es ganz erwischt, mich bloß mit doppeltem Beinbruch, immerhin nur an einem Bein. Die Übermenschen, denen ich dummerweise in die Hände gefallen bin, haben mich nach Jersey verfrachtet. Erst war ich im Militärspital, dann im Lager für amerikanische und britische Kriegsgefangene oben auf Mount Bingham. Ganz schön langweilig, sage ich Ihnen.

Mmh.

Also habe ich mich dort verabschiedet, aber sie haben mich nicht sehr weit laufen lassen. Nun soll ich mich hier erholen. Man sagte mir, ich hätte die schönste Zelle erwischt, sie werde nur Offizieren zugemutet. Habe auch Gesellschaft von einem Landsmann – Clark, den kennen Sie vielleicht schon. Da ich irgendetwas eingefangen habe und ständig aufs Klo muss, wieder und wieder die Klingel drückte, ist der Wärter fast durchgedreht. Darum hat er unsere Tür nicht verriegelt.

Sie sagen *Klingel*?

Ja, die Klingel in unserer Zelle.

Wahrlich sehr feudal. Wir haben Eimer, doch auch die kann man zum Klingen bringen. In dringenden Fällen versuchen wir, uns rechtzeitig durch Klopfen und Rufen bemerkbar zu machen, und manchmal hört uns sogar einer der Wärter. Dann können wir ganz manierlich aufs Klo.

Und, sind Sie eine der Frauen?, fragt der Pilot, zieht die Mundwinkel gegen die Ohren und zeigt seine herrlichen Zähne.

Ja, bin ich. Wie haben Sie von uns erfahren?

Über einen hiesigen Mann französischer Herkunft, der uns im Gefangenenlager versorgte. Er war eine Weile lang auch hier im Politischen. Hören Sie auf meinen Rat: Verfassen Sie einen Bericht über Ihre Angelegenheit, und ich werde ihn an unseren Oberst weiterleiten. Er wird Ihre Exekution zu verhindern wissen. Ich werde auch die anderen Gefangenen auffordern, Berichte zu schreiben. Ich habe konkrete Pläne, wie ich wieder nach Frankreich zu meinen Leuten gelangen und mich für Sie alle einsetzen kann. Nur diese läppischen Mauern muss ich noch überwinden, aber das dürfte eine Kleinigkeit sein.

Suzanne gibt sich Mühe, den euphorischen USA-Bürger davon zu überzeugen, dass er das schön bleiben lassen soll. Eine Einmischung gleich welcher Art würde die Behörden hellhörig machen, sagt sie zu ihm. Dann kann es wirklich gefährlich werden. Trotzdem, Sie wollen unser Leben retten, das rechne ich Ihnen hoch an.

Ich werde es, ich schwöre!

Nein, Sie sollten es lassen. Erfahren die Deutschen davon, dass es uns möglich ist, zu kommunizieren, könnte dies fatale Folgen für uns alle haben. Retten *Sie sich*, das geht in Ordnung. Vielleicht helfen Ihnen meine Hinweise über die hier üblichen, verlässlichen Postwege.

Minuten später hört Lucy drei kurze Schläge an ihrer Essensklappe.

Du bist im Flur!? Mon dieu, Suzanne!

Sie reden miteinander in der Sprache der Engel. Eine ganze Heilige Nacht lang.

33

Man ist versucht, nur vom Taumel zu berichten, den die endliche Einfahrt und Ankerung der *Vega* am zweitletzten Tag des Jahres 1944 abends gegen sechs unter der Inselbevölkerung auslöst – Lebensmittel erreichen Jersey!

Und zusammen mit der Fracht treffen auch zwei Delegierte des Roten Kreuzes ein, der Schweizer Oberst Iselin und sein Assistent Callias. Laut dem Baron soll Iselin ein schlaksiger Mann mit gefurchtem Gesicht sein, ja, das ist er, und er trägt einen eng gegürteten Mantel, einen breitkrempigen Filzhut. Er macht einen verbissenen Eindruck und gibt keinen sehr repräsentablen Vertreter der Hilfsorganisation ab. Callias hingegen fällt mit angenehmen Umgangsformen und Stil auf, ist geschmeidig, gutaussehend und zugänglich, stammt aus dem französischsprachigen Teil der Schweiz und hätte, notiert der Baron, bestens in einen Job im Staatsdienst oder in der Industrie schlüpfen können, so gewandt, wie der ist.

Am Morgen nach Ankunft der Vega laden deutsche Marineangehörige die Paletten aus, die zunächst per Lastwagen in ein Depot an der Esplanade gebracht werden, um sie vor der Verteilung zu überprüfen. Truppenangehörige, die örtliche Polizei und Mitglieder der John Ambulance Brigade stehen entlang der Route vom Pier zum Depot. Bauern übernehmen den Transport zu den Lebensmittelhändlern, wo die Bewohner die Pakete erhalten werden. Pferde ziehen die behelfsmäßig umgebauten Händlerwagen. Die meisten Hilfsgüter der ersten Vega-

Fracht hat Kanada gespendet. Einiges kommt aus England. Seife, Salz, Tabak und medizinische Artikel sind Gaben aus Neuseeland, Babywäsche ist in Portugal bereitgestellt worden. Mehl fehlt.

Die Anzahl der Rotkreuz-Pakete ist so bemessen, dass es garantiert für jeden Inselbewohner eines gibt. Für jeden Inselbewohner eines, die deutschen Wehrmachtsangehörigen bekommen keins. Überzählige Pakete würden zum Vorrat geschlagen, heißt es. Die Vega hat auch endlich wieder Rotkreuz-Postkarten aus England und Nachrichten von den Lagerinsassen in Wurzach und Biberach gebracht. Spätestens in einem Monat, so wünscht der Baron, soll das Versorgungsschiff die Kanalinseln erneut anfahren! Er schnippt mit den Fingern. Hört sich an, als ob die Idee, Hilfsgüter anzufordern, seiner Schläue und Schöpferkraft entsprungen sei. Aber der Initiator für die lebensrettende Bittschrift war der Bailiff. Jedenfalls *erwartet* von Aufsess mit der nächsten Fracht zusätzlich 500 Tonnen Mehl, Hefe und Samen, Schuhe und Kleidung für die Arbeiter, Kerzen, Streichhölzer sowie Leder und Gummi zum Schuheflicken.

Um Kohle wird man zwischenzeitlich in England anfragen. Solche Pläne ergeben sich während der Gespräche an Bord, genauer: während des Essens an Bord, zu welchem Oberst Iselin und Callias sowohl die Inselmächtigen als auch den Bailiff feierlich eingeladen haben.

Krieg ist Krieg, hat der deutsche Baron den Schweizern auf ihre Einladung hin jovial erklärt, da ist es nicht einfach, sich mit seinem Feind an einen Tisch zu setzen. Zugegeben, man vergisst nach so vielen Jahren mehr oder weniger, dass es sich um

Feinde handelt. Aber selbst wenn unsereiner von einem neutralen Staat zu Tisch gebeten wird, bleibt das Problem, verstehen Sie, meine Herren?

Die beiden Schweizer sind aufgeweckte Männer und haben den Bailiff kurzerhand wieder ausgeladen.

Zehn verschiedene Hors d'œuvres werden aufgetragen, unter anderem gebratene Frankfurter Würstchen, Omelettes, Spargel an Sauce hollandaise, dazu viel Weißbrot mit viel Butter. Dem Baron fällt auf, dass die adrette Uniform des schwedischen Kapitäns aus allen Nähten platzt, unfein und unästhetisch ist das. Aber Oberst Iselin ist zu beneiden, weit gereist ist der, hat Eindrücke in Mesopotamien und Indien gesammelt und von da einen großen Schatz abenteuerlicher Geschichten mitgebracht, die er leider in unpassend sprödem, dozierendem Tonfall zum Besten gibt. Die an sich beachtlichen Jagdgeschichten aus Indien befriedigen auf diese Weise gar nicht. Es folgt das Sechsgangmenü, begleitet von Champagner, eine Gaumenfreude!

Ein Ohrenschmaus obendrein ist dieser Callias, der die Aufrichtigkeit und den klaren Geschäftssinn des Barons zu schätzen weiß und ihm deshalb anbietet, aus Lissabon alles herbeizuschaffen, was immer er für sich persönlich wünsche. Die Hand des Barons segelt durch Kartoffeldampf, Serviettentupfer links und rechts, ein Schlucken, ein Wortansetzen – zu Callias' Überraschung schlägt er das Angebot aus. Zeitungen jedoch würde er nicht verschmähen, Dank im Voraus!

Nach dem Essen wird Bohnenkaffee serviert, schließlich besiegeln diverse Liköre die sich über vier

Stunden hinziehende Mahlzeit. Die Schweizer äußern sich tief beeindruckt über die sehr guten Beziehungen zwischen den deutschen Besatzungstruppen und den Inselbewohnern. An den Zuständen könne nichts bemängelt werden, sie seien höchst zufriedenstellend, auch wenn in Genf von rücksichtslosen Abholzungen auf den Kanalinseln, von schrecklichen Lagerzuständen, ja von Massenerschießungen die Rede gewesen sei. Jetzt könne man aufatmen. Mit anderen Worten: Man sei hoch erfreut über die Kinder mit roten Wangen und über die Frauen in Seidenstrümpfen.

Für die Kriegsgefangenen auf der Insel gibt es keine Pakete. Die IKRK-Delegierten versprechen aber, amerikanische und französische Kriegsgefangene künftig berücksichtigen zu wollen. Dagegen werden die Häftlinge im Zivilen mit Paketen versorgt. Im Politischen warten die Inhaftierten ungeduldig. Viele wären bereit, jetzt mit den Russen und den anderen Kriegsgefangenen in der KWHA zu teilen, die Zeiten seit September haben sich geändert.

Zwei, drei Tage vergehen, das Warten steigert sich zu fiebriger Nervosität, manche Jungs werden aggressiv, vermehrt fallen gehässige und zynische Sprüche. Schimpftiraden und Verwünschungen finden Opfer. In der Nacht gibt es da und dort Ringkämpfe.

Der kühne Frank schickt den kleinen Heinrich zur Hölle – aber nur insgeheim, sonst bekäme er gleich wieder ein STRENG –, als dieser verkündet, dass aus unerfindlichen Gründen für die Politischen definitiv keine Pakete vorgesehen seien.

Es bleibt uns nur noch eins, flüstert Frank durch den Wandsprechtunnel zu Peter und Brian. Wir drei. Denn John und Eddie haben keine Lust.

Wir lassen Hugh aus dem Spiel?, fragt Peter zurück.

Sieht ganz so aus.

Joe Mière verdächtigt den Baron, dass er die Verteilung der Pakete blockiert hat. Zweimal ist er unfreiwillig an ihn geraten, erstmals in Gorey, im zweiten Okkupationsjahr. Da hatte der Fünfzehnjährige einen Bleiakkumulator in einem leer stehenden Hotel zu demontieren, das die Deutschen übernehmen wollten. Joe transportierte ein paar der schweren Bleiplatten zum Lastwagen, als der Baron ihm im Gässlein zwischen Hotel und Straße entgegenkam. Wie die anderen Arbeiter, so trug auch Joe Handschuhe, denn Schwefelsäure tropfte von den Platten. Von Aufsess forderte den Jungen auf, sofort Platz zu machen, er hätte nicht im Sinn, sich Kleider und Stiefel beschädigen zu lassen. Die sperrigen Bleche hatten ein unglaubliches Gewicht, Joe war außerstande, sich umzudrehen oder gar rückwärts hinauf zu gehen, er drückte sich an die Mauer. Aber im ungünstigsten Moment entglitt ihm die Platte und streifte einen der Hochglanzstiefel. Von Aufsess' verbale Einschüchterungsversuche waren einigermaßen durchschnittlich: Wenn du noch einmal! Dann aber mach dich gefasst! Wir werden dich! Und ein neues Paar Stiefel werden wir dir in Rechnung stellen! Der Vorfall hatte keine Konsequenzen. Doch später hat von Aufsess noch einmal seinen Weg gekreuzt. Als Joe eben dabei war, für ein altes Ehepaar einen bereits etwas losen Ast einer Pinie abzubrechen. Ein

Auto fuhr vorbei und hielt kurz darauf an. Zwei Uniformierte stiegen aus, einer davon war der Baron. Joe nahm Reißaus und beobachtete hinter einem Torpfeiler hervorspähend, wie er den Leutchen die Identitätskarten und den Ast wegnahm.

Aber nicht etwa der Baron verweigert den Politischen die Rotkreuzpakete, sondern der einheimische Gefängnisdirektor Briard, dem solche Spiele, solche Kunstgriffe teuflisch behagen. Nur selten kann er seine arg eingeschränkte Autorität noch markieren, viel zu selten gewähren die Besatzer ihm ein Quäntchen Handlungsspielraum. Deshalb: *Fort mit Belzas Gitarre!* Oder: *Her mit den Lebensmittelmarken für den Brotkonsum im Gefängnis!*, oder nun eben: *Keine Pakete für die Politischen!* Sollen die von draußen doch ihren feinen Verwandten und Freunden drinnen etwas aus ihren eigenen Paketen abgeben! Fair genug, wenn er als Direktor wenigstens das billigt. Und eigentlich ein Skandal, dass man über seinen Kopf hinweg den Häftlingen im Zivilen Pakete ausgeteilt hat.

So möchte man eigentlich doch nur vom Taumel erzählen, als endlich die Pakete kommen. Sie werden ausgepackt. Man hebt Stück um Stück aus den Kartons, tut es andächtig, gierig, nicht selten unter Tränen.

Edna hat eine Nachricht ihrer Mutter aus England bekommen. Es geht ihr gut, yippee! Die Lerche singt mitten im Winter, das Lachen kitzelt im Hals, bei Gott, ja, wir sind nicht alleine unterwegs! Als gläubige Irin hätte ich keinen Moment daran zweifeln dürfen. Sie inspiziert den Paketinhalt, stellt die Sachen behutsam nebeneinander auf den Küchentisch und nimmt auch gleich Georges Paket in Angriff.

Bloß anschauen und die Vorfreude genießen, erst müssen wir wissen, wie viel unsere Mademoiselles bekommen haben, belehrt sie ihren Mann, als der sich eine der Konservendosen schnappen will.

Und sobald sie in Erfahrung gebracht hat, dass Suzanne und Lucy leer ausgegangen sind, beschließt sie, fast den ganzen Inhalt eines Pakets ins Gefängnis zu bringen: die Schokolade, die zwanzig Kekse, den Zucker, die Unze Salz (mit Pfeffer vermischt), die kleinen und die etwas größeren Konserven mit Butter, Marmelade, gepökeltem Rindfleisch, Schinken, Salm und Sardinen, Pflaumen und Käse, Rosinen aus dem Hohen Atlas – weiß der Himmel, wo das ist –, zu guter Letzt ein Stück Seife.

Mit Fichtenzapfen, Reisig und einer Sprosse der kürzlich noch ganzen Gartenleiter feuert sie am ersten Samstag des neuen Jahres den Herd ein. Großzügig streut sie Teeblätter aus dem Rotkreuzpaket in den Krug, überbrüht sie mit kochendem Wasser, rührt Milchpulver ein und süßt mit Zucker. George hat ihn aus der Kantine entwendet. Sie brauchen ihn nicht mehr zu verstecken, denn die Deutschen haben das Haus inzwischen so leergeräumt, dass vermutlich keiner von ihnen je mehr dort auftauchen wird.

Dann füllt Edna den Tee in zwei kleine Flaschen, steckt diese in je ein Paar Wollstrümpfe, die wärmsten und besten, die sie in Suzannes Kommode noch hat finden können. Ein Bekannter von George fährt Edna mit seinem Fuhrwerk bis an die Stadtgrenze von St. Helier. Überland kreuzen sie den Weg eines anderen mit aufgetürmtem Sperrholz beladenen Wagens. Beide Männer halten ihre Pferde an und gönnen sich ein Schwätzchen. Natürlich spricht Edna die Sprache der Inselbewohner. Als sie noch ein Kind war, ist die Mutter mit ihr von Irland nach Jersey übersiedelt. Es macht ihr keine Mühe, auf Jèr-riais um Preise zu feilschen, gewöhnlich zu reden. Selbstverständlich auch zu schäkern.

Das Sperrholz, erklärt der Bauer vom anderen Fuhrwerk, stamme von den Gebinden, in die die Rotkreuz-Pakete gepackt gewesen seien. Es werde nun als Brennholz unter den Ärmsten der Inselbevölkerung verteilt.

Recht so, sagt Georges Bekannter, möchte aber wissen, wie man die Ärmsten ausfindig machen will.

Und wer hat das überhaupt verfügt?, mischt Edna sich ein, unser Bailiff oder die, denen die Uniformen zu groß geworden sind? Oder gar der Allmächtige selber? Ja, bestimmt unser Herrgott, nun, wo er mit seinen guten Taten wieder in Fahrt gekommen ist! Alles andere würde mich wundern.

34

Draußen treibt dichter, eiliger Schnee und überdeckt das Kreischen der Möwen und das Geläut der nahen Spitalkapelle. Drinnen schließt Otto mit dem üblichen *Exersaïss!* die Einzelzellen von Lucy und Suzanne auf. An seinem drallen, zu kurz geratenen Körper wirkt die Maschinenpistole geradezu albern. Wenn Otto schreit, verschwinden seine Augen zwischen Wangen und Lidwulst, nie wird Lucy sich ans Schreien, an Lärm gewöhnen. Seit neuestem dürfen sich die beiden Frauen eine halbe Stunde lang gemeinsam bewegen. Treten sie in den äußerst engen Flur, ersetzt die von einem einzigen trüben Fenster durchbrochene Steinwand den Horizont aus vertrauter Bucht und ihrem sich stetig verändernden Blaugrün. Suzanne und Lucy sollen vorangehen, Otto folgt ihnen. Selbst der Vortritt ist reine Vorschrift.

Endlose Gebote beidseits der Gitter haben die deutschen Besatzer während der letzten Jahre als gewaltig bedrohliche und absurde Spielregeln in die Welt gesetzt, durch die Dörfer hindurch in jedes einzelne Haus und über die Wiesenpfade hinweg zu den Klippen mitsamt ihren unberechenbaren Ufern. Schon zu Beginn der Okkupation haben die Deutschen auch ein Machtwort zu den königlichen Kartoffeln gesprochen. *No person shall sell or offer to sell any potatoes other than those of the „Royal“ variety*, hieß es. Allein schon dic Vorstellung von gekochten Kartoffeln quält die Menschen im Politischen gegenwärtig. Nachdem ihnen keine Rotkreuz-Pakete ausgehändigt worden sind, haben einige Insassen ein Komitee gebildet und sich schriftlich beim Bailiff beschwert. Der kleine Heinrich rückte einen Bogen anständiges Briefpapier heraus und lieh den Gefangenen seine Füllfeder. Weder Suzanne noch Lucy unterschrieben die Beschwerde.

Für den heutigen Spaziergang müssen sie im unteren Flur bleiben. Die Frauen würden den quadratischen Hof hinter der Wärterloge vorziehen, weil der Schuppen in der Mitte des Hofgevierts für kurze Zeit vor Kontrollblicken schützt. Hier im Flur erschwert der Gipsnebel das Atmen, flugs ist er da, sobald jemand die Wände streift, und auch heute vermengt er sich mit dem Gestank der überlaufenden Aborte. Otto lässt zu, dass Suzanne für Lucy jetzt leise aus der an die Wand gehefteten Hausordnung übersetzt. *Der Arrestant darf außer Anzug, Stiefel und Mütze nur Folgendes in Besitz haben: Soldbuch, Erkennungsmarke, Verbandszeug, Uhr und Trauring. Der Arrestant hat sich täglich morgens zu rasieren.* Im Weitergehen senkt Lucy die Stirn und schaut Suzanne an. Schmutzige, schlaffe Stoffe hängen an ihren Körpern, wenigstens tragen sie nun Wollstrümpfe. Vor dem Durchgang zum Graben, den Eisenstäben mit den bösen Spitzen, bleiben sie stehen und heben und kreisen ihre Arme. Wie Luftschwimmer. Überall auf der Insel ist das Wasser knapp geworden.

Ich danke dir für deinen heutigen Brief, flüstert Suzanne, er hat mich amüsiert.

Wegen dem da?

Ja.

Otto hat sich in eine Ecke gestellt und malmt teilnahmslos wie ein Wiederkäuer. Tags zuvor hat Lucy ihm eine kleine Lektion Französischunterricht erteilt, weil er Mohammed jeweils mit *bon-e appétit-e* weckt. Sie hat ihm erklärt, dass Franzosen im Grunde nur mit dem Ruf *debout les morts!* zuverlässig wachzukriegen seien. Otto hörte ihr respektvoll zu und wiederholte den Ausdruck mehrmals, wie ein braver Schüler. Wie ein sehr schwacher braver Schüler.

Irgendwelche Neuigkeiten?

Der amerikanische Pilot soll entkommen sein.

Gut, dass wir ihn noch mit Ednas verspätetem Weihnachtskuchen gestärkt haben. Bin gespannt, ob er meine Zettel für unsere Freunde in Paris mitgenommen hat.

Und, was denkst du?

Eher nicht.

Eher schon, glaube ich. Wir sind jetzt übrigens sechs Monate im Knast.

Ein Grund zum Feiern, sagt Lucy und beginnt zu summen. Nichts anderes als ein Fluchtmittel zurück zu friedlichen Zeiten ist das. Als die Nacht mit uns an der Küste war. Als wir nachts im Garten mit uns waren. Und tags. Und auch viel früher. Träume, Wortspiele, Erinnerungen und Assoziationen stillen Sehnsüchte. Irgendwo beginnt die Dramaturgie. Lucy empfindet und bestimmt etwas, und immer noch zieht Suzanne mit. Mauern und Stacheldraht verschwinden, augenblicklich sind sie im Théâtre des Champs-Élysées in Paris, und das hier ist ein Gesamtkunstwerk aus Klang, Bewegung und Farbe. Die graugrünen Kostüme und das Bühnenbild stammen von Utrillo.

Plötzlich sind die Schreie der riesigen Möwen, der Mantel- oder Heringsmöwen mit den gelben stechenden Augen und dem rotfleischigen Fleck am

Schnabel doch zu hören, durchdringend höhnisch klingen sie. In diesem Moment erinnern sie aber eher an das schrille Weinen eines Neugeborenen, das in dieser Welt ein Mensch werden soll.

Otto hat ein kleines rotes Apfelgesicht.

Suzanne und Lucy nicken sich zu.

Eine lächelt als Erste.

Im Graben liegt eine dünne, leicht zerknitterte Schneedecke.

35

Dann kommt Joe von seinem Prozess zurück.

Joe is back!, ruft Suzanne, als sie ihn die Treppe vom Erdgeschoss heraufkommen hört.

Andere stimmen sogleich ein.

Ein Jahr und sechs Monate!, schreit Otto mit.

Es ist überstanden, meint Joe etwas später zu seinen zwei Zellengenossen, das ist die Hauptsache. Seit ihm die Zähne herausgeschlagen worden sind, lispelt er zwar nicht mehr, aber ein Gewinn ist es nicht: Ihr könnt mir glauben, dass ich die Fliesen vor dem Eingang zur Villa Silvertide langsam, aber sicher satt hatte. Dass ich froh bin, diese bloody Schweine in ihrer bloody Villa los zu sein. Wir alle sind mit einem blauen Auge davongekommen, nicht zuletzt dank meiner Schwester Marguérite. Sie ist die beste Schwester der Welt. Sie war enorm mutig, weil sie die Beweisstücke vertauscht hat, tolle Pistolen gegen dämliche Schreckschußpistolen. Joe schaut erwartungsvoll in die Gesichter von Hugh und Noel. Und endlich habe ich den Durchblick, ich konnte nämlich auf ein Dokument schielen. Was glaubt ihr, wer uns verraten hat? Vermutlich verraten hat.

Keine Ahnung, sagt Hugh apathisch.

Vielleicht Miss Europe?, fragt Noel. Vom Lippenbeißen, der Mangelernährung oder auch von der latenten Angst hat er Fieberblasen bekommen, überhaupt viele Pusteln statt Kinderhaut, statt der verweinten Augen eine dunkle Furche zwischen den Brauen. Die rotblonden Haare trägt er ganz kurz, da Joe sie ihm alle zwei Wochen stutzt. In den zwei

Monaten KWHA ist Noel um zwei Jahre älter geworden.

Miss Europe, sagst du? Mein Freund, das ist ein Volltreffer, lobt Joe, unsere Feinde gehen mit der Spitzelin tatsächlich um wie mit einer Miss Germany. Das Flittchen von Bode hat uns nämlich verraten, die Betreiberin der Tanzschule an der Midvale Road, dieses Luder. Gibt Tanzabende für die Deutschen und darf auch gleich die Sperrstunde überziehen. Sogar als die Tanzereien überall auf der Insel angeblich wegen Diphtherie und Syphilis eingestellt worden sind, hat die Lillicrap eine Sondergenehmigung erhalten.

Woher willst du das wissen?

Na, das Licht in ihrem Etablissement und andererseits meine Sperberaugen. Ich bin ja nicht auf den Kopf gefallen. Weiß nicht, wie es euch geht, aber *ich* schäme mich für meine Landsleute, für all diese Jerrybags, die ihre Nationalität in den Dreck ziehen. Die Lillicrap muss mich erkannt haben, als wir ihr Haus mit Pech beschmierten. Sie hat es Bode ausgeplaudert, und der wiederum dem Wolf. Einmal in Silvertide habe ich ihn nämlich direkt gefragt, wer die Gestapo eigentlich auf uns angesetzt habe. Sie hätten eben ihre Leute, hat er geantwortet, und diese Leute würden ihre Sache einfach hervorragend machen.

Zur Zeit von Joes Prozess macht der beispiellose Platzmangel im Zivilen die Machthaber erfinderisch. Die Erfindung heißt: Wartelisten für den Gefängnisaufenthalt. Dass man beim Einrücken eine eigene Schlafmatte mitnehmen muss, ist sowieso längst die Regel. Zwar steht seit kurzem eine zusätzliche

Baracke am einen Ende des Gefängnisgartens, und das nicht gerade zur Freude des Gefängnisdirektors, doch auch diese Baracke platzt bereits aus allen Nähten. Jegliche Formalitäten einhaltend, ist wenigstens noch Zement für eine weitere Latrine bewilligt worden.

Während sich draußen etliche Leute auf den Aufenthalt im Zivilen vorbereiten, erzählt drinnen Arnold seiner Nachbarin Lucy durch die Wand, warum er im Politischen ist. Ein Friseur habe ihn angezeigt. Weil jener wegen seiner Informantentätigkeit stadtbekannt sei, habe er, Arnold, eines Tages seine Kunden vor dem Eingang des Salons abgefangen und sie gefragt, ob sie sicher seien, sich in einen Frisierstuhl eines Jèrriais setzen zu wollen, der nicht nur die Läuse springen mache. Der Kollaborateur habe sich nach der Arbeit wohl schnurstracks zur Kommandostelle begeben. Möglich, dass der Friseur ihn zuvor schon einmal mit Flugblättern gesehen habe, ja, höchstens mit Flugblättern, denn dass er auch Waffenbesitzer gewesen sei, habe der Hairdresser bestimmt nicht wissen können.

Und wie bist du an die Waffen gekommen?

Zusammen mit ein paar Kollegen haben wir uns manchmal ins Gewühl des Amusement Parks im Mayfair Hotel gestürzt –

Prima, unterbricht ihn Lucy, den Amusement Park kennen wir bestens, eben dort haben wir einige unserer Slogan-Bilder bei den Geldspielautomaten liegen lassen. Erzähl aber weiter –

Und wir haben dort einem Deutschen die Pistole geklaut, eine verhältnismäßig kleine und leichte

Waffe, ein französisches Fabrikat. Was mir recht gefallen hat. Jedenfalls hat der Friseur unmöglich in Erfahrung bringen können, dass ich eine Waffe besaß. Ebenso wenig weiß meine Großmutter darüber Bescheid, wie ich heute zu einer Mundharmonika gekommen bin.

Oh ja, es kursiert eine. Aber ich höre sie nicht oft. Und wer hat sie dir gegeben?

Ich kenne ihn nicht. Er hat sie mir während des Spaziergangs einfach zugesteckt. Als hätte er geahnt, dass ich diese Dinger mag.

Dann spiel, Arnold, spiel, sobald die Wärter drüben in der Loge sind!

Und nachdem die Mundharmonika einmal mehr den Besitzer gewechselt hat, erteilt der Bailiff dem einheimischen Gefängnisdirektor Ernest Briard eine ordentliche Rüge, und dies in britischem Stil: *Sir, I have the honour to inform you that.* Fährt die Vega das nächste Mal Jersey an, so wird auch jeder Einzelne im Politischen ein Paket erhalten. Mit verbindlichem Dank. Ihr sehr ergebener.

Als der Gefängnisdirektor diese Anordnung des Bailiffs wohl oder übel geschluckt hat, werden entlang der St. Ouen's Bay tote Delphine und Hunderte tote Tintenfische angeschwemmt. Wegen des ungewöhnlich kalten Winters, heißt es. Ednas George jedoch hört von Vermutungen einiger Fischer, wonach der wahre Grund Unterwasserdetonationen seien.

Mittlerweile muss auch der hinterste und letzte in Oberschwaben internierte Kanalinselbewohner sich eingestehen, dass es offenbar Unterschiede zwischen Lager und Lager gibt. In Schloss Wurzach und in den Baracken von Biberach kommen ein weiteres Mal Gefangene aus Bergen-Belsen an. Diese zweite Gruppe jüdischer Kinder, Frauen und Männer soll die leeren Plätze der amerikanischen Staatsbürger belegen, die nach und nach seit November 1942 in den Internierungslagern von Biberach und Wurzach untergebracht waren, jedoch kürzlich Anspruch auf den Schutz Amerikas erhoben und erfolgreich eine Freilassung erwirkt haben.

Ausgezehrte und völlig ungenügend gekleidete Wesen rieseln an diesem Schneegestöberwintertag am Bahnhof von Biberach aus den Waggons, sammeln sich zu einem stummen Bergen-Belsen-Chor. Irgendwann setzt er sich in Bewegung Richtung Internierungslager. Ein paar Schritte von der vierten Linde entfernt löst sich ein einziges kleineres Geschöpf, ein Mädchen, ein Junge, man weiß es nicht, aus der Gemeinschaft heraus, es wankt – und bricht ein. Wie ein durchgeglühtes Holzscheit.

Siebenhundertfünfzig Kilometer westlich von Biberach, in Zelle 10 des politischen Gefängnisses in St. Helier, dreht in einer nächsten Nacht der sechzehnjährige Jimmy durch. Er tobt herum, brüllt, schlägt aufs Mobiliar, auf die rauen Wände und seine Zellenkameraden ein, auf alles, was ihm unter die Fäuste kommt, und er hört auch nicht auf, als aus seinen Handballen und Fingerknöcheln Blut zu rinnen, zu tropfen beginnt.

Ein Stockwerk höher wird Suzanne Zeuge des ungewohnten Lärms, des Jaulens und der

Beschwichtigungsversuche. Recht hat Bunny, wenn er Jimmy jetzt klar macht, mit seinem *bloody yelling* nicht das Geringste erreichen zu können, sondern im Gegenteil damit etwas auszulösen, worunter sie dann alle leiden würden.

Schließlich ist durch die Dielen nur noch ein Schluchzen, ein Wimmern zu vernehmen. Und als dies kein Ende nehmen will und Suzanne lange genug zugehört hat, klopft sie mit der Holzsohle ihres Schuhs auf den Boden. Bunny kann von seiner oberen Holzpritsche aus das Ohr an die Zellendecke halten: Was ist los?

Ich weiß, es ist viel verlangt, trotzdem, leg dich zu Jimmy. Nähe und Wärme werden ihn beruhigen.

Der nächste Tag bricht an und bringt kein Nachspiel. Auch der übernächste nicht, am dritten aber gibt es eine Überraschung für Lucy: Jemand wird im Vorratsraum untergebracht, der an ihre Zelle grenzt. Endlich Nachbarn zu allen drei Seiten hin. Ein deutscher Gefangener mit dem Namen Karlchen wirft nun allabendlich eine Seegrasmatte auf den Boden des bisher unbewohnten und seit vielen Monaten ungenützten Vorratsraums. Karlchen mit seiner zutraulichen Freundlichkeit und dem klugen Kopf war zuvor im Militärischen inhaftiert und trägt noch seine Marineuniform, während er das Brustband, jenes Zeichen eines Kämpfers im Osten, hat hergeben müssen. Lucy misstraut ihm vom ersten Augenblick an. Sie hält ihn für einen Nazi und nimmt an, er habe intrigiert, damit er und nicht einer der Jungs aus Jersey den begehrten Nachfolgeposten von Wassili bekommt – das Putzamt, das einen durch die Flure und Zellen und sogar über die Höfe streifen lässt. Der kleine Heinrich benutzt Karlchen außerdem als Schreibkraft, quasi als seinen persönlichen Chefwärtersekretär. Auch die meisten politischen Häftlinge überzeugt Karlchen schnell von sich, nicht zuletzt dadurch, dass er die Neuigkeiten aus der Welt verbreitet. Er empfängt sie in der Wärterloge, denn selbstverständlich kennt er die Frequenz von BBC, auch wenn er aus einem Ort im westlichen Rheinland stammt, und natürlich hat er schnell herausgefunden, wann er sich gefahrlos am Radio zu schaffen machen kann.

Die groß angekündigten Wunderwaffen sind Seifenblasen, berichtet er Suzanne in fließendem Französisch. In Budapest hat die deutsche Besatzung vor der Roten Armee kapituliert, die Grenze zu Pommern ist längst überschritten worden, Dresden ist ohne Gegenwehr völlig zerstört, das muss man sich mal vorstellen, und aus Belgien haben sie sich zurückgezogen, sagt England, sagt Karlchen, Abertausende tot, Tausende frei.

Suzanne schaut auf der ihr von Evelyn geschenkten Landkarte nach, wo Dresden liegt und untergegangen sein soll. Keine Gefühle, redet sie sich ein, ich kann es mir nicht leisten, noch mehr zu frieren.

Mohammeds baldige Bitte lenkt Suzanne eine Weile von den neuesten politischen Ereignissen ab. Sie soll für ihn vor seiner Entlassung einen englischen Dankesbrief schreiben. Er wolle den Brief seinem ehemaligen Zellenkameraden John zukommen lassen. Weil dessen Familie ihn laufend mit Nahrungsmitteln und Leibwäsche versorgt habe, auch nachdem

John entlassen worden war. Nie, nie werde er, Mohammed, Johns Hilfe vergessen. Nach dem Krieg, das sei sein größter Wunsch, würde er ihn gern in seinem Haus am Stadtrand von Casablanca begrüßen. Das marokkanische Volk würde Mohammeds großmütigem Helfer für ewig jegliche Gastfreundschaft gewähren.

Mohammeds Sätze rühren Suzanne – ein Kriegsgefangener betrachtet sich als Oberhaupt seines Landes.

Nachdem der Mann mit dem roten Fez in die Freiheit entlassen worden ist, treffen die Frauen im Graben auf Karlchen. Er soll im Waschhaus die Hemden der Wärter waschen, was unter den gegebenen Bedingungen mehr als schwierig ist.

Warum hat man Sie eigentlich eingesperrt?, fragt Suzanne vom Türsturz her.

Ihr sachlicher Ton, denkt Lucy.

Weil ich ein Dieb bin, sagt Karlchen. Es klingt trotzig.

Ach so.

Der große Heinrich hat Aufsicht und unterbricht das Gespräch nicht.

Machen Sie sich keine Hoffnung, fährt Karlchen fort, ich bin für Sie uninteressant. Alles Politische hat mich betäubt und hält mich taub. Nach all den Auszeichnungen, die ich über die Jahre bekommen habe, ist das doch ein netter Effekt, finden Sie nicht auch?

Was haben Sie denn gestohlen?

Esswaren.

Sie allein?

Wir waren fünf Marine-Infanteristen. Wir haben

keinem Inselbewohner etwas weggenommen, wir haben uns an die Truppenvorräte gemacht. Konserven haben wir genommen und vertilgt. Alles, was uns gerade in die Finger kam. Warum nicht? Noch lassen die Offiziere es sich gut gehen, aber das Fußvolk muss den Gürtel enger schnallen. Sie glauben mir nicht?

Das ist kein Geheimnis.

Degradierung plus zwei Jahre Konzentrationslager, führt Karlchen weiter aus, weil wir ein paar Konserven nahmen und sie an diejenigen verteilten, die sich selbst nicht getrauten, etwas zu nehmen. Wir fünf sollten eigentlich alle je drei Jahre Lager kriegen. Der Wolf hat mich und einen anderen Feldwebel aber in Schutz genommen und hat die Degradierung und eine verminderte Lagerstrafe verlangt. Ich spucke auf ihn und den militärischen Grad. Auf den Krieg sowieso. Als würden wir Deutschen spätestens in sechs Monaten nicht alle endgültig in der Scheiße sitzen, und der Wolf vermutlich noch tiefer drin als wir.

Wir gehen davon aus, dass Sie richtig vermuten, sagt Lucy hinter Suzanne hervor, wendet sich nach dem Großen um und verzieht den Mund.

Plötzlich geht das Gerücht um, der Wolf wolle sich einschleusen, damit er Präziseres über die Postwege erfahren könne. Fast alle Jungs sind sich darüber einig, dass diesem Schweinehund ein Gefängnisaufenthalt mit klarer Suppe, bloßem Strohsack, Kälte und Ungeziefer gut tun werde. Auf Anhieb, meint Ronie, würden sie den Wolf erkennen, wenn er als Oma verkleidet im Politischen aufkreuze.

Besorgt beobachtet Suzanne, dass die meisten jungen Jèrriais glauben, nach wie vor unverletzlich zu sein. Brächte der amerikanische Gangster etwas in Erfahrung, würde er nach Belieben irgendeinen Häftling zur Verantwortung ziehen, einen für alle.

Nichts dergleichen ereignet sich vorerst. Hingegen soll Michail entlassen werden. Die Bekanntgabe kommt für viele überraschend, während Michail selbst seit einiger Zeit mit dem Abschied von der KWHA gerechnet hat. Die Deutschen auf Jersey wollen die Russen loswerden, nun, da sie ihnen auf dem Festland derart zu Leibe rücken.

Mit Ottos Zustimmung überträgt der Ukrainer Michail dem Rheinländer Karlchen die Aufgabe, Lucy täglich heißes Wasser zu bringen: *Daily*, understand? Und Michail demonstriert auch, was er selber Wassili abgeschaut hat – wie man aus der Wärterloge Tee-Ersatz klaut und an die beiden Frauen weitergibt, damit sie ihn rauchen können.

Bevor er das Gefängnis verlässt und die Zurückbleibenden auch für ihn das Lied *For He's a Jolly Good Fellow* anstimmen, schiebt Michail je einen Brieföffner unter den Zellentüren von Suzanne und Lucy durch.

Selber gemacht, ja, mit Messer und Holz, Messer von Bruder ausgeliehen, antwortet er auf Suzannes Frage. Seine Stimme verrät Sorge – Mutlosigkeit angesichts der Freiheit.

Kurz nach Michails Weggang glückt auch Frank, Peter und Brian die Flucht aus dem Politischen, und im großen Hof geht ein Raunen los.

Was sagst du!? Die sind abgehauen?

Beneidenswert!

Wie haben die das angestellt?

Womöglich auf dieselbe Weise wie die Amerikaner.

Haas und Clark?

Exakt.

Wie sind diese beiden denn entkommen?

Indem sie sich kurz nach der Wärter-Ablösung um sieben Uhr morgens auf die Socken machten.

Socken und Tarnkappen, haha, stimmt's?

Ludwig scheucht die Männer auseinander und mahnt zur Ruhe. Trotzdem kann man weiter tratschen und sich informieren.

Clark und Haas hatten zuerst versucht, von der Latrine neben dem Waschhaus ein Loch auf die andere Seite zu graben. Das gelang jedoch nicht. Da bekamen sie Post. Zuverlässige Hilfe von draußen. Sie lagen startbereit in ihren Betten in der Offizierszelle, als der Kleine sie weckte. In Windeseile zwängten sie sich durch ihr Fenster. Ging fix, weil die Schwedischen Gardinen in dieser vornehmen Zelle locker saßen.

Trotzdem hatten die Amerikaner sich zuvor stundenlang unter den Hockern hindurchgewunden. Übungshalber.

Und weiter?

Im Graben sind die Amerikaner wiederum unterstützt worden. Sie kletterten problemlos über die Mauer und überwanden den Stacheldraht.

Über eine zehn Fuß hohe Mauer?

Glaubt ja keiner!

Eine Leine, eine Strickleiter, die Feuerleiter, jedenfalls sind sie weg.

Und wie also haben Frank und seine Kumpels es geschafft?

Nicht sehr viel anders, auch über die Mauer. Nicht aber durchs Fenster, geht ja nicht, weil die Eisenstäbe enger stehen.

Und nicht morgens, sondern spätabends. Die Nacht voller Sterne, kein Mond. Die Heuschrecke Hugh ist enttäuscht, weil Frank und Peter ihre Pläne ohne ihn geschmiedet und ihn zurückgelassen haben. Und gleichzeitig hat er große Angst, dass man ihn verdächtigt. Die Gestapo könnte behaupten, dass er eingeweiht gewesen sei, sie brächte ihn nach Silvertide und würde mit allen Mitteln Details aus ihm herausquetschen wollen.

Doch der Wolf und seine Leute lassen Hugh in Ruhe. Sie vermuten Fluchthilfe von außen, vor allem aus dem gegenüberliegenden Schwesternhaus. Denn der Gestapo ist hinlänglich bekannt, dass Bunny seit langem mit den Krankenschwestern in Zeichenkontakt steht. Darum wird das ganze Gefängnisareal abgeriegelt und das Schwesternhaus peinlich genau durchsucht. Und tatsächlich: Hinter dem Vorhang in einem der Zimmer versteckt sich ein Bürger von Jersey. Ein braver Mann in Liebeslaune. Er erschrickt nicht schlecht, als Geheime Feldpolizisten breitbeinig und bewaffnet vor ihm stehen und ihn mit der Flucht von Frank, Peter und Brian konfrontieren.

Dann, am frühen Nachmittag des 20. Februar 1945, erwartet ein Wehrmachtshauptmann Lucy und Suzanne im Sprechzimmer. Sie haben keine Ahnung, wer der Mann ist. *Une pien chaiyeuse noufelle* habe er für sie. Scheinbar hält er seine Worte für Französisch.

Sehr erfreulich, sagt Suzannes Blick.

Der Hauptmann hat es nicht eilig. Sein Zungengeräusch lässt auf einen Rest Pâté oder Caramel am Gaumen schließen. Diese Nachricht, erklärt er, muss als generöser Akt begriffen werden. Eine außerordentliche Neuigkeit. Per Funkspruch gekommen. *Tirectement de Perlin.* Von höchster Stelle. Somit habe er die Ehre. Und das nicht alle Tage. Mademoiselle Malherbe und Mademoiselle Schwob seien hiermit begnadigt. Die Todesstrafe sei ihnen erlassen worden.

Die Frauen blicken sich an.

Wie soll Berlin von uns gehört haben? Da gibt es doch bestimmt bedeutend Wichtigeres zu verhandeln?

Tatsächlich kann der Herr Hauptmann den zwei begnadigten Frauen auch nicht sagen, wie die Vermittlung zustande gekommen ist. Aber er gestattet ihnen eine gemeinsame Zelle.

Lucy sieht den Deutschen herausfordernd an: Heißt das, dass wir ab sofort eine Zelle teilen können?

Oui, pien sûr, Mademoiselle, ab sofort, bestätigt er.

Möchten Sie Zelle 3 oder 5?, fragt Otto munter, als er Lucy und Suzanne zurückbringt. Sie dürfen wählen, hat der Chef gesagt. Three oder five, wendet Otto sich an Lucy und streckt die entsprechende Zahl Finger hoch. Er rückt auch seine Maschinenpistole ein wenig nach hinten, so, als hielte er die Waffe von nun an für nutzlos.

Die Aussicht ist von beiden Zimmern aus in etwa dieselbe, sagt Suzanne geziert.

Five, bestimmt Lucy. Wegen Arnolds Nachbarschaft, fügt sie auf Französisch hinzu, während ein Lächeln über ihr Gesicht huscht.

Nummer 5, wiederholt Suzanne auf Deutsch, ja, dieses Zimmer ist auch ein bisschen ruhiger gelegen. Das nehmen wir.

Unter den scharfen Blicken des Kleinen helfen Bunny und Karlchen bei Suzannes Umzug. Lucys Pritsche muss von der Fensterwand weg an die andere Wand gerückt werden, damit diejenige von Suzanne auch in Zelle 5 passt.

An diesem Nachmittag hält der Baron sich in der windgeschützten Bucht bei Les Creux auf, wo Ethel und Cecil Strong wohnen. Er sieht sich nach Bäumen um, die noch gefällt werden können. Irgendwie vergnügt es mich, denkt er, wie unterschiedlich verletzbar Jersey in den vergangenen fünf Jahren friedlicher Okkupation gewesen ist. Zunächst haben wir die Insel aufs Beste befestigt, die schwere Artillerie hat Stellung bezogen. Nach dem Fall der Normandie galt das militärische Hauptinteresse den feindlichen Attacken im Osten, weshalb wir hier zwangsläufig mehr Häuser, mehr Land und mehr Material beschlagnahmen mussten. Schließlich rückte die Insel selbst ins Zentrum, jederzeit hätten Fallschirmtruppen landen können, also stellten wir Sprengfallen auf. Und neuerdings sind bloß noch im Inselnorden Angriffe wahrscheinlich. Aber ich habe mich den Herausforderungen und jeglichen Überraschungen gestellt, immerzu, ich war allzeit bereit, war smart im Aussehn, elegant, im Benehmen sehr gewandt, ja, man muss das Leben eben jederzeit und unbedingt von der sportlichen Seite her betrachten, wendig sein und clever. Was mich unter Umständen dazu zwingen würde, meine Tagebücher – na, für eine etwaige

Flucht liegen glücklicherweise gefälschte Identitätspapiere bereit. Notfalls würde ich mich damit als französischer Arbeiter ausweisen können. Jetzt aber erst mal ran an die Bäume!

In dem Augenblick tritt Ethel Strong aus ihrem Haus, kommt geradewegs auf den Baron zu und erkundigt sich, was ihn in ihre Bucht führe.

Bäume, sagt er von oben herab, Brennholz. Warme Mahlzeit, warme Füße, Sie verstehen, Madam.

Ethel hält das eilig um Kopf und Schultern geschlagene Wolltuch unter dem Kinn fest: Ich verstehe sehr wohl, Herr Baron, wer friert schon gerne? Dennoch dürfen zwei einzigartige Pappeln unter keinen Umständen geschlagen werden, vor allem auch deshalb nicht, weil der Volksglaube mit diesen Bäumen Glück *und Heil* für alle verbindet, die je die Insel betreten. Außerdem wirkt das ätherische Öl der Pappelknospen Wunder gegen Gelenkrheumatismus, und Pappelsalbe lindert und heilt auch Verbrennungen sowie Entzündungen und sogar, erlauben Sie, Herr Baron, Hämorrhoiden, dieses *grenzenlos* verbreitete Übel.

Da wendet er den Blick schräg hinunter zu der kleinen Frau, wortlos, angeekelt.

Als Ästhet sowie als Naturliebhaber, fährt Ethel unbeirrt fort, sei er womöglich der einzige auf Jersey, dem es einleuchte, diese beiden Bäume verschonen zu müssen. Der Baron gibt ihr sein Wort. Sie lädt ihn zum Tee ein, Rosenblütentee, der von Leuten seines Standes zweifellos gemocht wird. Cecil Strong zeigt sich nicht. Der Baron schaut sich im mit Souvenirs gefüllten, gemütlich-schmuddeligen Wohnraum des kleinen Hauses neugierig um.

Ich habe zwei wunderschöne alte Bäume vor dem Beil retten können, schreibt er abends auf, bevor er sich auf den Weg macht zu seiner neuesten Eroberung, dem jungen Fieldingding, dessen jugendliche Sinne eben erwacht sind, rechtzeitig herangereift zu ihrer kleinen Zweisamkeit.

Während die noch vor Wochen sehr schüchterne und alsbald sehr in ihn verliebte, sehr junge Miss Fielding den Baron allein schon durch ihr Klavierspiel entzückt, und Lieder singt, die er nicht kennt, werden überall auf der Insel Hakenkreuze auf Häuser gemalt. In einer einzigen Nacht, mit Teer, hingeschmiert mit Schwämmen oder Lappen, Hunderte von Kreuzen. Man erzählt sich, dass Marinesoldaten diesen Job ausgeführt hätten, doch wozu, das kann niemand erklären. In den nachfolgenden Tagen versuchen die Hausbesitzer, die Kreuze zu entfernen, sie zu übermalen oder gar Union Jacks daraus zu machen.

Suzanne und Lucy erfahren von der Hakenkreuzaktion über Karlchen. Er ist es auch, der ein Goethe-Gedicht entdeckt. Es steht auf der Frontseite der *Inselzeitung*, unter dem Brustbild eines Soldaten in Kampfmontur. In der Wärterloge schnipselt Karlchen drei Zeilen des Gedichts aus und gibt das Fetzchen Papier an Suzanne weiter. Wieder sind sie zu dritt im Graben, Otto hat sie eingeschlossen.

Nimmer sich beugen, kräftig sich zeigen, rufet die Arme der Götter herbei, liest Suzanne und übersetzt.

Nett, sagt Lucy, zuletzt spannen sie noch den alten Goethe für ihre Sache ein.

Nun, auch wir können uns immer wieder auf ihn berufen, so ist das mit den großen Dichtern.

Karlchen nickt zustimmend und berichtet auf Französisch, dass es im Reich von Tag zu Tag schlechter werde. Die Wehrmachtseinheiten lösten sich vielerorts auf, was Himmler zu verhindern versuche. Gesteigerter Naziterror gegen Chaos, was er, Karlchen, der BBC zur Abwechslung nicht glauben möchte. Auch nicht, dass Knaben eingezogen und an die Front geschickt würden.

Suzanne schweigt.

Bevor Karlchen weiterredet, zieht er aus seinem Matrosenhemd ein Medaillon und klappt es auf: Wenn der Krieg aus ist, werde ich nach Biarritz zurückgehen. Da wartet meine Braut. Ja. Ich könnte es verstehen, wenn Sie jetzt denken, dass ein Nazi vor Ihnen steht, der sich einschmeichelt, indem er von einer Liebe in Frankreich spricht. Es ist aber nicht so. Sehen Sie her, das ist sie.

Suzanne zieht die Brille aus ihrer fleckigen Jackentasche und betrachtet die junge Frau. Ungeschminkt wie aus einem Film, hübsch, doch. Sieht charmant aus, sagt sie.

Lucy interessiert die Französin nicht, und sie dreht im Graben bereits ihre Runden. Ihre Antipathie gegenüber Karlchen braucht sie nicht zu verbergen, schlimmstenfalls wird er ihr kein heißes Wasser und keinen Tee-Ersatz mehr bringen. Das nimmt sie in Kauf.

1942 war ich in Biarritz und habe das Paradies entdeckt, nimmt Karlchen den Faden wieder auf. Weil Véronique mich erobert hat. Nie hätte ich mich selber getraut, mit ihr oder überhaupt mit einer Französin *une amourette*, ein Techtelmechtel, anzufangen. Im Dezember 1943 bin ich hierher versetzt worden. Nach dem Krieg wollen wir heiraten. Schon lange habe ich nichts mehr von ihr gehört, wie hätte ich auch, aber ich bin zuversichtlich. Meine Eltern haben die Nazis von allem Anfang an verachtet. Ich war zu jung, die Hitlerjugend hat mich verdorben. Soldat wollte ich werden, das war mein Ziel. Es war mir zunächst unmöglich, die Ansichten meiner Eltern zu begreifen und zu übernehmen. Doch im Krieg habe ich verstanden, dass ich zu nah an der Grenze zu Frankreich aufgewachsen bin und mit dem tierischen Gehorsam der Deutschen im Grunde nichts gemein habe. Ich habe einfach mitgemacht, zu lange, und ich schäme mich dafür. Ihnen nützt das nichts, ich weiß.

Suzanne sagt ein einziges Wort: Immerhin.

Karlchen kehrt ein Häufchen Asche aus dem Waschofen: Bode hat mich, weil ich mehrere Sprachen kann, vom Militärischen ins Politische versetzt, damit ich Sie alle hier bespitzle. Ich soll ihm rapportieren, wie die Häftlinge kommunizieren, welche Vorgänge die Wärter begünstigen und worauf man ein besonderes Auge werfen sollte. Selbstverständlich bespitzle ich niemanden, und es ist mir klar, wie verhältnismäßig lächerlich diese Revanche ist. Trotzdem, ich bin es mir und meiner Verlobten schuldig. Und meinen Eltern.

Solche wie Karlchen hätte ich mit unseren Papieren erreichen wollen, sagt Lucy später zu Suzanne. Vielleicht ist mein erster Eindruck von ihm doch falsch gewesen. Obgleich, reden können sie immer, ohne nachfolgende Taten lasse ich mich nicht restlos überzeugen.

Einige Tage, nachdem Karlchen das Foto von Véronique hergezeigt hat, werden die bisherigen Kommandanten abgezogen und durch hohe Offiziere der Marine ersetzt. Es ist Anfang März 1945.

Heißt das, dass der Krieg nächstens zu Ende ist?, fragt Edna erwartungsvoll, als George davon erzählt.

Der neue Kommandant soll ein rabiater Nazi sein, he has a skeleton in his cupboard, er hat viel Dreck am Stecken, weißt du. Man sagt, die Seestreitkräfte müssten die Häfen noch besser absichern, darum seien die Kommandoposten nun mit Leuten aus der Marine besetzt worden. Was das bedeuten mag? Tja. Gestern Abend gab es in der Stadt einen Tumult zwischen Soldaten und Marineangehörigen. Sie sollen mit Messern aufeinander losgegangen sein. So was sieht für uns ziemlich vielversprechend aus. Außerdem hat man in der Stadt Flugblätter in deutscher Sprache gefunden. Die Blätter hetzen gegen die Nazis auf, auch gegen Hitler. Bereits sollen Übersetzungen dieser Blätter die Runde machen. Das Ende des Kriegs? Schön wär's, meine Süße. Nicht wahr, ich und du und noch einige andere wären bereit für einen Jig, einen doppelten und dreifachen, und ich versteh schon, dass du wieder einmal jede Menge echtes Mehl haben möchtest, stimmt's?

Nicht nur! Auch einen großen Topf Irish Stew!, antwortet Edna ganz verzückt.

Der Gezeitenstand und die Mondphasen sind offenbar auch wegrationiert worden. Jedenfalls veröffentlicht die *Evening Post* seit Januar diesbezüglich keine Zahlen mehr. Alle Informationen, nach denen entsprechende Berechnungen angestellt werden könnten, bleiben der Zeitungsredaktion vorenthalten. Deshalb ist man allgemein im Ungewissen über die Intervalle des Bewegungsspiels von Ebbe und Flut und darüber, wann auf die Sanftmut des Atlantiks zu zählen wäre, und wann mit dem Grollen und Peitschen der Wogen zu rechnen ist. Bloß ein Dutzend sehr erfahrener Fischer weiß den Tidenhub noch im Voraus zu bestimmen. Im Grunde ist es unwesentlich, dass die Angaben in der *Evening Post* unterschlagen werden, sind Strand und Meer doch praktisch für jedermann Sperrzone. Nur zu gewissen Zeiten ist es einigen wenigen Jèrriais erlaubt, an diesen oder jenen Strandabschnitten Seeohren zu fangen – das *ormering* zu betreiben. Glücklich, wer ein großes Exemplar erwischt, und noch glücklicher, wer es gegen ein Ei eintauschen kann. Vom maximal kontrollierten Fischfang mit seiner unterdessen minimal gewordenen Ausbeute fällt für die Inselbewohner, wenn überhaupt, nur ein kleiner Bruchteil ab.

George trägt wesentlich seltener als früher und höchst vorsichtig Fisch- und Weichtierhappen mit oder ohne Butter aus der Offizierskantine zu Edna hinüber. Aber er beobachtet neuerdings in der St. Brelade's Bay deutsche Soldaten, die offensichtlich Netze von Tennisplätzen oder von leeren Geflügelgehegen gemaust haben und damit Scharen von Schnepfen einfangen. Das Holz für die Feuerchen treiben sie gar nicht mal so heimlich auf, Gartentore, Zaunlatten und Möbel kann man überall finden.

Was den Mond betrifft, so erfährt Lucy eine Art Trost, wenn sie ihn, von einem der Gefängnishöfe aus, bleich und abgenutzt wie ein Stück Seife am Taghimmel erblickt. Oder wenn sie in der Dunkelheit, unter dem kleinen Zellenfenster stehend, einer aus Messing gestanzten Sichel beim zögerlichen Steigflug zuschauen kann.

Was die Sturmflut betrifft, die über Nacht den fast fünf Meilen langen und acht Meter hohen Strandwall in der St. Ouen's Bucht arg demoliert hat, so kann es Suzanne nicht lassen, ein altes Thema aufzugreifen. Weißt du noch, sagt sie zu Lucy, was dich damals umgetrieben hat?

Wann damals?

Zu Weihnachten, als du, jung und sehnsüchtig, nicht zu Bob nach Jersey hinüberfahren konntest –

Vor Jahrhunderten –

Die wild werdende See, du wolltest sie dir begreiflich machen, die ständig lauernden Strudel, die zerschmetternde Kraft der Wogen, den –

Man weiß selten etwas über das, was uns abhält oder bedroht, manchmal, aber nur manchmal, wird man viel später sehr viel klüger. Jetzt erspar mir die alten Zeiten, was soll ich damit noch anfangen? Mein Hirn ist so trocken wie meine Augen, wie alles an mir. Ich bin nur damit beschäftigt, die winzigen Lebensgeister einzufangen, bevor sie vollends entfliehen. Lebensgeister, Tag- oder Nachtfalter, nicht aufspießen, nur nicht hinter Glas mit ihnen, sich ihrer zart, ganz zart bemächtigen und von ihnen das Zittern übernehmen –

Dem Zittern mag die große Bewegung folgen –

Einerseits. Aber andererseits sind wir seit Monaten in Gestank und Gipsgewölk eingesperrt. Ich bezweifle, dass sich je wieder ein Falter oder eine Fliege in meine Nähe verirrt. Und womöglich stammt der Gips gar nicht von den Wänden im Flur, ist durchsetzt mit Ungeziefergift, wird in kleinen Dosen durch die Lüftung versprüht, während wir in unseren Zellen stecken? Nachts, verstehst du? Hören wir deshalb Stiefelschritte?

Mach dich nicht verrückt, sagt Suzanne liebevoll. Die einfache Erklärung, warum es außer Läusen und Flöhen keine Insekten gibt, lautet: Es ist frühestes Frühjahr.

Hin und wieder, wenn es Zeit ist für die halbe Stunde Spaziergang, bleibt Suzanne lieber in der Zelle. Lucy hingegen hat immer Bewegungsdrang, hängt sich entweder an die Sprungturmleiter im Graben oder streift im oberen oder unteren Flur herum, geht neugierig von Zellentür zu Zellentür. Lauscht. Und schaut durch eines der Gucklöcher, sofern sich eine günstige Gelegenheit ergibt.

Auf diese Weise entdeckt sie in Zelle 2 zwei neue Deutsche, einen Marinesoldaten und einen blonden Feldwebel. Bisher sind hier Jèrriais eingesperrt gewesen, mit denen Suzanne und Lucy nie in näheren Kontakt getreten sind, nachdem ihnen aufgefallen war, wie unloyal sie sich jeweils den Russen und auch den anderen Gefangenen gegenüber benommen haben. Der Marinesoldat, den Lucy durch den Türspion betrachtet, könnte beim Film einen Frauenbetörer spielen, während der Feldwebel sich für die Rolle des drachenkämpfenden Siegfried eignen würde. Wer sind die beiden aber wirklich?

Karlchen weiß mehr. Der Marinesoldat gelte als Anstifter zu einem handfesten Konflikt zwischen Wehrmachts- und Marineangehörigen. Und der Blonde sei darum inhaftiert worden, weil er desertieren wollte. Warum die beiden im Politischen statt im Militärischen gelandet seien, wisse der Kuckuck.

Lucy und Suzanne treffen weder Siegfried, wie sie den Blonden getauft haben, noch den Seemann in den nächsten Tagen am Becken an. Die Stunden gehen dahin, Nächte und Tage, manchmal hört man bedeutend mehr Flugzeuge, gelegentlich fliegen sie auffallend tief, doch man weiß nicht, ob einen das beruhigen soll. Einmal hören die Gefangenen die Feuerwehrsirene, weil ein kleines Waffenlager in einer von den Deutschen okkupierten Garage explodiert ist und zwei Lastwagen und ein Motorrad in Brand gesteckt hat. Sonst nichts Besonderes.

Irgendwann, als Otto die Frauen geradezu in den Flur bittet, steht die Zellentür der beiden Deutschen weit offen. Siegfried tritt über die Schwelle und lehnt sich an die Wand, nur Schultern und Nacken berühren den bröselnden Gips. Es stäubt hell. Otto tut, als sei es die natürlichste Sache der Welt, Türen im Gefängnis offen zu halten. Der Marinesoldat ist mit verschränkten Armen und vornüber hängendem Kopf in der Zelle stehen geblieben.

Siegfried zückt einen Kugelschreiber der Royal Air Force und einen Minenhalter, präsentiert beides auf der Handfläche. Ob Otto mit ihm tausche? Gegen zwei Zigaretten?

Otto gibt ihm die Zigaretten, will dafür aber nichts nehmen.

Siegfried wendet sich den Frauen zu. Er sagt stockend: Sie werden mich töten. Ich bin verurteilt worden. Gestern.

Weil Sie desertieren wollten?, fragt Suzanne.

Weil ich beiläufig sagte, es käme für mich unter Umständen in Frage. Zu desertieren. Je nachdem, wie sich die Lage hier entwickeln würde. Ich erwähnte dies unter Kameraden. In einem persönlichen Gespräch. Abends. Bei ein paar Schlucken gestohlenem Schnaps. Die Flasche ging reihum. Verstehen Sie?

Sanft wie ein Schaf, denkt Lucy. Wie kommt so einer dazu, Feldwebel zu werden?

Sie haben kurzen Prozess mit mir gemacht. Siegfried blickt ins Leere. Ich. Will. Nicht. Sterben.

Sie werden nicht sterben, sagt Suzanne. Wir sind auch zum Tod verurteilt worden, schon vor fünf Monaten. Ein Todesurteil besagt auf Jersey gar nichts.

Otto muss die Begegnung absichtlich herbeigeführt haben.

Suzanne schaut zu ihm hinüber und wendet sich danach wieder an Siegfried: Geben Sie nicht so leicht auf, Sie haben noch ein ganzes Leben vor sich. Wie alt sind Sie?

Fünfundzwanzig.

Suzanne sagt nicht: Sie haben die Robustheit und Physiognomie eines Germanen, sagt jedoch: Das ist ein gutes Alter. Man wird Sie bestimmt begnadigen, weil man Sie noch braucht. Verstehen Sie, sogar unser Urteil haben sie aufgehoben, obwohl wir tatsächlich einiges gegen die Besatzer getan haben.

Siegfried nickt.

Wir haben Flugblätter geschrieben und unter die Soldaten verteilt, haben darin gegen das deutsche Regime aufgehetzt.

Auch der Seemann und Otto hören zu.

Am Morgen steht man auf, fährt Suzanne fort, und am Abend legt man sich hin. Dazwischen sind wir wie Tiere auf dem Weg zur Tränke. Vernachlässigte Tiere allerdings. Aber es gibt Gefangene und es gibt Wärter, an die Sie sich halten können. Dieser oder jener wird mit Ihnen auch Nahrungsmittel teilen, wenn neue Rotkreuz-Pakete kommen. Übermorgen, so haben wir gehört, soll das Schiff wieder anlegen. In der KWHA darf man sich nicht einschüchtern lassen, weder von den Regeln noch von den Uniformen. Eben missachten wir das Redeverbot, dort steht's: *Streng verboten ist Unterhaltung, Rauchen, Lesen und Bekritzeln der Zellenwände* – praktisch alles wird uns offiziell untersagt. Doch vieles muss man dennoch tun.

In Siegfrieds traurigen Augen steht Wasser, zum Ertrinken.

Otto scheint betreten. Vielleicht ist es ihm nicht recht, jemanden zu bewachen, der ihm im Grad und der sozialen Klasse überlegen ist und sich doch so hilflos fühlt.

Seien Sie zuversichtlich, sagt Suzanne zum Schluss.

Siegfried nickt wieder. Da blickt der Seemann auf und erwidert anstelle von Siegfried: Das wollen wir sein.

In der folgenden Nacht findet Lucy keinen richtigen Schlaf, wie in den Jahren vor der Gefängniszeit liegt sie halb wach, ganz wach, taucht höchstens für ein paar Momente in einen Traumschlaf. Sie hört Schlüssel und Stiefel und schon lange nicht mehr vernommene Geräusche. Ein Gedankenkarussell setzt sich in Gang und führt sie durch Verschwommenes, sich Entziehendes, dann wieder an scherenschnittartig Präzisem vorüber. Die Wortbänder, auch das noch. Auf einmal zucken ihre Beine, sie schreckt hoch und könnte nicht sagen, ob sie nicht doch geschlafen hat.

Morgens weckt Otto lauter und gellender als üblich.

Wenig später bestätigt Karlchen, dass man Siegfried im Morgengrauen exekutiert hat. In Windeseile weiß es das ganze Gefängnis.

Tags zuvor hat der Wolf die KWHA inspiziert, weil das Militärische und das Politische völlig überbelegt sind. Eine Überstellung der Verbrecher nach Alderney sei nicht mehr möglich, obgleich das dortige Straflager noch intakt ist. Nun soll das Chelsea Hotel, das sich in der Nähe des Gefängnisareals befindet, genutzt und neue Verurteilte sollen umgehend darin untergebracht werden.

Die Gefangenen in der KWHA haben keine Ahnung von der neuen Order. Auch von den in diesen Tagen verlautbarten, verschärften Regeln der Besatzungsmacht gegen die Zivilbevölkerung erfahren sie nichts. Seit neuestem ist der Wach- und Patrouillendienst nämlich befugt, Diebe bei den Feldern und Gewächshäusern abzufangen und sie tagsüber einzusperren. Falls Fluchtanzeichen bestehen, kann von den Waffen Gebrauch gemacht werden. Nachts darf ohne Vorwarnung auf stehlende Leute geschossen werden, beziehungsweise auf Menschen, die sich auf Ackerland verdächtig vornüber beugen, oder auf Personen, die sich anschicken, ein Gewächshaus zu betreten.

In diesen Tagen kann die Leserschaft der *Inselzeitung* etwas von der derzeitigen aufwendigen Aufführung des *Wilhelm Tell* durch Artilleristen erfahren – vierzig Darsteller, von denen keiner zuvor je ernsthaft Theater gespielt hat, und fünfzig Ausstatter. Man reduziert Schillers Schauspiel von Freiheit und Vaterlandsliebe auf die Szenen *Rütlischwur, Apfelschuss* und *Gesslers Tod,* gesprochen wird vor Geschützbunkern auf Jersey. Eine Erstaufführung. Für den Gessler und sein Gefolge sind die vier zurzeit im Ernährungssektor tätigen Pferde bühnenwirksam aufgezäumt worden. Unter den zwei- bis dreihundert Zuschauern befinden sich neben den Befehlshabern auch hohe Gäste aus der Schweiz. Es sind dies zwei Ärzte, die sich gegenwärtig als Vertreter des Internationalen Roten Kreuzes auf der Insel aufhalten und als Eidgenossen ihren *Wilhelm Tell* natürlich auswendig können. Die Aufführung sei, so stellt der eine Schweizer fest – behauptet die *Inselzeitung* –, ein erfreuliches Zeichen für die geistige Regsamkeit, und sie lasse in keiner Weise etwas von einer Inselpsychose spüren.

Am Tag von Siegfrieds Hinrichtung führt der kleine Heinrich Lucy und Suzanne in den Hof mit dem Schuppen. Nach der üblichen halben Stunde holt er die Frauen zurück.

Vor der Zelle stellt Suzanne sich sehr aufrecht hin: Wissen Sie noch etwas über den Getöteten?

Nicht viel. Ich habe ihm vor seinem letzten Gang Kleider und Handschuhe anziehen müssen. Der Feldwebel hat das Hundeleben beklagt, zu dem ihn dieser Krieg verdammt habe. Er hat Deutschland beschimpft, gestern Nacht, und Frankreich ebenso, weil die Franzosen es unterlassen hätten, beizeiten mit ihren Truppen nach Berlin vorzudringen und den Nationalsozialismus im Keim zu ersticken. Der kleine Heinrich spricht fast tonlos und sehr hektisch, versichert sich mit Blicken, dass niemand außer den Frauen ihm zuhöre. Nur Suzanne versteht ihn, Lucy gibt sich aber Mühe, seine Mimik zu lesen, und stellt fest, dass er eigentlich nichts als eine armselige Marionette ist.

Die Ereignisse überschlagen sich, sagt der Kleine weiter, die Autorität hat die Diebstähle auf der Insel nicht mehr unter Kontrolle, die Soldaten stehlen in den Bäckereien Mehl, weil sie nichts mehr zu fressen haben. Man muss verstehen, dass jeder, der. Unvermittelt bricht er den Satz ab, scheucht die Frauen in die Zelle, schlägt die Hacken zusammen, grüßt militärisch, setzt den Finger auf den Mund und sperrt die Tür zu.

Suzanne lässt sich auf die Pritsche fallen.

Hältst du es für falsch, dass ich Siegfried die Angst ausreden wollte?

Es war nicht falsch. Aber selbst wenn – es ist schrecklich genug. Was können wir denn noch?

Kann sein, dass unser *Soldat ohne Namen* mehr deutsche Tote auf dem Gewissen hat, als wir uns vorstellen können. Ich habe immer auf die Kraft der Wörter gebaut. Ich weiß, sie können heilen oder vergiften. Von Karlchen ist bekannt, dass er ein Flugblatt ergattert hat, und er ist uns auch darum freundschaftlich verbunden. Hat Siegfried wohl eines unserer Papiere gelesen?

Vielleicht. Eine Antwort bringt nichts. *Siegfried* – wir kennen nicht einmal seinen richtigen Namen.

Siegfried wird wie die anderen während der Okkupationszeit Hingerichteten und wie einige der zahlreichen durch die OT auf Jersey zu Tode geschundenen Männer auf dem Cemetery Mont à l'Abbé am Stadtrand von St. Helier beerdigt, auf dem Areal für die Fremden. Denn als Feldkommandant Knackfuss seinerzeit den Heldenfriedhof auf dem Friedhofsareal von St. Brelade initiiert hatte, gab er gleichzeitig die Order heraus, dass künftig alle unrühmlich Verstorbenen – Schandflecke auch nach dem Tod – auf dem Mont à l'Abbé zu begraben seien.

Will man heutzutage irgendein Grab eines Fremden von damals aufsuchen, so sucht man vergeblich. Längst sind die Überreste sämtlicher ehemals kriegswilligen und verstorbenen Deutschen über das Wasser nach Frankreich auf den Mont d'Huisnes gebracht worden.

Wer aber lag auf dem Mont à l'Abbé oberhalb von St. Helier?

Du bringst in Erfahrung, dass möglicherweise das Park Department eine Liste der dort beerdigten Menschen habe. Darum empfiehlt es sich, bald einmal die Rouge Bouillon zum Park Department hinanzugehen. Es ist dieselbe Straße, die Lucy und Suzanne samt Chauffeur und Leibwächter zum Kriegsgericht geführt hat. An diesem gehst du vorüber, es ist ein heller und drückender Tag. Du erreichst den Scheitelpunkt der Queen's Road außerhalb der Stadt. Angrenzend an einen Kartoffelacker stehen Office, Gerätschaften und Fahrzeuge des Park Departments. Kräftige Männer kommen dir zuvor und stoßen mächtige Türen vor dir und für dich auf und machen scherzhafte Bemerkungen. Später wird einer von ihnen dir anbieten, dich mit einem Offroader in die Stadt zurückzufahren.

Zuvor erkundigst du dich aber danach, ob es in diesem Office Friedhofspläne aus der Besatzungszeit gebe. Niemand scheint überrascht zu sein, diese Frage zu hören. Als habe man sie seit Jahren erwartet. Jemand öffnet eine unscheinbare Blechtür in der grauen Wand und zieht einen mehrfach gefalteten Plan heraus. Öffnet ihn und legt ihn auf einen mit viel Tagewerk bedeckten Tisch. Das Dokument ist sperrig, von Feuchtigkeit leicht beschädigt.

Da.

Nur wenige Namen. Diese Männer galten damals nicht als Helden. Du liest: *Georg Kiel, 7.4.45.*

Georg statt Siegfried. Siegfried und Georg. Lucy und Suzanne waren nah dran: So wie der mittelalterliche Siegfried hat der um vieles ältere Georg einen Drachen bezwungen. Georg wurde Schutzpatron von England, und seit Jahrhunderten dürfen sich die Artisten, die Schmiede und Wanderer und auch die Bauern samt Vieh und Pferden von ihm Beistand erhoffen, weltweit. Und nicht zuletzt soll der heilige Georg seine schützenden Kräfte für die Soldaten und die Gefangenen wirksam machen.

Am Abend von Georg Kiels Tod bewegt Lucy sich alleine im Flur. Es ist, als hätte jemand die Gänge mit

Watte ausgestopft, sie hört nichts, ein überfülltes Gefängnis und so still.

Lucy drückt den Schieber des Gucklochs instinktiv beiseite, um nachzusehen, ob der Seemann noch in der Zelle ist.

Er sitzt in Uniform auf der Pritsche und fixiert die andere Pritsche, auf der verschiedene Kleider und Dinge liegen. Lucy sieht ihn nur im Profil, seine bleifarbene Haut fällt ihr auf, die violette Augenhöhle, seine angespannte Wange. Die Lippen des Mannes bewegen sich. Als beteten sie einen Rosenkranz. Seine Hand umkrallt das Eisen der blanken Pritsche. Lucy schämt sich für ihre Indiskretion. Die Zigarette kommt ihr in den Sinn, die sie sich vorhin gedreht hat. Sie holt sie, schiebt sie unter Zelle 2 durch, klopft und will sich entfernen.

Otto hat sie beobachtet, Lucy hat es gespürt, nun schimpft er los. Muss er Tag für Tag Zeuge werden von der Schlechtigkeit jedes einzelnen Gefangenen?! Auch diesmal wettert Otto pro forma, er richtet seinen Ausbruch an die Flurwand.

Lucy stellt sich zwischen Wärter und Wand. Sie sieht ihm geradewegs in die Augen und sagt leise, energisch und doch nicht ohne Wärme: Stop it Otto. Be kind.

Von da an schimpft er, tobt er nicht mehr. Nächstens fragt er sogar bei den Frauen an, ob sie etwas Brot für den Marinesoldaten hätten. Otto arrangiert es so, dass sie ihre kleinen Gaben für diesen oder jenen Mitgefangenen fortan selber übergeben können. Bloß mit den Briefen ist immer noch Vorsicht angebracht, weil sie unversehens in brutale Hände geraten können.

Schließlich bedrängt Suzanne den Kleinen, den Seemann aus der Einzelhaft zu erlösen und ihn in einer Gemeinschaftszelle unterzubringen. Auch angesichts der Platznot wäre das eine gescheite Handlung. Ihnen als Chefwärter muss so was doch einleuchten?

Er habe keine derartigen Anordnungen, antwortet der Kleine.

Es wäre ja nur eine nette Geste, von Mensch zu Mensch.

Kurz darauf wird Erich, der Marinesoldat, bei einem weiteren Deutschen und beim Holländer Siebe in der stinkendsten Zelle untergebracht, in Nummer 8 am Flurende neben dem Klo.

37

Inzwischen wird für die Männer im Soldatenheim in St. Brelade zweimal wöchentlich eine Freizeitbeschäftigung angeboten: *Soldaten basteln fuer sich und ihre Kameraden. Jeden Dienstag und Donnerstag ab 14 Uhr findet unter Anleitung des Holzbildhauers Dreving die Bastelstunde statt. Schnitzmaterial und Werkzeug wird vom Soldatenheim gestellt.*

Und auch Ethel Strong sorgt für eine weitere Überraschung, weil sie nämlich Ednas Samstagspaket für Lucy und Suzanne zwei blau-weiß-rote Bänder beigelegt hat. Die Bänder sind zu zwei harten Knäueln gebunden und passen in jede Faust. Mittendrin steckt ein Zettel: *Weit über Paris hinaus, in Freundschaft.* Das Geschenk geht ohne Weiteres an der Wärterzensur vorüber, besitzen doch bereits viele der Häftlinge im Zivilen gleiche Bänder. Denn jemand, der zuoberst auf der Warteliste stand und kürzlich ins Zivile eingetreten ist, hat eine ganze Menge davon verteilt. Viele binden es sich um den Oberarm, mutig über die Kleidung.

Suzanne hat sich schwarzen Faden organisieren können und stickt das Wort *Liberté* auf ihre beiden Bänder.

Ich möchte die Befreiung erleben, sagt Lucy und schaut dem Hin und Her der Nadel zu, während sie Seite an Seite auf der Pritsche sitzen. Ich habe eine große Portion Sonnenaufgang nötig. Und ich will auf dieses Debakel zurückblicken können.

Das werden wir tun.

Zurückblicken und berichten. Von der Erniedrigung, jemanden darum bitten zu müssen, das einzige Taschentuch in Schmutzwasser auszuwaschen, bis zur Tatsache, dass die Boches einen Mann wegen eines Hauchs von vagem Einfall aus seinem jungen Leben geknallt haben. Wir dürfen das Gedächtnis nicht verlieren. Und wir werden unsere Freunde in Paris und die Leute hier zur Rede stellen: Warum konnte es so weit kommen?

Wir werden schreiben. Folglich wirst du nichts vergessen.

Aber ich brauche auch einen gewissenhaften und verlässlichen Leser, ein wirkliches Du. Denn Schreiben ist, genauso wie das Leben, ein akrobatischer Akt zwischen Historizität und Dichtung, zwischen Absprung und wippendem Sprungbrett. Und ein Leser steht da, bereit einzugreifen und zu Hilfe zu kommen. Das ist der springende Punkt, verstehst du?

Ich freue mich über dich.

Warum?

Weil du wie eh und je eine gute Portion Narzissmus hast. Suzanne versucht vergeblich, Lucys Haar zu glätten, und fährt danach wieder mit der Stickerei fort.

Gut, ich gebe zu, ich will verstanden werden. Was bedeutet, dass ich mir auch einen Leser wünsche, der meine Unbestechlichkeit liest. Ich stehe am Ufer, und der Strom zieht vorüber.

Die Seine?

Nein, in Paris bin ich kleinen Rinnsalen gefolgt. Zur Hauptsache bin ich überall und zu jeder Zeit auf und ab gegangen, auf und ab wie draußen in diesem jämmerlichen Graben. Aber vor mir das Meer. Vor der Linse immer das Meer. Erinnerst du dich an mein kleines Mädchen, das zu mir sagte, das Meer mache keine zwei Ufer, weil es zu breit sei?

Ich erinnere mich.

Und das Meer, Suzanne, ist der einzige Liebhaber, dessen Arme immer offen sind.

Ach je –

Ich bin nun mal eine evolutionäre Träumerin.

Das stimmt, meistens sogar eine begabte Träumerin, dennoch –

Eine Träumerin ohne besondere Stellung in der Welt, ohne außergewöhnliche Talente. In Paris hat man mich öfter darauf aufmerksam gemacht, dass ich nicht verständlich genug schriebe, du weißt das, ich habe mich nie um Beliebtheit bemüht, bei niemandem. Im Gegenteil, ich habe mich unbeliebt gemacht, indem ich mich nicht angepasst habe, also asozial gewesen bin.

Unbeliebtheit muss man in Kauf nehmen.

Aber ich werde nicht gerne missverstanden!

Niemand mag das. Aber hättest du überhaupt genügend Vertrauen, dich auf einen, wie du vorhin sagtest, verlässlichen Leser einzulassen? Auf jemanden, der dir völlig unbekannt ist?

Ich hoffe es. Vielleicht erliege ich nur der Versuchung, mich an einem anderen Menschen über meine Lebenszeit hinaus auszuruhen. Und du, Suzanne?

Ich sticke das Wort *Freiheit*, und ich hoffe auf die magische Wirkung dieser kleinen künstlerischen Aktion.

Bald wird ihnen ein weiterer Zettel von Evelyn aus dem Zivilen zugetragen. Darin erwähnt sie eine neue

Zellengenossin, die ihr gar nicht gefalle, eine, die sie geradezu zornig mache. Suzanne und Lucy sollten hinunter in den Graben blicken, wenn die Frauen vom Zivilen da ein nächstes Mal Auslauf hätten. Die neue Mitgefangene sei die Geliebte des deutschen Deserteurs, der bei ihnen im Politischen wohne.

Evelyn meint Nikolaus Schmitz, genannt Niko, ein Kanonier, der mit den Seeleuten Erich und Siebe in Zelle 8 sitzt. Anders als Georg Kiel hat er nicht nur eine mögliche Fahnenflucht angedeutet, sondern er ist wirklich desertiert. Nämlich aus der 2. Kompanie der Flak-Abteilung 364, deren Männer im Soldatenheim in St. Brelade untergebracht sind. Er hat sich davongemacht, bevor seine Einheit nach dem verruchten Alderney verlegt wurde. Niko hat die Aussicht auf Alderney als reine Schikane empfunden. Weil der Krieg nächstens zu Ende sein würde und weil seine Freundin Alice in St. Helier wohnt. Vor allem deshalb. Darum hat er sich dünn gemacht, ist erfolgreich über die halbe Insel geflüchtet und hat sich bei seinem Mädchen an der Westmount Road versteckt.

Im Gefängnis geht das Gerücht um, dass Alice wohl Nikos alleiniger Schwarm sei, er hingegen nicht ihr einziger Günstling. Niko mit seiner athletischen Statur, den sauber geschnittenen Fingernägeln, den tief liegenden blitzschwarzen Augen, seiner wie mit Tusche gezeichneten Oberlippe und dem sehr dunklen Haar. Lucy sieht sich den im Ganzen südländisch wirkenden Mann am Ausgussbecken genau an. Und erschrickt umso mehr, als sie nach einem seiner ersten Verhöre die malträtierten Hände und das zerrissene, rotbraun verschmierte Hemd bemerkt. Keine Klage, keine Erklärung, weder Verbitterung noch Überheblichkeit in Nikos Gesicht, er wirkt gefasst, beinahe entspannt.

Die Jèrriais behandeln diesen deutschen Häftling wie Luft, sehr zum Ärger von Lucy. Gut, sagt sie zu Suzanne, wir Gefangenen sind nicht gerade darauf erpicht, mit unseren Feinden auf Gut-Freund zu machen, Karlchen ist da eine Ausnahme. Aber Siegfrieds Schicksal kann doch unmöglich schon vergessen sein!

Beim nächsten Grabenspaziergang sieht sie Niko unbeweglich auf dem schiefen Sims seines Zellenfensters sitzen. Nie ist ihr dieses akrobatische Kunststück gelungen, mit dem die Heuschrecke Hugh sie schon vor Monaten beeindruckt hat.

Sobald es dunkel ist, versuchen Niko und Siebe, ihren Kopf zwischen den Gitterstäben hindurchzustrecken. Sie schmieren die Stäbe mit Butter aus Siebes Rotkreuz-Paket ein. Klappt es nur erst mit dem Kopf, dann könnte es auch mit dem Rest des Körpers funktionieren. Höchstens bei Mondlicht wäre es den Krankenschwestern von gegenüber möglich, die Jungs zu beobachten. Diese Nächte jetzt sind flammrußschwarz.

Als die weiblichen Häftlinge des Zivilen sich ein nächstes Mal im Graben bewegen, rücken Lucy und Suzanne die Hocker unter das kleine Zellenfenster und stellen sich darauf. Fast der ganze enge, elende Hof samt Waschhaus und Latrine lässt sich so überblicken. Das Mädchen neben Evelyn muss die Geliebte von Niko sein.

Nicht gerade attraktiv, schau nur. Und dieser verschminkte Mund. Und wie sie ihre Hüften wiegt, eine professionelle –

Sei nicht unfair, unterbricht Suzanne Lucy. Gib ihr eine Chance!

Evelyn drängt Alice an die Stelle im Graben, von der aus sie mit Niko sprechen kann. Offenbar kommt eine Unterhaltung in Gang. Auf eine von seinen Entgegnungen wirft Alice den Kopf zurück, ihr Lachen ist schrill. Niko ruft zurück, Leichtsinn und Übermut klingen an. Doch ein Wärter des Zivilen fährt dazwischen, packt Alice am Arm und treibt die ganze Frauengruppe zurück ins Zivile.

Am Tag unserer Verhaftung, sagt Lucy und steigt vom Hocker, da habe ich an der Haltestelle in St. Helier, vom Bus aus, eine Hure gesehen, die mich nicht wenig beeindruckt hat. Unmittelbar bevor du mich auf die Händlerin des Paper Shops hingewiesen hast, da ist sie mir aufgefallen. Diese Prostituierte erschien mir als das vollkommene Gegenteil von Nikos Mädchen. Hätte er sich in eine wie die verliebt, er säße womöglich nicht hier.

Am 20. April erhalten die Frauen mehrere Zigaretten von Karlchen, Zigaretten mit richtigem Tabak, die den deutschen Gefangenen zu Ehren des Geburtstags des Führers ausgeteilt worden sind. Auf Fort Regent, hoch über dem Hafen, wird anlässlich des Feiertags die Hakenkreuzflagge gehisst. Die Kapelle der Deutschen Luftwaffe spielt nach langer Zeit zum ersten Mal am Royal Square auf. Ludwig erzählt es gleich im Militärischen und im Politischen herum. Die meisten der Insassen winken ab, denn Karlchens Neuigkeit interessiert ungemein mehr: Draußen zirkuliere ein Flugblatt, das zum Sturz der Nazi-Offiziere aufrufe.

Suzanne kniet sich auf ihre Pritsche und schreibt mit dem Zeigefinger und einem Rest Tee-Ersatz den Slogan *any minute now* an die Wand. Francis, der sich bekanntlich längst auf freiem Fuß in Frankreich bewegt, hat diesen Slogan in oft unverschämtem Ton noch und noch in Ottos Ohren posaunt.

Karlchen, Erich und Niko müssten den Oberboche in Berlin eigentlich noch mehr hassen, als wir es tun, sagt Suzanne, nachdem sie den letzten Buchstaben geschrieben hat. Sie beschnuppert eine der Zigaretten, kramt ein Streichholz hervor, steckt es aber nach langem Zögern wieder zurück: Sobald die Wärter drüben in der Loge sind, rauchen wir die erste, einverstanden?

Perfekt. Wir werden diesen Palast hier ganz schön ausräuchern.

Mit jedem Mal, da Alice unten im Graben auftaucht, tritt sie rätselhafterweise weniger grell auf. Dann trägt sie plötzlich auch das dreifarbige Band, gut sichtbar über der Kleidung.

In einer nächsten Nacht schreckt Lucy auf. Jemand schreit wie ein Tier. Und ruft nach seiner Mutter? Die Stimme reißt die Silben aus ihren Gelenken. Und das Schreien will kein Ende nehmen.

Es ist das erste Mal in meinem Leben, dass ich etwas in der Art höre, flüstert Lucy. Es ist entsetzlich. So habe ich noch nie jemanden schreien hören. Ist niemand sonst wach? Keine verharmlosenden Sprüche und Flüche? Wo sind die anderen? Wer beschwichtigt den Mann? Entweder sie haben wie ich Angst oder es ist ihnen egal.

Das glaube ich nicht.

Am neuen Morgen am Becken wird wie gewöhnlich herumgealbert und getuschelt. Die Frauen beobachten die Gesichter der Männer und stellen zunächst keine Fragen. Mit einem Mal will Lucy nicht mehr schweigen: Hat denn niemand von euch die Schreie gehört letzte Nacht? Wer war das? Wer weiß etwas?

Der kleine Heinrich steht dabei und sagt: Der Deserteur. Eine unwesentliche Verdauungsstörung. Die Suppe hat ihm nicht gut getan. Wir haben ihn zur Beobachtung ins Militärische verlegt.

Die lügen, sagt Lucy nachher zu Suzanne, so schreit man nicht, wenn man eine Magenverstimmung hat. Außerdem ist der Grobian Ludwig im Militärischen!

Karlchen erzählt den Frauen später, dass Niko Dinge geschluckt habe. Er wolle Zeit gewinnen, er hoffe, damit den Gerichtstermin und die Hinrichtung hinauszuschieben.

Was kann man für Niko tun?, fragt Suzanne Otto.

Er sollte etwas essen. Haben Sie etwas für ihn?

Ja natürlich. Die Salm-Konserve. Otto muss Suzanne versprechen, sie unverzüglich zu Niko zu bringen und ihn dazu viel lauwarmes Wasser trinken zu lassen.

Handeln Sie, sagt Lucy noch am selben Nachmittag zum Kleinen, retten Sie diesen Mann!

Suzanne übersetzt auf Deutsch: Meine Schwester bittet Sie, Niko ins Zivile zu schleusen. Es gebe dort jetzt derart viele Gefangene, dass man ihn gewiss untertauchen lassen könne. Irgendein geschicktes Versäumnis. Oder Sie könnten ihn ins Spital bringen, ein Notfall, vorübergehend, verstehen Sie, Heinrich? Bis sich eine Lösung findet. Meine

Schwester appelliert an Ihr Mitgefühl, an Ihre Autorität.

Sie überschätzen mich, erwidert der Kleine und fixiert Lucy, ich riskiere mein eigenes Leben. Das können Sie unmöglich von mir verlangen, genau genommen muten Sie mir Ungeheuerliches zu.

Suzanne übersetzt Wort für Wort.

Verlangen Sie selber die Tat von sich, sagt Lucy kalt.

Elf Tage vor der Kapitulation – einer wie Oberstabsrichter Heinz Harmsen muss wissen, dass sie kurz bevorsteht –, am Morgen des 27. April 1945, holen sie Niko. Man führt ihn in Handschellen ab, stützt und schiebt ihn, weil er sich nicht aufrecht halten kann. Ein deutscher Offizier folgt Niko, eine Maschinenpistole im Anschlag. Als die Gruppe das erste Tor passiert hat und über den Kiesweg am großen Gefängnisgarten vorbeigeht, ruft Alice vom oberen Stockwerk des Zivilen Niko etwas zu. Er zerrt mit letzter Anstrengung an den Handschellen, wirft den Kopf in den Nacken und antwortet laut und deutlich. Da erscheint ein kleines weißes Taschentuch im Fenster. Alice und Evelyn halten es noch, als man Niko nach seinem Zusammenbruch ins Gericht trägt.

Am selben Tag erschießen sie den knapp dreiundzwanzigjährigen Niko Schmitz oben auf Fort Regent.

Auch Alice ist zum Tode verurteilt worden, aber der Bailiff hat gleich eine Begnadigung zu zehn Jahren Haft erwirken können. Nun erlaubt man ihr, dass sie zusammen mit ihrer Mutter an Nikos Beerdigung auf den Friedhof von Mont à l'Abbé gehen kann. Alice' Wohnhaus und Nikos Grab liegen beide an der Westmount Road, dazwischen gibt es einen Aufstieg von ein paar hundert Metern.

An diesem Tag ist die Sonne eine glühende Kugel aus Stahl. Nächstens wird sie auskühlen und ihren Lauf einstellen.

Während Nikos Körper der Erde übergeben wird, führt Otto Lucy und Suzanne in den Graben. Sie sollen teilhaben am endlich warmen und schönen Wetter.

Karlchen leistet Ihnen heute Gesellschaft, sagt Otto und zieht sich zurück.

Die Brettertür des kleinen Kohleverschlags ist offen. Davor steht der Hackstock. Holz fehlt. Aber Karlchen schwingt mit nacktem Oberkörper das Beil, er trägt das Goldkettchen um den Hals. Schimpft und zischt zwischen zusammengepressten Kiefern in reinstem Französisch: *Sssalaud!* Bevor er das Beil wieder aus dem Stock reißt, wischt er mit dem Handrücken über die Stirn und wirft Lucy und Suzanne einen Blick zu: *Der* war für Himmler! Und erneut holt Karlchen aus: *Dieser* für Hitler! Und wieder und wieder fliegt das Beil durch die Luft und stürzt zurück auf den Hackstock. Alle mächtigen Kriegsverbrecher kommen dran, einer nach dem anderen. Ein letzter Schlag gilt noch einmal dem erfolglosen Hühnerfarmbetreiber und erfolgreichen Chef der Deutschen Polizei: *Encore un pour Himmler!* Das Beil steckt im Stock. Karlchen hat sie alle erschlagen.

Es ist ein Trost, wenngleich alles nur symbolisch

ist. Und unwillkürlich erinnert Lucy sich an Bob, der einmal gesagt hat, dass die deutschen Eindringlinge mit vereinten Kräften und Hieben gefällt werden müssten, wie ein mächtiger Baum.

Nach vollbrachter Tat steht Karlchen eine Weile mit hängenden Armen da. Endlich schlüpft er in sein Matrosenhemd, das über der Brettertür gehangen hat, und bedeutet den Frauen, ihm ins Waschhaus zu folgen. Dort bückt er sich nach einer Kartonschachtel, die neben dem kalten Ofen steht: Ludwig hat mir die Schachtel gegeben. Es ist Nikos persönliche Hinterlassenschaft, die ich hier verbrennen soll. Sehen Sie, solche Sachen hat er geschluckt: alte Nägel, Kammzinken, Scherben, Taschenmesserspitzen, lauter Sachen, die er irgendwann aufgelesen hat.

Nicht möglich, sagt Lucy tonlos, er wäre doch am selben Tag daran gestorben.

Karlchen schüttelt den Kopf: Sie wissen nicht, was ein vom Führer geeichter Soldatenmagen ist.

In der Schachtel liegt zudem eine viel kleinere Schachtel mit Bibelsprüchen, wie fromme Leute sie üblicherweise in der Öffentlichkeit verteilen. Auf das Schächtelchen hat Niko ein zweifarbiges Votivbild gemalt. Es zeigt Mutter und Sohn im Strahlenkranz.

Vorsichtig zieht Karlchen ein Dokument aus dem Hosenbund, das er in der Wärterloge hat mitgehen lassen, und faltet es auf: Hier, Nikos letzte Stunden. Mit deutscher Gründlichkeit hat Ludwig sie in deutscher Amtssprache protokolliert.

Karlchen liest vor, Suzanne übersetzt, Lucy schweigt. Sie zittert und hat Herzrasen vor lauter Angst. Denn jeden Moment könnten sie mit dem Protokoll überrascht werden, und was dann?

Zuletzt deutet Karlchen auf die Unterseite der kleinen bemalten Schachtel: Lesen Sie dies hier auch noch. *Mit Mut geht alles. Mit Gewalt bricht man Eisen. Der Idiot geht in den Tod für eine Frau. Niko Schmitz.* Nehmt das Schächtelchen oder ich verbrenne es, sagt Karlchen kaum hörbar.

Wieder übersetzt Suzanne und wartet Lucys Reaktion ab.

Lucy knetet mit der einen Hand die andere, um etwas gegen das Zittern zu tun. Ja, ich möchte es behalten, sagt sie, aber ohne Inhalt, bitte.

Hat Suzanne richtig gehört? Hat Lucy *bitte* auf Deutsch gesagt?

38

The Germans are under control!

Wessen Stimme ist das denn? Auf dem festen feinen Sand der St. Brelade's Bay hast du den gemieteten Liegestuhl so platziert, dass die ganze Bucht in deinem Blickfeld ist. Es ist noch dasselbe alte Modell Deckchair mit Scharnieren zum Fingereinklemmen. Aber das gestreifte Segeltuch ist neu. Du neigst dich leicht nach vorn und spähst nach hinten. Einer von drei spielenden Jungs schreit gleich noch einmal. Rufer im Sand. Federballschläger sind gute Gewehre, sofern man sie umdreht und das Gitterteil unter die Achsel klemmt. Die Knaben haben sich eine große Festung gebaut. Bäuchlings sich verschanzend spielen sie anschaulich Geschichte: Jerseys militärische Verteidigung und den schnell errungenen Sieg.

Eben noch hast du an den Friedhofsplan im Park Department gedacht. Nicht nur die Namen von Niko und Georg hast du darauf gelesen, sondern auch denjenigen von Wassili. *Wassili Nazadi.* So wäre der Kriegsgefangene Wassili, der in der KWHA für die Drecksarbeit zuständig war und darum die Verstopfungen der Aborte zu beheben hatte und anfänglich Lucys Eimer leerte, weil sie selber zu schwach dazu war, und später öfters die Eimer der Frauen leerte, um ihnen einen Freundschaftsdienst zu erweisen, Wassili mit den Fuhrmannshänden und dem pockennarbigen Gesicht – er wäre auch noch hingemetzelt worden, ausgerechnet am Tag der Kapitulation der Wehrmacht? Was kein Ende hat, kann man zu keinem Ende bringen. Wassili ist Wassili. Welcher Wassili auch immer. Noch und immer noch geht es ums Aufdecken, hat Lucy nach Kriegsende geschrieben.

Vorne am Wassersaum stehen Jung und Alt, halten Koffer, einen Stock, Schuhe oder Schlappen in den Händen, Sonnenhüte auf den Köpfen, mal leichtere, mal schwerere Rucksäcke am Rücken. Frauen raffen Röcke. Die Menschen gehen scheinbar unschlüssig ein paar Schritte hin und her, bleiben stehen und blicken zum Horizont. An einem anderen Strandabschnitt vergnügen sich Frauen und Männer im Alter von Bunny und Ronie, von Evelyn, Arnold, Belza, Joe, Noel oder Mickey beim Wellenreiten. In deiner Nähe werfen Vater und Tochter einander unendlich oft einen Ball zu. Im Sand erkennt man Spuren von Pferdehufen und Hundepfoten. Hinter den verschanzten Halbwüchsigen aber, welche die deutschen Besatzer eben spielerisch bezwungen haben, zieht sich die einige hundert Meter lange Befestigungsmauer hin. Immer noch. Ein einziges kurzes Stück ist herausgeschlagen. Es gleicht einer Wanne aus Stein, für zwei Personen. Für Luft- und Sonnenbäder. Dort liegt La Rocquaise, ihr früherer Garten.

Kurz nachdem die Frauen in das unter großem Aufwand wieder hergerichtete Haus zurückgekehrt waren, bat Suzanne George um Hilfe. Damit sie endlich wieder freie Sicht haben würden, sollte er ein Stück der Mauer herausschlagen. Gelegentlich erbat Suzanne sich von ihm Spitzeisen und Hammer und forderte ihn auf, eine Pause einzulegen. Aber es sei ihm doch ein Vergnügen, protestierte George ein ums andere Mal.

Auf demjenigen Teil der Mauerbrüstung, der bis zum Slipway läuft, spazierte Lucy Monate nach Kriegsende mit Kâli, einem Halbangorakater. Sie führte ihn auf und ab, sprach mit ihm wie mit einem Menschen und legte sich mit ihm auf den sonnenheißen Stein. Einmal setzte sie sich eine aus Stoff geschneiderte Schlafbrille auf und rief Suzanne mit dem Fotoapparat herbei. Die Bilder sollten den Anschein erwecken, Kâli habe Lucy mit einer Leine über den *chemin des chats* aus dem Heldenfriedhof herausgezogen.

Am Tag ihrer Befreiung hatte Vera die Freundinnen beim Gefängnistor an der Gloucester Street abgeholt.

Alle übrigen Politischen waren zuvor schon auf freien Fuß gesetzt worden. Nikos und Siegfrieds Schicksal vor Augen sowie die Tatsache, dass sie anscheinend als Einzige keine Entlassungspapiere erhielten, machten Suzanne und Lucy bange wie selten zuvor. Sie erwarteten das Schlimmste. Die Wärter ließen die Zellentüren zwar offen stehen, fühlten sich jedoch außerstande, eigene Instruktionen zu geben oder sich irgendwelche zu verschaffen.

Die Entlassungspapiere trafen dann kurz vor Churchills Rede ein – *and our dear Channel Islands are also to be freed today*. Während Suzanne auf die Habseligkeiten aufpasste und mit Otto und den Heinrichs sprach, borgte Lucy sich bei den Wärtern des Zivilen einen kleinen Handwagen, um damit ihre Sachen in die Freiheit zu karren.

Vera bat Suzanne und Lucy, für die ersten Tage zu ihr nach Hause zu kommen, sich den Schmutz und das Ungeziefer vom Körper zu waschen, richtige Kleider anzuziehen und im Übrigen nichts, gar nichts zu tun. Das schönste Zimmer im ersten Stock ihres Hauses hatte Vera für sie beide bereitgemacht.

Lucy vermied es, auch nur einen Tropfen Wasser auf den gewachsten Parkettboden zu spritzen. Ihre große Freude war der Baum im Hintergarten, ein aufgeblühter Rotdorn, der sein Scharlachrot in ihre Augen schüttete. Und da lag auf dem Bett auch Desnos' Gedichtband *The Night of Loveless Nights.*

Der Dichter war in diesen Tagen noch am Leben, in der Kleinen Festung für politische Gefangene in Theresienstadt, wohin er über Auschwitz, Buchenwald und Flossenburg verschleppt worden war. Weil er sich im Widerstand betätigt hatte. *Was ich hier oder anderswo schreibe*, hatte Robert Desnos wenige Tage vor seiner Verhaftung am 8. Februar 1944 geschrieben, *wird künftig nur irgendwelche seltsamen Individuen interessieren. Alle 25 oder 30 Jahre wird man aus den bekannten Publikationen meinen Namen und ein paar Ausschnitte ausgraben.* Einen Monat nach Kriegsende starb der Poet in Theresienstadt an Typhus. Die Plünderer in La Rocquaise hatten seine letzten Briefe aus Paris an Suzanne und Lucy längst vernichtet.

Jetzt lag sein Gedichtband auf dem Bett in Veras Gästezimmer, zusammen mit jenem satirischen Heft *Crapouillon*, das Lucy anfangs der Okkupation dazu inspiriert hatte, den Soldaten ohne Namen ins Leben zu rufen. Mit traumwandlerischer Sicherheit hatte Edna die beiden Schriften vor den Zerstörungsaktionen der Gestapo gerettet und sie Vera rechtzeitig übergeben.

Die Gedichte, die Zeitschrift, der Rotdorn. Lucy

stellte verwundert fest, dass sie damals bei La Cotte, wo sie ihre Schießübungen gemacht hatten, im Irrtum gewesen war. Sie hatte gedacht, dass es keinen anderen Rotdorn auf der Insel gebe. Und dieser hier stand vor Veras Fenster. Warum hatte sie diesen Baum hier nie zuvor wahrgenommen?

Suzanne war einfach glücklich über das Ende des Terrors. Sie wollte sich bloß ausruhen und erholen, wozu sie beide wahrlich alles Recht dieser Welt hätten.

Lucys Augen schweiften vom Rotdorn zum Schwarzgedruckten zu Suzanne. Zweifellos, sagte sie, doch was sie betreffe, so würden die Sauberkeit, die Ordnung oder der Luxus eines bequemen Stuhls sie noch nicht beruhigen. Sie müsse jetzt zum Hafen, denn ungeachtet ihrer grundsätzlichen Abneigung vor Menschenmengen, möchte sie zu denen gehören, die die Befreier empfangen würden.

Suzanne blieb im Hintergarten sitzen und ließ sich von Vera *scones* mit Marmelade streichen.

Lucys Füße brannten. Sie war es nicht mehr gewöhnt, in richtigen Schuhen zu gehen. Erst musste sie herumstreifen, zwischen Gehsteig und Straße wechselnd die Stadt wieder in sich aufnehmen und die besonnten Fassaden und bunten Schatten betrachten und das warme Holz der Türen und Fensterrahmen befühlen. Sie beugte sich offenen Blumen und Blüten zu und vergewisserte sich ihres Geruchs. Vor allem aber studierte sie die Menschen, die da mit freundlichen Gesichtern gingen. Und es zog Lucy ans Ufer, von Anfang an hatte sie sich für den Umweg über Havre des Pas entschieden. Einen Moment lang, in der Nähe des Pools, den jetzt eine Silberspitzenhaut überzog, blieb sie stehen.

In der Nähe des Hafens fielen ihr Gruppen junger Frauen auf. Welche von ihnen hatte zuvor einem Deutschen ihre Gunst geschenkt, und sah es nun darauf ab, sich einem Engländer an den Hals zu werfen? Unvermutet traf Lucy auf Joe und Charles, freute sich, und fand es doch seltsam, diesen Brüdern als freier Mensch zu begegnen, und zog weiter. Sie sah von weitem auch Belza, lachend natürlich. Die Boches hatten bis zuletzt Gründe gefunden, sie im Zivilen zu behalten.

Plötzlich kam aus einer Seitengasse die Papierwarenhändlerin. Eine oder zwei Sekunden blickte sie in Lucys Gesicht, errötete und drehte ab. Sie war es, dachte Lucy, sie hat uns verraten.

Die Menge an der Weighbridge wogte, jeder Hinzukommende übergab sich dieser Bewegung, sie spülte einen irgendwohin. Sobald das erste Schiff im Hafen anlegte und die Engländer Land betraten, drängten junge Frauen den Offizieren entgegen. Die Woge teilte sich an mehreren Orten, so dass Lucy auf die Matrosen zusteuern konnte. Sie zog die Rose aus ihrem Rockbund, eine der im Gefängnis mit Fingerspitzen und Fingernägeln gefalteten Seidenpapierblumen, deren fliederfarbene Blütenblätter wie echt aussahen. Lucy hielt den Arm mit der Blume in die Luft. Und in dem Moment, wo sie ihren Hals noch mehr reckte, da sah sie Bob und er sie. Er zog die Mundwinkel hoch, griff nach ihrer Papierblume und übergab sie einem erstbesten Matrosen.

Abends lauschten Suzanne und Lucy mit Veras Crystal-Set der Rundfunkansprache von *His Majesty the King*. Der Empfang war schlecht, doch die Rede wurde am nächsten Tag auch in der *Evening Post* abgedruckt. Suzanne machte sich ans Vorlesen. Aber Lucy wehrte ab, sie wollte das Geschriebene mit eigenen Augen sehen. So war das also. Dass George VI. die Hoffnungen und Ängste, die Sorgen und das Schicksal mit den Menschen auf Jersey, Guernsey und Sark geteilt hatte. Dass er jetzt aufrichtig hoffte, die Kanalinseln würden wieder in ihre angestammte Beziehung zur Krone treten und Glück und Wohlstand wie früher erlangen. Dass sein Dank sich einerseits an die Soldaten aus Jersey und Guernsey richtete, die mit Hingabe, Mut und Loyalität in der britischen Armee gedient, und andererseits an die Inselbewohner, die jahrelang ohne Zucken und Klagen durchgehalten und alles erduldet hatten.

Den König in Ehren, sagte Suzanne, aber es wäre ihm kein Zacken aus der Krone gefallen, wenn er auch uns gedankt hätte. Na, lassen wir's, genug ist genug.

Für Lucy war es nicht genug. Wen auch immer sie ansprach, der verwies auf die Zukunft. Wo blieben die kritischen Einschätzungen des Vergangenen, und wo setzte sich irgendwer überhaupt mit geschehenem Unrecht auseinander? Das Ganze ein Kriminalroman und Buchdeckel zu und weg?

Am Friedenssonntag dröhnte das feierliche Geläut der fünf nahe beieinander liegenden Kirchen in der Gegend um Veras Haus. Suzanne weigerte sich, an diesem Tag eine Kirche zu betreten. Vera war beleidigt, weil keine der beiden Frauen sie in die katholische Messe begleiten wollte, *nach alledem.* Lucy begab sich alleine in die anglikanische St. Mark's Church, und zwar nur deshalb, weil Franks Vater die Thanksgiving-Messe las. Wie würde ein Geistlicher, dessen

Sohn die Insel hatte verlassen wollen, dabei gefangen genommen worden und später unter Einsatz seines jungen Lebens aus dem Gefängnis ausgebrochen und nach Frankreich entkommen war, wie würde Reverend Killer sich öffentlich zur Okkupationszeit stellen?

Als Lucy zurückkam, sah Suzanne ihr an, wie uneindeutig er gesprochen haben musste. Schwamm drüber, wir sind frei, was willst du mehr?

Lucy war verstimmt und blieb es.

Ein erster Augenschein in La Rocquaise erschreckte die Frauen nicht, sie hatten sich darauf eingestellt. Aus dem Haufen von Halbverbranntem im Wohnzimmerkamin zogen sie wenige noch brauchbare Bücher, außerdem ein paar Negative und einiges an Krimskrams. Edna stand händeringend daneben und beteuerte, sie hätte nichts verhindern können, aber sie hätte es auch niemals gewagt, in den angesengten Sachen zu wühlen. Suzanne richtete sich auf, sah auf ihre rußigen Hände, wischte sie an einem zerschlissenen Vorhang ab und fasste Edna bei den Schultern: Sie haben außergewöhnlich viel für uns getan, mehr wäre nicht möglich gewesen. Wollen Sie uns helfen, unser Eigentum aufzuspüren und das Haus wieder bewohnbar zu machen?

Die Briten sorgten unterdessen dafür, dass sowohl die in der KWHA inhaftierten deutschen Gefangenen als auch alle Wärter vorerst im Gefängnis blieben. Danach wurden sie in die Kriegsgefangenschaft nach England überführt. Harmsen, Heine, Lohse, Bode und der Wolf ebenso. Den Tausenden Truppenangehörigen erging es nicht anders – und doch anders, denn die kleinen, die mittleren und die großen Fische wurden nach Größe sortiert und in verschiedenste Prisoner-of-War-Camps gesteckt.

Unter seinem Namen Heinz Carl Wölfle tat der Wolf, der amerikanische Gangster, sich im Camp damit hervor, dass er über Demokratie dozierte.

Hans Max von Aufsess – dem Baron – wurde in einem Nest mit dem Märchennamen Bardon Mill on the Tyne eine Schaufel in die Hände gedrückt, um bei der Anlage eines Gartens mitzuhelfen. Es fiel ihm leicht, ein gemächliches Arbeitstempo an den Tag zu legen. Außerdem gelang es ihm, über den Zaun hinweg die Einwohner auf sich aufmerksam zu machen und sich, wie ihm selber schien, ein gewisses Ansehen zu erwerben.

Zur selben Zeit schrieb der große Heinrich aus dem Prisoner-of-War-Camp 162, genauer: aus dem Spital im kleinen Städtchen Naburn in Mittelengland: *Liebes Fräulein Malherbe! Sie sind sicher erstaunt von mir zu hören. Es geht mir gut, hoffe es auch von Ihnen. Bin noch in England, was Sie wohl kaum noch gedacht hätten. Ich schreibe in Deutsch, hoffe das sie es lesen können. Von zuhause habe ich eine Karte, das meine Familie am Leben und gesund sind. Habe es hier gut, zu essen genug, zu Rauchen wenig. Im Sommer war ich beim Bauern beschäftigt, hat mich sehr gefreud. Bin nun krank und liege imm Hospital. Hoffe das ich bald wieder gesund werde, und das ich bald Heim komme. Grüsen sie bitte ihre Schwester Mis. Schwob. Herzliche Grüse von Heinrich Ehlers. Schreiben sie bitte mal.* Der große Heinrich hat die Heimreise nicht mehr antreten können.

Michail hingegen gelangte nach Kriegsende nach Russland zurück. Ein einziges Mal schickte er aus der

Ukraine eine Nachricht an Joe Mière, bevor er verstummte. Für ehemalige sowjetische Kriegsgefangene, die von Rotarmisten aufgegriffen wurden, war Sibirien die allerletzte Station – sofern sie nicht nachweisen konnten, dass sie aus ihrer Gefangenschaft geflohen waren.

Oberstabsrichter Heinz Harmsen wurde nach Kriegsgefangenschaft und Heimkehr Rechtsanwalt in einer norddeutschen Stadt. Im hohen Alter wurde ihm ein Ehrenpreis zugesprochen, da er sich *beispiellos vollkommen um das Rechtswesen in Stadt und Staat verdient gemacht* habe.

Inspektor Richard Bode hatte sich am Tag der Befreiung im Haus seiner Geliebten, der Tanzschulbesitzerin José Lillicrap, an der Stopford Road versteckt. Das Haus lag nur unweit des Freimaurertempels, wo die von den Deutschen konfiszierten Radios sowie riesige Stapel zunächst voller, schließlich leerer Wein- und Champagnerflaschen lagerten. Doch Richard Bodes Versteck war schlecht gewählt. Eben noch hatte Miss Lillicrap für ein grandioses Paartanzfinale in ihrem Studio an der Midvale Road inseriert, nun gab es ein glanzloses Schlussduett, als sie beide an der Stopford Road verhaftet wurden.

Einzelne Menschen, die während der Okkupation in Jersey an entscheidender Stelle mitgewirkt hatten, blieben nach Kriegsende unauffindbar, so etwa der einheimische Gefängnisdirektor Ernest Briard.

Und ein paar Dutzend kollaborierende Frauen und Männer wurden von den Engländern festgenommen – ein paar Dutzend waren eine verhältnismäßig lächerliche Menge.

Es dauerte nicht lange, bis Lucy aus Veras Haus auszog. Sie störte sich an Suzannes demonstrativem Behagen über Veras gluckenhafte Fürsorge, und sie hatte die Maßregelungen ihrer Gastgeberin satt. Vera hatte Lucy zu oft darauf hingewiesen, dass sie sich in ihrem neuen Leben nun endlich auch an den Haushaltsarbeiten beteiligen müsse, statt immer alles Suzanne zu überlassen. Also mietete Lucy sich in einer kleinen Pension in Havre des Pas ein Zimmer, unmittelbar am Meer, aber in einiger Distanz zur Villa Silvertide. Suzanne kam zum Frühstück in die Pension, während die beiden Frauen für den Rest des Tages zumeist ihren eigenen Beschäftigungen nachgingen. Sobald wieder Stoffe erworben werden konnten, nähte Suzanne bei Vera neue Kleider, Vorhänge und Servietten. Lucy setzte sich auf Parkbänke, schlenderte tagtäglich durch die Gassen und Straßen von St. Helier und hielt Ausschau nach ihren verschwundenen Dingen.

Einmal machte sie eine kleine Entdeckung: Das Neue Testament, das der Dolmetscher ihr irgendwann nach dem Prozess in die Zelle gebracht hatte, war keine Hehlerware gewesen. Lucy hatte das mit einem Exlibris versehene Buch in Veras Bekanntenkreis herumgezeigt, bis jemand den Namen des früheren Besitzers erkannte. Dieser sei, so wurde sie informiert, während der Okkupation verstorben, und seine Bibliothek sei als Ganzes an eine Okkasionsbücherei verkauft worden. Dort musste der Dolmetscher das Buch erworben haben. Offenbar hatte er nur darum behauptet, die Ausgabe stamme von einem Engländer, damit Lucy sein Geschenk annehmen würde.

Dank Edna gelang es Suzanne und Lucy, viele der entwendeten und über die Insel verstreuten Sachen aufzutreiben, denn durch ihre häufigen Barbesuche und die mancherorts belauschten und geführten Gespräche hatte sie Informationen, die für das Auffinden der Gegenstände äußerst nützlich waren. Beispielsweise war sie darüber im Bilde, welche Wohnsitze sich die höheren deutschen Offiziere angeeignet hatten. Veras Nachbar, ein gebürtiger Ire und Arzt, besaß ein Auto. Er kombinierte für und mit den Frauen Fahrrouten über die ganze Insel. War das fragliche Haus wieder bewohnt, so stellte er sich vor und erklärte, in welcher Angelegenheit er unterwegs sei. Er sei beauftragt, allfällige Ware ihren rechtmäßigen Besitzern Miss Malherbe und Miss Schwob von St. Brelade wieder zuzuführen. Wenn Suzanne und Lucy fündig wurden, musste ein Beamter hinzugezogen werden, der die Rückgabe amtlich beglaubigte. Danach musste der Transport organisiert werden, und im Anschluss daran galt es, bei der entsprechenden Behörde Papiere zu unterschreiben und unterschreiben zu lassen.

Auf diese umständliche Weise kam das Paar wieder zu einem Teil seiner Bücher und Möbel und zu einigen von Suzannes Zeichnungsmappen. Der Silberleuchter, das Barometer und eine Pendule fanden sich in der Villa Silvertide. Im Metropole Hotel lag sowohl Lucys kleine schwarze Bibel als auch ihr William-Shakespeare-Band. Beide Bücher stammten aus der Zeit ihres einjährigen Aufenthalts im Mädchenpensionat in Ashtead. In der zuletzt vom Baron bewohnten Villa stöberten die Frauen rare Ausgaben auf, die ursprünglich Marcel Schwob gehört hatten, darunter Gedichtbände von François Villon und solche von Lord Alfred Douglas. Douglas war in jungen Jahren mit Oscar Wilde liiert gewesen. Richtig, eine Fotografie dieses Männerpaars hatte Lucy einmal aus einem Bilderrahmen gelöst, weil sie den Rahmen anderweitig hatte verwenden wollen.

Lucy wusste in den Monaten nach der Befreiung nicht recht, an welchen Ecken die Kontakte wieder aufzunehmen waren, nicht, mit welchen Leuten, nicht, mit welchen Kommissionen oder Behörden. Finanzielle Wiedergutmachung zu fordern, war ebenso verquer wie notwendig. Auf den Ämtern lief sie gegen Wände. Allmählich sah sie ein, dass die britischen Stellen nichts zu einer Restitution der gestohlenen, vernichteten oder beschädigten Dinge beitragen wollten. Die Befreier waren an Feindesmaterial interessiert, für Freunde jedoch rissen sie sich kein Bein aus. Denn Freunde bleiben Freunde.

39

Tage, bevor für Luzy und Suzanne die persönliche Befreiung kam, hatten sie von Karlchen und vom Marinesoldaten Erich Abschied genommen. Die Gestapo, so hieß es, würde die deutschen Gefangenen in ein Lager überführen, in dem es weit härter zugehen würde als in der KWHA. Im stinkenden, aber für einmal trockenen Graben überließ der große Heinrich die beiden Frauen und die beiden Männer sich selbst, damit sie Abschied nehmen konnten. Schulter an Schulter lehnten Erich und Karlchen an der Außenmauer des Politischen. Die vier Menschen versicherten sich ihrer gegenseitigen Solidarität. Suzanne war überzeugt, dass das den Männern angedrohte Lagerleben unmöglich lange dauern könne, und die Schwestern, behauptete Erich, würden sicher allernächstens auf freien Fuß gesetzt werden.

Plötzlich riss Karlchen den Reichsadler von seinem Hemd. Diesen *schmutzigen Vogel* wolle er ein für alle Mal los sein. Mit einem Seufzer der Erleichterung warf er ihn zu Boden und trat darauf. Erich machte es ihm nach. Alle Abzeichen und Knöpfe mussten daran glauben. Die beiden Männer wollten der Gestapo ohne Nazi-Kennzeichen entgegentreten.

Eine Ehrentafel-Spange der Deutschen Kriegsmarine behielt Karlchen in der Hand, sein Zögern war augenfällig. Er nahm den Frauen ein Versprechen ab. Nach ihrer Befreiung sollten sie seine Verlobte in Biarritz benachrichtigen. Véronique müsse wissen, dass er lebe und gesund sei, dass er sie nicht vergessen habe und niemals vergessen werde. Karlchen würde es seiner Braut jedoch nachsehen, wenn sie nicht auf ihn warten möchte. Man verspricht viel, wenn man liebt, und man hofft alles, ist es nicht so?

In ihren verwaschenen und zerschlissenen, nicht mehr zuknöpfbaren Hemden wirkten Erich und Karlchen mit einem Mal attraktiv.

Sie müssen dem jungen Mann ähnlich gesehen haben, den du besuchst. Er wohnt zufälligerweise im obersten Stockwerk an der Midvale Road 27, in den ausgebauten ehemaligen Dachkammern. Wer June ist, das weiß er nicht, du spürst es, du fragst ihn nicht. Hier hat sie einst gewohnt, bis die OT das Haus für sich beanspruchte. Du hast die Aussicht vor dir, die June einst genoss. Über ganz St. Helier bis zum Spital hin, bis dahin, wo früher die KWHA und das Zivile gestanden haben, kann man schauen. Und noch weiter bis zum Mont à l'Abbé schlägt die Sonne derzeit ihren Bogen. Oder der Antennenwald vibriert im aufziehenden Gewitter, und Regen fällt auf die Dächer und Dachterrassen, klatscht an die Scheiben. Doch, man kann durchaus in diesem Haus wohnen, ohne unruhige Nächte zu haben.

Manches Mal liegst du allerdings wach. Wie früher, so wird nachts immer noch gesungen. Einmal, in einer besonders lauen Sommernacht, hörst du ausgelassene Menschen, Gelächter sprüht auf und zerrieselt. Nach einer kurzen Stille singt eine Frau ein dir unbekanntes Lied. Du hörst hin, hältst den Atem an, hebst den Kopf aus dem Kissen, aber du bist nicht sicher, ob du die Wörter richtig verstehst – und du bedauerst es, als die schöne Stimme abbricht.

Blaue Vögel fliegen nachts über den Regenbogen.

Tags machst du deine Gänge über die Insel. Du kommst Lucy und Suzanne näher, wenn du ihre Wege gehst. Dich in kalte Nischen stellst. Über die Klippen kletterst. Hottentottenfeigen, die Früchte der lilafarbenen Mittagsblumen, kaust und ausspuckst. Dich bis auf die Haut verregnen lässt. Dir die Aussichten einverleibst, indem du die Hand zu einem Fernrohr krümmst und vor dein linkes Auge hältst. Dich vom Postboten und einem Bauern über Land fragen lässt, ob du verloren seist: Are you lost?

Nein, ich glaube nicht.

Irgendwo im Norden der Insel schließt dir ein Einheimischer ein Pub auf. Es scheint für ihn kein Problem zu sein, dass du am Nachmittag, außerhalb der Öffnungszeiten, da bist. Er ist eben mit seinem Auto und einem Paket mit Sushi angekommen, du mit klatschnassen Kleidern. Sie möchten Tee? Doch nicht hier, my dear, dies hier ist ein Pub! Schon steigt er ein Stockwerk höher, kocht Wasser, kehrt zurück mit einer großen Tasse Tee, Milch in einem Royal Worcester-Kännchen, Zucker und Löffel. Er stellt alles geradezu feierlich vor dich hin. Und aus dem Nichts heraus erzählt er von seinem Großvater, der als junger Bursche in diesem Lokal einen Stuhl gegen einen deutschen Offizier erhob, weil der von ihm seinen Platz einforderte. Danach flüchtete der Großvater in die Felder. Er sei mit dieser Geschichte aus seiner Jugend übrigens erst kurz vor seinem Tod herausgerückt, aus Scham darüber, dass er einst das Weite gesucht habe.

Nun bestellst du einen Single Malt. Und denkst an Lucy, die keinen Whisky mochte. Lieber trank sie Rotwein, viel schweren Rotwein, damals anfangs der

Zwanzigerjahre, als sie neben Bob an der Theke stand und es jenen Moment gab, wo ihre Köpfe sich im Kerzenlicht über ein Bild beugten und sie sich wünschte, sein und ihr Haar würden sich endlich verfangen, und wo sie sich sicher war, diesen Fischer zu lieben, jedoch nicht wusste, ob zu viel oder zu wenig.

An einer Bushaltestelle in der Bucht von St. Brelade's triffst du auf eine ältere Frau. Sie fragt dich, was dich dazu bringt, im Januar auf der Insel Urlaub zu machen. Mehr als einige Stichworte wollen dir jetzt nicht einfallen, doch ihre Neugier ist schon gestillt. Und du fragst sie, ob sie hier aufgewachsen sei.

Ja, ihr Vater sei Gärtner im St. Brelade's Bay Hotel gewesen. Doch, auch während der Okkupation. Sie sei damals ein kleines Kind gewesen, natürlich seien die Deutschen zu ihr durchwegs freundlich gewesen. Auch heute noch, fügt sie hinzu, sei sie überzeugt, dass es auf der Insel nur anständige, harmlose Soldaten gegeben hat.

Auf den Gehsteigen in St. Helier trittst du unversehens auf Wörter und Sätze. Sowohl durch die Flip-Flops als auch durch Ledersohlen klassischer Brogues ist die Unebenheit zu spüren. Gegossene, in den Asphalt eingelassene Zeugenaussagen und Erinnerungsfetzen. *I have to do something for another woman's son. Louisa Gould.*

Noch eine Geschichte?

Ja, eine von vierzigtausend.

Eine letzte?

Es gibt keine letzten Geschichten, du wiederholst dich: Jetzt, jetzt, jetzt. Bloß unterschiedlich dicke Staubschichten liegen auf den Geschichten. Suzannes gezielte Zigarettenrauchpuste. Und schon erfährst du Einzelheiten über Louisa Gould. Jahrelang führte sie in Millais bei St. Ouen den Dorfladen, in dessen unmittelbarer Nähe Lucy einst an einem Trödelstand das für sie so reizvolle aufblinkende Panthertotenschädelchen erworben hat. Louisa war Witwe, einer ihrer Söhne diente in der Britischen Armee, der andere war als Freiwilliger in der Königlichen Marine ums Leben gekommen, sie hatte ein gastfreundliches Haus, ein offenes Herz, ein Radio. Eines Tages stieß ein sehr junger Russe die Tür zum Dorfladen auf. Es war ihm gelungen aus einem der Barackenlager zu entwischen. Selbstverständlich gewährte Louisa dem Flüchtling Unterschlupf, sie richtete ihm eine menschenwürdige Ecke ein, sie nahm ihn unter ihre Fittiche und fand uneigennützige Helfer. Zwanzig Monate lang ging alles gut, bis irgendjemand zur Feder griff und einen anonymen Brief an die Kommandantur im beschlagnahmten Victoria College schrieb. Dabei unterlief dem Informanten ein kleiner Fehler, er sandte sein Schreiben ans *Victoria College* statt ans *Victoria College House*, er schrieb, dass ein Feind im Haus La Fontaine versteckt werde, und zwar von einer Einheimischen, die auch noch ein Radio besitze. Der Brief landete auf dem Tisch des stellvertretenden Schulleiters des Victoria College, der sich an Louisa erinnerte, weil ihre Buben hier zur Schule gegangen waren. Mit einer kalkulierten Verspätung von vierundzwanzig Stunden gab der Schulleiter das Verräterschreiben an die Kommandantur weiter und schickte sofort, per Velokurier, einen Zettel an Louisa: *Sie sind in Gefahr, schaffen Sie Mann und Apparat schnell weg!* Sie befolgte den Rat. Der junge Mann entkam. Doch die Gestapo fand in Louisas Haus Beweise: Weihnachtskärtchen an den Russen lagen noch herum. Seine Beschützerin erklärte vor dem Oberstabsrichter Harmsen: I have to do something for another woman's son.

Kurz bevor die Deutschen Suzanne und Lucy gefangen nahmen, wurde Louisa Gould von der Insel weggebracht. Am 13. Februar 1945 wurde sie in Ravensbrück ermordet.

Auch zur Erholung hältst du dich des Öfteren auf dem Friedhof von St. Brelade auf. Weil du dich erinnerst, dass Friedhöfe auf Jersey früher ein Ort zum Entspannen waren. Und sie sind es jetzt wieder.

Du blickst hinüber in den inzwischen unterteilten Garten von La Rocquaise und isst dazu deine Sandwiches. Die Möwen sind sofort zur Stelle. Du streichst um die Grabstätte von Lucy und Suzanne. Der Gedenkstein ist schlicht, er wird von einem Ast der uralten mächtigen Steineiche überdacht, du hast den Stein nicht sogleich gefunden. Unter dem *IN MEMORIAM* die Daten und die vollständigen Namen *Suzanne Alberte Eugénie Malherbe* und *Lucy Renée Mathilde Schwob*, keine Künstlernamen, aber zwei Davidskreuze und dieser Satz aus der Offenbarung des Johannes: AND I SAW NEW HEAVENS AND A NEW EARTH. Gemähter Rasen zu Füßen, duftender Grasschnitt. Jenseits der Steineichenverästelung das Himmelblau. Drei Schritte bis zur Friedhofsmauer. Sonnenlicht tanzt auf der Brüstung. Die Senkrechte ist schwer und kühl. Auf der anderen Seite dieser Mauer erstreckt sich das Terrain von Bobs ehemaligem Wohnhaus.

Ein paar Mal gehst du an der Fishermen's Chapel vorbei zu jener Stelle, wo die Fluchttreppe zum Sand oder zum Wasser hinunter führt – das kleine Tor ist nie abgeschlossen.

Der Reverend der St. Brelade's Church bittet dich mit einer Armbewegung ins Pfarrhaus. Du versinkst in der Couch, erzählst ansatzweise. Die Haushälterin bringt Tee und Cookies. Der Reverend berichtet, dass bei der Renovierung der Fishermen's Chapel in den Siebzigerjahren der alte Dielenboden entfernt und durch Steine ersetzt worden sei, Steine, die vom alten Gefängnis an der Gloucester Street in St. Helier stammten. Es sei gerade zur selben Zeit abgerissen worden.

Gefängnissteine für eine Kapelle?

Der Stein auf Jersey ist meist brüchig, erklärt der Reverend. Eine solche Qualität in dieser Größe und derart exakt gehauen gibt es auf der Insel kein zweites Mal. Deshalb sind beim Abbruch des Gefängnisses auch viele dieser Quader sozusagen über Nacht einfach verschwunden.

Du hörst zu. Und du liest und übersetzt. Die Dokumente widersprechen sich und sind sich einig.

Also gehst du.

Am kleinen Strand von Beauport, der nach wie vor ausschließlich zu Fuß zu erreichen ist, klingt jeder gesprochene, gerufene, gesungene improvisierte Satz wie eine Ode an die Friedlichkeit und Schönheit dieses Ortes.

Heute steht ein Mann bis zum dicken Bauch im Wasser. Weder Haifische noch Seesterne gebe es hier, ruft er seiner Frau auf Englisch zu. Keine Quallen, doppelt der Mann nach, nur Sand und nicht zu kühles, geradezu warmes Wasser. Wunderbar.

Du weißt es besser. Gestern war hier eine gestrandete Qualle zu sehen, tellergroß. Die Flut hat sie wieder weggetragen.

Jetzt richtest du deine Augen auf den Felsen in der Brandung. Zwei Menschen halten sich dort auf. Einer der beiden schickt sich an, den kantigen, steilen Felsen zu erklimmen, dessen Form an eine Raubkatze oder an einen Wolf erinnert. Nächstens wird er wieder von der Flut umspült sein. Kühn ist es, an ihm hinaufzuklettern, rätselhaft, warum überhaupt. Die andere Person, klein und agil, wechselt öfter ihre Position, sie trägt eine Sonnenbrille und scheint jede Bewegung des Menschen am Felsen zu beobachten. Hat sie eine Kamera in der Hand? Jedenfalls springt sie über eine kleinere Steinwanne und schaut dem Kletternden unbeirrt zu. Er oder sie hat nun hoch oben ein kleines Plateau erreicht, das aussieht wie die steinerne Zunge des Wolfs oder der Raubkatze. Erst jetzt bemerkst du, dass die Person barfuß ist, nackte Beine und Arme hat, eine Art Badehose bauscht sich um den Leib. Eben zieht sie mit einem Seil etwas zu sich herauf, offensichtlich einen Schirm. Sie spannt ihn auf und streckt ihn mit erhobenem Arm ins Gegenlicht, als Scheibe, als Kugel.

Man muss darüber hinwegsehen, dass der Mensch die Erde auf seinem Buckel trägt, hat Claude Cahun einst festgestellt. Zumindest meinst du dich zu erinnern, dass sie das irgendwann gesagt hat. Oder sind es Suzanne Malherbes Worte in einem ihrer Gefängnisbriefe an Lucy Schwob?

Darüber hinwegsehen? Was bedeutet das?

Du hörst die Rufe der Austernfischer.

DANK

Viele Menschen schließe ich in meinen Dank ein. Ausdrücklich soll Louise Downie, Kunstkuratorin bei Jersey Heritage Trust, erwähnt werden, denn ohne ihr Engagement für Lucy Schwob/Claude Cahun und Suzanne Malherbe/Marcel Moore und ohne ihre wertvollen Hinweise wäre *Diese Gezeiten* nicht entstanden. Sehr herzlich danke ich Joe Mière (1926–2007), der zeitlebens Dokumente zur Besatzungszeit gesammelt und sie der Öffentlichkeit zugänglich gemacht hat. Vielen Dank an Chris Addy von Jersey War Tunnels für die Beantwortung so mancher Frage. Bei Miriam, Brigitte und Olivier bedanke ich mich sehr, weil sie mir auf dem langen Weg immer wieder mit Rat und Tat beigestanden sind. Aber der letzte und innigste Dank gilt meinem Sohn Christian, der mich nach Jersey gelotst und somit an die Geschichte herangeführt hat.

BAY
(Bethesda)
Mile Road
La Rocco Tower
86
Sharp
47
Flat
42
Blanches Banques
The Quenvais
Mont à la
Race Course
Golf Club Ho.
St B
La Moye Golf Course
La Pulente
7 m.
La Sergenté
L'Oeillère
Quenvais Rd
Schools Route
Petit Port
Le Marais du
La Moye
6 m.
Corbière Pt.
Le Marais
Hotel
Carbière Quarries
Mag.
L'Ancienneté
Cromlech
Mont Fiquet
227
119
Granite Quarries
La Moye Semaphore
240
Jument
60
La Rosière
La Fosse Aubin
Fiquet Bay
Grosse Tête
113
Pt. la Moye
33
24
27
Aiguillon
Les Kaines
5 Fathom Line